中国当代小说导读

刘霞云

著

中国言实出版社

图书在版编目(CIP)数据

中国当代小说导读 / 刘霞云著. -- 北京：中国言
实出版社，2023.9
ISBN 978-7-5171-4583-7

Ⅰ.①中…　Ⅱ.①刘…　Ⅲ.①小说研究 – 中国 – 当代
Ⅳ.①I207.42

中国国家版本馆CIP数据核字（2023）第170857号

中国当代小说导读

责任编辑：郭江妮
责任校对：邱　耿

出版发行：中国言实出版社
　　　地　　址：北京市朝阳区北苑路180号加利大厦5号楼105室
　　　邮　　编：100101
　　　编辑部：北京市海淀区花园路6号院B座6层
　　　邮　　编：100088
　　　电　　话：010-64924853（总编室）　64924716（发行部）
　　　网　　址：www.zgyscbs.cn　电子邮箱：zgyscbs@263.net

经　　销：新华书店
印　　刷：北京温林源印刷有限公司
版　　次：2023年9月第1版　　2023年12月第2次印刷
规　　格：710毫米×1000毫米　1/16　23.25印张
字　　数：280千字

定　　价：79.00元
书　　号：ISBN 978-7-5171-4583-7

前言

在当下的数字化时代，纸媒阅读者似乎越来越少。当然，这并不意味着小说就此失去了魅力，或者说读者已对小说不感兴趣了，因为从网络小说创作的兴盛势头以及阅读者与日俱增的情形来看，小说一如既往具有其该有的魅力。那么，具体到当代大学生，他们阅读小说吗？喜欢阅读哪些作品？他们了解当代作家吗？获取作家作品信息的渠道有哪些？又以怎样的形式进行阅读？知道该用怎样的方法进行阅读吗？阅读后又能产生怎样的感受？他们希望有专门的培训来提高他们的阅读鉴赏能力吗？带着这些困惑，笔者曾针对不同层次、不同专业的大学生（包括部分研究生）做过问卷调研，从收回的有效问卷中大致获取一些信息：一是他们对当代文坛以及作家作品相关信息的了解极其有限，知道最多的作家是莫言，因为莫言获得了诺贝尔文学奖，但莫言的作品他们也没认真读过几部。至于文坛的其他作家，更是知之甚少，倒是对一些游离于当代中国文坛之外的网红作家、网络作家或者写手等人的名字如数家珍。二是他们获取当代作家作品的信息渠道主要通过媒体宣传、网络新闻、网络平台等，很少关注收藏纯文学期刊、纯文学网站、纯文学的微信公众号等，更不要说通过阅读相关专业书籍来获取相关知识。三是关于阅读的方式，主要是在线阅读，很少会去阅读纸媒文本。四是关于阅读的方法，基本上出于个人爱好，多关注小说的题材与故事，至于"怎么写"等艺术层面的问题并没有太多在意，也没有希望进行专业培训以提升鉴赏力的需求。五是关于阅读的收获，他们普遍认为阅读小说（主要指网络小说）的目的是自我消遣，打发时间，小说扣人心弦的情节让人欲罢不能，这些爽文让人放松，至于收获，基本上是读过就忘，没有留下什么深刻的印象。

上述零碎的信息似乎告知我们：当代大学生较少阅读文学经典。导致如此现象的原因来自多方面，我们不妨重点从时代背景、教育环境等方面进行分析。

回顾中国文学的发展历史，大家一致认为 20 世纪 80 年代是中国文学的黄金期，因为新时期的中国文化事业百废待兴，人们极度推崇精神与文化追求，再加上娱乐方式较单一，电影与文学成为主要的文化阵地与娱乐方式。在当时的语境中，一旦某部小说获得全国大奖，一夜之间大江南北都会知晓这部小说，而同步改编的电影上映更让获奖作品成为万众瞩目的对象，随即全国掀起阅读获奖小说的热潮，人们争相阅读文学作品也就成了自然而然的事。而在当下的数字化时代，近乎人手一部手机或一台电脑，传统的纸媒阅读逐渐演变成读图和刷频，随之而来的是信息大爆炸，每天打开手机或电脑，古今中外，关乎文学、历史、经济、娱乐、政治、军事、生活、游戏等方面的信息扑面而来，而在学生有限的闲余时间里，能够自觉阅读一部与自己所学专业、日常生活关系并不紧密的小说，几率很低。即便有学生自觉阅读小说，但也不是经典的严肃小说，而是网络小说。至于阅读方式，在数字经济时代，在线支付已经形成习惯，电子阅读已经最大程度取代了纸媒阅读。

再看当代大学生所处的教育环境。最为突出的是当下高校在一定程度上存在价值合理性与工具合理性相背离的现象。"合理性"概念由马克斯·韦伯提出，他在《新教伦理与资本主义精神》中将合理性分为"价值合理性"和"工具合理性"。"价值合理性"指行为人注重行为本身所能代表的价值，即是否实现社会的公平、正义、忠诚、荣誉等，强调动机的纯正和选择正确的手段去实现自己意欲达到的目的。"工具合理性"指通过实践的途径确认工具(手段)的有用性，从而追求事物的最大功效，为人的某种功利服务。工具合理性通过精确计算功利的方法最有效抵达目的，是一种以工具崇拜和技术主义为生存目标的价值观，行动者纯粹从效果最大化的角度考虑问题，漠视人的情感和精神价值。随着科学主义、实利主义观念的盛行，现代社会日益世俗化，工具合理性已经成为人们日常生活的基础。人们做任何事情之前，都会习惯性地问一句：对我有什么好处？如此，脱离实用功利性的价值合理性在人们心中往往不能占据中心位置。这种现象在当下中国高等教育中也存在，尤其在人文教育中显得格外突出：工具合理性不仅成为整个人文社科发展的衡量标准，也成为大学人文教育的标准，从而导致高等教育出现价值合理性与工具合理性相背离的现象。

这种现象首先体现为轻人文、重理工的教育价值导向。当代大学生普遍存有轻人文、重理工的倾向，只是轻视程度不同罢了。近现代以来，国家对现代化建设的评价主要集中在科学技术的发展以及由此带来物质的丰富与经济的发展，由此而制定了重视自然科学教育、多培养理工科人才的高校教育计划。此计划的直接后果则是高考实行文理（或历史方向、物理方向）分科，文理科不同的分数线、不同的招生名额以及就业后不均衡的经济收入等，使得部分学生及家长误认为人文社科劣于自然科学。这种观点影响着高考的科目方向选择，选择物理科目的人数以压倒性优势超过历史科目。进入高校后，这种轻人文、重理工的倾向并没有减轻，不仅理工科学生轻视人文社科，人文社科学生自己也认可这一观点。这点可从每年人文社科新生火热的转专业现象可窥一斑，大多从如偏重传统精神价值的中文专业转向偏实用的金融管理专业等。若如愿成功则皆大欢喜，转不成功就以敷衍的态度对待所学专业，甚至将更多时间花在考取各类资格证书以及做兼职获取工作经验上，他们这样做的目的很明确，希望大学毕业后能找到一份好工作，而所谓"好工作"不外乎工作地点在一线大城市、收入高于一般人，至于自己喜欢不喜欢、与所学专业是否对口等并不重要。总之，学生按照就业形势与社会需求来选择自己的专业，来规划自己的大学生活，从而获得世俗意义上的成功。这是典型的工具合理性优先的表现，这种观念驱使下使学生无暇顾及自身禀赋和兴趣爱好，想让他们静下心来读一些"无用"的圣贤书，进而达到实现价值合理性的需求，简直是件奢侈的事情。

这种现象也体现在当前高校教育项目化、产业化的趋势上。当下大学生（包括研究生）在读书阶段要参与太多的学生工作、活动项目、文娱赛事和实践计划等。复旦大学的一位教授曾写过一篇文章《人文社科类学生还是要老老实实读经典》，认为人的时间与精力有限，各类活动项目固然可以提升学生的诸多技能，养成许多职业习惯，但亦有不少负面影响，比如挤占学生本来可以用于读好书、写文章、训练思维的时间；容易过早磨去学生身上的棱角，过早安于科层制的生活，进而抑制一批批优秀年轻人的创造力；过早职业化，反而有可能限制学生的发展空间，因为无论是企业部门还是政府机构，或是许多学术组织，其真正的游戏规则跟大学的学工与活动项目是有很大差异的。言下之意，希望高校各机构不要给学生设置过多的活动项目，不要把他们的时间占得满满的，应该把更多的时间还给学生，让他们有更多自由去安排自己的学习生活和职业生涯。笔者非常赞同他的观点。复旦大学是综合性重点大学，他们的主要目标是培养综合性人才，他们提出让学生拥有更多时间读书，训练思维，其中能写得一手好文章也是高校培养目标之一。相对而言，普通本科高校主要目标是培养应用型人才，各种项目申请、活动举办以及基本技能的掌握等，牢牢指引着学生的大学生活方向，上课、挣学分、冲绩点和申请各种项目成了学生的主业，读书被排挤在主业之外。这种背景下，让学生自主多读书，训练思维，能写漂亮文章，显得又是多么得奢侈。

上述从时代发展以及高等教育价值导向两方面分析了当下大学生较少阅读文学经典的原因。当然，时代前进的步伐不可阻挡，如此背景下，我们又能为缓解上述不足做些什么呢？

首先，要在正确认识工具合理性与价值合理性关系的前提下，重新认识高等教育的目标。高等教育的一切努力都是为了维护学生的尊严、提升学生的价值、凸显学生作为主体存在的意义，促进学生更好地生存、发展和完善，而非仅仅为了满足市场需求培养合适劳动力这一个维度目标。而价值合理性作为一种批判理性价值观，可以修正工具理性的偏颇。我们必须承认一个事实：无论社会处于何种发展阶段，都不可能完美无缺。人总是生活在一定的社会历史语境之中，因此在任何特定的时空中，人的生存、发展状况都是不完满的。价值合理性对此有着深刻的领悟，它总是不失深沉地告诫人们：我们生存的世界是不完善的，是需要改变的。面对现存世界，价值合理性所扮演的角色不是辩护者，而是批判者。价值合理性关注人的现实处境和前途命运，它既为人的生存发展状况的改善而欢呼，同时又针砭时弊，正视现实中的缺失，为人类生存发展过程中的种种不幸而

扼腕。总之，价值合理性不失为人类的清醒剂，让学生拥有价值合理性价值观是高等教育尤其是人文教育应注重实现的目标之一

其次，努力做到在高等教育中实现价值合理性与工具合理性的统一。价值合理性与工具合理性的统一，在高等教育评价体系中体现为多元性特征，首当其冲应将具有人文内涵的文化作为评价标准。学者汪民安主编的《文化研究关键词》认为个人精神价值向社会价值的转化，取决于价值合理性与工具合理性的统一。工具合理性是一个系统，系统内又分为物质形态的工具与精神形态的工具，两种形态的工具因各自效应不同又成为相对独立的系统。二者结合所形成的合力，体现了工具合理性实现主体客体化的手段价值，反映了主体在实践活动中为实现自身本质力量对象化，提供自身所需手段的精神能动性。价值合理性与工具合理性的和谐统一，确证了"人是人的最高本质"，我们所倡导的以"文"化人、"文理交融"其实质也是高校教育在意欲实现价值合理性与工具合理性协调统一的观念体现。

从大的时代背景到高校教育现状，再到开篇所讨论的"当代大学生较少阅读文学经典"话题，我所要表达的观点是：当代大学生要读书，要大量地读，而且要读经典的书。因为阅读主体不同，阅读的动机与目的也有所区别，但有一点可以确定：多读好书，不是让学生成为"两耳不闻窗外事，一心只读圣贤书"的书呆子，而是通过读好书，跟众多伟大的心灵碰撞，形成开阔的视野、开放的头脑和博大的胸襟，习得高深的思维、独立的见解和良好的判断力，进而做一个工具合理性与价值合理性相协调的完备的人。

上述因素为本教材的编写提供了理论依据和努力方向。本教材的适用对象为对中国现当代文学感兴趣的汉语言文学专业以及非汉语言文学专业的本科生和人文社科方向研究生，可以作为汉语言文学专业本科生的专业限选课教材，可以作为非汉语言文学专业人文社科方向研究生的关于中国文学与文化专题方向的选修课教材，也可以作为非中文专业本科生开设的通识课教材，还可以扩大范围入驻书店，为对中国现当代文学感兴趣的普通读者提供参考。

授课对象不同，教材编写目的也有所区别。对于汉语言文学专业的学生来

说，专业选修课相对于专业基础课，更能凸显专业建设的特色与优势，最能彰显专业师资力量与个性化研究专长。本教材主要从知识、能力、情感三方面体现课程目标：如知识方面主要让学生掌握关于当代文学作品在"写什么""怎么写"以及"为什么"等方面所体现的文学观念、文体意识与审美倾向、文化立场等，了解文体与叙事等相关知识。能力方面既包括文学作品的基本要素与撰写、论文撰写的流程与规范技巧，也包括学生通过对相关文学与文化现象的了解及具体作品的解读，形成一定的问题意识、批判意识和创新意识，进而提升专业素养。情感方面主要通过作家作品的研究与分析，形成正确的世界观、人生观乃至情感态度与立场倾向等。

对于非中文专业学生来说，也在知识、能力、情感三方面体现课程目标，但是内容有所区别。如知识层面，让学生了解关于当代文学及文化的相关知识，初步构建关于当代文学与文化的基本框架与知识谱系。能力方面教会学生学会如何进行文学阅读与鉴赏活动，学会从哲学、社会学、历史学、心理学等角度分析小说，在一定程度上培养学生的文学鉴赏能力与批判思维，为自己的专业学习拓宽视野，实现跨学科交融的新文科特色。情感方面让学生做一个有温度的现代人，不再完全被工具合理性所牵引，形成正确的世界观和价值观等，实现以"文"化人的目标。

在确定适用对象和编写目的的基础上，相对于同类型的教材，本教材体现出一定的特色与创新性。

首先是特色方面，主要体现在内容原创性、专题聚焦性和专业实操性、命名严谨性等方面。

1. 内容原创性。目前高校汉语言文学专业已出版诸多如《中国古典文学作品解读》《中国现代文学经典作品解读》《中国当代文学作品鉴赏》等适用于文学类或人文类专业的选修课教材。这些教材多为大型品牌出版社邀请知名学者编写而成，有的为知名学者领衔，合众学者论文而成，在一定程度上体现出不同学者的独特体会与风格，但也不可避免地存在选题发散、论题不聚焦的不足。有的为主编一人操刀，选择经典篇目进行粗放式鉴赏与分析，经典篇目的选择标准也极具个性化，观点也多遵循中国文学史的既定思路与见解，少独到的深度体会，体现不出"科研反哺"的教学理念。

相对于已有的同类教材，本教材最大的特色则是内容的原创性。近年来笔者一直聚焦于小说文本批评与研究，本教材所选二十篇文章则是围绕中国当代经典小说在文体构建与叙事经验等方面而展开，且这些内容已公开发表在诸如《当代作家评论》《中国文艺评论》等学术期刊上，部分内容获得不同级别的文艺评论奖，在学界产生一定的影响。这些文章作为个人学术成果，经过精心的策划与编排，成为适用于专业选修课和非专业通识课的教材，体现出"科研反哺"的教学理念，对于扩展学生的阅读视野，夯实阅读基础，完善专业知识结构，了解当代文学发展状貌等具有"以点带面，以面带全"的效果。

2. 专题聚焦性。承上述，本教材的内容具有原创性，但所选文章时间跨度长，也易陷入零散、随意的不足。笔者一开始关注作家作品时并没有料到多年后会将这些文章聚集成册，编成教材，受惠于学生，但是笔者在关注当代文坛时，慢慢形成稳定的审美趣味和切入角度，以诸如影响力较大的文备众体、文体互渗、无体之体、注释体、形式先锋、精神先锋等文学现象和热点话题为研究对象，一以贯之地对当代小说在"写什么"、"怎么写"颇有兴趣，侧重于挖掘作品的文体构建、文化内涵以及叙事经验等。与此同时，将具体作家作品置于古今中外的文学历史长河中，置于作家一生的创作坐标系中，以文化学、历史学、社会学、心理学等视角关注作家的文体观、文学观、艺术观等，体现出一定的专题聚焦性。

3. 专业实操性。正因教材内容的原创性、专题的聚焦性，这两个特点决定着本教材不失为一本撰写文学评论与研究论文的实操手册，尤其对于汉语言文学专业学生而言，在学习专业基础课的基础上再学习本课程，有利于在大致了解中国当代文学发展脉络的基础上聚焦具体作家作品，在纵横交错中逐步完善对中国当代文学知识谱系的构建。除此之外，所选十六篇具体作家作品评论文章以及四篇附录的宏观论文，这些文章可以更加直观地指导学生从选题的确定、创新点的发现、问题角度的切入、摘要的撰写、综述的表达、标题的拟定、论证的推进、论据的选择、结论的得出、注释的引用、参考文献的选择等方面总结技巧性经验，有意识拓展专业视野、训练逻辑思维、提升问题意识，为后面的专业论文撰写做好相关准备。而对于非中文专业的学生（包括研究生）而言，作为通识课或选修课教材，学生可以通过教材提供的大学慕课链接以及相关的课外推荐阅读作品，在了解作家作品基本信息的基础上再来学习文章的撰写思路，可以拓宽专业视野，打开既有思路，实现文学与其他人文社科专业或自然科学的融合，也不失为一种收获。

4.命名严谨性。本教材名为《中国当代小说导读》，而不是《中国当代经典小说导读》，主要缘于对"经典"二字的谨慎。本教材所选作家为徐怀中、莫言、贾平凹、张炜、余华、韩少功、阿来、刘震云、戴厚英、宁肯、孙惠芬、张弦、徐贵祥等人，这些作家若从获奖档次看，大部分都获过茅盾文学奖、鲁迅文学奖、全国优秀短篇小说奖、全国优秀中篇小说奖等国家级大奖，即便像余华这样的作家在国内没有获过国家级大奖，但在国外获得很多大奖，且在国内乃至世界文坛影响巨大。而从作所选品来看，本教材选择诸如《尘埃落定》《秦腔》《一句顶一万句》《历史的天空》《你在高原》《檀香刑》《牵风记》《马桥词典》《人啊，人！》《第七天》《温故一九四二》《修改过程》《我不是潘金莲》《三个三重奏》《寻找张展》等当代影响力较大的作品，这些作家作品都已经进入中国当代文学史，将"经典"二字去掉，是基于大家对于"经典"定义的考虑。文学经典问题一直以来是学术界的热点话题。1983 至 1984 年，美国著名杂志《批评探索》主办了以文学经典为主题的讨论，刊登了系列文章。随着讨论的逐渐深入，各种专著相继出版，文学经典成为西方文学研究中的热门话题。我国学术界回应西方关于文学经典的思考，也展开了相应的讨论和研究，主要集中在文学经典的生成、性质、流变规律以及消解等方面。应该说，对这些理论问题的研究非常必要。在笔者看来，文学经典就是指在文学史上经受住历史考验，被普遍认可的重要文本或作品。文学经典固然借鉴了已有优秀文学的成就，但是创造性远远大于借鉴性。文学经典因其对于人们精神的滋养以及对于文学理论的价值，应是一种有待不断开发的精神文化资源。用德国诠释学家伽达默尔在《真理与方法》中的说法，历史流传下来的文物、传统哲学经典文学等都是历史流传物，这些东西一定能够向我们传递一些信息，并且具有教化功能。历史流传物在流传过程中不断被加进新的理解，新的理解不断被融合到这个流传物中去，丰富着这个历史流传物。故文学经典对于人们精神的滋养是其他文化形式不可替代的。如此看来，所谓"经典"最起码具备三要素，即时间的长度、作品的原创性、作品的精神文化力量。能成为文学经典的首要条件则是时间，任何经典作品都必须能经受住时间的考验，起步时间应在半个世纪以上。本教材所选作家及作品虽然都是当代名家名作，即便像《被爱情遗忘的角落》《记忆》已得到不同类型读者认可，但时间都没达到半个世纪以上，所以还是不能以"经典"命名。从这点来说，相对于当前已出版的各类诸如当代经典小说导读教材来说，具有一定的严谨性。

其次体现为一定的创新性。主要体现在教材的编写理念、教材的编写体例、教材的创新样态等方面。

1.教材的编写理念。本教材秉承凸显"课程思政""新文科""创新精神""人文特色"等编写理念。一是以马克思主义唯物观为指导，立足"课程思政"教育理念，融入"课程思政"元素，注重经典文本解读过程中的导学反思教学，将知识学习、能力训练、核心素养与社会主义价值观等相融合，提高教学的实效性、时代性和思想性。二是立足文学，融合历史学、美学、哲学、社会学、心理学等知识，从神秘文化、地域文化、政治文化、女性文化、社会学、心理学、历史学、哲学、美学等角度探讨其对作家创作的影响，实现文学与其他学科的有机融合，突显"新文科"理念。三是注重学生创新能力与创新精神的培养。通过作家作品在文体创新中的求新求变精神以及教者在论文撰写中体现出的问题意识与创新精神，引导学生结合国家经济与文化发展现状与趋势，不断提升问题意识，强化创新精神。四是凸显教材的人文性与审美性等特质。本教材选择诸如《尘埃落定》等在当代影响力很大的作品，在深度鉴赏中对学生进行具有一定思想价值的文学审美教育，其中涉及中华传统文化和地域文化背景，引导学生加强对中华民族以及地域文化的了解，加深对文学与文化互融关系的理解。

2. 教材的编写体例。本教材采用微观视角与宏观视角相结合的思路，正文内容以具体作家作品为研究对象，以导读的方式进行文学鉴赏与研究。附录部分对当代文坛各种现象进行宏观考察。作家选取新时期以来至当下在国内甚至海外具有一定影响力的知名作家，所选作品也多为从新时期初到当下获过国家级文学奖项，或者在文坛产生一定影响的作品。除了考虑矛盾文学奖获奖作家及获奖作品优先的原则，也尽量考虑作家作品的影响力，但实际上无论从哪个角度都很难有一个具有说服力的编排原则，所以十六讲文章的编排没有严密的逻辑顺序可言。

正文内容除了对作品进行鉴赏之外，每篇文章附上作者简介和作家代表性作品内容简介。作家代表性作品主要指获得茅盾文学奖、鲁迅文学奖、全国优秀短篇小说奖、全国优秀中篇小说奖等作品。采用作者简介加代表性作品内容简介的方式，有利于以点带面地勾勒出作家一生创作概况，便于学生了解作家写作特色、所取得的成就以及在中国当代文学史上的地位。在了解作家及创作基本概况的基础上，结合正文内容，设置"阅读指导与思考"，目的是让学生深层次了解正文的核心内容，并学会将作品置于历史语境中，与政治、社会、文化等紧密相连，深度反思，提高问题意识。"推荐课外阅读"和"中国大学 MOOC 链接"是对课文教学内容的积极延伸与有效补充，相关代表性研究成果有利于启发学生对作家作品研究趋势的把握，中国在线精品课程的视频链接也符合学生的阅读习惯，可以帮助有兴趣的学生继续深入学习。

3. 教材的创新样态。本教材立足"新形态"编写理念，运用超星泛雅平台自建 SPOC，建设符合"新形态"要求的教材配套在线资源，适度扩展专业知识，使之成为数字时代创新教学的理想教材。自建 SPOC 建设成功之后，申请实施线上线下混合式教学，深度融合纸质教材和电子资源，有利于学生充分利用碎片化时间随时学、随地学，提高学习效率，实现"教、学、做、评"一体化。

再次回应开篇提出的问题。无论从拓展专业视野、提升专业素养的需要，还是从提升人文素养、做一个全面自由发展的人的需要，我们都应该去阅读经典。在这个科技至上的数字时代，希冀这本凝结笔者数年读书心得的教材，能够缓解部分学生对文学的轻视或抵触情绪，点燃心中隐存的情怀，学会去做一个阅读者、一个专业的阅读者，接受人的价值的多元性与精神的丰富性，形成更为开阔的眼界，形成尊重他人思想与爱好等自由民主意识，体现出现代公民该有的文明素质，逐步在思想、文化、价值观等方面实现现代化，进而推动国家民族的现代化。

目录

第一讲　历史书写的可能通道：居间性历史叙述　　　　　　/001

　　　　——阿来《尘埃落定》等导读

第二讲　"文备众体"：叙事、审美、立意　　　　　　　　/020

　　　　——贾平凹《秦腔》导读

第三讲　精神立场与艺术呈现　　　　　　　　　　　　　　/040

　　　　——张炜《声音》《一潭清水》等导读

第四讲　境界叙事的审美生成　　　　　　　　　　　　　　/057

　　　　——徐怀中《牵风记》导读

第五讲　众"体"喧哗中的自由放逐　　　　　　　　　　　/080

　　　　——莫言《檀香刑》等导读

第六讲　由冷趋"暖"的人性转向与内核消解　　　　　　　/102

　　　　——莫言《白狗秋千架》导读

第七讲　存在哲学的理性探讨与精神家园的感伤追寻　　　　/117

　　　　——刘震云《一句顶一万句》导读

第八讲 虚构的纪实 /130
　　——刘震云《温故一九四二》导读

第九讲 无意识的男权书写与有意识的女性观照 /142
　　——刘震云《我不是潘金莲》导读

第十讲 战争观的生成与嬗变 /154
　　——徐贵祥《历史的天空》等导读

第十一讲 "常规体"的延续、僭越及姿态展示 /163
　　——韩少功《修改过程》等导读

第十二讲 超越苦难与生死的高尚书写 /187
　　——余华《第七天》导读

第十三讲 政治文化规约下的文体选择与文学反思 /203
　　——戴厚英《人啊，人！》导读

第十四讲 始于憧憬　执于反思 /220
　　——张弦《被爱情遗忘的角落》等导读

第十五讲 注释叙事的功能及美学价值 /236
　　——宁肯《三个三重奏》导读

第十六讲 不变之"变"的叙述策略 /252
　　——孙惠芬《寻找张展》导读

附录一   新时期以来长篇小说的结构类型及演变逻辑   /268

附录二   "史统"兴衰与长篇历史叙述的发展   /284

附录三   新世纪女性创作的文化心理与文体自觉   /302

附录四   第九届茅奖文体新取向：传统姿态下的"先锋"叙事   /318

附录五   《茅盾文学奖获奖作品一览表》（1-11届）   /334

附录六   《鲁迅文学奖获奖作品（小说类）一览表》（1-8届） /337

附录七   《全国优秀短篇小说奖获奖作品一览表》（1-9届）   /341

附录八   《全国优秀中篇小说奖获奖作品一览表》（1-5届）   /349

第一讲

:

历史书写的可能通道：居间性历史叙述
——阿来《尘埃落定》等导读

历史书写一直以来倍受文坛关注，中国文学史上"诗史互证""文史互鉴"等说法皆表明历史与文学的纠缠关系。关于历史小说，学者吴秀明曾将其分成"传统历史小说""新历史小说"和"革命历史小说"①三种类型。其实这种划分并不完全合理，因为前两者对应的是史观与史识、书写方式及写作目的的不同，后者则主要体现在书写对象的特定上，不过这种划分在一定程度上呈现出当代历史小说的存在状态。当然，若深入分析则会发现，在当代文坛上存有另一种介于传统历史叙事和新历史叙事之间的历史书写，这种类型的写作因史观与史识、书写方式及写作目的等共生纠缠的关系而引起论者持久的关注，在多重质疑中显示出历史文学的丰富性与深刻性。

在当代文坛上，阿来的长篇历史书写当可归为此类。相对于部分作家的高产，阿来的长篇并不多，创作伊始至今仅有《尘埃落定》《瞻对》《机村史诗》《格萨尔王》《云中记》等几部，且这些作品并非都可归为历史小说。何谓"历史小说"？是否关于"历史"的书写都可统而称之？显然不是。那又该如何界

---

① 吴秀明.中国当代长篇历史小说的文化阐释［M］.北京：文化艺术出版社，2007：6.

定"历史"的范畴以及文学讲述历史的规则？关于这些问题，学界众说纷纭，有论者做了相对妥帖的阐释，即"'历史'既指过去发生的事件，也指关于历史的记载，还指与'自然'相对而言的人类'文化'或'文明'"，"文学可以对历史典籍记载的故事进行借用与演义"，"文学还可以表达对历史的判断或者反思"①。即便如此妥帖，但面对具体的文本，还会不可避免地陷入难以辨析的困境。如对《瞻对》的文体界定，有持地方史论观者，认为其"是一部地方史，是在大量翔实史料和实地调查的基础上，用纪实笔法把两百年的"瞻对"历史作了准确、形象、简约地梳理"②。有持历史随笔观者，认为其"不是小说，是一本通过考证与反思，直面藏民族历史、清政府与藏民关系历史的书"③。还有持历史小说观者，认为"外在形式是历史散文，内在品质却是小说，属于历史小说"④。面对众人的争议，阿来则在不同场合坚定地认为其是一部历史纪实文学作品，是一种介于历史随笔与小说创作的写作。文体争议的行为本身表明历史与文学的纠缠关系，不过从严格意义上来说，《瞻对》中文学对历史的演绎或表征作用弱化，不能算作一部历史小说。而《格萨尔王》则是一部关于神话的历史想象书写，也不能算作传统意义上的历史书写。而新近发表的地震题材小说《云中记》，采用"非虚构与虚构兼容的笔法，细数主人公阿巴从移民村重回地震灾区云中村的半年时光，以特有的'告诉'方法和'祭祀'仪式安抚历史性灾难创伤"⑤。作为一曲献给"5·12"汶川地震的死难者和那些消失的城镇与村庄的"安魂曲"，《云中记》也不能算作传统意义上的历史小说。相对而言，《尘埃落定》和《机村史诗》则从标题设置上流溢出一股浓浓的历史味，前者关注20世纪前50年藏族地区土司政权的衰落与灭亡，后者关注藏族地区土司政权灭亡后几十年百姓生活与社会的变迁，"历史"作为重要的言说资源使其成为令读者期待的小说。自获茅盾文学奖以来，关于阿来及其作品的热议从未间断，大家对其充满诗性的艺术才华保持一

---

① 汪正龙.重审文学的历史维度——兼论文学与历史的关系[J].文学评论，2018（5）.
② 朱维群.我读《瞻对》[N].四川日报，2014-6-20.
③ 静岩.读《瞻对》笔记[J].杂文月刊，2014（6）.
④ 高玉.《瞻对》：一个历史学体式的小说文本[J].文学评论，2014（4）.
⑤ 赵依.簌簌有声 庄重悲悯——阿来《云中记》的"执"与"成"[J].长篇小说选刊，2019（2）.

致的认可，但对其作为一个"以汉语写作的藏族作家"的文化身份书写的历史，则呈现出众声喧哗、莫衷一是的接受状态。

"间性"作为哲学术语，最初来自生物学。据相关考证，"间性"亦称"雌雄同体性"，指某种雌雄异体生物兼有两性特征的现象。但自 20 世纪以来，"间性"理论已在文学、美学、哲学等人文学科领域广泛使用，成为"主体间性""文本间性""文化间性"等理论观点的综合体。可见，"间性"指的是一般意义上的关系或联系，除了"你中有我，我中有你"这点相似外，与其初始的生物学意义毫无关联。而居间者，介于二者之间也，也含有"相互关联"之意。由"间性"理论引申而来的"居间性"则指同一主体，在特定的空间领域与关联者构成互融的中介关系，从而使其同时具备二者的属性。以此观之，阿来作为汉藏交界地带藏族文化区域的藏人，其在行政区域上归属藏地，但在地理空间上又居汉藏边界区，一头连接着藏族，一头又很容易接触到汉族。对藏族来说，其接受的是汉族文化教育，属于他者身份。藏族作家德吉草曾指出"阿来身栖汉藏两种文化的交界处，属于文化边缘的边缘人，因此或多或少有着被他人在乎，自己已忘却的失语的尴尬"[1]。对于汉族来说，其血缘和文化根脉又是土著藏民，也是他者身份。众所皆知，对于写作主体而言，其生长的环境以及后天所接受的教育等会形成一股合力，深深影响着其知识结构、审美意识、性格心理及价值取向等的生成，这种综合性的文化浸染反过来又表征在创作上，形成其特有的写作思维。阿来在汉藏两种语言与文化中穿行，一方面继承与吸收传统儒释道等传统文化思想，另一方面受到藏族民间传说、神话故事等文学与文化资源的滋养，这种居间性的文化身份会使其写作具有一定的居间性。故以作者的自我诠释为基点，与学界的各种声音相呼应，分别从史观与史识、表达方式与写作目的等层面，考寻其在传统历史叙事和新历史叙事之间的对接与关联、创新与转化等，可最大限度还原阿来长篇历史叙述的本真状貌，进而探究文学如何表述历史的内在规律。

---

[1] 德吉草. 认识阿来 [J]. 西南民族学院学报，1998（6）.

一、敬重与质疑并存

习近平同志在中国文联十大、中国作协九大开幕式上的讲话中谈到历史文学时指出：只有树立正确历史观，尊重历史、按照艺术规律呈现的艺术化的历史，才能经得起历史的检验。同时还强调：文学家、艺术家要结合史料进行艺术再现，必须有史识、史才、史德。毋庸置疑，史观、史识、史才、史德对于修史者来说都相当重要，但对于一个作家来说，史观和史识则显得格外重要。对应于唯物主义与唯心主义两种史观，当代文坛盛行着两种鲜明的历史观，一种为敬畏历史、承认历史的历史观，另一种则为虚无主义历史观。秉承前者的历史书写关注的是国家、民族等官方"大"历史，称为传统历史叙事；信奉后者的历史书写转向对诸如心灵、家族、村落等民间"小"历史的演绎，称为新历史叙事，其更加注重表现个体的独特体验。

纵览中国历史小说的发展，一方面，从古代历史演义，到现当代各种类型的历史小说，尽管时代语境不同，但传统历史叙事的权威始终在场，如十七年时期的历史书写则多以二十世纪以来的中国革命历史为题材，历史书写的目的则是"有责任分历史家半席，使伟大时代的英勇创造者再现于各种文艺作品中而垂之久远"①。于是系列时称"三红一创""青山保林"等经典长篇革命历史小说纷纷出版，作家在既定意识形态的规限内讲述既定的历史题材，自觉扮演起"分历史家半席"的角色。进入新时期之后，相继出现诸如《李自成》《少年天子》《白门柳》《张居正》《大秦帝国》《雍正皇帝》等传统历史小说，作家继续扮演"分历史家半席"的角色。另一方面，长篇历史小说发展至新时期中后期，随着西方文化思潮的强势渗透，社会文化语境也随之发生变迁，表现在文学领域则是寻根文学偏向于民族文化的挖掘以及民间野史的追溯、改革题材小说注重于时代与历史的反思、新潮小说醉心于极端的形式实验等，诸多因素形成合力促使新历史小说

---

① 茅盾.一致的要求和期望［J］.文艺报，1949（9）.

的出现，他们在写作理念上表征出对文学与历史关系的重新厘定、对传统历史观的质疑与颠覆。他们信心满满地凭借个人对历史的独特理解，在此基础上形成对历史"新"的个人言说。在新历史作家这里，历史的主体性被消解，历史变成被创造、被叙述的对象，作家成了历史的主宰，如《我的帝王生涯》虚构了一个子虚乌有的封建王朝，以帝王的宫廷和民间生活为依托，隐喻了中国的历史与朝廷文化。《故乡相去流传》将已成定论的曹操形象戏谑化、反讽化，将历史变成任人涂抹的小姑娘。《苍河白日梦》中有关家族的历史在叙述者口中变成一部"淫乱衰败史"等。

比较上述两种史观与史识，阿来则体现出一定的居间性。首先，阿来热爱历史，并对其充满敬意。阿来向来重视小说的美学品质，但坦承"最重要的放在首位思考的是历史"[1]，其对历史的敬重可从准备素材的态度窥见一斑。阿来的历史书写通常是从史料的搜集、实地的考察入手，如《尘埃落定》展现的是嘉绒藏族的民族历史，必须深入了解其厚重的历史底蕴，洞悉其深层的文化记忆。于是在动笔的两年前，"开始做大量的调查，搜集资料"，"有部分史料并不完整，有很多缺失，就需要到实地进行考察"，"也搜集了很多口传史料，其中会谈是重要的方式，即互相会谈、互相补充"[2]。除了完成书面资料的搜集与甄别，还注重对民间口述资料的获取。如此说来，阿来确实应算半个地方史专家。

其次，阿来对历史又保持着质疑，且所追求的历史真实也有所特指。传统历史叙事尊重历史，绝不质疑历史的真实性，其以历史为框架，在此基础上进行细节的生发，扮演着"半个历史学家"的角色，但阿来在进行历史书写时，其最终动机不是停留在还原既有历史上，而是努力寻找历史的真相，对历史有着自觉的反思与自足的质疑，他曾表示"我的写作其实也是在解答自己的疑问"[3]。《尘埃落定》的动机之一则是因为他听说"官方天天宣传'西藏奴隶制、政教合一倒了'。我不相信结论，我要从自己的地方史、地方文化研究开始"[4]。阿来也追求历史真

① 阿来，何言宏.现代性视野中的藏地世界［J］.当代作家评论，2009（1）.
② 阿来.我的《机村史诗》［J］.南京师范大学文学院学报，2018（2）.
③ 阿来，谭光辉.极端体验与身份困惑——阿来访谈录上［J］.中国图书评论，2013（2）.
④ 阿来，谭光辉.极端体验与身份困惑——阿来访谈录上［J］.中国图书评论，2013（2）.

实，但更多体现在历史背景与细节生发上，如《尘埃落定》中"有关土司制度和这种阶级关系的典章制度是完全真实的。衣物、器物和房屋建筑这些背景材料也是真实的。当时的政治历史背景也是广泛研究的结果"①，但他并不追求历史人物与事件的原型真实，而是"顺着自己情感流动的方向，在历史基本的框架之中进行大胆想象，所还原的土司制度衰亡史是一部精神的历史，而非纯粹历史学意义上的历史"②。正因这种虚实相间的内容表达，于是有论者质疑阿来历史叙述的真实性与严肃性，否认其作为历史小说的可能性，或将其归为新历史小说，如认为阿来"以过人的想象与语言能力吸引读者，但又以象征、传奇、寓言化乃至戏拟化的封闭梦幻世界拒绝渴望真实的读者"③，认为阿来的历史书写"不是历史小说，而是以他自己的历史意识打量和贯通的虚构"④，"基本可归入 80 年代末直到时下一直盛演不衰的'新历史小说'"⑤。

综上所述，阿来的历史观一方面与传统历史叙事中的社会史观、正统史观、现代化史观、整体史观、唯物史观、文明史观等相通，但又不认同其英雄史观；另一方面又与新历史叙事的虚无主义历史观迥然不同，但又存有个人历史观的倾向，如《尘埃落定》借麦其、汪波、茸贡、拉雪巴等土司的统治与管理，正面描绘了土司制度的残酷与落后，与滚滚向前的时代发展潮流不相符合，其灭亡是顺应历史发展的必然趋势。很显然，这种观点与以解构为主要目标的新历史叙事存在差别，但阿来的历史资料更多来自民间，面对这些材料，"一方面因为缺乏系统的学术训练，同时也担心过于理性阐释会损伤感性表述的能力"⑥，因此阿来呈现的多是一些没有进行理性归纳的感性成分。除了民间口述材料，民间传说也是阿来书写历史的主要资料来源，"有了这些传说作依托，讲述故事时就不必刻意区分哪些是曾经真实的存在，哪些地方留下了超越现实的传奇飘逸的影子"⑦。这些非正

---

① 阿来，唐朝晖．心中的阿坝，尘埃依旧［J］．出版广角，2002（7）．
② 阿来．先知刚刚离去：关于《尘埃落定》的源流［J］．光明日报，1998（4）．
③ 郜元宝．不够破碎——读阿来短篇近作想到的［J］．文艺争鸣，2008（1）．
④ 姜飞．可持续的崩溃与可持续写作——从《尘埃落定》到《空山》看阿来的历史意识［J］．当代文坛，2005（5）．
⑤ 郜元宝．不够破碎——读阿来短篇近作想到的［J］．文艺争鸣，2008（1）．
⑥ 阿来．文学表达的民间资源［J］．民族文学研究，2000（3）．
⑦ 阿来．文学表达的民间资源［J］．民族文学研究，2000（3）．

史资料以及感性自由的表达方式又与正统历史书写存在质的区别。正因这些因素，促使阿来的历史书写形成自己的特色，在史观与史识上呈现出一定的居间性。

二、史诗性与诗性互融

阿来的这种居间性思维不仅体现在史观与史识上，也体现在历史书写的表达方式上。一般意义上，大家皆认为传统历史叙事具有史诗的美学特性，故"史诗性"在某种程度上就是"宏大叙事"的代名词。史诗作为一种文类，反映着人类童年时期具有重大意义的历史事件或者神话传说。一般意义上，大家认为关于史诗和史诗性的讨论最早始于欧洲，苏格拉底、柏拉图、亚里士多德等古希腊哲人都论述过史诗，但是直到十六世纪《诗学》被重新发现，人们才开始对史诗进行理论上的探讨。传统史诗在题材、写作思维以及美学品质等方面主要体现为：庞大的背景设置、半人半神的人物塑造、英勇果敢的战斗行为、众所皆知的传统故事、客观冷静的叙述、众多的人物、超长的时空等。而在中国，最早将西方史诗介绍进来的是十九世纪后期的外国传教士，谈及对史诗美学的了解，国人比较熟悉的则是黑格尔、马克思、恩格斯等从哲学和美学高度的论述。二十世纪初，随着西方文化思潮的涌入，国内学界普遍接受黑格尔强调"叙事性"与"客观性"的史诗美学观，认同其讲究"形成各个部分的独立性、松散性与全诗整一性的统一史诗结构"[1]等观点，他们取例西方，并与中国古代经典相比附，对史诗的美学意义形成自己的认识，如认为《史记》"发挥了史诗性的文艺本质"，指出其具有"全体性""发展性""造型性""客观性""抒情性"等特质[2]。《史记》"不啻是中国古代的一部史诗"[3]。美国学者浦安迪也认为"中国古代虽没有史诗，却有史诗的美学理想"[4]。

颇具史诗美学特质的传统历史叙事多以正面构建历史的方式进入历史，在结

---

① 蓝华增. 简论黑格尔的史诗观 [J]. 云南民族学院学报，1985（6）.
② 李长之. 司马迁之人格与风格 [M]. 北京：三联书店，2013：399–402.
③ 郭沫若. 关于接受文学遗产 [M] // 郭沫若古典文学论文集，上海：上海古籍出版社，1985：19.
④ 浦安迪. 中国叙事学 [M]. 北京：北京大学出版社，1996：30.

构上多采用线性结构，故事发展有始有终，呈封闭状；在时间安排上跨度大，呈历时性发展；在空间描写上追求大场面，多场景；在人物塑造上追求高大全式英雄人物，且人物众多，丰富复杂；在人称视点上，多采用中正、公允的第三人称视角，以上帝之眼冷静看待历史发展全程，这种叙述隐匿了个体"我"的声音。作为一种传统的历史叙事，宏大叙事近年来颇受学界的指责。对此，阿来有着自己的看法，他认为宏大叙事"被赋予太多乌托邦式空想，因而变得虚假。它被党派政治工具化、庸俗化后，更是一个被扭曲的概念。学界颠覆宏大叙事，是要颠覆里面的虚假成分，并不是它本身。事实上，宏大叙事里有普世的价值观和群体性以及超越性等，它和我常讲的'大声音'相似。人是群体性的人，有社会性和历史要表达，宏大叙事是必然的选择"①。阿来又一次表现出居间性思维方式，对宏大叙事持批判中夹以接受的态度。回到文本，我们也能看出阿来历史书写中的宏大叙事成分，这点也得到评论界的一致认同，如认为"阿来怀有讲述宏大历史的激情"②，"不论是《尘埃落定》之'英雄'，还是《空山》之'日常'，都一仍其'宏大'"③。阿来自己也坦承，写《尘埃落定》时"有一个小小的野心，特别想写一写在中国的某一个社会角落的 100 年"④。写《机村史诗》时"要写的是一个村庄在当代的历史、命运史，也是所有村庄的历史、命运史"⑤。

确实，阿来在时间安排、空间设置、整体架构、线索铺埋等方面体现出宏大叙事特征，如《尘埃落定》再现了土司制度走向崩溃的全程。《机村史诗》以"史诗"为名，描写对象由 20 世纪 50 年代以前的土司制度对接为 20 世纪 50 年代之后的"文革"时期以及新时期机村的生存生活图景展示，时间跨度为半个世纪，与《尘埃落定》合在一起正好一个世纪。《尘埃落定》演绎藏边嘉绒地区土司制度在上半个世纪顺应历史走向衰亡的过程，其中纵向交织着多重矛盾冲突，

---

① 阿来，陈祖君.文学应如何寻求大声音［J］.现代中国文化与文学，2005（2）.
② 吴雪丽.阿来历史叙事的难度与困境——以其长篇小说与中短篇小说的对话关系为视点［J］.民族文学研究，2016（1）.
③ 姜飞.可持续的崩溃与可持续写作——从〈尘埃落定〉到〈空山〉看阿来的历史意识［J］.当代文坛，2005（5）.
④ 阿来，谭光辉.极端体验与身份困惑——阿来访谈录上［J］.中国图书评论，2013（2）.
⑤ 阿来，陈祖君.文学应如何寻求大声音［J］.现代中国文化与文学，2005（2）.

如土司内部王位继承人的争夺、土司之间的资源之争、宗教内部各派别之争、红白汉人政权之争等，构成了多声部的狂欢化效果。与此同时，又横向定格着如收复叛变寨子之战、罂粟花之战、麦子之战等大场景与多维空间，在纵横交错中构成史诗般宏大图景。《机村史诗》描绘机村在二十世纪下半页随着社会主义现代化入村，机村人精神文化心灵嬗变的过程。两部作品在情节上都是始终呼应，结构封闭，最终空山寂静，如同尘埃落定一样，尘归尘，土归土，一片静默。但这些只是阿来历史叙事的表层结构，深入文本肌理则会发现居间性的文化特质与思维使阿来的宏大叙事并不是纯粹意义上的宏大叙事，不可避免呈现出新历史主义叙事的特质。

学界关于新历史小说叙述方式的总结很多，大致可归纳为"一是时间的淡出与循环；二是"互文性"的叙事策略。互文的方式有多种：直接引用、暗示、拼贴、戏拟等；三是个人化的历史言说"[1]，体现出现代主义和后现代主义对现实主义的解构与建构意味，使历史故事呈现出狂欢、跳跃之状貌，如《我的帝王生涯》舍弃正面描写，虚拟一个乌托邦式的历史图景来阐释一个不关乎历史的主题，即天下独尊的帝王渴望自由却无所皈依的悲哀。权威的正史在这里被消解，读者也能感觉出作品所描述的"历史"充其量只是作者"精神世界的一次漫游"[2]。如《人面桃花》虽取材于秋瑾起义，但这段历史被作者作为背景淡化于主题表达或技巧设置之中，革命的宏大也在"若没有爱情，这革命还有什么意义"中消解，小说也成了无关乎"历史"的文本。再如《敌人》的重心不在于演绎一个家族的衰败历程，而是去寻找导致家族衰败的幕后"敌人"，所谓的"历史"消解在神秘莫测的恐惧氛围之中。这显然已偏离历史小说的基本要义。

面对新历史叙述在追逐文学、渐离历史的艺术构建过程中所凸显的过分技术化倾向以及相伴而生的审美新质，阿来在建构宏大历史时巧妙地规避了不足，化用了"新"质。首先，体现在进入历史的方式上。阿来意识到四平八稳的传统历史叙事所产生的艺术疲惫感，灵活地采取从侧面进入的方式来构建历史，如对

① 王平. 虚构历史的魅力——新历史小说的文学价值［J］. 文艺理论研究，2018（5）.
② 苏童. 我的帝王生涯·序［M］. 太原：北岳文艺出版社，2001：1.

《尘埃落定》的叙事方式定位很清晰，"我知道我将逃脱那时中国文坛上所谓'史诗'小说的规范。我将在这僵死的规范之外拓展一片全新的世界，去追寻我自己的叙事与抒发上的成功"①。《尘埃落定》意在揭示土司制度必然衰亡的历史命运，但历史上全国土司政权很多，若以正史方式进行系统构建，无法在一部小说中完成，也不一定能很好地完成历史的文学表述。并且他还考虑到，"写旧制度的灭亡，只写一个土司家族就可以了。因为土司们宣称他们就是国王，自己所统辖的地区便是一个小小的王国。这个取样，如果从社会学、人类学上讲，很讨巧很轻松"②。这种思维也体现在《机村史诗》上，作者想写出新中国成立以来至 20 世纪末青藏高原东北部藏人在社会生活与时代精神风貌等方面的变迁。要写出这种文化的变迁，必须寻找合适的支撑点，作者最后将支撑点定为一个机村，因为《机村史诗》"最大的主人公不是那些人物，而是那个村子"③。

其次，体现在叙述视点的设置上。众所皆知，《尘埃落定》最令人惊艳的地方则是傻子少爷的视角设置。傻子少爷虽是土司的儿子，但并不是传统历史书写中的英雄人物，作者在动笔前"并没有很理性地告诉自己，我需要一个既能置身一切进程之中，同时又能随时随地超然物外的这样一个人物"④。但阿来居间者的文化身份再一次让他受益，一方面从藏族民间文化中获得滋养；另一方面中西方文界各种非正常叙事视角的盛行也启发了他。这点从作者的自述中得到证实："藏区民间传说中的智慧人物阿古顿巴应该说是傻子这个人物的原型。用傻子的视角作为叙事视角，源于瑞典一部小说《侏儒》。⑤"与此同时，社会现代化所带来的冲击也启发了阿来。阿来坦言，在傻子少爷身上，寄寓了他的一些思考。正常情况下，面对现代化冲击的第一反应是抵抗，最后的结果必然是失败。但是傻子少爷的表现却很明智，他选择顺应。此种设置使正统的第三人称全知视角变成有限视角，但特殊的身份又使其不受任何约束，故事叙述灵活自如，弥补了传统

---

① 阿来.看见［M］.长沙：湖南文艺出版社，2011：207.
② 阿来，谭光辉.极端体验与身份困惑——阿来访谈录上［J］.中国图书评论，2013（2）.
③ 阿来，谭光辉.极端体验与身份困惑——阿来访谈录上［J］.中国图书评论，2013（2）.
④ 阿来.自述［J］.小说评论，2004（5）.
⑤ 阿来，孙小宁.历史深处的人性表达［J］.中国文化报，1998（3）.

历史无"我"叙述的不足，极富文学张力。除此之外，傻子少爷还附加了作者更多的意义期待：他是一个真正意义的智者，小事迷糊，大事清醒，在家族内部的权力角逐中，稳操胜券，步步获胜；在对外的土司争战中，将对手玩于股掌之中；在与历史抗衡时，明智选择顺从，在一定程度上诠释了作者对国家、民族、历史等的深层文化反思。

再次，体现在叙事结构的设置上。阿来有着极强的求新意识，如同上述傻子视角的设置，《机村史诗》最令人称道的则是其"花瓣式"结构设置。如此命名只是缘于其外显的间架构成，并不能准确描述阿来的居间性结构设置。如从表层空间结构上看，"花心"是一直静默的"机村"，"六个花瓣"则是并置的六本系列书，每本书中出现了一些人和事：《随风飘散》中遭受冷漠人性凄凉离世的善良少年格拉；《天火》中正直的队长格桑旺堆、注重自我发展麻木自私的副队长索波、纵火又灭火为民殉职的巫师多吉；《达瑟与达戈》中嗜书如命成天生活在树上的达瑟、追求真爱愿放弃一切的痴情人达戈；《荒芜》中深爱土地的驼子汉人支书、开始回归人性的索波；《轻雷》中为挣钱而放弃读书的青年拉加泽里；《空山》中绝食而亡的书虫达瑟、为爱殒命的情痴达戈、抵挡现代化失败的拉加泽里等。最后，整个机村雪落无声，天地间只留下一座空山。分析这些人和事，从意义结构上来看并不能与"花瓣式"结构构成对话，如《随风飘散》与其他几本书并没有多少关联，少年格拉在后面的生活中不再出现。为了加强这部史诗的内在逻辑性，促成意义结构的整体感，作者采用元小说叙事手法，在第二本书《天火》中特意提到："所以在这个故事开始时，又把那个死去后还形神不散的少年人提起，并不包含因此要把已写与将写的机村故事缀连成一部编年史的意思。"其实作者要将其与整套书连缀成体的意图清晰可见。而《达瑟与达戈》与《轻雷》新增了人物达戈和拉加泽里，和其他几本书互相补充，互相粘连，这又与并置的"花瓣式"关系相抵牾。还有人物如格桑旺堆、索波、达瑟等贯穿始终，很显然又呈线性结构。故从内在的意义逻辑来看，机村六部曲不能形成完整意义上的宏大史诗结构，且随着情节的发展，《轻雷》的故事发生地由机村转移到轻雷这个小镇，空间意义上的"花瓣式"结构也难以自圆其说。可见，《机村史诗》

在结构设置上既有外在架构的宏大，又有内在意义上的"花瓣式"灵动，碎片化的人和事共同构筑一部宏大而又细腻的村落史，反思着那些不断在逝去与新生中循环的历史与现实，凸显出居间性历史叙述的艺术魅力。

正是此种宏大叙事架构下灵动的视点安排与结构设置，又引来论者对其叙述方法的质疑。如有论者认为《尘埃落定》在建构宏大历史叙事的同时遮蔽了个人叙事，"当阿来的历史叙事伦理关注族群而遮蔽个人时，历史叙事就显示了它冷硬与虚妄的一面"①。言下之意，阿来的宏大叙事过于空洞，少了个体的生动性与丰富性。但与此同时又认为阿来在《机村史诗》中解构了宏大叙事，"这种解构性叙事是对历史的丰富性和复杂性的伤害"②。言下之意，阿来的宏大叙事不够宏大，没有体现出正统历史叙事该有的宏观与复杂。这种认为《尘埃落定》过于宏大、《机村史诗》不够宏大的质疑缘于其传统历史叙事的视角，忽略了阿来历史叙述具有"新"质存在的可能性。事实上，阿来不仅在叙述视点、叙述结构上充满新质，在语言表达上也以简练、纯净、空灵、诗性的特色而赢来大家一片叫好。传统历史叙述的语言多铺陈描述，中规中矩，少文学性；新历史小说的语言则极尽戏谑、夸张、陌生化、油滑、粗俗等能事，有的作品甚至回到语言本体论上，能指与所指分开，变文学表达为语言实验。阿来这种简洁、洗练、优美的语言，也显示出其在传统历史叙事与新历史小说语言表达之间的居间性。阿来写诗起步，十余年诗歌创作之后转向专攻小说，这种写作经历在作家队伍中很常见，但诗歌写作的语言个性与诗性思维会影响着后期的小说创作。诗人兼作家的双重身份以及联接于传统历史叙事和新历史叙事的居间思维促成了阿来独特的历史叙述方式。

三、"高声"与"细语"共鸣

不可否认，任何类型的历史书写都离不开对历史的评价与反思。传统历史

---

① 吴雪丽. 阿来历史叙事的难度与困境——以其长篇小说与中短篇小说的对话关系为视点 [J]. 民族文学研究，2016（1）.

② 吴雪丽. 阿来历史叙事的难度与困境——以其长篇小说与中短篇小说的对话关系为视点 [J]. 民族文学研究，2016（1）.

叙事追求历史真实，力图在"以史为镜"中实现"以史为鉴"的启迪功能。新历史小说则以历史为依托背景，倾情表达作者普泛意义上对人性、人情、命运等的另一番诠释。与之相比，阿来的历史叙述目的比较缠绕，体现出一定的居间性。一方面，他与传统历史叙事不同，他并不奢望还原宏大历史的全貌，"我没想完整写出两百年的历史，只不过想呈现旧的时代尘埃落定的过程"①，于是一切描述历史发生过程中大小明暗的冲突都成了小说的背景，成了以此为依托的人物命运和小说情节推进的依据。因此，从此角度看，其与新历史小说有着一定的相通之处，因为新历史叙述之"新"主要体现在对既定历史的质疑与反拨上，他们"既没有改写历史、重铸历史的雄心，也没有恢复历史真相、确立历史之魂的意向"②，历史在书写中主要起着背景作用。另一方面，他又与传统历史叙事相通。他认为"中国人看历史有借古知今的传统，我的文本也要提供这样一种有价值的认知"③。他借人物翁波意西的话说："历史就是从昨天知道今天和明天的学问。历史小说可以让读者得到从昨天知道今天和明天的学问。"

　　客观地说，不管是传统历史叙事的"以史为鉴"，还是新历史叙述的个体心灵抒发，与它们相比，阿来的价值认知都要走得更远，体现出一定的超越性。一是对关注对象的超越。阿来的历史书写虽然关注的是具体阶层、民族的历史，其实又超越一切，进一步抵达对整个人类命运与生存的思考，如《尘埃落定》写的虽是西藏，其实也是整个人类的命运与处境。阿来也坦承"我把我的故乡放在世界文化这个大格局，放在整个人类历史规律中进行考量"④。二是对既定主题意义的超越。阿来认为"特别的题材，特别的视角，特别的手法，都不是为了特别而特别……我在写作过程中追求一种普遍的意义"。"普遍的意义"指的就是人类共同的价值诉求，在写作中，阿来"强调两样东西：其一是人的归属感、命运感、光荣感，而不是一般所认为的异域风情……"⑤，于是《尘埃落定》通过一个土司

① 阿来.我的《机村史诗》[J].南京师范大学文学院学报，2018（2）.
② 胡良桂.新历史小说的创造性变异[J].求索，1997（3）.
③ 阿来.文学对生活的影响力[J].法制资讯，2012（5）.
④ 阿来.自述[J].小说评论，2004（5）.
⑤ 阿来，孙小宁.历史深处的人性表达[J].中国文化报，1998（3）.

家族的故事，以小见大地为读者提供一个具有现实意义的文化和世俗政治的样本。《机村史诗》虽写的是乡村，书写边疆地带、偏远农村的少数民族生活，其实"是一个大的社会形态，这种写作被赋予一种真正的普遍性"，其"重视人与自然的关系，将乡村写出现代感，以引起读者更深刻的共振"①。三是对历史小说功能的超越。阿来在历史书写中既要承担起传统的"以史为鉴"功能，也要保持对现实的批判，《尘埃落定》以讽喻的方式对现实进行了批判，《机村史诗》写的是当下现实，对复杂的现象同样保持一种批判态度，如社会的发展对人性之恶的蛊惑、现代化的进驻对大自然的破坏等。

但是，作为一名藏族作家，如何从特定的文化身份中超越出来实现其期许的"超越"？对此，阿来有着清醒的认识："就我本人的写作来说，虽然命定要从一种显得相当特殊的文化与族群的生活出发，但我一直努力想做到的就是超越这种特殊性，通过这种特殊而达到人性的普遍，在'普世价值'的层面与整个世界对话"②。首先，阿来实现了自我身份的超越。阿来对自己的身份有着一定的警醒，"所有文化都能延伸出关于自己和他人的辩证关系，主语'我'是本土的，真实的，熟悉的，而宾语'它'或'你'则是外来的或许危险的，陌生的"③。阿来曾引用萨义德的这段话来提醒自己不能陷入民族与世界、内部与外部、"我"与他等二元对立的思维模式之中。很显然，《尘埃落定》"并不只体现了藏民族的爱与恨、生和死"，因为这些是"全世界各民族所共同拥有的，并不是哪个民族的专利"④。其次，阿来实现了自我见识与格局的超越。在写作中，阿来对于讲述历史的时代以及被讲述历史年代的反思，并不是站在一种简单的政治立场来展开，而是站在思想史已经达到的高度进行。

综上所述，阿来的历史写作既追求传统历史叙述的普适价值，又能超越自我，与新历史叙述相通，为读者提供富有超越性的价值认知。与此同时，阿来还关注宏大历史背景与时代环境中具体个人的命运，其作品中还活跃着众多丰富的

① 阿来.我的《机村史诗》[J].南京师范大学文学院学报，2018（2）.
② 阿来，陈祖君.文学应如何寻求大声音[J].现代中国文化与文学，2005（2）.
③ [美]萨义德著，金钥珏译，最后的天空之后[M].北京：新星出版社，2009：43.
④ 冉云飞，阿来.通往可能之路——与藏族作家阿来通话录[J].西南民族学院学报，1999（5）.

生命个体，如《机村史诗》中遭受人性冷漠与痛苦的纯洁少年格拉、在苦水中浸泡却不识人间愁苦的苦命傻女人桑丹、天火中受罚并殉职的巫师多吉、为了个人利益总是跃跃欲试的队长恩波、为了爱情不顾嘲讽的央金、爱书甚于生命的达瑟、为了爱情甘心牺牲一切的达戈、爱土地甚于生命的驼子支书、为挣钱而放弃读书又寻求回归的拉加泽里等，且这种个性化的生命演绎比新历史小说的个性化心灵抒发要深沉真切得多。

对于自己在历史叙述中传达的声音，阿来曾借佛经中的话，称"能让更多的众生听见的声音"为"大声音"即"高声"，这个"大"可理解为通过人生体验获得的历史感与命运感等，是对国家、社会、历史、人性、情感等普遍性和超越性价值认知的探寻。与之相对应的则是"小声音"即"细语"，即微观生命个体具有特殊性的情感与生活。阿来意识到普遍性与特殊性的合一对于一部作品的意义，理性地认识到没有对普遍性、超越性的历史意义探寻，历史书写容易沦为如同新历史叙述所虚构的个人欲望史、爱恨情仇史；没有对丰富性、特殊性的个体生命演绎，那些活动在历史中鲜活的个体无法发出他们的声音，使历史文学沦为理性的史料编撰。虽然阿来在历史叙述中注意到了对"高声"与"细语"微妙关系的处理，但还是招来论者的质疑，如认为《尘埃落定》只有"高声"不见"细语"，《尘埃落定》只能是一部寓言，而且是被掏空了"人"的历史寓言，其中的"人"大多是扁平的。《机村史诗》只有"细语"不见"高声"，阿来呈现的并不是历史的复杂性，也从某种程度上"遮蔽了其复杂性"[①]。客观分析上述质疑，其自身也存在悖论：既然承认《尘埃落定》是一部寓言，而且是历史寓言，则必须接受寓言小说的思维方式，每个人物的设计都有一定的寓意，如傻子母亲的汉族血统、"我"的藏汉血统的融合、黄特派员的出现、不同类型土司的喜好、末代土司的权力争夺等，皆蕴含着作者对藏汉文化的尊卑贵贱，对中央政权与藏的关系乃至对藏现代化的进驻，对藏族土司贪婪、残酷、专横的本性以及对权力和欲望无休止的追逐等，这是一切有关文化、权力、族别等的活标本。这样的寓意描

---

① 吴雪丽.阿来历史叙事的难度与困境——以其长篇小说与中短篇小说的对话关系为视点 [J].民族文学研究，2016（1）.

写，看似嘻哈轻佻，实则在似真似幻的世界中向读者展现了土司制度下不同类型人群或智性或血性或奴性的复杂人性与不同命运。故有论者持相反态度，肯定了阿来在这方面所取得的成功，认为"阿来作为历史叙述者主体的内在精神力量显示了出来他追求的普遍的历史感，成功地使《尘埃落定》从异域的局部走向世界，由诗化的微观的具象通往哲理的抽象的宏观整体"[①]。

比较传统历史与新历史两种历史叙事，前者历史意蕴醇厚但形式稍显单调，后者形式灵动开放但偏离了历史本义，如此特质皆为历史小说发展过程中的应然表现，我们不能简单粗暴地扬旧抑新或扬新抑旧，但居间者的文化身份与居间性思维促使阿来兼容二者特质，在守"旧"中化"新"，在史观与史识、表达手法以及写作目的等方面鲜明体现出传统历史叙事的史诗性与新历史叙事的诗性相交融的特征，用寓言的方式反映着人在特定历史语境中的生存状态与精神面貌，使其历史叙述在多重挖掘中凸显文学的前瞻性。

阿来的历史书写不禁使我们想到"何为理想的历史叙述"这个常说常新的话题，对此，钱中文先生曾试着作出解答，他认为理想的历史叙述应是"作者史观与现代精神的结合"[②]，即在自我反思的现代历史观指引下的历史书写，但历史小说一直处于动态发展之中，用发展的眼光来看，历史性、思想性与艺术性兼备的历史叙述才是打通当下历史写作的可能通道。以此观之，阿来的历史叙述并非个案存在，当代文坛上诸如《白鹿原》《中国一九五七》《丰乳肥臀》《生死疲劳》等历史书写，则都以其各自的方式探寻着历史叙述的各种可能，也在一定程度上暗示着中国当代历史书写抵达理想境界的可能通道。

---

① 易文翔 . 历史与人生的诗化寓言［J］. 小说评论，2004（5）.
② 钱中文 . 历史题材创作、史识与史观［J］. 文学评论，2004（3）.

作者简介

阿来（1959—），出生于四川省阿坝藏族羌族自治州马尔康市，中国作家协会第十届全国委员会副主席，中国作家协会少数民族文学委员会主任。曾任成都《科幻世界》杂志社社长、总编辑。主要作品有《尘埃落定》《空山》《瞻对》《蘑菇圈》《云中记》等，曾获茅盾文学奖、鲁迅文学奖中篇小说奖、百花文学奖、郁达夫小说奖中篇小说奖、十月文学奖长篇小说奖等。

《尘埃落定》《蘑菇圈》内容简介

《尘埃落定》（第五届茅盾文学奖获奖作品）：在 20 世纪 40 年代的四川阿坝地区，当地的藏族人民被十八家土族统治着，麦琪土司便是其中之一。老麦琪土司有两个儿子，大少爷为藏族太太所生，英武剽悍，聪明勇敢，被视为当然的土司继承人。二少爷为被土司抢来的汉族太太酒后所生，天生愚钝，憨痴冥鲁，很早就被排除在权力继承之外，成天混迹于丫鬟娃子的队伍之中，耳闻目睹着奴隶们的悲欢离合。麦琪土司在国民政府黄特派员的指点下在其领地上遍种罂粟，贩卖鸦片，很快暴富，并迅速组建了一支实力强大的武装力量，成为土司中的霸主。眼见麦琪家因鸦片致富，其余的土司用尽心计，各施手段盗得了罂粟种子广泛播种，麦琪家的傻少爷却鬼使神差地建议改种麦子，于是在高原地区漫山遍野罂粟花的海洋里，麦琪家的青青麦苗倔强生长着。是年内地大旱，粮食颗粒无收，而鸦片供过于求，价格大跌，无人问津，阿坝地区笼罩在饥荒和死亡阴影下。大批饥民投奔到麦琪麾下，麦琪家族的领地和人口达到空前的规模，傻子少爷也由此得到了女土司茸贡的漂亮女儿塔娜，并深深地爱上了她。就在各路土司日坐愁城、身临绝境之时，却传来二少爷开仓卖粮，公平交易的喜讯。各路土司云集在二少爷的官寨举杯相庆、铸剑为犁。很快在二少爷的官寨旁边出现了几顶帐篷，进而是一片帐篷，酒肆客栈、商店铺门、歌榭勾栏，甚至妓馆春楼，应有尽有。在当年黄特派员的建议下，二少爷逐步建立了税收体制，开办了钱庄，在古老封闭的阿坝地区第一次出现一个具有现代意义的商业集镇雏形。二少爷回到麦琪土司官寨，受到英雄般的欢呼，但在欢迎的盛会上，却有大少爷那令人不寒而栗的阴毒眼光。一场家庭内部关于继承权的腥风血雨又悄然拉开帷幕。最终，在解放军进剿国民党残部的隆隆炮声中，麦琪家的官寨坍塌了。

《蘑菇圈》（第七届中国鲁迅文学奖获奖作品）：故事发生在一个只有二十多户人家的叫作机村的藏地小山村。虽然只是一部中篇小说，但叙事时间起于1955年，止于市场经济时代，时间跨度超过半个世纪。小说中斯炯和她的哥哥法海和尚都是私生子，斯炯从民族干部学校回来后，也有了私生子胆巴。三年严重困难时期，阿妈斯炯上山时发现了一群"开会的蘑菇"，那就是蘑菇圈。蘑菇有祖宗，虽然子孙撒满各处，但是祖宗不会挪地方，只要蘑菇的祖宗还在，那一茬一茬的蘑菇摘了还会生长。正是靠着这个蘑菇圈，阿妈斯炯度过了饥荒时期。斯炯将自己采到的蘑菇送给村里其他人，这个举动换来了一些鹿肉、野猪肉，也让斯炯有了一个新的称号"采蘑菇的姑娘"。改革开放以后，阿妈斯炯将采来的蘑菇拿去售卖，这些蘑菇其实是比较珍贵的松茸，所以价格比较昂贵。阿妈斯炯凭着独特的资源，给自己的孙女攒了不少钱。蘑菇圈给斯炯一家带去了不少温暖，所以是一个幸福的圈子。斯炯老年以后，即使腿脚不便，面对死亡，心中最在意的还是蘑菇圈。胆巴本是一个普普通通的人，被当年的工作组长刘元萱看中，一路提拔，从工商局副局长，到局长，副县长，县长，一路做到州长。应该说，这是一个逆袭的人生。最后得知刘元萱竟是胆巴的亲父亲时，不仅震惊了胆巴，也震惊了读者。

阅读指导与思考

1. 何谓历史叙述？
2. 阿来的历史叙述具有什么独特性？
3. 哪些因素促成了阿来的独特历史叙述
4. 将阿来的历史叙述和传统历史叙述相比较，谈谈二者之间的区别。

推荐课外阅读

1. 张学昕，梁海.阿来论［M］.四川人民出版社，2021.
2. 陈思广.阿来研究资料［M］.四川文艺出版社，2019.
3. 梁海编.阿来文学年谱［M］.复旦大学出版社，2014.

中国大学 MOOC 链接：

90 年代以来的长篇小说研究 _ 北京大学 _ 中国大学 MOOC（慕课）https：//www.icourse163.org/course/PKU-1460889162.

第二讲

⋮

"文备众体"：叙事、审美、立意
——贾平凹《秦腔》导读

宋人赵彦卫称唐传奇"文备众体，可以见史才、诗笔、议论"①，即指出了唐传奇诗文兼具、韵散结合的文体特征。从宋元话本到明清小说，文备众体的体裁运用日臻成熟，佳作迭出。正如鲁迅所说，"新的艺术，没有一种是无根无蒂突然发生的，总承受着先前的遗产"②。到了现代，以鲁迅、郁达夫为代表的作家在传统文备众体基础上构建了新的文体规范。在当代，不断求新的作家们从未停止过对新的叙述方式的探索。王蒙曾在写《杂色》时认为"小说中有诗，有散文，有这个，有那个，并非坏事，这叫'党同喜异''党同好异'，在艺术手法上兼收并蓄，从'异'中吸取营养"③。而追求这种写法的作家不止王蒙一个。

一、"文备众体"的致命诱惑

人称"中国文化精神和美学精神之子"④的贾平凹对中国传统文学有着格外

---

① 宋赵彦卫.云麓漫抄［M］.北京：中华书局，1996：135.

② 鲁迅.鲁迅全集·书信集·致董永舒（第12卷）［M］.北京：人民文学出版社，1976：462.

③ 师陀.论"各式各样的小说"［M］//陈思和.中国当代文论选.上海：上海教育出版社，2010：201.

④ 雷达.贾平凹文集·编者前言［M］//贾平凹文集，北京：中国文联出版公司，1995：2.

的偏好，他说"几十年以来，我喜欢明清以至 30 年代的文学语言，它清新、灵动、疏淡、幽默、有韵致。我模仿着，借鉴着，后来似乎也有些像模像样了"①。其实他何止在语言上推崇传统小说，他喜好诗画、书法、对联，喜好收藏古玩和古典书籍，也喜好古典小说的表现手法，在写作时不由自主地从《聊斋志异》《金瓶梅》《红楼梦》等著作中吸取古典文艺美学精神，继承其文备众体的表现传统，以期达到其渴望的"重精神、重情感、重整体、重气韵，具体而单一，抽象而丰富"②的文学境界。

论及贾平凹的文备众体，当下学界鲜有论者提及。仔细研读其几十年来各阶段作品，其文备众体的文体特征一直都有，只是根据作品风格以及表达的需要而显得若隐若现。在 20 世纪 80 年代商州系列第一部作品《浮躁》中，作者穿插了四次船号子歌谣。在 20 世纪 90 年代自《废都》之后的乡土叙事中，《白夜》中作者在熟读《川剧目连戏绵阳资料集》以及《巴蜀目连戏剧文化概论》的前提下，用源出佛经的戏曲剧目目连戏贯穿全文，"以一种独特的表现形式来表达一种阴间阳间不分，历史现实不分，演员观众不分，场内场外不分的独具特色的文化现象"③;《土门》中穿插特征也明显，共有十余次，包括歌词、古训、家训、坊规、碑文以及作品中人物所写的小说;《高老庄》中作者则大量参考和改造了《安康碑牌钩沉》碑文，让爱好文物并从事于文物整理工作的女主人公寻访、记录、收集民间碑板成为小说的一大线索，这使文本中俯拾即是的碑文穿插竟达二十余次，"构成了小说的意旨展示、人物描写、情节推进、结构铺排的一个因素，也构成艺术欣赏符号接收的一个因素"④。故有论者说"《土门》完全是《秦腔》的一次预演"⑤。若从思想和叙事方式来看，《土门》是秦腔的一次预演;若从文备众体特征来看，《高老庄》则是《秦腔》的一次预演。在《秦腔》这部近五十万字的作品中，作者有意识地穿插对联二十余处、秦腔戏文二十一处，秦腔

① 贾平凹.带灯·后记 [M].北京：人民文学出版社，2013：361.
② 贾平凹.贾平凹散文 [M].北京：人民文学出版社，2005：11.
③ 贾平凹.白夜·后记 [M].北京：华夏出版社，1995：387.
④ 肖云儒.贾平凹长篇系列中的〈高老庄〉[J].当代作家评论，1999（2）.
⑤ 洪治纲.困顿中的挣扎 [M]// 当代文学六国论.南京：江苏文艺出版社，2009：80.

简谱二十二处。此外，还附上现代讽刺诗、大字报以及卜卦杂文、求寿文、方案报表、地方志、专著绪论等文体。这些穿插内容合起来竟达一万字之多，尤其是作者亲笔誊写的戏曲简谱，占据了小说显赫的文本空间。而在之后的《带灯》《古炉》中，文备众体的文体特征则渐趋淡化。可以说，在贾平凹的创作中，文备众体是其常用的手法，而《秦腔》是集大成者。作者在《秦腔》中运用文备众体手法分别从主旨思想、叙事方式以及审美倾向上凸显了其一贯的山野风情和乡土民俗特色，并鲜明地体现了为乡土民间文化写挽歌的苍凉笔调。故若论贾平凹的文备众体，首选当是《秦腔》。

论及《秦腔》的文备众体，目前学界也鲜有论者提及。《秦腔》一问世就有评者关注到作品穿插对联的文体特点，认为作品中"有二十多副对联，这些对联与作品内容融为一体，对突出主题，烘托环境、推进情节、塑造人物形象起到了重要作用"[1]。但该评者只对对联作了浅易的赏析，未结合原文作深入剖析。后又有评者从"表现与深化主题、推动故事情节发展、丰富人物形象"[2]等方面深入论述对联在小说中所起的叙事功能，依然没有注意到作品文备众体的特点。鉴此，本文在上述研究基础上，以穿插在文中的诸文体为研究对象，深层剖析这些文学碎片在文本中所发挥出的叙事、美学、达意等功能，在互相指涉与阐发中进行多声部融合，立体呈现文本复调式小说效果，对于凸显《秦腔》独特的文化意蕴和有意味的文体特点具有一定美学价值意义。

二、"史才"："文备众体"的叙事功能

唐传奇"史才"的特点强调穿插文体能够融入小说的血液之中，承担起叙事的功能。而早在贾平凹八九十年代的创作中，就有评者看出其作品具有"古籍大著之长，特别是明清间作品的痕迹"[3]。故贾平凹在继承唐传奇"史才"的基础上，

---

① 王凤山.小对联大内涵——贾平凹《秦腔》中的对联赏析 [J].语文知识，2006（8）.
② 李会君.《秦腔》中对联的叙事功能 [J].襄樊学院学报，2009（6）.
③ 翟泰丰.翟泰丰文集第四卷 [M].北京：作家出版社，2004：131.

更多地借鉴明清小说文备众体表现传统，富有创意地发挥众体的叙事功能。下文分别从人物塑造、行文结构、叙事技巧等方面论而述之。

其一，按头制帽，因人赋文。人物是小说的主要构成要素之一，而塑造人物的方式有多种，判断一个作家高明与否取决于其塑造人物所采取的方法。《秦腔》中的人物众多纷杂，其中主要人物群为夏家天仁、天义、天礼、天智四兄弟及其子女，另一个人物群则是衰败的白家和清风街上各色百姓。在这两个人物群中，夏天义是清风街的老村主任，是"传统农民和传统农业生产方式的代表者"[①]；夏天智是个秦腔迷，是"传统文化与道德的坚守者"[②]；白雪是衰落白家秦腔的继承人，因为热爱秦腔而自觉成为传统文化的守护者；夏风是夏天智之子，是小说中唯一离开农村融入现代城市的知识分子；夏君亭是夏天仁之子，现任村干部，是现代农村的开拓者。如此众多的人物，若按传统的方法从正面主攻是件困难的事，更何况《秦腔》还是一篇轻情节、重气韵的作品。或许是艺高人胆大，多才多艺的作者避开了正面描写人物笨重的办法，用对联、诗文等文体为人物画像定论，巧妙地使人物的性格和命运暗合于各文体之中。如古代挽联主要的功能就是对逝者一生的功过是非盖棺定论，贾平凹在文中也多处巧用挽联为人物画像制帽，如为病人秦安写挽联、为夏天义提前拟好碑文等。在此，笔者以为逝者夏天礼写挽联为例来展示作者的别具匠心。夏天礼因私贩银圆而死于非命。在丧事上，宏声、中星爹作为乡里的文化人处于乡里乡亲的情分为夏天礼写挽联，夏风作为逝者的侄儿则为体验乡间生活，为自己写作寻找素材而写挽联。

赵宏声所写对联：

上联：大梦初醒日；　　　下联：乃我长眠去。（贴于灵堂）

上联：人从土生乃归土；　下联：命由天赋复升天。（贴于堂屋）

上联：直道至今犹可想；　下联：旧游何处不堪悲。（贴于院门）

---

① 白烨.秦腔：乡土中国叙事终结的杰出文本——北京《秦腔》研讨会发言摘要［J］.当代作家评论，2005（5）.
② 廖四平.茅盾文学奖获奖作品解析［M］.吉林：吉林大学出版社，2010：429.

夏风所写对联：

上联：生不携一物来；　　　下联：死未带一钱去。（贴于灵堂）

上联：忽然有忽然无；　　　下联：何处来何处去。（贴于堂屋）

上联：一死便成大自在；　　下联：他生须略减聪明。（贴于院门）

中星爹所写对联：

上联：别有天地理；　　　　下联：再无风月情。（贴于灵堂）

　　作者通过挽联的书写者以及挽联内容揭示出各色人物的性格特征。宏声和中星爹的对联突出了"悲"，抒发了生死乃人生常态而人生无常的感慨，言辞中流露出对逝者的理解和宽容。而夏风则讽刺了逝者对"钱""物"的偏好，在充满睿智和富有禅机的话语中毫不客气地挖苦了逝者自作聪明、目光短浅、自私自利的小农意识。在他眼中，淳朴的农村已不复存在，卑琐的农民意识让他无法接受，冷酷而又前卫的现代都市文明心态使他必然成为落后乡村的逃离者。

　　其实，"在某种程度上可以说，乡村世界的凋敝过程同时也是秦腔即农村传统文化日渐衰败的过程"[1]。故文中人物对待秦腔的不同态度也演绎出不同的性格命运及精神追求。据此，可将文中人物分成两大类：一类是以夏天智为代表的诸如白雪、引生等秦腔爱好者；另一类为以夏风、君亭等为代表的秦腔背弃者。前者如白雪，为了传承秦腔不惜放弃进省城工作的机会，最终不得不与夏风离婚。而夏风作为夏家有出息的后人，却与代表乡村传统文化坚守者的父亲和妻子决裂，并做出永不回清风街的决定。君亭在推进改革的过程中重用外乡人，并无师自通地学会吃喝嫖赌，以表明他对传统文化和伦理道德的彻底背离。

　　其二，结构行文，隐伏结局。作品中能起到结构行文作用的文体穿插有多处。如引生在白雪和秦风的新婚大宴上唱起秦腔：

眼看着你起高楼，眼看着你酬宾宴，眼看着楼塌了……

① 王春林.乡村世界的凋敝与传统文化的挽歌——评贾平凹长篇小说《秦腔》[J].海南师范学院学报，2005（5）.

秦腔中表达欢庆喜宴的曲目很多，引生却在这种场合唱出如此悲凉的曲子，表面看似与其失恋的情绪有关，实则暗示着白雪与夏风婚姻必然失败的结局。夏风与白雪的结合从常态来看可谓天作之合，但白雪的命运同秦腔连在一起的，她身上承载着民间传统文化的出路与走向，而夏风作为从乡村中走出去的现代知识分子，他所推崇的现代都市文明与秦腔是格格不入的，他们之间不可调和的矛盾决定着这场婚姻的必然失败。文中像这样的秦腔戏文有多处，它如同串线一样，把所有情节贯穿起来，在小说的叙事全程中引领着故事的发生、发展、转折和结局。

文中穿插的大字报也再现了小说中各种复杂的矛盾，牵引着小说的叙事行文。如引生写的大字报：

如引生写的大字报以符合引生身份的粗糙话语交代了村干部不顾民意用土地换鱼塘之事，但话糙理不糙，言辞间生动刻画出村干部不为百姓谋福利、利欲熏心、贪财贪色、鱼肉百姓的丑恶嘴脸，也描绘了百姓陷于苦水却默不反抗的麻木精神状态。同时还巧妙交代了在夏天义和夏君亭之间的土地之争中，夏君亭最终获胜，但矛盾并没就此结束，从而推动了后面故事情节的发展。再如中星爹善卜卦，临死前遗留下杂记：

> 我的日子是不多了。清风街有比我年纪大的，偏偏我就要死了？！今早卜卦，看看他们怎样？新生死于水。秦安能活到六十七。天义埋不到墓里。三踅死于绳。夏风不再回清风街了。院子里的苹果和梨明年硕果累累，后年苹果树只结一个苹果。庆金娘是长寿人，儿子们都死了她还活着。夏天智住的房子又回到了白家。君亭将来在地上爬，俊奇他娘也要埋在七里沟，俊奇当村主任。清风街十二年后有狼。

古代小说在艺术表现上惯以预写人物的未来命运来结构整个小说的行文和结局。贾平凹在小说中也巧妙地通过神秘人物中星爹卜卦得来的预言来预示整个小说的结局。这些预言有些已成事实，有些让人似信非信，其中夏风不再回清风街的预言隐喻着当下中国都市文明对传统文化的背离与选择，在这透心凉的绝望中让作者看到一丝曙光的是清风街十二年后将有狼的预想，因为这将预示着十二年后七里沟又恢复了天人合一的祥瑞局面。这种谶语式的表现方法体现了作品艺术结构的完整性和书写逻辑的严密性。除却大字报、杂记，文中还有如求寿文、地方志、方案报表、专著绪论等文体，单看它们文学价值似乎不大，但经作者的巧妙编织，反倒显出化腐朽为神奇的效果，充分发挥了众文体特殊的叙事功能。

其三，巧设视角，迂缓叙事。"叙述角度的选取和叙述角度的变化是创造小说艺术形象十分重要的手段。"① 作品最让人称道的是叙述者的安排，故有评者也称其"特别感兴趣的就是本书的叙述者"②。作品中穿插的二十余处对联，绝大部分出自清风街文化人宏声之手，而每副对联的书写总是被引生撞见，然后通过他的眼和口向读者转述对联内容。而作品中穿插的其他文体，要么出自引生之手，要么与引生息息相关，引生完全担任起故事讲述者的身份。当他亲历故事时，就以"我"的身份出现，形成第一人称内视角；当他不能参与故事时就通过转述或其他方式讲故事，形成第一人称外视角。作者在安排引生作为有限的第一人称视角的同时，还安排了与之相应的另一种视角即全知全能视角。这种视角的安排使文中潜藏着另一个重要的叙述者即作者本人。在阅读过程中，读者几乎感觉不到这位叙述者的存在，因为作者已在不经意间潜入故事的叙述当中，使"我"和作者的叙述身份发生了自然的转换。对此，贾平凹也颇为得意，他认为"我唯一表现我的，是我在哪儿不经意地进入，如何地变换角色和控制节奏"③。

《秦腔》主要由引生"我"和作者所构成的三种视角来完成小说的叙事，但小说讲述故事的节奏是迂缓的，完全是一种日常生活化的叙事方式即"密实的流年式式的叙写"④。作者在不到一年的时间跨度里写出了清风街近二十年来的世道变故，在这绵长的叙事中，没有大起大落的情节冲突和你死我活的矛盾争斗，要有的只是清风街百姓鸡零狗碎的、关乎生老病死的烦恼日子，密密匝匝地随着叙述

① 师陀．论"各式各样的小说"［M］//陈思和．中国当代文论选，上海：上海教育出版社，2010；201.

② 李敬泽．秦腔：乡土中国叙事终结的杰出文本——北京《秦腔》研讨会发言摘要［J］.当代作家评论，2005（5）.

③ 贾平凹．秦腔·后记［M］.北京：人民文学出版社，2008；546.

④ 贾平凹．秦腔·后记［M］.北京：人民文学出版社，2008；546.

者的讲述往前涌动。但在这密匝地涌动中，我们通过穿插的众文体还是能清晰地理出作品前进的线索即夏风与白雪的新婚→秦安的生病→村农贸市场的建立→清风街万宝酒楼的建立→大字报的出现→秦天义淤地七里沟→夏天礼私贩银圆死于非命→村干部为完成税收缴费和计划生育任务与村民发生冲突→中星参求寿坐死庙中→夏天智因夏风白雪的离婚而气病逝去→夏天义最终死于七里沟的泥石流。而这些生活流正好与穿插在文中的诸文体内容相暗合，在互相指涉与阐释中进行多声部融合，立体呈现文本复调式小说效果。

三、"诗笔"："文备众体"的审美功能

中国是诗歌的国度，源远流长的诗歌传统使"诗入小说"也成了中国小说书写的另一传统。唐传奇"诗笔"的特点就指出了诗歌等文体的插入更能充分发挥其固有的审美特质，从而使小说兼具诗的神韵和意境。因为"情感和想象是诗歌的灵魂，这个灵魂附于小说，小说亦有诗的神韵"[1]。《秦腔》中虽然插入的诗歌不多，但作者灵活地将作为中华民族特有的艺术门类对联和颇具地方文化风韵的秦腔戏文穿插在作品，使其或在文体本身或在文体形式及文本内涵等方面突显出一定的美学特质和浓郁的文化意蕴。

其一，插入文体本身所体现出的审美特征。正如王国维所说"一切之美，皆形式之美也"。对联的美首先表现在其特殊的艺术形式上。对联从产生至今已有近千年的历史，它广泛渗入社会生活的各个方面，曲折地反映着中华民族多向度的文化价值取向。作为一种文学艺术样式，它有着自身的特点。如因汉字的四声、方块等特点而形成了和谐、工整的外在形式。

如文中为万宝酒楼写的对联：

上联：穷鬼哥 / 快出去 / 再莫 / 纠缠老弟；

下联：财神爷 / 请进来 / 何妨 / 照看晚生。

---

① 石昌渝.中国小说源流论［M］.北京：三联书店，1994：160.

再如农贸市场建立后，赵宏声为其写的对联：

上联：我若卖奸 / 脑涂地；　　　　下联：尔敢欺心 / 头有天。

"对称是安静的，宜于表现镇定沉静等情趣的形式，所以它就带有庄重的神情。"[1] 在此只是撷取两例作为示范，文中穿插的二十余处对联都极其讲究对称，从形式上体现出有别于小说的和谐、庄重之美。

其次体现在表现方式上，对联"肇始于古代文史各体，脱胎于骈赋律诗，恪守诗词之律，博采骈赋之丽，兼收铺叙之广，汲取奏议之雅"[2]。正因为它具备古代各体特点，故其在表情达意时是灵活多变的：文本中插入的对联在句式上长短自如，长则上下联相加达七十二字之多，短则只有八个字；内容上亦俗亦雅，亦庄亦谐，如为因计划生育而夭折的娃娃们所写的对联：

上联：社会不收你，你来干啥；下联：是可怜儿女，另处投胎。

对联极尽口语化，通俗易懂，以看似戏谑轻松的语气表达出对娃娃亡灵们的痛惜与无奈。如讽刺政府部门向百姓收缴税费工作所写的对联：

上联：向鱼问水；下联：与虎谋皮。

上联由成语演化而来，下联直接是成语的引用，极其形象指出政府部门向百姓征税如同向鱼讨水、与虎谋皮一样，因违背百姓根本利益而必然失败。对联独特的表现形式在一定程度上凸显古诗词的精华，增添了小说别样的风韵。

再其次体现在字词的锤炼上。汉字本身音、形、意结合的特点使对联发挥了汉字凝练推敲而增添意趣的魅力。正如古人所言"作诗如画山水，写在纸上须作立体形，方得生趣"。这就要求创作对联时，须讲究遣词造句，力求含蓄蕴藉、隽永有味。文中对联皆以乡下文化人的身份所拟，写出来的对联又承担着一定的叙事、立意功能，故这些看似随手拈来，实则经过一定反复锤炼，充满着生活的意趣，如宏声为自己职业所拟的行业联：

开始为：　　上联：只要囊有钱；　　下联：但愿身无病。

后来又改为：上联：但愿你无病；　　下联：只要我有钱。

① 陈望道 . 美学概论［M］. 上海：上海文化出版社，1987：68.
② 张国民 . 论楹联在传统人文中的地位和作用［J］. 大连民族学院学报，2010（6）.

上联表示只要囊中有钱就好，当然也希望病人没病。这是两好的祝愿。下联明确表示希望病人没病，但真有病也无妨，关键是行医的有钱挣。上下对联位置以及个别字眼的更换，表达了两种不同的含意。在此颇具机巧的推敲中，也显示作者偏好推敲、把玩文字的雅趣。

其二，穿插文体形式及文本内涵所产生的文化审美功能。首先表现为营造了浓郁的民间风俗氛围。谈到秦地的民间风俗，贾平凹认为"民间的语言和风俗有着浓厚的典雅之风"①。这里的典雅意指儒家传统文化对秦地民风的影响，形而上到中国传统文化层面则指重德尊礼、重仁敬义；形而下到"商州人的日常生活，便是有规矩、重礼数，讲究面子和人伦"②。提倡尊贤敬仁、崇德重德的秦腔正是弘扬儒家传统文化的重要载体。然而秦人唱秦腔、欣赏秦腔不仅与当地盛行的儒家文化有关，还与秦地的地域文化相关。"秦腔发源于大西北，巍巍的秦岭，滔滔的黄河，很自然赋予其磅礴雄伟的气势。"③所以这种充满力和美的民间戏曲更能体现秦人勇武、果敢、强悍、刚健的精神风貌。正因如此，秦腔成了《秦腔》最显性的文化符号，作者虔诚地在小说中插入了二十余处秦腔戏文与曲谱，他不管读者能否领会其中的杂陈百味，他的用意是明的：渴望通过直观可感的曲谱和节奏，从形式上拉近读者与秦腔的距离，呈现一个从曲谱到心灵息息相通的乡土文化世界，从而营造了小说文本浓郁的地方民俗氛围。除却运用秦腔文体形式来营造氛围，作者还不失时机地运用戏文曲调与内容来营造唯美的审美意境。如新婚后的白雪在菜园子里摘南瓜，轻唱着秦腔《桃花庵》：

去年今日此门中，人面桃花相映红；人面不知何处去，桃花依旧笑春风。

这是文中白雪唯一一次轻松哼唱秦腔的细节描述。白雪在不经意中唱出了一个让人愁肠百结的爱情故事，这在当时偷听的引生听来，简直惊为天籁。让一个自己日思夜想的梦中情人唱出自己的心声，这对失恋者引生而言，简直就是难觅的梦中佳境。而美丽善良的白雪、动情温柔的歌唱、宁静郁葱的菜园，此情此景

① 贾平凹.我是农民［M］.西安：陕西旅游出版社，2000：53.
② 刘春.乡土、乡俗与乡愁：《秦腔》的风俗世界［J］.文艺争鸣，2012（10）.
③ 范克俊.秦腔须生戏的阳刚之美［J］.中国戏剧，2006（2）.

在缠绵悱恻的情感中发酵，也为读者营造了韵味无尽的唯美意境。

其次表现为流溢着独特的神秘主义民俗气息。"世俗生活之外，清风街的精神世界还有另种面向即带有神秘色彩的民间信仰。"① 对于这种神秘色彩，贾平凹说"这和我的生存环境有关。我生活的那个地方佛和道都特别盛行，巫文化也特别盛行"②。其实这种神秘主义色彩与现代主义表现技巧也有一定的相通之处，尽管贾平凹说他没看过马尔克斯的《百年孤独》，但他承认"这么多年，西方现代派的东西给我影响很大。但我主张在作品的境界、内涵上一定要借鉴西方现代意识，而形式上又坚持民族的"③。故他在作品中写出白雪生下的孩子没屁眼、引生的自我阉割、中星爹的预测吉凶、夏天智在屋角偷埋"固本补气大力丸"以增村民的英武正气、引生能看见每个人头上的生命火焰，能化成蜘蛛老鼠去探听别人秘密的特异功能等荒诞现象。马尔克斯认为表达魔幻现实主义手法最重要的是"打破看来是真实的事物和看来是神奇的事物之间的界限"④贾平凹也将民间诡异与现代魔幻糅为一体，在真实与神奇之间游刃有余地穿行。小说中最能体现神秘主义民俗气息的载体是中星爹通过占卜所写的杂文和求寿文。中星爹在长期遭受疾病困扰的情形下，不去医院看病，却自己琢磨治疗方案，如大晴天疏通自己家的下水道以解决自己的下水道堵塞问题。无果，按民俗向上天求寿。求寿文如下：

> 奉请北斗星君归坊安座，我本院大小树木十二颗持香祷告，主人夏生荣生于戊寅年正月十一日末时，现年六十六岁，一生勤劳俭朴，一心向善，深得村里相邻爱戴，尤其教子有方，培养其儿出息有为，又待我众木亲近，今身染重病，痛苦难耐，我兄妹十二，长树榆，次树桃，三树杨，四树梅，柿，枣，丁香，樱桃，香椿，梨，柳和花椒，发自内心，甘愿各减寿一年添主人。等主人病好之后，我等以所开之花，所结之果，全部敬献，主人也以电影一场，大小炮，满斗香以还重愿。人树诚心，神必感应。专呈此文为证。

① 刘春.乡土、乡俗与乡愁:《秦腔》的风俗世界 [J].文艺争鸣，2012（10）.
② 孙见喜.贾平凹传 [M].上海:上海人民出版社，2008:330.
③ 贾平凹.病相报告·后记 [M].上海:上海文艺出版社，2002:321.
④ [哥伦比亚]加西亚·马尔克斯.百年孤独的写作方式 [J].中国:校园文学，2009（3）.

在秦地有着求寿的民俗。做晚辈的若真心期待长辈长寿，可以用减去自己寿数的方法来祈求长辈的长命百岁。夏家老大天仁之所以在文中没有出现，是因为他为母亲减去了十年的寿数，五十几岁就离世了。仁义的夏天仁为了母亲减寿十年，极尽孝子贤孙的本分，可到了晚辈这里，虔诚的求寿减寿是不可能发生的。夏生荣的儿子中星作为县里的领导干部，人生事业如日中天，岂肯为父亲减去年寿。于是中星爹灵活地将减寿任务转嫁到院里大小十二棵树身上。求寿文行文通畅，逻辑严密，言真意切，亦真亦假，字里行间流溢着浓厚的神秘色彩。

四、"议论"："文备众体"的立意功能

唐传奇"议论"的特点强调穿插文体在文中承担着一定的教化立意功能，而《秦腔》中穿插文体的"教化"功能很鲜明，其在对人和事的评论中表明了作者的立场，展现人物丰富的精神面貌，突显作品深刻的主题意旨。

其一，表明作者的善恶是非观及价值判断。"对联不是诗词对句的衍化物，不是可有可无的小道，不是茶余饭后的消遣之物，而是在传统人文和传统'诗教'中具有重要地位的艺术形式，是传统文化中具有标志性、符号性作用的特殊的'诗教'文体。"[①] 文中多处对联表明了作者的善恶是非观及价值判断。如为得了不治之症的秦安所写的挽联：

上联：一生正派爱村爱民心装群众愁苦乐于助人笃实谦让可怜英年早逝村民捶胸顿足皆流泪；

下联：半世艰辛任劳任怨胸怀集体兴衰廉洁奉公敬业勤奋痛惜壮志未酬父老呼天抢地共悲伤。

这是对善良乡村守护者的挽歌。如大年三十为万宝酒楼所写的对联：

上联：忆往昔，小米饭南瓜汤，老婆一个孩子一帮；

下联：看今朝，白米饭王八汤，孩子一个老婆一帮。

上联：穷鬼快出去莫纠缠老弟；下联：财神爷请进来照看老弟。

① 张国民.论楹联在传统人文中的地位和作用 [J].大连民族学院学报，2010（6）.

这是对市场经济环境下人性沦落、金钱至上的人生价值观的讽刺。土地庙的落成所写对联：

上联：这一街许多笑话；下联：我二老全不作声。横批：全靠夏家

这是对清风街人和事的讽刺。对夏天义淤地七里沟的评价：

上联：学会做些吃亏事；下联：为着后人多享福。

对联高度赞扬夏天义光明磊落、不辞辛苦为百姓谋利的高尚品格，也间接对世人提出了劝诫。而文中穿插的秦腔戏文所演的人和事都是清风街的先人们所经历的人和事，后来经过历代文人雅士的整理，更加集中地突显了先人们的价值取向，而这些价值评判和道德导向则在清风街百姓无数次的看戏、演戏中潜移默化地起到了"教化"功能。作者不厌其烦地在文中穿插大段的曲谱和戏文，其期望通过那些沁入百姓骨子里的戏文能在一定程度上救赎正在现代文明冲击下走下末路的传统伦理道德的初衷是昭然若揭的。

其二，展现人物丰富的精神面貌。"文体不只是一个形式的问题，在文体本身表现着整个的人。"[①]在诸文体中，对联和杂文能直接表明故事的发生进程，而在这絮絮叨叨的生老病死、家长里短背后，"产生于陕、甘、宁一带民间，生动反映出人民的愿望、爱憎、痛苦和欢乐，反映他们的生活和斗争"[②]的秦腔则在尽情抒发清风街百姓的喜怒哀乐。正如有评者认为"秦人离不开秦腔，一曲曲唱段、一个个曲牌抒发着秦人的喜怒哀乐，爱恨情仇"[③]。不仅秦人离不开秦腔，《秦腔》更离不开秦腔。如果没有秦腔戏文的加入，《秦腔》的对话会显得干巴、了无趣味，小说叙述起来也不自然流畅。而作品正因有了秦腔而使秦地百姓毛茸茸的生活状态如同一幅幅田园风俗画，一一呈现在读者脑中，让读者能在毫无悬念的生活流中，循着人物的情感宣泄有滋有味地往前走。如文中遇大旱，村民眼巴巴地等待天下雨，在久等不来的骂天咒地中开始唱秦腔《拿王通》：

---

① 梁真译. 别林斯基论文学 [M]. 上海：新文艺出版社，1958：234.
② 程华，李荣博. 秦腔声里知兴衰——论贾平凹作品中秦腔与文化的映照关系 [J]. 渭南师范学院学报，2012（11）.
③ 余琪. 论贾平凹《秦腔》的独特叙事艺术 [J]. 商洛学院学报，2009（5）.

王出宫只见得滚龙抱柱，金炉中团团气罩定龙楼。腰系着蓝田带上镶北斗，足蹬着皂朝靴下扣金钉。殿脚下摆的是双狮戏舞，有宫娥和彩女齐打采声。

唱词中极度渲染出皇帝老儿出宫时的潇洒与排场，村民在庄稼快要旱死却又百般无奈的关头，只能在戏文中借戏消愁，把自己想象成和皇帝老儿一样的逍遥自在的神仙人物，这种洒脱尽显秦地人民的刚健和豪迈。再如夏天义在和当年的情人俊奇娘说了一番话后心情大好，顺口唱起秦腔《五典坡》：

老了老了实老了，十八年老了我王宝钏。

唱段很合时宜地表达出夏天义对当年那段情感往事的美好追忆以及对往事如烟、物是人非的感慨。再如夏天智病逝，悲痛欲绝的白雪为夏天智完整地唱了一曲《藏舟》：

耳听得樵楼上二更四点，小舟内难坏我胡女凤莲，哭了声老爹爹儿难得见，要相逢除非是南柯梦间。

其实，这不仅仅是白雪在为逝去的公爹唱挽歌，也是在为自己的秦腔知音唱挽歌，更是为秦腔势不可挡的衰落而唱挽歌。总之，秦腔戏曲中人物的价值标准成为秦地百姓的精神坐标，在秦腔世界中，失落的人唱它，快意的人唱它，对未来充满期待的人唱它，对现实近乎绝望的人唱它，唱出了秦人对秦腔的痴迷以及秦腔衰落后的无尽苍凉与伤感。

其三，突显作品的主题。在缺少主线的《秦腔》中实则有两条暗线齐头并进，前者围绕秦腔，后者则围绕土地；前者的矛盾在白雪和秦风之间展开，后者的矛盾在夏天义和夏君亭之间展开；白雪和秦风之间的婚姻破裂意味着秦腔的衰落，而秦腔的衰落又直接寓示着民间传统文化的冷落；夏天义淤地失败、夏君亭的改革势不可挡意味着传统农业方式的遗弃和现代文明对乡村伦理道德与秩序的毁灭性冲击。故《秦腔》的主题趋向统一性，众评者皆毫无争议地认为其是"一曲关于传统文化的挽歌，也是对'现代'的叩问和疑惑"①。而这鲜明的主题也暗含在穿插的诸文体中。如小说开篇在夏风和白雪的婚宴上写了副对联：

上联：名场利场无非戏场做不出泼天富贵；

下联：冷药热药总是妙药医不尽遍地炎凉。

此对联在小说中的作用就相当于楔子，加在小说开始之前，起引起正文的作用。其"做不出泼天富贵""医不尽遍地炎凉"则为整个小说打下苍凉的基调：一切名利富贵皆为虚空，世态炎凉势不可挡。再如大年三十为外来户村民写的对联：

上联：来的必有豹变士；下联：去者岂无鱼化才。

随着市场经济的发展，以前封闭、稳定的农村格局开始被打破。村外的人为求发展要闯进来；村中的农民为谋生存要往外走。而闯进来的并非等闲之辈如马大中，走出去的也并非平庸之才如夏风。前者搞活了清风街的经济，但泥沙俱下，破坏了乡间原有的伦理秩序；后者促进了城市文明建设，还带走了对乡土文明的眷恋与秉承。作者借此表达了对乡间文化传统与伦理秩序大势已去的失落与伤感。

贾平凹是当下文坛上的一棵常青树，他以高产、高量、善变、求新而著名于文坛，但若论及其代表作，首先想到的必是《秦腔》。《秦腔》是贾平凹所有作品中获奖次数最多、获奖档次最高、影响力最大的作品。该作品在当代文坛上之所以能产生如此之大的影响，是诸多因素促成的。但《秦腔》在继承古代文备众体基本手法的基础上，根据创作需要灵活地发挥了文备众体在小说中所承担的叙事、审美、立意功能，在一定程度上突显了贾平凹写作与众不同的特色，这也在一定程度上促成了《秦腔》的成功。但遗憾的是，作者在作品中穿插众体时还存在一些不足。首先表现在个别文体内容粗俗肤浅，插入小说意义不大，冲淡了小说的审美特质和文化意蕴。如赵宏声念的一首现代诗：

---

① 孟繁华. 历史主义与"史传传统"终结之后［J］. 南方文坛，2006（4）.

啊！大海，你全是水，啊骏马，你四条腿，啊爱情，你嘴对嘴，久走夜路的人啊，你要撞鬼！

初读这首诗，不知其意。宏声想借此表达自己的失望、怅惘之情。如作品解释：清风街要工业没工业，要资源没资源，又人多地少，唯一的出路就是读书，可读书又能有几个出息得像夏风一样？但作者穿插这首诗，有谁能悟出这位乡村文化人的惆怅与伤感？其次表现在对秦腔曲谱的强行生硬穿插上。曲谱占据了插入文体的半壁江山，作者亲笔誊写的大段曲谱歪歪斜斜、原汁原味地出现在文本中，可其对于不识简谱的读者来说就是个摆设，故有人形象地说："这些曲谱对于不懂秦腔或不识简谱的读者来说就如同公园里的英文说明，不会外语的游客对它没有任何感觉。"① 而这些曲谱除了在文本形式上增添了小说外在的美感之外，对于小说的叙事、立意无多大实际意义。作者这种不管不顾地穿插让读者感觉到一种强行植入广告式的野蛮，当然更多的还是折射出作者对秦腔的热爱以及为其面临没落而产生的焦虑。再其次，中国文学史上将文备众体发挥到极致的要数《红楼梦》，《红楼梦》中的众体特征明显，且各文体均衡发展。《秦腔》中主要文体就是对联和戏文，其余皆为点缀。当然这也不影响作品文备众体的表达，但若将对联的功能发挥到如同《红楼梦》中一样，每章节用对联来拟回目，文体效果也许更佳；要不在文本中把对联的地位提高到如同曲谱一样，用有别于正文的字体单独标出，这样文学效果也许更好。

马克思说："如果你想得到艺术享受，那你必须是一个有艺术修养的人。"② 文学的丰富性决定着一个文本具有"一千个读者一千个哈姆雷特"的阐释可能性，面对重精神、重性情、重气韵的《秦腔》，不同审美倾向和艺术修养的读者自然会品咂到不同的滋味。故在一片叫好声中，还有人认为《秦腔》是"一部形式夸

---

① 余琪.论贾平凹《秦腔》的独特叙事艺术［J］.商洛学院学报，2009（5）.
② ［德国］马克思.1844年经济学哲学手稿［M］.中共中央马克思恩格斯列宁斯大林著作编译局编译，北京：人民出版社，2002：146.

张、内容贫乏的失败之作"[1]。认为作品让人"看到更多的是琐碎的、低迷的、阴暗的甚至猥亵的写作趣味"[2]。这也许缘于其原生态式、对话体式、生活流式书写而产生的阅读障碍。面对褒贬不一的评价，笔者不置可否。但不可否认的是，文备众体的写法在一定程度上冲淡了不足，从文体形式和文化内涵上增添小说言之不尽的艺术魅力。

作者简介

　　贾平凹（1952—），本名贾平娃，出生于陕西省商洛市丹凤县棣花镇，第九届中国作家协会副主席，中国作家协会散文委员会主任，陕西省作家协会主席，西安市文联主席，《延河》《美文》杂志主编。1974年开始发表作品。出版作品有《贾平凹文集》24卷，代表作有《废都》《秦腔》《古炉》《高兴》《带灯》《老生》《极花》《山本》等长篇小说16部。中短篇小说《黑氏》《美穴地》《五魁》及散文《丑石》《商州三录》《天气》等。曾获国家级文学奖五次，即"茅盾文学奖""鲁迅文学奖""全国优秀短篇小说奖""全国优秀中篇小说奖""全国优秀散文（集）奖"。另获"华语传媒文学大奖""施耐庵文学奖""老舍文学奖""冰心散文奖""朱自清散文奖""当代文学奖""人民文学奖"等50余次。获美国"美孚飞马文学奖"、法国"费米娜文学奖"、香港"红楼梦·世界华人长篇小说奖"、首届北京大学"王默人—周安仪世界华文文学奖"、法国"法兰西文学艺术骑士勋章"等。作品被翻译出版为英语、法语、瑞典语、意大利语、西班牙语、德语、俄语、日语、韩语等30多个语种，并被改编为电影、电视、话剧、戏剧等20余种。

① 李建军.是高峰还是低谷——评长篇小说《秦腔》[J].文艺争鸣，2005（4）.
② 王研，肖鹰：阿来写旅游招贴 贾平凹写的是变态文学［J］.辽宁日报，2009（12）.

《秦腔》《腊月·正月》《满月儿》内容简介

《秦腔》（第七届茅盾文学奖获奖作品）：小说以贾平凹的故乡棣花街为原型，通过讲述一个叫清风街的地方近二十年来的发展演变和街上芸芸众生的生老病死、悲欢离合的故事，生动表现了中国社会的历史转型给农村带来的震荡和变化，给农民带来的心灵惊恐和撕裂。小说围绕两条线展开，一条线是秦腔戏曲的衰落与拯救，一条线是农民与土地的关系。这两条线相互纠结，演绎着清风街近三十年的历史。清风街有白家和夏家两大户，白家早已衰败，但白家却出了一个著名的秦腔戏曲演员白雪，白雪嫁给了夏家。夏家家族两代人主宰着清风街，而两代人在坚守土地与逃离土地的变迁中充满了对抗和斗争。小说以细腻平实的语言，采用密实的流年式的书写方式，集中表现了改革开放年代乡村的价值观念、人际关系在传统格局中的深刻变化，字里行间倾注了作者对故乡的一腔深情和对社会转型期农村现状的思考。

《腊月·正月》（第三届全国优秀中篇小说奖获奖作品）：这是一部描写中国农村改革的作品，是在改革开放的时代潮流中应运而生的众多作品中的一部。退休教师韩玄子，在知识、名望、家庭经济实力等方面远胜于出身贫寒、地位卑微的普通乡民王才，但王才顺应时代发展的潮流，积极参与经济变革，不无艰难却一步步走上创业道路。韩玄子想方设法算计王才，竭力阻遏王才的发展，最终陷入四面楚歌的却是他自己。而且，这一新旧替代的过程只经历了从"腊月"到"正月"短短一个月的时间。小说对韩玄子在竞争中迅速败北的结局安排，充分显示出经济变革对农村社会的人际关系、对农民观念意识、习惯带来的重大冲击和令人惊叹的变化。

《满月儿》（第一届全国优秀短篇小说奖获奖作品）：作品展示了一幅幅农村新人新事的动人生活画面。在今天的贾平凹这里顶多只够上一篇习作的水平。作品以"育种"为诗眼，抓住农科站满儿、月儿这对姐妹勤奋上进和搞科研间隙里活泼单纯的一举一动，揭示了从"文革"噩梦中苏醒的人们身上开始显露的"心灵美"。她们育种、学外文、踏碌碡、抬木头、捉螃蟹等，通过这些日常琐事，竭力探索的却是生活的新变化和人物的美好心灵。

阅读指导与思考

1. 何谓"文备众体"？

2. 当代作家小说创作中"文备众体"现状如何？

3. "文备众体"在小说叙述中承担着哪些功能？

4. "文备众体"体现出作家哪些爱好倾向与综合素养储备？

推荐课外阅读

1. 费秉勋. 贾平凹论［M］. 陕西人民出版社，2018.

2. 李斌，陈桂婷. 贾平凹创作问题批判［M］. 湖南大学出版社，2015.

3. 健涛. 告诉你一个真实的贾平凹［M］. 陕西师范大学出版总社有限公司，2014.

4. 孙见喜，孙立盎. 贾平凹传［M］. 陕西人民出版社，2017.

中国大学 MOOC 链接：

1. 90 年代以来的长篇小说研究 _ 北京大学 _ 中国大学 MOOC（慕课）https：//www.icourse163.org/course/PKU−1460889162.

2. 中国当代文学 _ 北京大学 _ 中国大学 MOOC（慕课）https：//www.icourse163.org/course/PKU−1205722813.

第三讲

:

精神立场与艺术呈现
——张炜《声音》《一潭清水》等导读

在以长篇为中心文类的当代文坛，诸多知名作家多以长篇扬名。成名之前，他们大都有着一定数量与质量的中短篇创作（当然也有极少数作家不是这样）。不同作家对待早期创作的态度不同，有避而不谈者，有轻描淡写者，也有敝帚自珍者。张炜属于后者。他将1973—1996年间无论发表与否的中短篇小说全部结集出版，并在序言中表明心迹："我在近四十年的写作生涯中，除了长篇小说和散文之外，共写了十三部中篇小说和一百多部短篇小说。这是我最钟爱的文体，我把许多宝贵的时间花在这些篇章之中，可以说为之殚精竭虑"。在他眼中，这些作品将"成为一次盘点，一次回顾和总结"，并认为"也许这就是文学的意义、写作的意义"①。可见早期的中短篇创作对于张炜而言意义非同小可，但这些作品的接受状况如何？从已有的研究成果看，张炜的长篇写作已得到大家高度的关注。相对而言，对其体量同样庞大的中短篇创作，关注者较少，有限的评议大多来自《声音》《一潭清水》等几部影响较大的作品，大致认为张炜早期创作"价值取向带有较为明显的主流意识形态化的印记"②，这些创作对张炜而言只是"一

---

① 张炜.张炜中短篇小说年编·序［M］.合肥：安徽文艺出版社，2012.
② 王辉.论张炜小说创作中的阈限性因素［J］.烟台大学学报（哲社科版），2006（3）.

个文学准备期"①。对于这些声音，若不细读作品，谁也无法置喙。同理，正因缺少对前期作品的了解，如此背景下的张炜长篇接受难免也会陷入"只见树木不见森林"的武断，即便出现偏激的质疑、荒唐的误读甚至无端的厌烦等现象也不足为怪。而 1973—1996 年间，中国的文学经历了被僭越、复兴、高潮、疲惫等阶段，张炜也从文学青年成长为知名作家，在此过程中，张炜的写作相应经历了怎样的探索与嬗变？与长篇创作之间又存在怎样的关联？基此逻辑起点，从精神立场的确定、呈现方式的选择等视角考察张炜中短篇创作，对于读者无缝融入张炜的文学世界，客观评价张炜的长篇写作等皆具有一定的文学意义。

一、"实""虚"互化的精神立场

对于张炜的早期创作及后来的文坛地位，批评家摩罗曾评价其为"起点很低、跨度很大"②。其采用实虚观阐明理由："实"指实在的生活经验，"虚"指上级组织规定的只能说幸福之类"虚"的观念，认为张炜虽拥有"实"，但在"虚"的影响下，所编织的美好都是空的表象。如此说来，张炜的起点确实低，但何以在 1986 年达到《古船》的高度？论者将其归因为张炜的"勤勉艰辛"，如此解释似乎有些牵强。在此不必急于辩论，不妨化用其创设的实虚观来探析张炜在早期创作中所持的精神立场，或许不辨自明。化用实虚观的"实"也可理解为生活体验，"虚"则指生命体验。面对时代与生活，每个作家都会拥有自己的"实"，但拥有何等的"虚"则充分体现着其何等的艺术修养与精神深度。以此探究张炜的中短篇创作（由于时间跨度大，作品多，为了论述的方便，以其第一次创作、第一次发表、第一部长篇的问世以及最后一部中篇的发表为节点，将其创作分为 1973—1979、1980—1985、1986—1996 三个阶段），不难发现其面对时代与生活的精神立场呈"实""虚"相间、以"虚"化"实"的演变趋势。

1973—1979 年应属张炜的文学启蒙与自我训练期。作为刚出道的文学爱好

① 房伟. 从启蒙思者到自然之子——张炜 90 年代小说与当代文学史［J］. 文艺争鸣，2019（1）.
② 摩罗. 灵魂搏斗的抛物线：张炜小说的编年史研究［J］. 当代作家评论，1997（5）.

者，写什么、为谁写、怎么写等皆处于朦胧摸索中。从理论上讲，张炜的出生代际似乎为他的写作设下不好的开局，因为其文学启蒙正好始于一个需要文学歌功颂德的时代，于是摩罗据此推断张炜的起初写作难逃"好人好事"的模式①。回到写作现场可窥，张炜的起初写作确实多围绕时代洪流展开，虽思想单纯，但情感真诚，更为难得的是面对时代有了独立的思考。

创作伊始，张炜的创作基调乐观。"那时候我刚随大家进入新时期，觉得高兴，以为整个民族都兴高采烈，所以那种情绪进入了作品。②"《小河日夜唱》等围绕社会主义现代化建设，歌颂积极参与建设的人们。《木头车》宣扬劳动光荣、扎根农村建设光荣的世界观。《花生》提倡走近自然、热爱土地的教育观。《叶春》等主张志同道合的恋爱观。《槐岗》《善良》则鼓励新时期女性面对婚姻、家庭、工作时主体意识的自我确认。除了歌唱和鼓励，面对时代的阴暗，张炜在几部可归为"伤痕""反思"文学的作品中表达了愤怒与批判，《在路上》反省"文革"造成的悲剧；《人的价值》痛惜"文革"时期人的价值的失落。诸如此类的还有《自语》《七月》等。

虽积极回应时代，但张炜的视野并非完全聚焦于时代洪流，而听随本心，超越时代，捕捉自己的"虚"。他认为作家"需要有独立思考的精神，只载自己之'道'"③。这点摩罗也有同感，他以《一潭清水》为例发觉张炜在抗御政治意识形态的控制时"捍卫的乃是人性深处的某种需要"④，并判断其日后能在文坛脱颖而出靠的就是这种独特。所言极是，此时期张炜开始构建自己的"虚"，主要体现为：一是关注时代洪流中超越时代的人性冷暖与品质贵劣等问题。如《开滩》中看滩老头虽敬业有加，但凶残的本性令人憎恨。《公羊大角弯弯》《蝉唱》等则以对比的方式呼唤温暖人性，对生性凶残者有着本能的厌恶。《田根本》则震撼于农民田根本在不起眼的修路砌砖工作中所表现出的求真、敬业和专业精神。二是远离时代大道，探幽世外小道，构建个人的精神栖地，如《槐花饼》偏离时代重

---

① 摩罗. 灵魂搏斗的抛物线：张炜小说的编年史研究［J］. 当代作家评论，1997（5）.

② 张炜. 问答录精选［M］. 济南：山东友谊出版社，1996：34.

③ 张炜. 失去的朋友［M］// 张炜散文随笔年编第1卷，长沙：湖南文艺出版社，2013：92.

④ 摩罗. 灵魂搏斗的抛物线：张炜小说的编年史研究［J］. 当代作家评论，1997（5）.

大题材，转向温馨的田园农场，为读者塑造爱动物、会做槐花饼、擅长讲故事的看林老人。《铺老》描绘看滩人远离喧嚣、散淡有趣的生活。《玉米》则凸显民间野地人与动物的和谐。

1980—1985 年对于张炜来说意义重大。《操心的父亲》的发表意味着张炜正式进入文坛，《声音》《一潭清水》的获奖意味着张炜在人格上完成一次锻造和宣示，在力量上进行一次爆发和检阅，从此进入自信而又自由的创作阶段。而当时正是中国诗歌以及中短篇小说的黄金期，活跃的文化争鸣助推着文化思潮的风起云涌。如此语境中，张炜在构建"实""虚"之路上的演进显得顺理成章。

《操心的父亲》中的父亲虽操碎了心，但对国家现代化建设依然信心满满。《声音》《山楂林》中年轻人抑制不住对知识的渴望、对进步的追求。《芦青河边》《天蓝色的木屐》《拉拉谷》《紫色眉豆花》《野椿树》《红麻》等继续关注青年男女追求纯真的感情和自然的天性，拒绝封建传统思想对自由与个性的扼杀。和前期反思"文革"的激愤不同，此时期批判的声音主要源于现代化进程中既得利益者对无辜弱者的侮辱与损害，具有精神启蒙倾向。《护秋之夜》《秋雨洗葡萄》《秋天的思索》《黄沙》《童眸》《秋天的愤怒》等则为了捍卫尊严与平等，善良的弱者勇于与对立势力相抗争。

在紧贴时代的同时，张炜沿着既定方向继续展开对"虚"的开掘。《看野枣》《古井》《一潭清水》《海边的雪》等一方面呼唤温暖人性，向往美好健康生命，一方面批判人性之恶，反思人性之杂。与此同时，细腻善思的张炜还保持超越时代的生活哲思，如《生长蘑菇的地方》《烟叶》《烟斗》等。而在个人精神栖地的构建上，《荒原》首次出现"流浪"，渴望回归自然以寻求心灵的归宿。《猎伴》首次出现"背叛"，深恶痛绝之情溢于言表。《灌木的故事》则提出生活中要学会隐忍，但面对人的尊严与底线，绝不妥协，展示出不与世俗同流合污的决绝。

1986—1996 年国内的文化语境发生更大变化，西方现代主义文化思潮、国内的文化寻根思潮乃至人文精神大讨论等多种文化资源与活动齐头并进，激荡着作家本已澎湃的内心。而时代的开放导致社会话题的多元，失去中心主题的共同关注，作家的写作也由之前的"共名"转向"无名"。张炜的写作虽一直积极入世，但随着时代语境的变化，此时期的写作主题亦转向多元，"实""虚"的界线开始模糊，二者互化甚至合二为一，在"虚"的路向上向纵深推进。

首先体现为对时代现实问题的回应。《冬景》以冬日老人的回忆讲述相继失去三个儿子的悲痛。《山洞》以哥哥视角讲述弟弟死于开采山洞的不幸遭遇。《唯一的红军》中的老红军呼吁修筑通往原野和大海的马路，但迎来的却是人们对草原和树林的践踏。《持枪手》与《秋天的愤怒》互文，与邪恶力量势不两立。《葡萄园》将愤怒的枪口指向果园压榨果农的小头目老黑刀。《请拯救艺术家》与《童瞳》互文，阐述艺术在物质至上时代的尴尬处境。这些作品揭示现代工业文明、权力、金钱等对人们造成的种种伤害，道出底层人民的不幸。同时作者聚焦历史，在对历史的讲述中反思现实。亦是对现代历史的反思。《背叛》和张弦的《八庙山上的女人》题材相似，皆写革命者对糟糠之妻的背叛，但处理方式和价值主张不同。面对背叛，张弦力讽背叛者的虚伪，让善良者受难，背叛者继续风光。张炜却以直报怨，以德报德，让背叛者受罚，并以浓浓的乡土伦理情感展现"自然人"对背叛者的原谅与拯救。《一个人的战争》重新审视英雄：一个从未消灭过敌人、不断制造骚乱给百姓带来祸害、心中想着勾引大户姨太太的英雄，算不算英雄？此时期盛行新历史小说，作者对英雄的质疑也带有一定解构色彩。二是聚焦于古代历史。如《造船》《射鱼》将批判的矛头指向血腥残暴、违背天命、乞求永生的独裁者秦王。《王血》则有着一定的现实讽刺意义，王血意味着王权与诱惑，自古以来世人皆崇拜王血、供奉王血。

其次体现为对人性、情感等的精神之思。相对于前期对恋爱话题的一元化描述，此时期作者对男女情感的描述多元化。一是将男女情感融于人性揭示之中，并伴有谋杀、死亡、背叛等黑色元素，爱情不再单纯美好，人性的自私使其变得凶险。《蜂巢》中的养蜂人为了占有女人，多次用特制药膏吸引蜜蜂蜇死对手，最后也难逃女人毒手。《绿桨》中的打鱼人为了捍卫爱情，用绿桨杀死长期霸占女人的恶棍。《四哥的腿》中的四哥为了爱情弄残一条腿，但女人为自保始终拒绝承认与事情的关联。二是为读者描述一种令人充满遐想的男女情感。《采树鳔》中女主人公和小木匠之间因对树鳔的共同情感而生出暧昧。《满地落叶》中的男女主人公因喜欢读书与大自然等共同爱好而心灵契合。《美妙雨夜》则写雨夜漫步偶遇陌生女孩而度过美妙雨夜。张炜评价《拉拉谷》中的个性解放时谈道："比较起来，爱情的发展所遵循的原则及爱情表白，还是过去的好些。①"可见他更推崇单纯美好的爱情，而不是掺杂现代元素的男女之情。此时期张炜继续保持对生活的哲思，如《阳光》《仙女》等，但更多兴趣集中在个人精神栖地的构建上。有论者认为张炜的写作以 20 世纪 90 年代为界实现了由启蒙思者向自然之子的转变②。依据作品看，其实两种角色始终在场，只是此时期后者的诉求更强烈，如《满地落叶》以一名城市人的逃离表明对洁净、宁静的大自然的喜爱与追随。《怀念黑潭中的黑鱼》以鱼族的诚信反衬人类的狡猾。

总之，张炜一直关注时代，始终奋力于自我精神栖地的构建，只是随着时间的推移而使构建的内容经历了由单纯转为复杂、博大和丰富的更新。与此同时，他的情感与情绪在调整，批判与反思的力度在加强，进而形成一种稳定的结构性力量，正如他自己所总结，"我的写作大约分成两大部分。一部分是对于记忆的那片天地的直接描绘和怀念"，"另一部分则是对欲望和喧闹的外部世界的质疑"③。"记忆的那片天地"或许暗指"自然"，不仅指客观存在的大自然，也指隐喻的自然天性与美好人性，此乃作者渴望、缅怀、追忆、思念的对象。"外部世界"或许可理解为欲望和喧嚣，涉及改革现实，也涉及悠远的历史。这种以纯真、美好的"自然"对抗物欲化、技术化"社会"的二元对立写作结构不仅影响着精神立场的确定，也影响着作者的艺术呈现思维。

二、"意""技"互融的美学呈现

评价一个作家，"实"的成分大同小异，关键要看"虚"的构成以及如何艺术地呈现这些构成。提及张炜的艺术表达，评论界已形成一些诸如"诗性守望""生

---

① 张炜.张炜自选集·一潭清水·后记［M］.北京：作家出版社，1996：417.
② 房伟.从启蒙思者到自然之子——张炜 90 年代小说与当代文学史［J］.文艺争鸣，2019（1）.
③ 孔范今，施战军.张炜研究资料［M］.济南：山东文艺出版社，2006：63.

态写作"等标签式关键词。这些评价主要来自长篇，若用来评价中短篇是否妥帖？若不是，中短篇创作与这些关键词之间又呈什么关系？这些问题的存在促使我们有必要进一步了解其艺术呈现方式。回到写作现场，则发现张炜很重视艺术形式的创新，认为"好的作家在艺术形式上的努力，最终是为了更加亲近他追求的自然和谐的境界"①。其艺术呈现方式多样，尤其表征为"意"与"技"的互融。"意"包含多层含义，首先是"意象"，这是张炜中短篇小说最鲜明的特色；其次是"寓意"，和意象相关联，含有哲思的意味；再次是"诗意"，诗意的话语方式也与意象相连，但与主观情感联系更紧密。"技"即"技艺"，即"用什么写"的问题，"用什么写"对于"写什么"的重要性不言而喻，张炜也认为"艺术家面临的最大问题，往往是怎样运用技艺，以便有效地呈现和抵达"②。张炜的技艺主要体现为对现实主义、现代主义、浪漫主义等多种流派技巧的杂糅。"意""技"互融在结构设置、叙述手法以及话语表达上凸显着张炜式艺术呈现特色。

"意""技"互融的首层表征则是"意象"与多元技艺的结合构成意象型结构，深度诠释作品寓意。张炜喜欢并擅长选择意象，借助象征和寓意来结构作品，这点可从其一贯的标题命名窥见一斑，如《锈刀》《激动》《阳光》等，他认为"书名绝非是一种总结和概括，而应该是一种意象，就像天上的太阳，要照耀全书笼罩全书"③。谈及《九月寓言》取名起因，也是"最先捕捉到的一个意象"④。一般意义上说，意象在作品中暗示着某种观念、哲理、情感等，有了它作品才有了解释的多种可能。对此莫言的说法很形象，认为"没有象征和寓意的小说是清汤寡水"⑤。借助意象的象征可根据内涵大小将其分为个体意象象征（根据内涵属性，又可分为特定性意象象征和独创性意象象征）和整体文本象征。前者如自然界中的长河落日、草原戈壁等，当其成为中心意象时，既有自然的物象性质，又有一定的象征意义。后者不依赖某个特定意象，而是借助小说的基本情

① 张炜.失去的朋友［M］//张炜散文随笔年编（第1卷），长沙：湖南文艺出版社，2013：228.
② 张炜.文学的一个开关［J］.小说评论，2018（4）.
③ 王延辉.张炜肖像［J］.扬子江评论，2010（2）.
④ 张炜.张炜关于《九月寓言》答记者问［M］//张炜文集（第2卷），上海：上海文艺出版社，1997：56.
⑤ 贺立华，杨守森.莫言研究资料［M］.济南：山东大学出版社，1992：103.

节、人物命运以及叙事结构等构成整体形象体系来诠释思想和观念，此形象体系"具备小说的表层涵义与象征涵义，表层涵义往往取决于小说的题材性质，象征涵义则同样是作家的额外赋予"①。以此观照，张炜的意象型结构可分为个体独创性意象结构和整体文本象征结构。前者典型如《钻玉米地》。玉米地的表层含义则为实体玉米地。在那里，人们能找到诸如瓜果、猫、猪仔、媳妇等实在物质，还能找到诸如热闹、安静、沉思乃至离世老伴。玉米地遂变成人们的精神栖息地。作者运用现实主义手法，尽力提供现实逻辑，让一切变得真实可信，但也带有浪漫主义成分，如小古奶奶与离世老伴的重逢、嬉戏、对话等细节，则超越现实，需要借助幻想与想象的参与。这种既现实又浪漫的手法，似真非真，饶有深意。张炜在文末意味深长地说道："一个人只要耐住心性，只要信服大玉米地，大玉米地就会帮你。"这种信念使人想起勃兰兑斯所言，"浪漫主义的特征不在于他追求这种幸福，而在于他相信这种幸福的存在"②。张炜坚信人类的幸福来自土地与大自然，借以表达对土地的深爱。诸如此类的作品较多，《锈刀》中立下战功的宝刀如今锈迹斑斑，但打磨之后还是宝刀，人一旦上锈则后果严重，面对主人公不成器的儿子，发出"一代不如一代"的喟叹，不禁使人想起《红高粱家族》中莫言对"种的退化"的喟叹。《挖掘》的意图在于挖掘过程中的感悟：老人不为劝诱所动，默默挖掘着并不值钱却是珍品的沙参，启迪人们要学会守住内心。这些意象皆来自日常生活，附加了作者对生活的哲思，构成小说的中心意象，从寓意上统帅全文。而在整体文本象征结构中，寓意的表达则依赖于作品的整体叙事，如《橡树的微笑》采用暗示、穿插、阻隔等现代主义手法，展开对"橡树的微笑"的寓意阐释，隐现其间的是人与树的情感、人与动物的深情、人与人之间的呵护或欺凌。诸如此类的作品还有如《夜莺》中的"夜莺"只是一道布景，但正好应景表达作者对"美是生活"的向往。《一潭清水》中的"清水"象征着坦荡无私的人性如同一潭清水，清澈见底。

"意""技"互融的第二层表征则是"寓意"的生成与构思的融合，体现在叙

---

① 南帆.小说的象征模式［M］//吴亮.象征主义小说，长春：时代文艺出版社，1988：6.
② ［丹麦］勃兰兑斯.十九世纪文学主流（第2卷）［M］.张道真译，北京：人民文学出版社，1992：207.

述方式上则表征为各种叙述手法的综合运用。在视角安排上，作者大多采用第一和第三人称，但还巧妙运用非正常视角，如《三想》《鱼的故事》中以母狼、老树以及鱼儿弱势无助的视角看待人类的粗暴行为，显得触目惊心。此外还创造性运用因词生文、灵异叙事、反讽等构思与手法，灵活表达各种"虚"。《激动》因词生文的构思与《马桥词典》的写作理念有着异曲同工之妙。每个词语都蕴含世人不同的理解，都负载丰富的人间故事。文中几个孩子也对"激动"产生了探讨的兴趣，他们纷纷援引故事来证明"激动"的威力，用故事说明"激动"的动力来自人的尊严遭到践踏后的愤怒。而《我和老椿树》《怀念深潭中的黑鱼》则以魔幻手法写出人与椿树、黑鱼的通灵，《狐狸与酒》《书房》则写出人狐相通、人与鬼魂的对话，尤其是狐狸贪酒、狐狸附体等情节，带有几分志怪小说的"聊斋"气息。而《蘑菇七种》的构思更巧妙，文本包含三个故事，既是关于凶杀案的破案故事，又是老者追求年轻女教师的恋爱故事，也是林场内部严酷的夺权故事。三个故事交织进行，自由、复杂却又单纯。其通篇采用语言与情节反讽，以动物视角呈现以老丁为首的各类人物极度夸张的表演，小题大做，真假莫辨，化滑稽为严肃，转神圣为幽默，逼真描摹群体对权力的膜拜、对美色的窥视等丑相，勘探出生命存在的荒谬感，营造出众声喧哗的复调效果。作者对此构思也很满意，认为"它极可能是我全部作品中最好的之一。这部书中所表现的激情，思维的自由，想象的能力，以及它的有趣，都是我今天极为羡慕的"[1]。

"意""技"互融的第三层表征则是凭借各种技艺传达作者的"诗意"，尤其体现在话语表达方式上。为倾情传达诗意，张炜的话语方式五彩斑斓，既有清纯透明、简洁空灵的唯美如《夜莺》《拉拉谷》等，也有晦涩含蓄、欲言又止的节制如《橡树的微笑》《采树鳔》等，但让人印象深刻的还是那些或丰沛饱满或漫长自由或忧虑激愤的抒情语体，这些作品通过书信、辩论、对话、独白、诘问等方式表达着他的抗议与热望，如《请拯救艺术家》以书信往来的方式，自问自答、激愤难平，道出一个艺术爱好者在物质至上的现代社会所遭受的打击和羞

---

① 孔范今，施战军．张炜研究资料［M］．济南：山东文艺出版社，2006：60.

辱。《梦中苦辩》假托梦境与来者争辩，控诉人类对生命的不尊重，尤其是对忠诚善良的狗类的无辜杀害。《三想》中的"三想"既可理解为"我"、母狼以及老白果树三者的冥想，也可理解为"多想"，其以置换的动植物视角谴责人类的不友善行为，发出"一个物种没有必要将另一个物种赶尽杀绝"的呼告。《致不孝之子》则借父亲的来信探讨现代人的精神姿态，以父辈的身份严厉抨击虚伪、精致的现代文明人，希望世人挺拔、清洁做人，回归朴素的立世之风。《远行之嘱》以远行前姐弟俩的对话回忆家族往事，发出"忠于友谊，忠于最宝贵的东西，一辈子不要中伤他人"的劝告。除此之外，作者还在漫无边际的玄想与悠长深远的回忆中流淌深情，《我弥留之际》让"我"在弥留之际与已故父母、爱人、好友进行心灵交流，表明死亡即永生，回归绿色原野亦是归宿的生死观。《旧时景物》按方位顺序回忆儿时茅屋周围的景物与人事，不禁生出现代工业文明破坏美好精神原乡的感伤。最能彰显诗情的话语表达则数《蘑菇七种》。作者采用"文备众体"手法，巧妙插入情书、生日颂辞、学术论文等文类，进行一场语体盛宴。"暮色苍茫，树影如山，宝物出巡了。"单看这样的领起或结尾，则能大约领略其独特的话语风采。"宝物"乃看林狗，老丁则是小林子（归属国有林场）的看林人，总场为加强管理，加派三人构成林业小组，临时指定由小六负责管理，但老丁自封场长，于是一场在小组内部由老丁发起的争班夺权的闹剧上演。为加强闹剧效果，作者铺排多种语体：押韵上口的民间故事韵文；气势磅礴的仿"文革"体学习心得；洋洋洒洒的论文《蘑菇与书籍比较史》；煞有介事的《蘑菇辩》；滑稽可笑的求爱信、半文半白的《老丁颂》等，其中还夹杂注释、戏文，再加上俯拾即是的四字短语与排比句式，使得文本极富张力，在嬉笑怒骂中淋漓表达作者对权力的憎恨，对一切黑暗与丑恶的蔑视。

三、对接或错位的精神对话

"意""技"互融的呈现方式与"实""虚"相间的精神立场相协调，也与前文提及关于长篇写作艺术表达的评价相吻合。至此不难看出，张炜的中短篇创作所形成的精神格局与艺术基调在长篇中得以延续与发展。稍作整理可窥一斑：如从内容和具体细节看，《家族》《柏慧》中有关家族历史和现代生活遭遇的内容与《他的琴》《石榴》《问母亲》《逝去的人和岁月》《一个故事刚刚开始》《旧时景物》《书房》《远行之嘱》《童眸》《黄沙》等相关联。《刺猬歌》中的很多细节与《狐狸和酒》《造船》《射鱼》《海边的风》《瀛洲思絮录》等相关联。如从写作手法看，张炜的长篇无论是个体意象象征还是整体文本象征都寄予一定的寓意与思考，典型如《古船》《九月寓言》等，相关论述较多，不再赘述。再从精神立场和主旨表达看，正如张炜所言，当时代语境在改变时，他却在强调自己一以贯之的东西："回头看看，我不过一直在说那么几句话。有时声音大一些，有时声音小一些。到了 90 年代中期，我还在说以前的话，不过我的音质不可能一成不变，谁也不能。"①"那么几句话"不妨理解为稳定的精神立场与写作结构，变化的"音质"或可理解为艺术手法的创新等。这点从其活跃的文体创新可窥一斑，如《柏慧》的书信体、《家族》的双线体、《外省书》《丑行或浪漫》的纪传体、《能不忆蜀葵》的反讽、《刺猬歌》的浪漫魔幻等。还有论者从"主题原型"视角发现长篇与中短篇存在关联，如《三想》《问母亲》《我的老椿树》《梦中苦辩》等借助"主题原型"②生发的意义体现在《九月寓言》《柏慧》《刺猬歌》等作品中，尤其早期"动物报恩系列传说"和"感恩的动物忘恩的人"等故事类型可视为民间故事传说在长篇中的当代呈现。

　　大致了解张炜中短篇小说的整体状貌，为我们分析张炜的长篇小说打下基础。承前所述，目前评论界对于张炜的长篇已形成一些公认的评价，这些解读在不同层面上丰富了我们对张炜的理解，但也存在一些必须引起我们注意的质疑之声，主要体现在以下几个方面：一是关于精神立场的质疑。有论者认为张炜"站立的是绝望的、向后的农业文化立场，所表现的是一种守旧的、没落的文化对于现代文明发展的绝望与诅咒"③。有论者认为《家族》"所喻示给我们的是他的迷乱

---

① 张钧，张炜. "劳动使我沉静"——张炜访谈录 [J]. 小说评论，2005（3）.

② 王光东. 意义的生成——张炜小说中的"主题原型"阐释 [J]. 当代作家评论，2008（4）.

③ 贺仲明. 否定中的溃退与背离：八十年代精神之一种嬗变——以张炜为例 [J]. 文艺争鸣，2000（3）.

与狂躁的文化选择的一个极为有趣的纪录"①。还有论者认为张炜"似乎是一个二元论者，在他的小说世界里中，很少中间人物"，"与此相应，小说中几乎没有犹疑或苟且的心态"②。二是关于表达方式的质疑。有论者认为"当已知天命的作家还像一群永远长不大的孩子在一个母性十足的女性怀抱撒娇……担心他们的写作会发展成我们时代的自闭症和抑郁症"③。有论者认为《九月寓言》"写了一些有名有姓的人物，但总使人感觉模模糊糊，不太准确的样子"④。有论者认为《外省书》和《能不忆蜀葵》给人的感觉是"'慌'的道德美学与'慌'的文体"，"叙述者对每个人的叙述都是匆匆忙忙、理念化"⑤。

上述只是简单罗列，限于篇幅，不再铺叙。不可否认，文学研究不同于科学研究，它强调分歧，强调促成一个关于我们所研究文本的具有持续性的分歧，而这分歧或许正是研究文本所需发掘的独特性。但上述关于张炜长篇研究的分歧，在更大程度上表明论者与作者之间在关于写作观、价值观等方面的对接存在一定错位。厘清这些错位需要回到张炜小说写作的起点，了解其写作的精神背景，熟悉其一以贯之的写作意图以及与之相适合的艺术表达方式。关于这些，前文已有详细论述，在此稍作重点梳理。

首先，张炜并不是简单粗暴的"文化保守主义者"。张炜的精神立场确实表征为传统与现代、乡村与城市、自然与社会、超越与世俗等系列二元对立结构。对此，张炜的态度也很坚定，"一个人连最基本的'二元'之勇都没有，也肯定不会有起码的正义，更不会有什么'多元'的宽容和真实"⑥。实际上其精神立场并非完全僵化的二元对立，论者认为他反对一切与"现代"相关的观念与事物，如对"现代性"的否定，但其一以贯之的精神构建本身就是启蒙现代性的体现；其不断求新探变的艺术追求正是审美现代性的体现；其对各种流派技巧的包容兼

① 张颐武.《家族》：疲惫而狂躁的挣扎［J］.文学自由谈，1996（1）.
② 阎怀兰.张炜小说《你在高原》中的女性人物审美形象分析［J］.湖南科技学院学报，2011（7）.
③ 何平.张炜创作局限论［J］.钟山，2007（3）.
④ 邓晓芒.文学与文化三论［M］.武汉：湖北人民出版社，2005：488.
⑤ 郑坚."慌"的道德美学与"慌"的文体——读张炜的近作［J］.湖南大学学报（社科版）2003（4）.
⑥ 孔范今，施战军.张炜研究资料［M］.济南：山东文艺出版社，2006：59.

收也是开放现代性的体现。认为其反对市场经济与工业文明，其实他并非要求回到原始社会，主要反对市场语境下人心的浮躁以及向下的精神姿态。他也并不赞美贫穷，只是"强调知识分子甚至每个处于商业、物质、世俗大潮中的人'从现代世界里退避'的重要，强调'安静'和'朴素'的珍贵，以及面对贫穷时的无畏"①。质言之，张炜面对世界不可阻挡的现代化潮流，呼告世人要守住内心，保持精神清洁，遵循"天人合一，地灵万物"的宇宙观。而世人皆随呼啸而来的现代化快车疾驰，对于张炜的振臂疾呼觉得有些不合时宜，甚至部分论者对其所持的文化立场冠以"没落""狂躁"等词，也显示其不加掩饰的偏激。

其次，张炜的写作是精神式写作。张炜一方面紧贴现实生动呈现时代嬗变中纷繁复杂的社会生活，一方面顺应内心构建自我精神栖园。随着时代的发展，最终以强大的精神力量对中国社会及至整个人类文明发展方向作出全面思索。这点程光炜先生的总结很精辟，认为新时期以来小说创作有着两条主脉，"一个是贾平凹、莫言、王安忆等人的日常生活的路子，另一个是张承志、张炜、韩少功反映精神生活的路子"②。既然是精神式写作，与之相适应的写作动机、艺术表达等必然带有精神式写作的特色。张炜的写作带有鲜明的理想主义底色。他爱文学，认为作家不是职业，只是个人的精神追求与理想。他爱大自然，认为"一个不热爱大自然的人，难以培养起很强的美的感受能力，也难以写出有华彩的文章，更成不了真正的作家"③。他更爱精神的纯洁。多方相融,遂将写作过程变成人格升华与道德完善的过程。为了实现他的文学理想，他相信"作家不是靠某一部作品创造奇迹的人,作家是靠一生的艰辛来完成自己的人"④。了解张炜式写作立场与文学观，论者们所指摘的不足或许有了答案。为了构建精神栖地，张炜将写作意图寓言化，认为"真正的寓言性丝毫不会伤害它的真实度，更不会影响它的质朴"⑤。若以纯粹现实逻辑看待张炜作品中的人物、细节、叙述方法等，产生人物

① 王侃.保守主义、二元思维与诗性拯救——张炜今识［J］.文艺争鸣，2019（1）.

② 程光炜.张炜小说的意义——在"张炜与中国当代文学"座谈会上的发言［J］.文艺争鸣，2019（10）.

③ 王延辉.张炜肖像［M］.扬子江评论，2010（2）.

④ 张钧，张炜."劳动使我沉静"——张炜访谈录［M］.小说，2005（3）.

⑤ 张炜.张炜自选集：葡萄园畅谈录［M］.北京：作家出版社，1996：93.

模糊、叙述理念化等不适也在情理之中。

有论者曾言，阅读张炜需要勇气，因为"作品中所蕴含的那种道德的力量，常常让我们自省"①。同时我们不得不承认，作为专业读者阅读张炜的作品也需要勇气，不仅因为张炜的创作体量庞大，关键是他的写作"有强大的精神背景，有自己的人物谱系，也有自己对历史、土地的广阔的看法，在他的写作轨迹中，有雄心，有大的视野和志向，有一个写作的高度"②。因此，要想读懂张炜，只有同张炜一道，将生命根植于大地，在中国的文化传统中寻找中国经验和中国话语，才有可能走进对方的心灵世界，才有可能用一颗心灵理解另一颗心灵。对此，张炜亦有清醒的认识，认为他的读者其实是有特指的，喜欢他的作品的人永远不会成为大多数。甚至，他还倔强地认为："我既不为'大众'，也不为'小众'写作，我是为'另一个我'去写。③"所以，研究张炜的论者必须明白，张炜的文学理想是立志要做一个超越时代而不是内在于时代的作家。阅读，了解，对接，然后才能进行深度的精神交流，这是理解张炜的正道，也是中国文学研究的正道。

作者简介

张炜（1956—），出生于山东省龙口市，现为山东省作家协会主席，万松浦书院院长，兼任山东师范大学、鲁东大学中文系教授，曾任山东省龙口市副市长、市委副书记等职。曾获茅盾文学奖、全国优秀短篇小说奖、十月文学奖中篇小说奖、全国优秀儿童文学奖小说奖等。1975年开始发表作品，处女作为《芦青河告诉我》。长篇小说有《古船》《九月寓言》《柏慧》《远河远山》《能不忆蜀葵》《丑行或浪漫》《我的田园》《怀念与追记》《家族》《外省书》《刺猬歌》《你在高原》等。中篇小说有《秋天的愤怒》《蘑菇七种》《瀛州思絮录》等。短篇小说有《玉米》《声音》《一潭清水》等。散文《融入野地》《夜思》《筑万松浦记》等。诗集《皈依之路》《家住万松浦》等。有

① 张涛.当代文学中的"庞然大物"——"张炜与中国当代文学"研讨会综述［J］.文艺争鸣，2019（10）.
② 张涛.当代文学中的"庞然大物"——"张炜与中国当代文学"研讨会综述［J］.文艺争鸣，2019（10）.
③ 张炜.小说与动物［M］//张炜散文随笔年编（第17卷）.长沙：湖南文艺出版，2013：19.

《张炜自选集》（6 卷）、《张炜文集》（6 卷）、《张炜文库》（10 卷）等多种文集出版。《楚辞笔记》是解读和研究屈原的一部书。《芳心似火》是一部谈论齐文化的专著。2010 年长篇小说《你在高原》堪称世界文学史中最长的一部作品，2011 年获第八届茅盾文学奖。2012 年发表长篇儿童小说《半岛哈里哈气》。2015 年出版儿童小说《寻找鱼王》。2016 年发表长篇小说《独药师》，12 月当选为中国作协副主席。2018 年发表长篇小说《艾约堡秘史》。2020 年出版首部长篇非虚构作品《我的原野盛宴》，6 月出版《张炜文集》50 卷，7 月出版人物研究评传《斑斓志》。

《声音》《一潭清水》《你在高原》内容简介

《声音》（第五届全国优秀短篇小说奖获奖作品）：小说既没有复杂曲折的故事情节，也没有意义重大的社会内容，主要描写一对农村青年男女在平凡的劳动中相识、相知、别离的经过，成功塑造了新时期初农村青年形象。农村女青年二兰子在家庭中无足轻重，生活单调，由此也产生一丝丝怨愤。每日清晨，她必须到森林里给家中的老牛割一捆青草。一日，当她进入大森林中，大自然的美景似乎唤醒她心中沉睡多年的感情，脱口对着林子大声喊"大刀唻，小刀唻"，听到声音在林间引起一阵沙沙的震动，没有料到这声呼喊竟然引来河西岸一位小伙子"大姑娘唻，小姑娘唻"的回应，这使她感到震惊、羞涩和胆怯，只好用表面上的斥责、疯狂的劳动以及长时间的沉默来掩饰内心的兴奋与激动。之后，小伙子的声音在林间继续响起，但她都强制自己没有回应。十天后，对方的声音开始消失，她才突然感觉到心灵的空虚和情感的失落，忍不住向河西岸发出第二次呼喊，最终难以抗拒声音的诱惑，大胆走进对岸的森林。然而，看到站在自己面前的竟是一个身体丑陋的罗锅儿时，她大失所望，甚至觉得受了声音的欺骗。在以后的交往中，她逐渐被小罗锅内在的魅力所征服。小罗锅从小受尽屈辱，却没有泯灭做人的尊严和对理想的追求，拼命学习外语，不仅是要找到一条新的出路，更重要的是要超越自我，寻求人生的价值。他用真诚与热情开启了二兰子那颗封闭的心灵，让她抛掉自卑，充分认识到自己的价值。小说的末尾，二兰子和小罗锅分手，从此各自走向人生的征途。二兰子发出最后一次呼喊，表达了深深的歉意、无限的感激和美好的祝福，表达了她对生活的启悟以及某种在人与人之间永难消除的怅惘和遗憾。

《一潭清水》(第七届全国优秀短篇小说奖获奖作品)：这篇小说与《声音》一样，是当时传播广泛、影响较大的短篇小说，正是这两篇小说，使得张炜成为令人瞩目的青年作家。《一潭清水》也标志着张炜小说基本结构的完形。故事虽简单，却包含着张炜小说非常重要的近乎二元对立的价值体验：自然与社会的两极对立。小说以土地承包为界线，土地承包前，海边的西瓜地里，看瓜地的老人徐宝册、老六哥和"瓜魔"小林法三个人的关系和谐融洽，亲如一家。瓜地旁边的"一潭清水"也是一种象征，暗示那种和谐而美好的自然生活状态。但是，土地承包以后，徐宝册、老六哥承包了西瓜地，这种和谐美好的生活被打破。老六哥舍不得给小林法吃西瓜，甚至觉得小林法有些多余，徐宝册为此生气地离开了老搭档老六哥，为别人看护葡萄园，之后小林法常去徐宝册那里玩耍。徐宝册和小林法怀念往日的西瓜地，怀念那种亲密和谐的生活，怀念"那潭清水"，渴望重建往昔美好和谐的生活。

《你在高原》(第八届茅盾文学奖获奖作品)：张炜在长达二十多年的时间里创作完成长达 450 万字的《你在高原》。全书三十九卷，分为十个单元 (《家族》《橡树路》《海客谈瀛洲》《鹿眼》《忆阿雅》《我的田园》《人的杂志》《曙光与暮色》《荒原纪事》《无边的游荡》)。除了《家族》等两个单元做了修改和重写之外，其余则是第一次正式面世的作品。从语言到故事，从形式到内容，从韵致到意境，《你在高原》的分卷各不相同，创作风格差异之大令人叹为观止，它们几乎囊括了自十九世纪以来所有的文学探索。这种极为罕见的巨大的创造性书写，很难想象会发生在同一个作者身上。这是一部足踏大地之书，一部行走之书，一部时代的伟大记录。各种人物和传奇、各种隐秘的艺术与生命的密码悉数囊括其中，它的辽阔旷远与缜密精致得到了完美的结合。它的强大的思想的力量和令人尊敬的疯狂的激情，给人以巨大的冲击力。

阅读指导与思考

1. 你认同摩罗评价张炜写作"起点很低，跨度很大"的观点吗？
2. 如何理解张炜小说中的"实"与"虚"？
3. 张炜在小说中如何处理"意"与"技"的关系？
4. 有人认为张炜小说中的精神立场是非黑即白的二元对立立场，你认同吗？

推荐课外阅读

1. 张其鹏，亓凤珍. 张炜评传［M］. 河南文艺出版社，2021.
2. 孔范今，施战军. ［M］. 黄轶. 张炜研究资料，山东文艺出版社，2006.
3. 张炜. 张炜文学回忆录［M］. 广东人民出版社，2017.
4. 张炜. 张炜中短篇小说年编［M］. 安徽文艺出版社，2012.

中国大学 MOOC 链接：

1. 90 年代以来的长篇小说研究 _ 北京大学 _ 中国大学 MOOC（慕课）https：//www.icourse163.org/course/PKU-1460889162.

2. 中国当代小说选读 _ 复旦大学 _ 中国大学 MOOC（慕课）https：//www.icourse163.org/course/FUDAN-1205951804.

第四讲

·
·
·

境界叙事的审美生成

——徐怀中《牵风记》导读

早在 1980 年,《西线轶事》在全国优秀短篇小说评比中以高票得分名列榜首,叶圣陶先生评价该作充分展现了徐怀中压抑多年的"创造境界"的才华①。此乃从创新性角度肯定了徐怀中的写作,而真正体现"艺术境界"的作品应是多年后问世的《牵风记》。"境界"一词,最初在古代典籍中②出现,诸多记载皆表明"境界"本指一定的疆土范围。自佛学东渐以后,在对佛经的翻译中,译者便开始借用"境界"的地域空间之意,表述个体心灵所能达到的觉悟状态,也即心灵空间。之后,"境界"便不再以一种实体的身份存在,而是以一种关系、一种相互效应的抽象意义彰显,作为中国美学的一种理论存在。

在中国美学史上,王国维总结提出"境界说",确立了美学意义上的"境界论"。此论不仅用于阐释诗学,在小说、戏曲研究等方面皆能获得全新视野。"境界"本义指生命个体所能达到的一种理想精神状态。在王国维看来,艺术境界与

<hr />

① 叶圣陶.读〈我们播种爱情〉[N].光明日报,1960-2-6.
② 《新序·杂事》载"守封疆,谨境界"。《东征赋》云:"到长垣之让界,察农野之居民"。许慎在《说文解字》云:"竟,乐曲尽为竟;界,竟也。"段玉裁注曰:"竟,俗本作境,今正。乐曲尽为竟,引申为凡边竟之称。"《后汉书·仲长统传》载"当更制其境界,使之者不过二百里"。

人生境界相通，艺术的功用与价值不在于是否成功再现了客观对象本身，而是在对象的呈现中所能达到的精神层次。在《人间词话》中，王国维提出"有境界"与"无境界"之说，认为"能写真景物、真感情者谓之有境界，否则谓之无境界。"①何谓"真景物""真感情"？在王国维看来，这里的"真"绝非客观实在之"真"，而是一种纯粹之"真"，即能体现"理念"的具有终极价值的"真"。"真景物"是无法从客观的关系限制之处获得，而是按照"理念"所呈现的美，而所谓"真感情"亦即能够呈现"理念"的人类之感情。正因如此，李后主便有了如释迦牟尼、基督等"担荷人类罪恶之意"②。很显然，王国维的"境界说"将艺术家的认知与情感提高到形而上的终极关怀与体验的层面，并以此确立诗学的精神内核。

承上所述，从诗学意义上说，作为一种审美标准与诗学理想，境界不是诗学本体的规定与解说，而是形而上的由终极关怀引导的终极体验，其不仅包括有形的审美评判，还包括无形的精神尺度，是审美主体通过体悟所达到的超然心境。而对于作家而言，其考虑更多的是故事讲述是否精彩、主题揭示是否深刻、人物塑造是否生动、艺术手法是否巧妙等内容，"故事性""思想性""艺术性"始终是衡量作品高低优劣的主导标准，鲜有作家将诗学意义上的"境界"作为创作的终极目标，也鲜有读者有着欲从小说中品出"境界"的奢望。而依据"境界"的美学本义，在小说创作中若想抵达此境，作家不仅要成功地再现客观对象本身，更重要的则是在审美对象的呈现过程中达到超然的审美心境，而从"境界"的内核构成来看，作家的审美状态是否自由本真、作品的价值形态是否超越功利性、作家是否遵循内在审美机制等要素的具备则是抵达理想之境的不二路径。

一、审美境界：自由·超越·至美

以"境界说"观照《牵风记》，则发现其在成功再现客观对象的基础上，在作家的审美状态、作品的价值形态以及形式样态的至美体现等方面与境界叙事表

① 王国维.人间词话 [M].北京：人民文学出版社，1960：193.
② 王国维.人间词话 [M].北京：人民文学出版社，1960：198.

现出惊人的一致性，彰显了文学创作最理想的审美追求与艺术境界。

毋庸置疑，创作过程中创作主体的心境、心绪等会直接影响着作家与作品的审美状态。"历经沧桑风风雨雨，跨越世纪门槛，一路镗过来了，我不再瞻前顾后①。这是作者写作《牵风记》时的心境流露，这种心境自然会在创作中体现。打开文本，瞬间则被作者从容的心境、超脱的心态所感染。如开篇借古琴传心声。古琴分散音、泛音、按音，三种音色交相辉映则气象万千，但作者对传统的、气势磅礴的"七十二滚拂"法不感兴趣，却喜好散音那"不做过多缓急变化，任其一路流淌下去"，让人领略"不舍昼夜"的意味和内在神韵。可见，作者对各种约束和受限有着本能的抵触，渴望本着一种自由本真的心态来面对人生，诗意生活。这种心态化到笔端，投射到创作中，则看出其对生死、时间乃至世间万物的超然心态。如对生死的超然心态。汪可逾知晓大限已至，从容清洗体内外污垢，去除身外之物，平静离世，如同平静来到这个世界一样。此种生死观在文中还借助意象"纸团儿"进行阐发：被揉皱的纸团儿，浸泡在清水中，会逐渐平展开来，直至回复为本来的一张纸。人，一生一世的全过程，亦应作如是观。如此阐发意犹未尽，还借碑文《银杏树》作进一步阐释②。对通信兵曹水儿的人生设计，亦体现这种超然心态。曹水儿一身功夫，屡立战功，是战争年代的稀缺人才，但因生活作风问题触犯军纪被枪决。但他只接受处决而不接受五花大绑，并在刑场上劝慰和保护陪刑的女人，如此快意跳脱，完全活出了自己。两个人物以各自的方式走完短暂而璀璨的一生，相对于首长齐竞的苟活于世，启迪读者重新审视生死的意义。如对时间的超然心态。在作者眼中，时间不仅是历时的、动态的、稍纵即逝的，也是共时的、静态的，在"不舍昼夜"中保持着相对的永恒。这种超越古今的时间观在文中多处出现。初次会面论琴，主张现代时间观的齐竞吟出"丝桐合为琴，中有太古声。古声澹无味，不称今人情"，汪可逾回应："七弦为

---

① 徐怀中，傅逸尘. 战争叙事的"超验主义"审美新向度——关于长篇小说〈牵风记〉的对话 [J]. 小说评论，2019（5）.

② 人的一生，不外是沿着各自设计的一条直线向前延伸，步步为营，极力进取。而汪可逾却是刚刚起步，便已经踏上归途，直至回返零公里。从呱呱坠地，便如同一个揉皱的纸团儿，被丢进盛满清水的玻璃杯。她用去整整十九个冬春，才在清水浸泡中渐渐展平开来，直至回复为本来的一张白纸。

益友，两耳是知音。心境即声淡，其间无古今。"在回应齐竞对空弦音的误解时，汪可逾再次表明其时间观："认真计算下来，汉代至今，这才没有几天的事儿。"而汪可逾对银杏树的迷恋，也主要缘于其作为"生物活化石"的绵长不绝与生机勃发，"人树合一"亦体现作者对这种超越性与永恒性的本真诉求。如对世俗伦理的超然心态。按世俗观念，曹水儿沾花拈草乃恶习，与之交往的众多农家妇人也本该是被唾弃的对象，但作者充满善意："乡下妇女，难道就不向往走出烟熏火燎的灶屋间，去探索一下奇妙无穷的外部世界？难道就不编织着一串又一串罗曼蒂克的美梦？"此番述评明显有着对苦难生活中男欢女爱、两情相悦的几分赞许。一位妇人因曹水儿怀孕，其不以为丑事，却坚持要将孩子生下来，作者以半调侃半认真的语调评述："不，这位未来的母亲是在示威，她重合着嘹亮激越的军号声，傲然向世界宣告：我生了！我养了！我胜利了！"令人啼笑皆非，又不免为这原始迸发的生命活力与温暖人性而感动。

除自由畅意地表达本真观念，在"如何表达"上也呈现出一定的自主自由状态。《牵风记》在故事讲述、人物塑造、视角安排等方面，采用的是现实主义手法，若将其加个前缀，既不是"革命的"或"魔幻的"，也不是"社会主义的"或"资产阶级的"，更不是"否定的"或"静止的"，而是回到人类艺术的起源，偏向于建立在无神论基础上的超越现实主义，但又与超现实主义 [①] 有着质的区别。作者在尊重现实逻辑、强调细节真实的基础上，采用艺术形式描述审美对象，将现实与幻想相结合，构建出现实主义与浪漫主义相融的审美图像，这与强调直觉的超验主义 [②] 有着异曲同工之妙。正是在此理念的指引下，《牵风记》的故事建构极其自由，尤其在后半部分，围绕溶洞的发现、汪可逾的"羽化"及人树合一、滩枣与汪可逾的心灵感应等描写，若从现实逻辑性看着实令人费解，作者也承认这些细节的不可思议，但为了书写的自由及与主题表达的和谐，作者直

[①] 超现实主义致力于探索人类的潜意识心理，主张突破合乎逻辑与实际的现实观，彻底放弃以逻辑和有序经验记忆为基础的现实形象，将现实观念与本能、潜意识及梦的经验相融合展现人类深层心理中的形象世界。

[②] 超验主义的核心观点是主张人能超越感觉和理性而直接认识真理，崇尚直觉和感受，崇尚生命和自然，崇尚自由和独立的精神。宣称存在一种理想的精神实体，超越于经验和科学之外，通过直觉得以把握。

接以人物自省的方式①给了读者一个不算交代的交代。在这里，写实与写意、实然与或然、思辨与抒情高度融合，渲染出浓郁的神秘气息。尽管作者遵循现实与艺术同构的逻辑，但这种手法还是引起诸如"战争年代几乎不可能出现类似这样的女性""或许过于理想化了"等质疑②。虽然作者在行文中贯穿始终的评议与作品的文学背景、气韵、品格相协调，但对于这些俯拾即是的评议，也有论者提出疑问，认为文中多处出现的议论跳脱故事，阻断了情节链条③，作者回应："时至今日，我已经不再将小说创作中引入议论文字视为危途，而看作是人物性格发展以及故事情节向前推进的自然延伸。"④此番解释则表明他的自由超脱心态：常规小说写作的一些忌讳在作者眼里已无足轻重，一切都取决于作者表达的心态。即便知道存在不能被读者理解与接受的危险，但为了更好地实现自己的审美诉求，作者不会否定自己的理想，只会下更大功夫让读者理解并接受自己。

　　文艺创作若以超现实的、形而上的追寻为目的，文艺作品必定强调纯美的艺术品格。因此，从某种意义上说，判别作品有无境界，就是确定作品有无审美的品格，而所谓"境界"和"品格"，则是一种综合的尺度，其价值准则必须是超越现实和非功利的。《牵风记》在写作目的上呈现出对现实有限功利性的超越。曾有论者质疑作品"置残酷的战争进程于不顾的叙事策略显然是有意为之，因此小说中的战争状态或言氛围相对来说是淡漠甚至缺失的"。这种理解则是由对写作目的要求不同所造成的。作者的回答充分体现此点："进一步强化战争进程，对于作者可说是驾轻就熟，顺手拈来。即或略略加强如何克敌制胜，如何扭转战局，便不是你看到的这本《牵风记》，那是另外的一本书了。"言下之意，《牵风记》的写作目的并不是要正面演绎那段战争历史，让这部关于历史的小说承担起"以史为鉴"的反思功能，实际上则是以战地生活为背景，在战争的彩云流变

①尽管内心存在一个个疑团，但对老军马为汪参谋所做的安排，齐竞却充分予以理解。

②徐怀中，傅逸尘.战争叙事的"超验主义"审美新向度——关于长篇小说《牵风记》的对话［J］.小说评论，2019（5）.

③徐怀中，傅逸尘.战争叙事的"超验主义"审美新向度——关于长篇小说《牵风记》的对话［J］.小说评论，2019（5）.

④徐怀中，傅逸尘.战争叙事的"超验主义"审美新向度——关于长篇小说《牵风记》的对话［J］.小说评论，2019（5）.

之间，采撷几株个体生命的标本即"三人一马"，通过这几株标本表达超然物外、天人合一的和谐理念和对"美"的不遗余力地发现，超越了小说"教化"或"启迪"等有限功利性功能。

作品以汪可逾、曹水儿为中心，通过他们与社会、自然、人以及物件的对象化过程，畅意表达和谐观。一是人与社会的和谐。虽然汪可逾积极投身革命，但其参加革命的目的只有一个：让人民早日过上稳定幸福的生活。在她眼中，战是为了不战。所以她支持革命，一次次勇敢地冲在最前线，哪怕遭受赤身裸体的尴尬、遭遇强暴的切身之痛，甚至一次次与死神擦肩而过，从不退缩。但她厌恶战争中的死亡与流血，对每一个生命个体表示极度的尊重与爱惜。为了不踩踏几具敌军的尸体，宁可接受通报批评也不后悔；为了保全一船女人的性命，不惜带头赤身裸体作人体展览；突围过程中，曹水儿孤身杀敌数人，她却痛苦地哀叹他身上沾染的那股气味。这种超越时代、阶级乃至国家、民族、地域的仁爱之心，让"小我"与"大我"深度融合，正好回应了读者提出"人物不是生活在战争中"的质疑。二是人与自然的和谐。作者着墨最多的几株标本中，战马滩枣占据重要地位。曹水儿、汪可逾和滩枣的感情极其亲近，曹水儿在突围过程中驾驭战马跨过黄泛区时几乎人马合一，而汪可逾虽不能自如驾驭战马，却与其有着天然的亲近感，尤其在汪可逾为其弹奏《关山月》之后，滩枣成了汪可逾无言的知音。只要古琴声起，滩枣总会悄然出现，尤其在老战马作为野马处理消失后，在汪可逾和曹水儿困在溶洞数月之时，一曲无弦《关山月》却引来老军马的驻足聆听。在汪可逾"坐化溶洞"后，奄奄一息的老军马再次出现，拼尽最后一点气力将其遗体拖出洞中，搬至银杏树树洞，帮助汪可逾完成生前遗愿。汪可逾最喜欢的树种是银杏树，最后能被滩枣安置在银杏树树洞里，真正做到人马合一，心心相通；人树合一，天地同存。三是人与人之间的和谐。作品中人物关系多舒缓自然，即便存有对立与冲突，也非狂风暴雨式的你死我活，一切皆在无声中化解。如汪可逾和曹水儿之间，前者纯粹善良，后者英勇不羁，后者在日常接触中逐渐发现前者超越常人的生理"缺陷"即天生的毫无心计，随即对其充满敬慕畏怯之情，虽风流成性却毫无邪念地尽力照顾她。从本质上说，他们是同类人，汪可逾走了，曹水儿的心也死了，这也是促使其坦然赴死的原因之一。曹水儿的死有些憋屈，比及汪可逾的"人树合一"，战士死在战争的子弹下，不管这子弹是正义的还是邪恶的，也算死得其所。而在汪可逾和齐竞之间，齐竞的身份决定他的现实功利立场，和汪可逾之间注定存在着不可协调的冲突。从某种意义上说，汪可逾的死，由齐竞所致。齐竞身上始终存有两个"自我"在博弈，"大我"时刻约束着他，使他漠视美好和善良，崇尚纯净和美好的本性又促使他无限迷恋汪可逾的一切，二者博弈的结果在"美"被毁灭的瞬间揭晓，其与汪可逾的矛盾也瞬间化解。"美"的客观形式虽被毁灭，但"美"的精神永世长存，齐竞苟活残年，最终以《银杏树》碑文完成自我救赎，在"安乐死"中幸福离世。这种和谐关系不仅体现在人物之间，人物自身内部也有体现。如汪可逾即便历经一次次暴风骤雨式洗礼，经历后天生活的点点习染，依然保持内外世界的协调一致。其在人生重要关头，总是听从内心呼唤，顺应天性做出选择，即便这些选择一次次使其陷入难境。四是人与物件的和谐。作品中贯穿始终的物件是古琴。汪可逾怀抱古琴登场，一曲《高山流水》展示了她与齐竞迥然不同的人生境界；一曲《关山月》暗示了人马殊途同一的人生归宿。最终，历经战争的磨难，珍贵的古琴被毁。即便面对残琴，"在人不在器，若有心自释，无弦可也"，弥留之际，依然能在无弦的琴面上弹奏出令人"洋洋乎！诚古调希声者乎"的曲子，正如"万物有盛衰，唯音声无变"，真正做到人琴合一，曲尽人散，唯音永恒。

王国维云："诗人就宇宙人生，须入乎其内，又须出乎其外。入乎其内，故能写之，出乎其外，故能观之。"（《人间词话》）"原夫文学之所以有境界者，以其能观也"（《人间词乙稿》序）可见，无论"入"还是"出"，有一个基本前提就是"能观"，即具有审美直观与领悟能力。有论者曾质疑《牵风记》："小说中大量的讨论音乐、摄影、书法艺术以及时空、地质等科学问题不免有些突兀和虚妄，而人物在战场环境下的大量艺术化行为更会令人产生轻浮之感。[1]"殊不知，《牵风记》的写作，在内容上，作者凭着直觉美感，尽力捕捉诸多超越于战

---

① 徐怀中，傅逸尘．战争叙事的"超验主义"审美新向度——关于长篇小说《牵风记》的对话［J］．小说评论，2019（5）．

争之上诸如艺术美、自然美、人性美、生命美等"美"的东西，最大限度彰显对"美"的追求；在表达上，作者也本着纯粹的审美直观，在"战争小说"这块画布上，以结构、意象等为借镜，为读者绘制一幅至美文本。

首先体现在对各种"美"不遗余力地彰显上。小说部分章标题则是各种类型"美"的凝练呈现。一是艺术美。开篇"隆隆炮声中传来一曲《高山流水》"则是整个作品的基调：诗意、散淡、纯净，虽然这场军民同乐晚会举办的时间是日军大扫荡的某个夜晚，但所有倾听者对曾经的杀戮与灾难记忆模糊，唯独对古琴曲难以忘怀。作者以述议的方式为读者勾勒出一幅超越于现实之外的迷人画面①。"现代人的听觉依然处在休眠期"再次探讨音乐之魅力。"一道明丽灿烂的战地风景""军事指挥艺术是铁血之气的结晶"则是对汪可逾爽快挺秀的书法艺术由衷的赞叹。"一名女八路 一只灰鸽 一簇蒲公英"则是汪可逾的人体艺术以及摄影艺术的展示与欣赏。"你错误地选择了自己的出生年代"则是对小春壶先天自然的表演艺术的赞叹。二是人性美。在作者笔下，汪可逾身上集结了人类太多美好的自然天性，如"让春天随后赶来就好了"中的礼貌与标志性的天然微笑。"他发现了一颗未经命名的小行星"中的毫不设防与了无心机。"以晋冀鲁豫三千万人民的名义""黄河七月桃花汛"以及"这种气味不是河水清洗得掉的"则集中体现了其仁慈与敬畏生命之心。"零体温握手"中与齐竞的诀别展示其高贵的灵魂与强烈的自尊。而在曹水儿、老军马、齐竞身上也负载着作者对美好人性的向往与喜爱，如"野有蔓草"对曹水儿天然自成的原始生命力的喜爱。"活在二十世纪的古代野马群"中对回归天性、狂野无羁的战马群的礼赞。"瑟瑟战栗的紫薇老树"中对美好爱情的笃信与坚守。三是生活中一切直觉的审美。文中无处不彰显着作者的美学倾向，如对女性的审美标准则以优美为主，汪可逾则是优美的化身：健壮不乏娇弱的体态，匀称而又协调的巧手，近乎强迫成症的爱清洁、爱整齐、爱对称等。如对曹水儿阳刚帅气之美的描绘，对战地生活美的随意捕捉等。在对战地生活的记忆打捞中，能对作者产生惊艳的多是这些来自日常生活、大自

---

① 敌我双方作战指挥的电报讯号往返交错，在茫茫夜空织成了一张无形的网。汪姑娘的古琴曲，悠悠然穿过那张炽热的电讯网，虽疾风流云远远传向四方。

然以及人性深处的美，而在文本建构过程中，这些由美感直觉所产生的美学体悟与作者的和谐观相融，升华为一种澄明的理想审美境界。

其次体现在对审美对象的至美表现上。一是结构的灵动诗意。从表层内容看，《牵风记》的故事始于 1942 年日军大扫荡，止于 1948 年初大别山敌军围剿的撤退，这是小说叙事的明线，但作者没有遵循既有的历史事实来行文，而是在明线之下潜伏着一条暗线即"三人一马"的情感变化：如汪可逾与齐竞之间由初次相识，朦胧的爱意，再到和谐的相处，再到彻底分手；如曹水儿与汪可逾之间由不了解，到爱慕畏怯，再到誓死怜惜；汪可逾与老军马之间由天然亲近，到互为知音，到同患难情意深，同眠大别山。正是这明暗两线，构成小说形散神不散的灵动诗意结构。同时，作者还赋予其一定寓意，如首尾安排"演奏终了之后的序曲""与序曲同步之尾声"，将整个作品喻为一首曲子，序曲与尾声互为循环，一切开始意味着结束，一切尾声又意味着新的开始，如此反复，体现着作者的循环观。二是意象的丰赡美好。《牵风记》特色之一则是以丰赡的意象表达丰富的情感。诸多意象如《高山流水》、春天、紫薇老树、蔓草、小行星、战地风景、灰鸽、蒲公英、野马群、银杏树等则直接以标题彰显，寄寓着作者的美好心愿。有些意象如《高山流水》、战马、银杏树等则起着结构情节、突显主题之用。有些意象如春天暗喻美好的爱情；紫薇老树暗喻对爱情的坚守；蔓草既是《诗经》意象、也喻民间风情；灰鸽是理性安静的思想者、也喻爱情使者；蒲公英则代表永不止息的爱等。在描绘这些意象时，作者采用泼墨大写意与工笔画式细描相交融的方法，使微观世界与宏观层面、形而下与形而上两相呼应，传达悠远寓意，有机构建至美文本。

二、审美生成：沉默·自觉·固守

若将《牵风记》所呈现的境界叙事比作一棵树，很显然，这棵树的生成需要诸如阳光、雨露、养分等必备的外在条件，更为核心的则是这粒种子的客观存在。对于徐怀中来说，先天的艺术禀赋和审美执念如同一颗种子，深埋作家心中，尽管半个世纪以来，历经不同时期的各种制约，甚至一度搁笔。这种执念在各种思想文化资源的浸染与碰撞下，一旦条件合适，就会迎着阳光，吮着雨露，茁壮长成一棵枝繁叶茂的大树。

按自然时间分期，徐怀中的小说写作大致分为四个时期[①]，即 1954 至 1964 年；1980 至 1985 年；1999 至 2000 年；2014 至 2018 年。如此看来，虽然从事写作六十余年，但真正写作时间也就二十年。换言之，他的写作生涯中，更多是"保持沉默"这种状态。为何保持沉默？沉默之余，其写作又呈什么状态？弄清这个问题有助于我们了解《牵风记》境界叙事的形成。

徐怀中第一个活跃期的作品[②]多关注时代重大题材，表达符合主流意识形态的宏大主题，如关于汉族和少数民族之间冲突与融合的思考。《我们播种爱情》讲述西藏和平解放以后，汉藏两族人民逐步消除隔阂、走向融洽的过程。《卖酒女》反映了傣族人民在新中国成立后的生活变化及汉傣民族融合的过程。《无情的情人》关注的则是西藏带有中世纪色彩的社会矛盾。其他短篇则盛赞革命战士的优秀品质，揭示人物至纯的集体主义精神和英雄主义气概，如《地上的长虹》以修筑康藏公路为题材，表现人民解放军干部和战士的劳动精神和高贵的革命品质。《十五棵向日葵》描写在长征途中因病被留在藏区，十五年始终不忘革命的女宣传队员。《雪松》描写一心扑在踏勘工作上，不愿回家过小日子的营教导员。《不褪色的旗》写英勇牺牲在筑路工地，临终要求将遗体远埋的班长和他的英雄班。《四月花泛》写心底无私、为了战友甘愿牺牲自己探家时间的坦克兵。

从上述作品的选材及主题揭示可推断徐怀中当时的写作状态是积极向上的。他坦承"五十年代初，国家正在青春年少，构成了人民群众精神状态上一个令人难忘的黄金时期。特别是青年人，思想单纯，积极向上，富于为革命献身的精

---

① 第一阶段即是十七年时期即 1954 至 1964 年，其作品尤其活跃在 1956–1957 年即百花齐放、百家争鸣的文学写作时期，代表作为《我们播种爱情》《无情的情人》；第二阶段是新时期初期即 1980 至 1985 年，也是中国当代文学的黄金复活期，代表作为《西线轶事》；第三阶段是新世纪之交即 1999 至 2000 年，作品为《来也匆匆，去也匆匆》《或许你见过日出》；第四阶段则是 2014 至 2018 年写作出版《牵风记》。

② 《地上的长虹》（中篇）1954 年、《十五棵向日葵》（短篇）1956 年、《雪松》（短篇小说）1956 年、《松耳石》（短篇）1956 年、《我们播种爱情》（长篇）1956 年、《不褪色的旗》（短篇）1957 年、《卖酒女》（短篇）1958 年、《阿哥老田》（短篇）1959 年、《无情的情人》（电影剧本）1959 年、《四月花泛》（短篇）1964 年。

神"①。在共和国的这段时期，部队文工团出身、同样青春年少的徐怀中怀着极大的热情和希冀开始了他的创作生涯，以极快的速度写出起点高并迅速走向成熟的系列小说，其中《我们播种爱情》在国际国内赢得相当声誉。这些作品在价值立场上积极向主流意识形态靠拢，表达对党的伟大事业的敬意，赞扬革命集体主义与英雄主义精神。有论者曾高度评价《地上的长虹》"用极大的热情及时反映这一英雄业绩，歌颂了参加这一伟大工程的英雄，也描写了筑路部队中先进的与保守的思想斗争"②。但即便如此，还有人指责"作者全凭主观臆造，歪曲了现实"③。依据是作者在突出这些人物时，任意描绘他们"落后"的一面，把革命部队的光荣传统完全从小说中抹掉了。其实，所谓的"落后"主要指老战士在艰苦的工作中偶尔情绪会低落；连长不识字，不讲卫生，好发脾气；团政治委员竟然有谈恋爱的倾向；先进战士并不先进，竟在梦中梦见女学生等。这种概念化、简单化的文学观和超越阶级、回归文学的文学观相比，徐怀中明显和时代保持了距离。

因褒贬不一，对处女作的批判并没有对作者造成大的影响。1957 年底，徐怀中在《松耳石》的基础上写出《无情的情人》。虽然很谨慎，但"不想正赶上了下一次风浪，招来一场规模不大不小的批判④。在艺术上，《无情的情人》避免了当时流行的简单化和概念化弊端，尽力探索人性的多面性与复杂性，这也正是其不同凡响之处，但最终以鼓吹阶级调和、宣传资产阶级人性论的罪名遭到批判。迫于政治压力，徐怀中作了自我检查。此后，除却《四月花泛》，徐怀中整整沉默二十年，《四月花泛》也可看做其在沉默之余所作的挣扎。此文作为"四好五好战士"征文发表，作者回忆："我并没有想过如何配合"四好五好"运动。写这篇东西，希望做到出自平凡，近乎天然。着意于生活中的诗意和情趣，着意于人物细微的感情波澜，而回避任何人为的强烈的戏剧性波折。⑤"《四月花泛》是配合运动的产物，在当时的文化语境里，顺应潮流似乎是种本能，但从作品的

---

① 徐怀中 . 爬行者的足迹——文学自传［J］. 青春，1982（3）.

② 袁一宗 . 对《地上的长虹》及其批评的一点看法［J］. 解放军文艺，1955（4）.

③ 于德同 . 一篇主观臆造的小说［J］. 解放军文艺，1955（1）.

④ 方位编 . 徐怀中代表作［M］. 郑州：河南人民出版社，1988（3）.

⑤ 徐怀中 . 爬行者的足迹——文学自传［J］. 青春，1982（3）.

写作理念来看，我们看到了作者的挣扎，这种挣扎是对文学追求的一种坚守，也标示着精神世界中高贵与平庸以及卑俗的界线。

正是这种执念，促使徐怀中以沉默的方式度过了创作的黄金年代。新时期初，已沉默二十余年的徐怀中迎来了写作的第二个活跃期①。相比之前，少了激情，多了沉静，题材依然紧扣时代重大话题，关注的依然是人情与人性，变化的是思想，作者开始追求"要有主观热情的燃烧，要有哪怕是并不值得重视的，却是属于我自己的一点思考和发现"②。如《西线轶事》取材于中国对越自卫反击战，主人公是几位女通信兵以及一个有着女孩名的男步话机员。表现战争的惨烈是军旅小说的应有之义，然而徐怀中无意于用文学的方式正面演绎战争场面，而是在战争的氛围中向读者展示其所蕴含的历史深刻性和生命丰富性。而在当时，伤痕文学、反思文学大行其道，同样作为伤痕人物，徐怀中有着自己的思考，他没有让人物声泪俱下地控诉，而是让人物有怨恨有热爱，有反思有期待，有颓废也有忠诚。刘毛妹的形象与新时期诸多伤痕人物相比，显得格外丰富真实，正如作者所言，"英雄人物则分明应当是普通的真实的人，应当具有一种率真的美"③。《没有翅膀的天使》关注科研知识分子的生存状态，但作者荡开一笔描绘了爱岗敬业的护士成长为科研人员的历程，尽管他们的科研实验没有达到预期效果，但不息的是一颗求真的心。不过作品重点突出的还不止这些，而是女主人公那颗天性爱美的心。《那泪汪汪的一对杏核眼》讲述了新时期年轻人崭新的恋爱观与择偶观，表明作者开始远离宏大主题，关注"小我"内心体验。《一位没有战功的老军人》中老军人的形象使读者想起同时期张弦的反思力作《八庙山上的女人》，同为有功之人，张弦力讽这位躺在功劳簿上接受人们爱戴实则薄情寡义的虚伪男人。徐怀中笔下的这位老军人，同样有愧于女人：为了减轻国家负担，加强农村建设，始终不让出身农村的女人随军，最后让其在年壮时积劳成疾离世。老军人离休后带着深深的忏悔来到亡妻的故乡，在这里追忆过去，展开未来。老军人这种超越

---

① 《西线轶事》（短篇）1980 年、《阮氏丁香》（中篇）1981 年、《没有翅膀的天使》（短篇）1981 年、《那泪汪汪的一对杏核眼》（短篇）1983 年、《一位没有战功的老军人》（中篇）1984 年。

② 徐怀中.没有翅膀的天使·后记［M］// 徐怀中小说选，成都：四川文艺出版社，1986：4.

③ 徐怀中.爬行者的足迹［M］.青春，1982（3）.

世俗的思想行为浸润着作者几十年的生命经历所赋予的感慨与体验，也传递着作者开始进入升华的高级人生境界的信息。

徐怀中的第一次复出是成功的，《西线轶事》惊艳了文坛，有论者称"开启了新时期军旅小说创作新生命的先河"①。这是对其二十余年沉默的一种回报，也是对其坚守文学理念的一种肯定，但仅有的几部作品却折射出作者的心境由积极转向沉静，尤其对人物的表现也由"大我"转向"小我"。之后，除却新世纪之交的两个短篇，作者又保持沉默三十余年。对于第一次沉默，作者解释："多年来我写东西太少，客观原因不去讲它，主要是由于自己缺少许多有志于写作的同志那种自强不息的精神。'文革'中几个朋友互相鼓励说，还是要写，写完了放着，总有一天可以拿出来的。说是这么说，心灰意冷，年复一年过去了，没有提起笔。②"那么，对于第二次沉默的原因，实在令人费解，但若回到1984年那位忏悔的"老军人"那里，再续接上新世纪之交的两个短篇，或许能找到些许蛛丝马迹。

新世纪之交，作者开启了写作生涯中的第二次短暂复出，但这次作品数量极少③，且意味非凡。《来也匆匆，去也匆匆》描写陌生女子的决绝赴死，作者毫不掩饰对纯净、自然、死亡等的赞叹与欣赏，表达对理想女性的一种设想。《或许你曾见到过日出》则表达作者对"标志性微笑"的推崇，那种无意识的、先天的、发自内心的赤子之笑，一旦沾染上社会习气就不再出现，作者对此怅然若失。两个短篇的问世则表明作者的心境已发生很大变化，所谓的革命集体主义、英雄主义等宏大主题一并消失，剩下的则是对"小我"幽微人性的品读与观照。这种对至纯人性美的追求与超然物外的人生境界的思考，若作单独阅读，或许令人不明就里，但若结合那位老军人的"境界"，再看《牵风记》与新世纪之交两个短篇的联系④，我们可推断在当下多元文化语境里，作者对人生的哲思以及对"美"的追求已经定位为不二的审美标准与艺术追求。以此观照，作者第三次以

---

① 方位编.徐怀中代表作［M］.郑州：河南人民出版社，1988：9.

② 徐怀中.透过弥漫的硝烟——答陈骏涛同志［J］.十月，1981（6）.

③《来也匆匆，去也匆匆》（短篇）1999年、《或许你看到过日出》（短篇）2000年.

④《来也匆匆，去也匆匆》扉页上关于"纸团儿"隐喻式的题词在《牵风记》里直接成为引领全篇寓意的一个极具关键性的线索.

《牵风记》复出，在审美状态、价值形态、形式样态等方面体现出境界叙事，自然不令人惊讶了。

　　从写作状态看，徐怀中大部分时间保持沉默，但阶段式的创作皆体现着作者的思想立场与价值取向，正如作者自己所言："一个写东西的人，对社会生活认识的深入和变化，自会直接在他的作品中表现出来。①"其实，创作伊始，徐怀中就是一位有温度、善思考、具有一定先锋气质的作家，一直在接受着不同精神文化资源的滋养。谈及'先锋'，傅逸尘先生曾向其发问："假设把您归入先锋作家的行列，您能接受吗？②"对此，徐怀中的态度明确：欣赏先锋作家的创新精神，但对他们的形式实验以及对传统小说伦理的颠覆持保留态度。相反，认为自己的写作与先锋写作"分明是背向迸发的两列轨道车，但结果"殊途同归"。徐怀中不是先锋作家，但他的写作又在一定程度上与时代主流文学发生越位现象，在同时代作品中有着特立独行的前卫探索姿态，张扬着一定的先锋气质。

　　先锋气质使徐怀中的作品与时代始终保持一定距离，这种姿态的获得除了天生禀赋之外，更多得益于外在文化资源的浸染以及作者的文化自觉。严格意义上讲，徐怀中所遵循的文化流脉则要回溯到中国传统文化的内核里，其所接受的则是古典主义美学观，只是在不同时期体现不同而已。十七年时期，特殊的文化语境使其写作难逃社会主义现实主义手法的影响，在题材选取、主题表达、人物塑造等方面对主流意识形态的迎合与保持距离皆出于本能，前者是权宜之计，后者是为了顺应自我的审美追求。进入新时期，各种文化资源的解禁与蜂拥而至令人无所适从，但从作者两个短篇可看出其对中华传统文化精神内核的推崇，尤其是对老庄哲学的青睐。《你未曾见过日出》中那位军事博士几十年如一日地迷恋一个陌生女孩的天然微笑，并将其比作"日出"。可悲的是，这微笑因受了社会习气的浸染而在女士脸上消失了。《老子·道德经》云："载营魄抱一，能无离乎？专气致柔，能如婴儿乎？"就指出成人还能如婴儿那样纯粹而无欲吗？《来也

---

① 徐怀中.没有翅膀的天使·后记［M］.徐怀中小说选.成都：四川文艺出版社，1986：3.
② 徐怀中，傅逸尘.战争叙事的"超验主义"审美新向度——关于长篇小说《牵风记》的对话［J］.小说评论，2019（5）.

匆匆，去也匆匆》围绕生死的探讨展开。《庄子·至乐》载："庄子妻死，惠子吊之，庄子则方箕踞鼓盆而歌：生死本有命，气形变化中。天地如巨室，歌哭作大通。"人们都为死去的人感到悲哀，而庄子认为，人死，生命元气消失，又回到大自然的怀抱中，所以呼吁人要顺乎自然，乐天安命，以超越生死的态度，达观冷静地对待死亡。庄子对于生死的观念与道家清静无为的意志相一致。小说中那位不知名但事业有成的年轻女人，奔赴小岛的目的就为求一死。在第一次被守岛战士救起后，再次从容赴死，作者对她的赴死描写则是对孔孟超脱生死观的阐释。

从美学哲学角度看，徐怀中也深受老庄哲学思想的影响。追根溯源，美学意义上的"境界说"早在淮南王刘安组织宾客方术之士编写的《淮南子·修务训》觅得痕迹，其中有"见无外之境，以逍遥徜徉于尘埃之外，超然独立，卓然离世，此圣人之所以游心"。此处的"境"指想象中的无限空间和时间，所谓"见"不仅指眼见，还包括心灵的内视。"无外之境"的基本思想源自老子，老子认为人的视野之内，只是有限的天和地，他想象还有一个包容天和地的无限大的物在，这就是"道"。承前所述，这种超越边界的时空观在《牵风记》中有着完美的阐释与体现。其实，老庄的哲学美学与儒家、佛家的哲学美学相通。佛家的见境和悟境，在心理活动形式方面，与道家"见无外之境"大致相同，但作为"境"的实质性内涵，两家有着区别。道家之"境"承认客观世界的存在，是宇宙在心中的投影而不是心灵的幻象，是自内向外开放的而不是向内封闭的；佛家之"境"根本不承认心灵世界之外有一个客观的物质世界存在，是纯粹的、向内的心灵幻想。故有论者说"唐代王昌龄的诗境理论的创立，可能是佛家的'境界'起了很大的点拨作用"[1]。总之，儒释道三家的哲学思想一直影响着中国文学，其中儒家的人道精神与道家的宇宙意识，始终起着主导作用，而自唐后佛家的"境界"说更成为诗词境界的本质内涵。从这点来看，徐怀中的境界叙事乃得益于中国儒释道哲学美学思想的吸取与内化。这点作者自己也证实："步入老年

---

[1] 陈良运.《境界》说溯源新得［J］.江苏社会科学，1992（1）.

之后，个人的阅读兴致更多侧重于古代文化典籍以及自然哲学方面的著作。《牵风记》没有写作提纲，只是建立了一个备忘录。备忘录上，抄写了老庄等古代哲人一段一段语录，我反复阅读品味，沉浸在某种理性幻境之中不能自拔。①"

不仅沉迷于中国的古典哲学，作者也极力推崇在思想主张上与中国孔孟老庄之道有着密切联系、以自然为核心的美国超验主义思想。新世纪之交的两个短篇与超验主义思想的联系尚不明确，但《牵风记》中的汪可逾几乎与超验主义的要义一一对应：自然、自我、自由，强调人的价值，主张个性解放，反对权威等，留给读者的是一个纯粹、真诚、唯美的女神形象，展现出战争年代几乎不可能出现的中国女性的别样风情。作者也承认《牵风记》与先验主义"有着惊人的一致性"，"无可辩驳，这种内在联系是显而易见的"②。

《中国现代文学三十年》对徐怀中的评价是："结构行文的散文性；不追求故事，而表现流贯在生活过程中的情绪和气质。③"确实，出道伊始，徐怀中在讲述故事的方式上，被指出存有"结构略嫌松散"④不足。其实，除《地上的长虹》以正面进攻的方式表达宏大主题外，其余作品多以侧面方式构建文本，"松散"是这种结构方式的衍生物。《我们播种爱情》人物繁多，千头万绪，作者以爱情为切口，在叙述时并没有采用线性方式结构文本，而是采用片段式方式讲述故事，小说的时空处理张弛得当，颇具镜头感。在后来的写作中，作者继续采取侧面的方式关注人情与人性。如《四月花泛》的主旨是为了歌颂连队与战士，但作者没有重笔描写苦练场面，演绎从"练为战"到"练为看"转变的思想斗争，而是笔锋一转，为读者展示了一幅充满温馨、恬淡的"战士归家图"。这种灵巧的表达方式在《西线轶事》中体现得更为鲜明。作品虽然关注的是中越反击自卫战题材，但加上"轶事"二字就表明作者的写作观："显露我有意避开正面去表现

---

① 徐怀中.人如松柏，织造激越浩荡的生命气象 [J].光明文艺，2019（4）.
② 徐怀中，傅逸尘.战争叙事的"超验主义"审美新向度——关于长篇小说〈牵风记〉的对话 [J].小说评论，2019（5）.
③ 钱理群，吴福辉，温儒敏.中国现代文学三十年 [M].北京：北京大学出版社，1998年。
④ 陈骏涛.徐怀中创作漫论 [M]//刘金镛.徐怀中研究专集，北京：解放军文艺出版社，1983：90.

敌我势态，作战经过，以至也不过多去写胜利告捷，鲜花喜报。①"小说在结构上继续一贯的"松散"特点，不注重故事的头尾相连，而切取生活的片段予以连缀，虽无严密的故事连续性，但却有着内在逻辑性，在自由反映生活的同时，更加真实地揭示了生活的本来面目。除却结构松散的特点，作者一贯注重刻画人物的精神面貌，追求一种水墨画似的素雅、淡远的艺术境界。如《卖酒女》的行文如诗如画，人物性格进展舒缓自然，傣族少女刀含梦如一缕清纯的白云袅袅缠绕读者心间。同时，诸多作品积极发掘生活中蕴含的诗意，展示人物的美好心灵，尤其不忘对女性形象美的礼赞，如《西线轶事》中女战士们对娇美外貌与装扮的追求。《没有翅膀的天使》中女护士柳蓉蓉的爱美天性。《来也匆匆，去也匆匆》中那位决意沉海的女士的美惊艳了画家。此外，作者一贯对意象的设置情有独钟。前期作品意象设置偏重于整部作品的立意表达，凸显象征寓意功能。如《地上的长虹》中的长虹、《雪松》中的雪松、《我们播种爱情》中的爱情、《四月花泛》中的花海、《十五棵向日葵》中的向日葵、《松耳石》中的松耳石、《不褪色的旗》中的红旗、《没有翅膀的天使》中的天使、《那泪汪汪的一对杏核眼》中的眼睛等。后期如《或许你看到过日出》则整部作品围绕"微笑"展开，这些意象多代表作者向上、趋善、唯美的审美倾向。

三、意义反思："现象"·现状·空间

早在 20 世纪 80 年代就有论者称徐怀中的写作为一种"现象"，认为"它所跨越的时间，它所蕴含的特质，它所出现与消失的某种规律性，都在向我们显露出这一命题的某种意味"②。诚然，一个作家的写作之所以能称为现象，并不仅仅因为作家个体的独特性，而是因为其写作背后所昭示出一种带有普遍性的不可逃遁的规律与意味。徐怀中的小说写作，从代际角度看，作为二三十年代生人，其在文坛上的出现与消失，以及出现的方式和消失的原因，其横跨半个多世纪的写

① 徐怀中.爬行者的足迹——文学自传［J］.青春，1982（3）.
② 方位编.徐怀中代表作［M］.郑州：河南人民出版社，1988（1）.

作不可逃遁地显现出时代的印记，展现出对主流文学思潮的一种合拍与对位。作者自己也坦承"虽然我凭着对于艺术兴趣的追求，极力抵御了当时普遍流行的演绎政治概念和单纯记述新人新事的简单化要求，但令人悲哀的是，现在回过头来看，实在并没有能够从这张有形无形的网里挣脱出来"①。从此角度看，徐怀中的写作具有一定的时代共性。但与此同时，作为独立的写作个体，其与主流文学的发展又始终保持一定距离，在写作理念以及追求路向上呈现出与主流文学不一致的越位现象。若说在写作中与主流文学思潮保持对位是徐怀中的心性使然，那么在写作中呈现出一定的先锋气质亦是其艺术追求的心性使然。从此角度看，徐怀中的写作又具有一定个体性。这种由共性与个性交织而成的写作能否称之为"现象"？《牵风记》的问世，则为这个早期断言的合理性做了最好注脚。李国平先生则称赞《牵风记》"堪称"'现象级'的文本，蕴含着许多超越作品本身、超越军事文学的意义"②。确实，《牵风记》历经三次生长，早在 1962 年作者就完成初稿③，"文革"中迫于形势只得付之一炬④。20 世纪 80 年代，作者几次动笔又辍笔，这次否定源于其对整个社会精神认知以及个人文学认知的变化，而这些变化又是新时期文学认识深化的结果。第三次则发生于《牵风记》文本的完成过程中。《牵风记》的写作，贯穿于整个当代中国文学的发展过程，既是作者个人创作经验与理念的总结与升华，又应和着中国当代文学思潮的涌进与文学前进的轨迹。其既是一个个人文本，又是一个具有丰富内涵且颇具启示意义的时代文学文本。一言之，以《牵风记》为标志的徐怀中写作可以称之为"现象"，并且，重视此现象对于了解作家徐怀中以及中国当代文学的发展及走向皆具有文化标本之意义。

如何看待此"现象"？若从徐怀中本人角度看，其用一生经历写成一部书，在急功近利的时代里，鲜有作家能够做到如此淡定。对于自己向中国古代叙事传统和传统文化致敬的审美倾向，徐怀中也是笃定的。因为他知道，一部作品与读者期待之间的距离越大，就越能体现其审美价值。反之，审美距离越短，越易接

① 徐怀中.没有翅膀的天使・后记［M］// 徐怀中小说选.成都：四川文艺出版社，1986：3.
② 丛子钰.小说应该是生机盎然的——访作家徐怀中［J］.文艺报，2019-1-21.
③ 丛子钰.小说应该是生机盎然的——访作家徐怀中［J］.文艺报，2019-1-21.
④ 徐怀中，张志忠.抒情体式 崭新人物 生命气象——关于长篇新作〈牵风记〉的对话［J］.当代文坛，2019（1）.

近消遣艺术。所以他坦然面对所有质疑，不做任何解释，甚至潜意识中将自己的写作归为独特的一类，并不具有可复制性，这点可从其对女神汪可逾的评价中窥见一斑①，我们姑且认为此乃作者自喻。但若从当代文学发展现状以及文学内部发展规律来看，徐怀中写作又具有一定的启迪意义与反思价值。

当前，一方面，无论从中国还是世界来看，文学正被商业浪潮裹挟，后现代文化热衷于时尚、大众、日常流行和通俗。但另一方面，在整个人类文明史上，文学从来没有像大约二百年以来受到如此高的重视，尤其在人们的经验和生活高度割裂的现代社会，在复杂、零散的现代生活中，文学有着世界上最佳的思想与表述方式，文学能为我们提供关于世界的一个自成体系的叙事。而回到小说层面，整整一个世纪，中国作家的写作都是在向西方叙事传统学习与借鉴的过程，同时也是对中国古代叙事传统的摒弃与回望的过程。现在，历经一个多世纪的发展，中国作家终于有了向世界表达中国经验、讲述中国故事的文化自信，不再以用不用现代技巧、学不学西方名家而自封先进，成熟的作家已经在朝将西方与东方、现代与传统、古典与通俗等进行创造性转化的方向努力。而在对诸多文化资源与叙事传统的吸收与转化中，当下文坛已经悄然形成一股向中国古代叙事传统致敬的暗流。若以最能反映中国当代长篇小说发展趋势的近两届茅盾文学奖获奖作品来看，《繁花》《应物兄》等则有着典型的话本体、语录体等古代文体特征。这只是从文体表达上体现的趋势，若从精神表达上来看，中国文坛的精英文学写作都意识到"精神"的奢侈与可贵，作家们都在朝这方面作出努力，但学者刘起林从写作境界与精神状态来看当今的长篇小说写作，觉整体情况不太乐观，出现了社会现象本位的问题性审美境界、文化元素本位的边缘化审美境界和生命情态本位的病态化审美境界三种类型的境界叙事，暴露出新世纪文学发展的某些关键性、根本性的问题②。

鉴此，我们不妨再次回到《牵风记》。有论者认为《牵风记》整体上表现出

---

① 与她相识的人，无不希望以她为蓝本，重新来塑造自己。实则她一以贯之的人生姿态，在她本人纯属无意识，莫知其然而然。因此不可复制，别人永远学不会的。只要你着意仿效，便已经什么都不是了。
② 刘起林 . 新世纪长篇小说的审美境界与精神态势［J］. 求索，2014（5）.

一种近百年来中国文学所匮乏的审美的高贵气质①。确实，撇开小说的审美境界不谈，单看小说题目就觉古朴典雅，意蕴深长。何谓"牵风"？杜甫有诗云："林花著雨胭脂落，水荇牵风翠带长"，杜审言也有诗："绾雾青丝弱，牵风紫蔓长"。"牵风"本指被风所牵动。在生活中，本是风吹"水荇"和"紫蔓"，但诗人却反其意用之，让"水荇"和"紫蔓"牵着风飘起来，因此变得更修长。"牵风"在此处是个颇具动感的美学意象，徐怀中再次充分发挥意象的寓意功能，为读者提供多元解读空间：一是在总体力量敌强我弱的形势下，突破战争史局限，牵引战略进攻之风；二是《牵风记》原稿与今作，在立意与创作方法上都有显著差别，亦可理解为牵引个人写作转变之风；三是"风"为《诗经》六义之首，而《国风》部分的诗歌，大多是反映周代先人们生活的恬淡浑朴，或表现青年男女浪漫爱情，与小说意涵相契合，也不妨理解为牵引古老的"国风"之风；四是牵风二字，原本空幻，作其他意象联想也未尝不可②。于是徐向前先生补充为"四两拨千斤地牵住了当代军旅文学的审美之风、探索之风、创新之风"③。其实，不管牵引什么风，《牵风记》的境界叙事已成一种风尚，引领了当代文学写作的另一种可能，尤其是审美之风，大家皆能看出其对中国现当代文学史上由废名、沈从文、孙犁、汪曾祺等构成中国文学独特风脉的继承与超越，不仅冲淡、平和、纯净、阴柔、深情、隽永，还多了雄浑与博大。可见《牵风记》在中国现当代文学发展过程中具有延续文脉文风的史学价值。此外，虽然西方的美学理论已略有涉及"境界说"，但其是中国传统的美学范畴，尤其体现出超然的审美境界更是世界范围内长篇小说所稀有的一种艺术境界，故追求小说中的"境界"叙事将是中国乃至世界长篇小说书写努力的可能性空间。

---

① 徐怀中，傅逸尘. 战争叙事的"超验主义"审美新向度——关于长篇小说《牵风记》的对话［J］. 小说评论，2019（5）.

② 徐怀中. 人如松柏，织造激越浩荡的生命气象［N］. 光明文艺，2019-4-11.

③ 丛子钰. 雄浑与奇幻相结合的奇峰［M］. 文艺报，2019-8-23.

作者简介

徐怀中（1929—2023），原名许怀忠，出生于河北省邯郸市。历任解放军晋冀鲁豫野战军及第二野战军政治部文工团团员、美术组长，西南军区政治部文工团研究员、创作员，《解放军报》副刊编辑、记者，解放军原总政治部文化部创作员，八一电影制片厂编剧，解放军艺术学院文学系主任，解放军原总政治部文化部副部长、部长。少将军衔。主要作品有《地上的长虹》《我们播种爱情》《西线轶事》《牵风记》等。曾获茅盾文学奖、鲁迅文学奖报告文学奖、全国优秀短篇小说奖、解放军文艺奖等。

《牵风记》《西线轶事》内容简介

《牵风记》(第十届茅盾文学奖获奖作品)：小说以 1947 年晋冀鲁豫野战军挺进大别山为历史背景，讲述女主角汪可逾入伍投奔光明却在 19 岁不幸牺牲的壮烈故事。小说围绕三个人和一匹马，以现实主义与浪漫主义相结合的方式描写战争，以特别的胆略探寻战火中的爱恋与人性，为大众展示了牺牲者的平凡和格局的伟大，描绘出了普通人性丰富的精神世界。

1947 年 6 月，鲁西南战役打响，投奔延安的女主人公汪可逾与旅长齐竞源于对古琴的共同爱好，建立了超常的友谊。作战中汪可逾被敌人逼入绝境，舍生取义，跳崖赴死未果，在昏迷中被俘，营救回来五天后苏醒。齐竞作为一个男人，只关心汪可逾是否被敌人强暴。她愤怒至极，与齐竞断交。全书的结尾，汪可逾死了，连长和曹水儿宁愿自己犯错误，也要掩护军马"滩枣"仓皇出逃，"滩枣"受重伤坚持移完汪可逾遗体后扑地而死。作者把美好的爱情置于残酷战争的背景之下，其实是为了颂扬人世间至美至善的人性和永恒柔软的情感。

《西线轶事》(第三届全国优秀短篇小说奖获奖作品)：小说以 1979 年第一次对越自卫反击战为背景，描写了六个女通信兵和一个男通信兵在战争前后的生活经历。虽是一部军事题材小说，但是突破了传统军事文学的条条框框，没有去渲染硝烟弥漫的战争场面，而是将笔触伸展到战场之外，描写在战争中锻炼成长的青年人，通过他们在战争前后的趣闻轶事和人生遭遇，细致入微地揭示出他们丰富的精神世界和纯洁美好的品质，饱含激情地歌颂了普通年轻战士的献身精神和人格尊严。同时，透过主人公身上的时代烙印反思逝去的岁月，进而审视现实和未来，融入作家对社会、军队和民族的深沉思索。

阅读指导思考

1. 小说创作如何达到审美境界？

2. 徐怀中在小说创作中如何实现境界叙事的审美生成？

3.《牵风记》如何呈现审美境界？

4. 徐怀中一生作品数量有限，为何每部作品总能引起文坛轰动？

推荐课外阅读

1. 刘金镛，陆思厚，房福贤. 中国当代文学研究资料 徐怀中研究专辑 [M]. 解放军文艺出版社，1983.

2. 潘凯雄. "话题" 作家徐怀中 [J]. 中国文学评论，2020（4）.

3. 徐怀中. 你或许看到过日出 [M]. 人民文学出版社，2020.

中国大学 MOOC 链接：

1. 90 年代以来的长篇小说研究 _ 北京大学 _ 中国大学 MOOC（慕课）https：//www.icourse163.org/course/PKU−1460889162.

2. 中国当代文学 _ 北京大学 _ 中国大学 MOOC（慕课）https：//www.icourse163.org/course/PKU−120572281.

第五讲

:

众"体"喧哗中的自由放逐
——莫言《檀香刑》等导读

莫言是个自觉的文体革新者。研究者多从叙述的语言、结构等角度发掘其十一部长篇在文体革新上所取得的成绩，鲜有论者关注其在乐此不疲的文体探索中表现出对"跨"体书写的情有独钟。根据文体互"跨"的融合度以及最终所呈现的文体形态，"跨"体书写可分为文备众体、文体互渗、跨文体三种类型。善变求新、多才多艺的莫言则在三种类型的"跨"体书写中纵横驰骋，放逐才情。细剖莫言长篇的"跨"体书写方式及所产生的艺术效果，深窥促成其众"体"喧哗的内外因素及独特价值，对于了解莫言具有纲举目张的意义。

"文体"的中文释义为"文体、风格、体裁、式样、类型"，如此全面却有些含混的释义表明了文体的语言学、修辞学、审美学等多重属性，欲理解文体内涵，须考虑其综合属性。随着文学的发展，形式对于内容不再是简单的决定与被决定的关系，尤其进入新时期，文体的魅力使有文体意识的作家们纷纷对文体产生了特殊的嗜好，而文体对于长篇小说来说有着更特殊的意义。王一川认为"文体是长篇小说的意义生长地，离开这个土地，意义就无从生存"[1]。吴义勤认为长

---

① 王一川 . 我看九十年代长篇小说文体新趋势［J］. 当代作家评论，2001（5）.

篇小说的文体"绝不是一个平面的语言问题，而是一个深邃、复杂、立体、多维的系统结构，它牵涉到小说的故事、情节、人物、结构、修辞、叙述、描写等几乎所有的方面"①。对此，以长篇著称的莫言的看法更精辟，他认为"我们之所以在那些长篇经典作家之后，还可以写作长篇，从某种意义上说，就在于我们还可以在长篇的结构方面展示方华"②。正是认识到文体对于长篇小说的重要意义，莫言在其十一部长篇中，几乎每部都因文体的革新而引起学界的惊叹，如《天堂蒜薹之歌》的"演唱与叙述的互文"、《十三步》的"笼中叙事"、《食草家族》的"梦境与魔幻"、《丰乳肥臀》的"家族叙事"、《酒国》的"结构与精神"、《红树林》的"欲望叙事"、《檀香刑》的"大踏步撤退"、《四十一炮》的"诉说就是一切"、《生死疲劳》的"民间叙事"、《蛙》的"书信体"等。目前学界研究莫言长篇文体的成果甚丰，但大家皆从叙述的视角、语言、结构等角度剖析其长篇在文体革新中所取得的成绩，鲜有论者发现莫言在乐此不疲的文体探索中表现出对"跨"体书写一以贯之的热情。

"跨"体书写是发生在文类界限与文学创作关系场中的一种文体现象，这里的"体"就是"文体"，关于其表现形式及确切内涵，目前学界说法名目繁多，莫衷一是，如"文体变易""文体融合""文体杂糅""文体互渗""文备众体""跨文体""无文体""反文体""凹凸文本""超文本""非小说""文体越界""文体实验"等。这些命名的意义指向显然并不一致，但这些命名又因彼此微妙的区别而共同构成了"跨"体的书写全貌。为了更清晰地理解"跨"体书写的构成及表现形态，根据文体互"跨"融合的程度以及最终所呈现的文体形态，"跨"体书写大致可分为文备众体、文体互渗、跨文体三种类型。其中文备众体在文体形态上毫无争议地呈现为一种主导文体，而其他诸如诗词歌赋、墓铭碑志等文体的插入只能起到叙事、立意、抒情及审美等辅助功能。从"跨"的本意来看，各文体之间并未产生互跨效果。文体互渗在文体形态上呈现为两种主导文体，在功能体现上这两种文体互相渗透，创造性地形成一种新的文体，"小说

① 吴义勤．难度·长度·速度·限度——关于长篇小说文体问题的思考［J］．当代作家评论，2002（4）．
② 莫言．四十一炮［M］．上海：上海文艺出版社，2008：6．

的某某化""某某体小说"是其基本形态。跨文体依据各文体互"跨"的融合度，则在文体形态上既有可能出现由多种文体构成的"四不像"拼贴文体，也有可能出现"多棱镜"的新文体。跨文体不仅要求作家熟悉并创作多种文体，且要在小说中自然渗透互融各文体，是"跨"体书写中最难的一类。纵览当代文坛，魏巍、李准、路遥、贾平凹、李锐、韩少功、阎连科、格非等作家都在长篇创作中成熟使用文备众体手法，而运用文体互渗手法并取得成绩的作家也不少，如张承志、韩少功、李佩甫等，但进行跨文体探索者甚少。

在莫言的长篇中，笔者发现《红高粱家族》《天堂蒜薹之歌》《十三步》《食草家族》《酒国》《红树林》《檀香刑》《生死疲劳》《蛙》皆进行了"跨"体书写，这在当代文坛还属少见现象。依据"跨"体书写的相关概念，《红高粱家族》《天堂蒜薹之歌》《十三步》《食草家族》《红树林》《生死疲劳》可属文备众体范畴；《檀香刑》《蛙》可属文体互渗范畴；《酒国》则属跨文体范畴。下文以莫言长篇为研究对象，细致剖析莫言长篇中的"跨"体书写方式及所产生的艺术效果，深窥莫言众"体"喧哗的促成因素及独特价值，可为读者立体还原莫言在文体革新上的独有才情。

一、"跨"体书写之"文备众体"

谈及"文备众体"，最早可溯至宋赵彦卫的《云麓漫抄》中的"文备众体，可以见史才、诗笔、议论"①，其指出了唐传奇诗文兼具、韵散结合的文体特征，之后，文备众体便演变成中国传统小说常见的文体特征。但吊诡的是，从目前的研究成果看，大家皆把焦点聚集于古典小说，而对于现当代小说中存在的文备众体现象，论者甚少，仅有论文《论五四小说文备众体的文体特色》指出"五四"作家"对各种体式、各类语言都能拿得起，放得下，对诗词歌赋、书函公牍、篇铭碑志等各体各类的文字能够信手拈来，自成律度，借众体之长来丰富小说的表

---

① (宋) 赵彦卫. 云麓漫抄 [M]. 北京：中华书局，1996：135.

现力"①,而在新时期,亦有当代文学史编者注意到"文体杂糅"现象,如李达三认为《李自成》中"诗、词、对联、灯谜等传统形式的运用,收到极好的艺术效果"②。江西大学中文系指出《李自成》"充分发挥古代各种文体的艺术作用以增强艺术表现力"③。陈其光提出《芙蓉镇》"融多种色彩成分为一体的语言特征"④。此处的"文体杂糅"就是"文备众体",但还是鲜有论者深度关注这种文体现象。

文备众体是中外长篇小说常用的文体手法之一。在创作中,不同审美倾向的作者会依据自己的需要及特长在作品中插入各类文体,插入成分会充分发挥出其本来的文体优势,以提升小说的艺术品质。《聊斋志异》《红楼梦》《金瓶梅》《秦腔》等皆为典型例子。对于莫言来说,文备众体也是其"跨"体写作的基本手法之一,而《红高粱家族》则是其文备众体的发轫之作。

《红高粱家族》是莫言的第一部长篇,小说虽只插入了一处地方志和一段歌词,但已初见莫言文体杂糅的审美追求,尤其是那段《妹妹你大胆地往前走》,唱出了余占鳌对奶奶大胆而热烈的爱,唱出了东北汉子的豪气与壮气,也唱出了小说关于高密东北乡最美丽、最脱俗、最圣洁、最英雄好汉、最能爱的主题。这首民歌后来成为电影《红高粱》的插曲,一夜间吼遍大江南北。而其他作品如《天堂蒜薹之歌》《十三步》和《生死疲劳》则是文备众体的集大成者,插入成分在文中都承担着或叙事或议论或抒情、审美等辅助功能。

如史才的叙事功能,在这里且以《生死疲劳》为例。作者在作品中插入由小说人物莫言创作的小说、散文、戏剧等,这些插入文体巧妙地与小说融为一体,使得这部横跨历史五十年的史诗巨著意趣横生地完成了西门闹历经六道生命轮回的故事讲述。作者清晰地认识到莫言小子和作者莫言在读者心中不同的权威性,故在开篇就指出莫言小子的小说《苦胆记》基本上都是胡诌,这为小说在后文游刃有余地插入作品打下伏笔:反正都是胡诌,信不信由你。但善于明辨是非的读者总能在插入作品中找到有价值的线索与印证。如西门闹喜得一对儿女而拼命干

---

① 林荣松.论五四小说文备众体的文体特色 [J].中州学刊,1995(4).
② 李达三.中国当代文学史略 [M].杭州:浙江大学出版社,1988:334.
③ 江西大学中文系.中国当代文学史 [M].南昌:百花洲文艺出版社,1990:265.
④ 陈其光.中国当代文学史(1976—1988)[M].广州:广东高等教育出版社,1992:464.

活，却在出粪掏井中冲撞了"太岁"。但世上到底有没有"太岁"一物？这时作者竟搬出莫言小子的小说《太岁》以印证：

> 十天之后，瓶子里长出一个葫芦状的怪物。村中人都跑来看，马聪明紧张地说："不得了，这是太岁！当年地主西门闹挖出的太岁就是这样子。"我是现代青年，相信科学，把这玩意炒了吃了……我的身体在三个月内增长了十厘米……

《太岁》印证了"太岁"的存在，但莫言小子胡诌吃"太岁"能长个子，读者自然不信。小说交代西门闹在接踵而来的革命中被枪毙，还是印证了冲撞"太岁"的可怕下场，为故事情节的发展埋下了伏笔。

在西门猪的轮回中，作者又体现出"猪撒欢"的精神，插入莫言小子的小说《养猪记》、散文《杏花烂漫》、小说《撑竿跳月》、高密猫腔《养猪记》以及其他乱七八糟的文章，在情节叙事上起着穿针引线的作用。如《杏花烂漫》交代了喜欢滋事生非的莫言小子发现金龙和互助在杏花树上浪漫约会，便故意喊醒解放前来观赏，从而引发了解放、金龙、互助、合作四人之间的情感纠葛。莫言小子这次多事所产生的后果是解放的疯癫、金龙的装疯、合作互助两姐妹的互不理睬。为解决情感纠葛，莫言小子又在《养猪记》中自曝其主动献计，要求给四人火速完婚以解纠葛之事。众人竟欣然接受建议，但火速配婚的结果是合作违心嫁解放，互助遂意配金龙。作者本来也可以按照常规的顺叙来交代故事进展，但四平八稳的叙述远不及插入莫言小子精彩的小说来得引人入胜。为介绍四人婚礼场面，作者又借《撑竿跳月》来描述那夜场景，虽为梦幻般呓语，所叙之事有真有假，但四人婚礼是真，顺势还引出美人庞抗美。接下来，莫言小子又在不知名的文章中表达出对庞抗美的爱羡之心。这些看似插科打诨的小说插入，实则含有严谨的伏笔意味。试想，若没有莫言小子的多事，四人不会快速草率结婚；正因为解放和合作的婚姻不如意，才有后面解放与合作离婚事件的发生；正因为庞抗美的美，才有金龙和她的偷情，并生下庞凤凰；最后解放偏偏爱上庞抗美的妹妹庞春苗，解放的儿子开放偏偏爱上庞凤凰，而庞凤凰与解放的母亲皆为迎春一人，大头婴儿的诞生则成了必然之事。

如突显小说主题的议论功能，在这里且以《天堂蒜薹之歌》《十三步》为例。《天堂蒜薹之歌》插入张瞎子的演唱歌谣二十余处，均作为引子放在每章的开头以介绍天堂老百姓种植蒜薹盛产、滞销、政府不管、农民闹事、政府抓人等情况的始末，与小说正文内容遥相呼应，突显出对数千农民悲惨遭遇的同情以及对当权者不作为的痛恨与义愤。除了插入歌谣，作者还在小说结尾插入实用文，即当地报纸对天堂蒜薹事件的处理结果和对整个事件的反思述评，处理结果大快人心，事件到此为止似乎一切都得以圆满解决，但莫言向来讲究"豹尾"之力，最后有小道消息声称事件主要责任人虽不在原位任职，但拟在另一县城走马上任。至此小说讽刺意味力透纸背，作者"结构就是政治"的写作意图也尽显笔端。

《十三步》中插入小调歌谣、奇闻逸事、日报新闻等文体，也在一定程度上突显了作品的主题。如作者在文中插入奇闻逸事，借以类比诠释人物各种复杂的处境。学校利用积劳猝死的方富贵之死向社会发出呼吁，希望借此改善教师的生活。这使诈死的方富贵只能被迫永远"死"去，但他还有自己的妻儿，他也渴望回到正常的生活中去。为突显方富贵的这种"两难"处境，莫言在小说中插入了一个"人猴情未了"的故事：

> 海上遇难，男人流落荒岛，受母猴搭救。在荒岛生活数年，受母猴精心照料并育有一男婴。终有机会偶遇小船，男人携子欲撇下母猴回归人间。偏巧男孩大哭，母猴寻声狂奔夺子，僵持不下。男人含泪挥斧剁母猴紧抓船头之爪。爪落船舱，小船顺利离开。回乡后，男人心有愧疚，誓不再娶，精心育儿。多年后，男孩成状元，再三问父要母。父只好实情告之。状元寻至荒岛，见枯骨，缺一爪。大哭，祭祀完毕，撞石壁而死。

比照故事，方富贵当时面临的选择和那抱着儿子、提着斧子、立在船头的男人以及那抱着猴爪、面对母亲尸骨的状元的处境一样，都属于逻辑学上的"两难"境地。痛定思痛，方富贵最终只能作出和男人挥斧、状元撞石一样的痛苦选择：整容成同事张赤球回到讲台上课，永远做不回自己。故事交代了方富贵整容成张赤球的多重因素，增强了小说的趣味性，也保证了小说情节发展的紧促性。为凸显方富贵妻子屠小英亡夫后对外界诱惑的抵挡之难，作者还插入"小和尚""扇坟头"的北方农村故事，暗示着屠小英在忠贞与现实的裹挟下不可逃遁的悲剧命运。在小说结尾，为凸显小说的标题内涵，作者还不忘插入一个古老的传说，即人们若看到麻雀单步行走，从一走到十二步皆有好运降临。但一旦走到十三步，所有好运都会变成厄运。小说结尾处作者让大家也看见一只麻雀单步走来，最终其脚步止于"12"，至此表达出作者对美好社会与理想人生的渴望。

如抒情及审美的功能，在这里也以《生死疲劳》为例。在第一道轮回中，由于铭记自己的不公遭遇，西门驴的感情是最浓烈的，作者插入莫言小子的新编吕剧《黑驴记》以宽解西门驴痛苦不堪的悲愤情绪：

> 身为黑驴魂是人，往事渐远如浮云。六道中众生轮回无量苦，皆因
> 为欲念难断痴妄心。何不忘却身前事，做一头快乐的驴子度晨昏。

西门驴因新挂了铁掌而心情愉快，莫言小子的剧本《黑驴记》再次抒发喜悦情怀：

> 新挂铁掌四蹄轻，一路奔跑快如风。忘却前生窝囊事，西门驴欢喜
> 又轻松。昂起头仰天叫，啊奥—啊奥—啊奥—

西门驴因腿受伤丧失劳动能力成了废驴，但蓝脸、迎春夫妇对它感情深厚，硬是留在身边不卖屠宰组。作者借莫言小子的小说《黑驴记》写出了西门驴和主人之间非同寻常的人畜情深：

迎春不知从什么地方捡回一只破鞋子……绑在残驴腿上，使它的身体大致能够保持平衡。于是，在一九五九年春天的乡间道路上出现了一道奇特的风景：蓝脸推着装满粪的木轮车，满脸飙气；拉车的驴穿着一只破鞋，低垂着头，走起来一瘸一拐……残驴也作出悲壮的努力，要为主人省些力气。

上述插入的唱词讲究对仗和押韵，插入的小说片段描写细腻，淋漓表达出西门驴和倔强的单干户蓝脸之间的默契，在两相交映中悲情地完成了西门驴的第一道生命轮回。

在西门牛的轮回中，作者又插入由莫言小子带头针对单干户蓝解放所喊的口号：

单干是座独木桥，走一步来摇三摇，摇到桥下淹没了。人民公社通天道，社会主义是金桥，拔掉穷根栽富苗。蓝脸老顽固，单干走绝路。一粒老鼠屎，坏了一缸醋。金龙宝凤蓝解放，手摸胸口想一想。跟着你爹老顽固，落后保守难进步。

蓝解放对莫言小子用编顺口溜的方式打攻心战很是气恼，拿起弹弓就射，打中了莫言小子。于是，莫言小子又喊口号：

蓝解放，小顽固，跟着你爹走斜路。胆敢行凶把我打，把你抓进公安局。

蓝脸一家人面对各类攻心政策和舆论压力寝食难安，最后，金龙宝凤带着母亲入了人民公社，蓝解放支持父亲蓝脸继续单干。莫言小子又带着一帮孩子喊口号：

老顽固，小顽固，组成一个单干户。牵着一头蚂蚱牛，推着一辆木轱辘。最终还要来入社，晚入不如趁早入……

这些口号不仅形象刻画了单干户蓝脸坚持个人信仰的艰难处境，也凸显出蓝脸倔强不屈的个性。更为重要的是，这些顺口溜读起来押韵上口，通俗易懂，极富有文学韵味，字里行间渲染出作品激情四溢、俏皮枝蔓的生活气息。

二、"跨"体书写之"文体互渗"

关于"文体互渗"，最早有人指出文体的互渗是个统称，"它有话语语体互渗、文本互渗和文体互渗三种不同的表现形式，而文体互渗是指不同的文体在同一种文本中使用或一种文体代替另一种文体使用的现象"[①]。后有学者方长安认定文体互渗为"不同文本体式相互渗透、相互激励，以形成新的结构力量，更好地表现创作主体丰富而别样的人生经验与情感"[②]。与"文体互渗"相似的说法还有"文体变易""文体融合"等，陶东风提出的"由两种或两种以上不同文体之间的交叉、渗透进而产生一种新的文体"[③]的"文体变易"其实就是"文体互渗"。夏德勇提出"小说文体吸收其他文类的文体手法，以丰富自己的文体或改造已经自动化了的文体，借以产生陌生化的震惊效果"[④]的"文体融合"也有"文体互渗"的意味。《少年维特之烦恼》的书信体、《莴萝行》的歌行体、《城市白皮书》的日记体等都是典型的文体互渗作品。

猫腔体小说《檀香刑》是一部由猫腔戏剧《檀香刑》改编而成的小说，戏剧因子从结构、人物、语言、情节诸方面渗入小说，使小说呈现出戏剧化特征；而《蛙》由剧作家蝌蚪写给日本作家的五封书信、四部长篇叙事和一部话剧组成，书信内容就是小说的正文，书信和话剧有机渗入小说，进而在文体形态上呈现为书信体小说。在此，且以《檀香刑》为例深窥其文体互渗的肌理及所产生的艺术效果。《檀香刑》是让莫言获誉最多的一部小说。他认为"这部小说在技术上的

---

① 董小英.叙述学［M］.北京：社会科学文献出版社，2001：323.
② 方长安.现当代文学文体互渗与述史模式反思［J］.湘潭大学学报，2008（6）.
③ 陶东风.文体演变及其文化意味［M］.昆明：云南人民出版社，1994：15.
④ 夏德勇.中国现代小说文体与文化论［M］.北京：中国广播电视出版社，2005：36.

一点创新就在于把戏曲和小说结合在一起"①。正因如此,大家都注意到了戏剧因素对小说的渗透与影响,如有人认为"小说仿佛是一部民间艺人的唱词或乡间流传的戏谱本"②。还有人认为《檀香刑》不再只是一本供人阅读的小说,更是一部震撼人心的传奇大戏。这些都是小说文体互渗所产生的艺术效果,走进文本,从小说的叙事结构、叙述语言、人物塑造、情节设置等视角不难看出小说的戏剧化倾向。

叙事结构戏剧化。《檀香刑》的文本结构为"凤头—猪肚—豹尾",这本是元代文人乔梦符谈写"乐府"时所提的一种比喻说法,后来演变为文人写文章时都讲究的结构之法,而在戏剧结构中也有头、身、尾之分,也讲究起、承、转、合。中国现代著名导演焦菊隐先生就曾提出过"豹头、熊腰、凤尾"③的戏剧结构。《檀香刑》在结构设置上很鲜明地体现出戏剧化倾向。小说在"凤头部"设置了"眉娘浪语""赵甲狂言""小甲傻话""钱丁恨声"四章,第一章通过眉娘的自话自说交代了父亲孙丙造反被抓、公爹赵甲返乡、情人钱知县差人请赵甲之事;第二章是赵甲对自己的身份介绍;第三章以赵小甲的"傻子"视角还原了赵甲与钱丁之间的矛盾;第四章通过钱丁之口,道出了清朝奸臣当道、内忧外困、黑白颠倒的社会现状。在"凤头部"里,作者开宗明义地抛出了整个小说的核心线索——刽子手赵甲欲给造反者孙丙实施檀香刑,但这只是一个起,隐含其中的诸如孙丙为何造反?眉娘和钱丁何种关系?赵甲将如何实施檀香刑等问题瞬间揪住了读者的心。在"猪肚部",作者充分发挥小说叙事功能,采用并置结构补充解释"凤头部"所暗含的系列悬念,至此一切线索清晰,人物关系也完全厘清,一切只等"豹尾部"的水落石出,从而在结构上体现出戏剧化倾向,给人以有力的震撼。

叙述语言戏剧化。莫言向来追求语言的民间化、口语化,讲究语言的生动性和通俗性,但同时不乏华丽的辞章和磅礴的气势,这是莫言特色,是一般作家

---

① 莫言. 我的文学经验[J]. 蒲松龄研究, 2013(1).
② 杨经建. 戏剧化生存——《檀香刑》的叙事策略[J]. 文艺争鸣, 2002(5).
③ 焦菊隐. 豹头·熊腰·凤尾——在中国剧协举办的第一期话剧作者学习创作研究会上的讲话[J]. 戏剧报, 1963(3).

很难达到的一种境界。在《檀香刑》中，莫言坦言欲在文体上做一次"大踏步的撤退"，其实就是想把《檀香刑》"当做戏来写"①。于是，莫言在小说的语言叙述上使尽百般武艺。第一，在小说中毫无节制地运用各种修辞手法，如比喻、排比、戏仿、拟人、夸张、对偶、重复、通感、引用、反问、设问、互文、反语、顶真、对比等，这些修辞游刃有余地卧俯于文中的每一个角落，使小说呈现出流畅、夸张、华丽的戏剧效果。第二，文中肆意流淌着如歇后语、俗语、民谣、土语、韵文、散曲、文白夹杂、猫腔戏文等语言因子，使小说读起来合辙押韵、朗朗上口。第三，在句式运用上，既有结构简洁的单句短句，又有结构复杂的复句长句，长短句式纵横交接，声律和谐，产生了极强的戏剧艺术美。第四，在话语表达方式上，小说在"凤头部"和"豹尾部"均采用了第一人称的独白方式，在"猪肚部"采用全知视角的第三人称对白方式，使语言极富个性化和口语化。对此，莫言在后记中也坦承"为了适应广场化的、用耳朵的阅读，我有意地使用了韵文，有意地使用了戏剧化的叙事手段，制造出了流畅、浅显、夸张、华丽的叙事效果"②。故上述多种艺术手法的运用形成了《檀香刑》在语言上众声喧哗、纵声狂欢的戏剧效果。

人物塑造戏剧化。小说在塑造人物时不再采用含蓄、客观的冷静笔法，而是在章节的命名、人物的评价、人物的绰号等方面直接体现出人物的特征，进而产生戏剧化、脸谱化效果。如小说分别为眉娘、赵甲、赵小甲、钱丁、孙丙这几个人物单辟章节，让他们有足够的时间和空间演绎自己的所见所感，所发之言真切中透着几分戏剧色彩。且作者在章节命名时也颇费心思，如眉娘之"浪"则涵盖了眉娘的艳丽妖娆、放肆泼辣、多情浪荡却有情有义，作者在文中给她的外号是"大脚仙子""半截美人""狗肉西施"，活脱脱勾勒出眉娘作为封建社会戏子的女儿、屠户的老婆、大脚的女子敢爱敢恨、敢于面对现实、不向命运低头的民间烈女形象；赵甲之"狂"则凸显出赵甲代表国家最高级的杀人机器之"狂"，彰显着人性的泯灭与心理的扭曲，也预示着一个糜烂黑暗的朝廷的最终灭亡；钱丁之

① 杨扬. 莫言作品解读［M］. 上海：华东师范大学出版社，2012：159.
② 莫言. 檀香刑·后记［M］. 上海：上海文艺出版社，2012：418.

"恨"则流露出对饱读诗书、一身武艺，既有传统智慧又有开放胸襟、既追求自由恋爱又维护封建道义、既有民族气节又不乏封建奴性的近代庙堂知识分子的矛盾心理。除了直接评价，还运用魔幻现实主义手法，通过手拿通灵虎须的赵小甲之眼，还原出众人物的本相如眉娘是大白蛇、赵甲是黑豹子、钱丁是白虎、衙役是狼等，弥补了戏剧时空受限的不足，使人物形象类型化、形象化，举手投足、一颦一笑更富戏剧特征。

情节设置戏剧化。小说在情节设置上主线突出，分支交错，矛盾迭起，冲突紧张。如"猪肚部"中的"斗须"和"破城"凸显孙丙与钱丁之间既是朋友又是对手的关系、"比脚"突显眉娘与知县夫人之间既是情敌又是盟友的关系、"悲歌""神坛"突显孙丙与德国兵的矛盾以及孙丙被逼造反的无奈。而在"杰作""践约""金枪"中，赵甲斩首"戊戌六君子"并凌迟钱丁胞弟钱雄飞，更加激化了钱丁与赵甲之间的矛盾；"破城"将钱丁与官府以及德国兵的矛盾白热化。因为矛盾突出，所以情节发展急促，即使通篇的口语化诉说和唱词念白丝毫不影响小说激烈的冲突进程。而在"豹尾部"，情节冲突由个人之间扩大为对立阶级之间，矛盾也激化到无以复加的程度。在酷刑执行前，乞丐们舍命救孙丙，营救失败，众多无辜的乞丐献出生命，把乞丐的节日变成祭日。在酷刑执行中，"万猫义演"把惨烈的刑场变成了"万猫"高歌的狂欢舞台，瞬间，又把舞台变成了德国兵屠杀"万猫"的屠宰场，无辜百姓也成了殉葬品。面对惨烈的屠杀，夹缝中的钱丁彻底醒悟，一切可以团结的力量顿时汇聚在一起：有人向袁世凯举起了金枪、眉娘把匕首刺进了赵甲的背心、知县夫人服毒支持丈夫的殉国、钱丁把匕首刺入孙丙的胸膛以毁灭德国人的阴谋。最后，随着主角孙丙临终前的一句"戏……演完了……"，这部悲壮、凄凉、华丽的戏剧随即拉上了帷幕。

三、"跨"体书写之"无体之体"

关于"跨文体""无文体"等提法，在中国则源自 1999 年由几大文学期刊所策划的一场文体"革命"，其中《莽原》主编提倡跨文体写作"就像在自己的身上插上别人的翅膀一样，再也不是为了形式和形象，而是为了表现的实用，为了更自由地飞翔"①。《大家》主编指出凸凹文本"就是让人写小说时也能吸取散文的随意结构，诗歌的诗性语言，评论的理性思辨；同样让人写散文时也不回避吸纳小说的结构方式"②。《中华文学选刊》栏目主持人则认为"'凸凹文体'、'跨文体'等旗号有'意在笔先'之嫌。'无文体写作'试图回避命名，只注视某种写作现实。当一篇文字颇值得一读，却又无法妥帖地安放进任何现有的'文体'，那就是我们张弓以待的'大雁'了"③。

跨文体的倡导者们所设想的文体是虚妄的，在实践中根本无法实现。在这次"革命"中，只有李洱的《遗忘》接近"跨文体"本意，绝大多数作品不可避免地落入"四不像"的尴尬之中。这场为形式而形式的文体闹剧虽然失败，但却为大家勾勒出理想的跨文体形态即"一是真正的文体解放，不要受固定的文体模式的局限；一是由文体解放带来的作家写作心态的更自由，更深刻"④。以此来比照《酒国》，书信、小说、讲义稿、演讲词等插入文体琳琅满目，但这些文体不仅在形态上打破边界，互相交融，还在行文结构中互相渗透，在精神内核上互相指涉，形成了一部真正意义上的跨文体作品，从这点来说，莫言是当之无愧的先行者。

在《檀香刑》还没出版前，莫言称《酒国》是他"迄今为止最为完美的长篇，是我美丽刁蛮的情人"⑤。在一次演讲中，他甚至"狂妄"地说："中国当代作家可以写出他们各自的好书，但没有一个人能写出一本像《酒国》这样的书，这样的书只有我这样的作家才能写出。"⑥莫言对《酒国》的偏爱缘于其在叙事实验方面所作的努力，他曾坦承"小说的成功之处，我个人认为是它的结构"⑦。又如《酒国》扉页所称"这是一部将现实批判锋芒推向极致，并在叙事实验方面进行

① 张宇.理性的康乃馨——"《莽原》周末"散记之一 [J].莽原，1999（1）.
② 李巍.凸凹：文学的怪物 [J].文学自由谈，1999（2）.
③ 匡文立.无文体写作开栏语 [J].中华文学选刊，2000（1）.
④ 王光东，施战军，吴义勤.跨文体写作——最后的乌托邦 [J].长城，1999（5）.
⑤ 莫言.我变成了小说的奴隶 [J].文学报，2000（3）.
⑥ 莫言.我在美国出版的三本书——在科罗拉多大学博尔德校区的演讲 [M] // 小说的气味.沈阳：春风文艺出版社，2003：57.
⑦ 莫言.我的文学经验 [J].蒲松龄研究，2013（1）.

大胆尝试和创新的长篇力作，作品在风格上五花八门，应有尽有，堪称是小说文体的满汉全席”①。可遗憾的是，对应于莫言的偏爱，大众却对《酒国》较冷淡，尤其在作品刚发表时，连专业的研究者也对其知之甚少。或许，这种鲜明反差恰恰归咎于其独特的“文体”。因为大多数读者都易于接受那种既好看又耐看的传统小说，而对那种形而上的异类小说有种本能的疏远，更何况《酒国》跨越文体边界，打破了常规小说的要素形式，对读者的阅读经验提出了极大的挑战。当然，读者的冷淡并不能抹去莫言在《酒国》中所作的跨文体探索。

文体形态的形式互“跨”。《酒国》在叙事上呈现为三个完整的时空结构，最表层结构是特级侦查员丁钩儿应上级命令到酒国市调查食婴案件，这是小说最贴近现实的故事外壳；第二层结构是小说人物李一斗和“莫言”之间的通信往来，通信内容含蓄指涉现实，真中有假，虚中有实；第三层结构为李一斗所撰写的九篇短篇小说。这三层结构呈现出不同的文体形态，第一层为作者创作的小说正文，第二层为书信，第三层为李一斗创作的风格各异、流派迭生的各类文体。这三大文体在整部小说中所占篇幅比例相当，所起的作用也不分主次，书信体中有小说，小说中有书信，同时还夹杂神魔鬼怪，在文体形态上表现为一部成功“跨”多种文体边界并自由叙事的新文体。

小说结构的行文互“跨”。在第一层结构中，作者采用全知全能视角讲述丁钩儿侦查案件的全过程。在侦察过程中，他分别和女司机、酒国市领导金刚钻以及富豪侏儒余一尺交手，这些人物关系是互相缠绕的，其中女司机既是金刚钻的妻子，还是余一尺的情妇；余一尺既是金刚钻的好兄弟，又是丁钩儿的情敌；金刚钻是丁钩儿的侦察对象。在这场虚虚实实的较量中，丁钩儿由一名侦查员变成犯罪嫌疑人，最后醉酒淹死于粪坑。在第二层结构中，李一斗和“莫言”多次通信之后，从叙事空间来到故事空间，在酒国市与金刚钻等会面，神秘人物余一尺以及杜撰的驴街也出现在现实中，和第一层结构中的情节相渗透。在第三层结构中，李一斗小说中虚构的内容进一步和第一层结构中的人事互相补充。如当丁钩儿面

---

① 莫言. 酒国［M］// 扉页. 上海：上海文艺出版社，2012.

对餐桌上的男婴大菜真假莫辨时，《肉孩》则以第三人称的全知视角描绘了酒国市百姓卖肉孩、烹饪学院收购肉孩的场面，交代了男婴大菜的食材来源，证实了食婴的真实性；当丁钩儿偶遇女司机并对她动情时，《驴街》引出余一尺，隐伏后文丁钩儿因情生妒的情节；当余一尺在戏里戏外进退自如，或人或神时，《一尺英豪》则对其作了详细介绍，通过余一尺的自述，他一会儿是骑驴少年，一会儿是酒店小伙计，最后竟是威风凛凛的一尺酒店总经理。他什么都是，又什么都不是。用"莫言"的话说，他一半是个魔鬼，一半是个天使，他就是酒国的灵魂，是整个时代精神的象征，了解了他就了解了整个时代。作者让余一尺以或实或虚的形象渗透在小说的三层结构中，在虚实相间中巧妙完成小说结构的行文互"跨"。

精神内核上的共同指涉。《酒国》是自由的，但在这看似毫无章法的自由背后则是行文的互为表里，是情节的灵活衔接，是语义的互相指涉。一部好的跨文体小说既要形式自由，也要有作家的心灵自由。莫言坦承写《酒国》"最早的动机还是因为强烈的社会责任感"①。《酒国》虽不是一部严格意义上的现实主义作品，但隐含大量的批判现实成分，在多重成分的互涉中宣泄了作者强烈的现实批判意识。

丁钩儿代表国家侦察食婴案件，他本身具有足够的权力去应对各种不测。但在办案过程中，他却一步步陷入美色、美酒、权力等的诱惑与陷阱。作为酒国市优秀的侦查员，他一直在挣扎与警醒。在抗争过程中，偶遇老革命，老革命身上正直、清明的气息与酒国市那妖魔化的世界是如此的格格不入。在迷路的旷野中，他又误入一个研究机构，这里秩序井然，科研人员爱岗敬业，这与物欲横流的酒国现实又是多么的不协调。这些都深深勾起丁钩儿的"归家感"。他想念他干干净净、听话乖巧的儿子，其实，他想念的何止是儿子，他更渴望人人都有信仰，处处皆有法则的社会大环境。可在小说中我们却看到，他所依靠的价值体系崩溃了，国家赋予他的权力失效了。最终不是罪犯的他只能像个罪犯一样到处逃窜，无家可归的失落和无处逃遁的现实使他只能醉死于肮脏的粪坑。此中的深意

---

① 张磊.百年苦旅："吃人"意象的精神对应——鲁迅《狂人日记》和莫言《酒国》之比较［J］.鲁迅研究月刊，2002（5）.

欲辩已忘言。怪不得莫言认为"这部小说是 90 年代对官场腐败现象批判力度最大的一篇小说，国内的很多评论家畏畏缩缩的不敢评它，就是因为这部小说的锋芒太尖锐，有很多话他们不敢说明白"①。

其实，《酒国》并不仅仅是一部反腐力作。在虚拟的通信和虚构的小说中，李一斗提出了"严酷现实主义""妖精现实主义""革命现实主义和革命浪漫主义"等创作手法，其中小说《肉孩》可谓一箭双雕。李一斗称小说运用鲁迅式"严酷现实主义"笔法，剥去华丽的精神文明外皮，露出残酷的道德野蛮内核，猛烈抨击了酒国的贪官污吏。同时还宣称该手法是针对 20 世纪 90 年代文坛的"玩文学"的"痞子运动"的一种挑战，是用文学唤起民众的一次实践。而小说《神童》则是"妖精现实主义"的杰作。何谓"妖精现实主义"，小说没有正面回答，但还是借"莫言"之口"批评"了"妖精现实主义"文章结构松散，随意性太强，不符合现实主义原则的弊端。其实，此手法在上天入地、出神入化中闪耀着现实主义批判锋芒，故此处的"妖精现实主义"还可称为"魔幻现实主义""现代现实主义"或"后现代现实主义"等。而对于《驴街》，李一斗认为这是一部遵守"革命现实主义和革命浪漫主义相结合"的严肃小说，借以讽刺了 20 世纪 90 年代文坛盛行的下半身写作现象。此外，《肉孩》《神童》《烹饪课》还描述了酒国人卖肉孩、烹饪肉孩、吃肉孩的荒诞，《驴街》渲染了酒国人吃全驴的奢靡，《采燕》交代了酒国人不惜代价吃燕窝的冷漠。肉孩也罢，驴也罢，唾血的燕子也罢，每一个被食者背后都是一个个不散的冤魂，一个"吃"字虚构了一个触目惊心的、既遥远又接近，既陌生又熟悉的荒诞世界。但这荒诞背后是警醒：一个百无禁忌、没有精神信仰、个人和社会价值体系崩溃的民族还有出路吗？

四、"跨"体书写的成因及美学启示

"好的小说应该对生活有新发现，对文体有新贡献，是由自身个体特点建构

---

① 莫言. 我的文学经验［J］. 蒲松龄研究，2013（1）.

起来的话语世界。"① 莫言正是以此为标准，在众"体"喧哗中尽情放逐着自由的心灵，大胆实践着最初的审美理想，轻松展示着独有的天分与才华，在文体革新之路上一路领先，如当年鲁迅一样以格式的特别和内容的真切拓展了当代小说汉语写作的外延，为大家树立了文体的典范。为当代文学史的文体书写作出了自己的贡献。但在其一以贯之的文体追求和令人惊叹的炫"体"背后，除却宽松的时代文化环境以及文学发展内在规律的契合，与莫言个人独特的学习生活经历以及由此而生的先后天特长等有着直接关系，而发掘这些因素对于我们深入了解莫言的文体革新有着纲举目张的意义。

每个时代皆有每个时代的文学，这主要体现在题材和体裁的选择和运用上。新时期以来的中国文学体现出多元、开放、包容的特征，这也体现在文体的表达上。如小说语言方面，欧化的、文言的、通俗的、典雅的、民间的、古典的等，只要运用得当，都能找到自己的市场。再如艺术手法，现实主义、现代主义、后现代主义、现实现代主义、浪漫主义等都可以根据需要任意选择，彼此之间并没有优劣高下之分。多元包容的文学大环境为艺术修养较高的莫言自觉或不自觉地进行文体革新提供了必要条件。

曹丕在《典论·论文》中认为"奏议宜雅，书论宜理，铭诔尚实，诗赋欲丽"，陆机在《文赋》中认为"诗缘情而绮靡"，刘勰在区分"文""笔"时主张"有韵为文，无韵为笔"，这些都可看出古代文体的主导规约性。但这规约性并非一成不变，而是随着时代的发展在变化。于是有学者根据文体概括性的大小变化，将文体分成"个体文体""时代文体""民族文体"等类型，其中时代文体指"在一个时代占主导地位，最能反映该时代的艺术精神结构的文体"②，这从中国先秦诗歌、汉赋、唐诗、宋词、元曲、明清小说、"五四"新诗、30、40年代戏剧、新时期朦胧诗、90年代散文等发展轨迹可窥一斑。故还有学者认为"文学史就是文学种类的进化史"③。纵览新时期以来的文学发展概况，长篇小说可谓一

---

① 何镇邦.对生活有所发现，对文体有所贡献——简论刘恒的小说创作［J］.当代文坛，2005（5）.

② 陶东风.文体演变及其文化意味［M］.昆明：云南人民出版社，1994.

③［意大利］克罗齐.作为表现的科学和一般语言学的美学的历史［M］.王天清译，北京：中国社会科学出版社，1984：285.

路高歌，最终在市场经济与文化、国家主流意识、读者的审美期待以及作者的艺术追求等多方合力下成为时代第一文体。在此背景下，小说可以更加随心所欲地发挥其"非凡的合并能力"①，将诗歌、散文、戏剧、日记、新闻、论文、史学杂记等文体纳入小说，以充分体现出时代文体的主导地位。故从文学自身的发展规律来看，长篇小说的时代文体地位为莫言的文体探究提供了内在可能性。

客观地说，外在宽松的文学氛围和长篇小说内在的发展优势为所有热衷于文体革新的当代作家都提供了条件，但能为文坛留下文体杰作的作家并不多。并且，同样进行"跨"体书写，莫言和同时代作家相比又具有一定的独特性。如在文备众体手法运用上，大多数作家也插入各类文体如《黄河东流去》中的古代民谣、《少年天子》中的宋词、小说《秦腔》中的戏剧《秦腔》曲谱、《高老庄》中的碑文、《敌人》中的八卦艾辞等，但这些插入成分并非作者原创，在小说中往往不能承担起审美、叙事等辅助功能，甚至有时还会流入不管不顾地野蛮植入和多余点缀的境地。而莫言的插入文体，如《生死疲劳》《天堂蒜薹之歌》中的小说、散文、快板、标语、歌谣等皆为其原创，即便如《十三步》中的奇闻逸事，也要进行第二次创作。原创的插入成分本身就是小说创作的一部分，其所产生的艺术效果自然引人侧目。再如文体互渗手法的运用，当前文坛也有一些以文体互渗而著称的作品，如《受活》的絮言体、《马桥词典》的词典体、《城市白皮书》的日记体、《妇女闲聊录》的闲聊体等，但这些作品多从外在的形式上进行革新，还没有哪部作品像《檀香刑》那样将小说当做戏剧来写，从结构、语言、情节等视角进行全方位互渗，体现出小说的戏剧化和戏剧的小说化效果。相对于文备众体和文体互渗手法的常用，尝试跨文体手法的作家并不多。盘点当前的长篇，进行真正意义上的跨文体写作者甚少。若拿跨文体文本《花腔》与《酒国》相比，前者正如题名，将口述实录、谈话笔录、媒体报道、文章摘抄、史料剪辑等名目繁多的文本片段进行复制拼贴，连缀成文，在多文本互动中不乏花腔式的炫技之嫌，明显少了后者将文体形式自由和表达心灵自由有机互"跨"的厚重。

---

① ［捷克］米兰·昆德拉小说的艺术［M］.孟湄译，北京：三联书店，1992：62.

最后要说的是，莫言成绩的取得除了外在的社会与内在的文学因素外，主要还得力于莫言独特的个体因素。先天天马行空的文学想象力为其文体探索增添了有力的翅膀；乡村生活经历为其文体探索提供了优质的原料；后天系统接受的文艺理论为其文体探索提供了必备的知识养料。据莫言自己总结，在构思时通常有三股力量在牵引着他的思维，那就是东方民间资源、西方的文学技巧、中国的古典文学传统。如《檀香刑》的地方小戏茂腔、《天堂蒜薹之歌》中自编的民间歌谣、《生死疲劳》中的自编的顺口溜和快板、《酒国》中的奇闻逸事和魔幻手法以及作品中触手可及的俗语、俚语、歇后语等，这些都是莫言糅合个人、民间、中国乃至西方写作经验而成的结晶。

莫言是个自觉的文体革新者，他曾说"我不愿意四平八稳地讲一个故事，当然也不愿意搞一些过分前卫的、让人摸不着头脑的东西。我希望能够找到巧妙的、精致的、自然的结构"①。他还认为"一个有追求的作家，最大的追求就是语言或曰文体的追求，总是要发出与别人不一样的声音或者不太一样的声音"②。长期的摸索，他寻找到一个属于自己特有的创作方式即"树立一个属于自己的对人生的看法；二、开辟一个属于自己的领域或阵地；三、建立一个属于自己的人物体系；四、形成一套属于自己的叙述风格"③。正是在这种思想的引导下，通过近三十年的努力，莫言为文坛贡献了一系列文体精品。为此，他曾得意过、"狂妄"过，甚至遗憾过。现在，历尽各种文体探索之后的莫言已收笔多日，但贪心不足的我们还是对他的下一部作品充满着期待。

---

① 莫言.莫言王尧对话录［M］.苏州：苏州大学出版社，2003：153.

② 莫言.是什么支撑着《檀香刑》——答张慧敏问［M］//扬扬.莫言研究资料，天津：天津人民出版，2005：74.

③ 莫言.两座灼热的高炉［M］//莫言研究资料，济南：山东大学出版社，1992：162.

作者简介

　　莫言（1955—），本名管谟业，出生于山东省潍坊市高密县河涯乡平安庄（现为高密市东北乡文化发展区大栏平安村），现为北京师范大学教授、北京师范大学国际写作中心主任、中国艺术研究院研究员等。主要作品有《透明的红萝卜》《红高粱》《天堂蒜薹之歌》《食草家族》《酒国》《丰乳肥臀》《红树林》《檀香刑》《蛙》等。2000 年《红高粱》入选《亚洲周刊》评选的"20 世纪中文小说 100 强"。2005 年《檀香刑》全票入围茅盾文学奖初选。2011 年《蛙》获得茅盾文学奖。2012 年获得诺贝尔文学奖。同时还获得百花文学奖、大家·红河文学奖、红楼梦奖、鼎钧双年文学奖等。2019 年被秘鲁天主教大学授予荣誉博士学位。2020 年《晚熟的人》由人民文学出版社正式发布。

《檀香刑》《蛙》《红高粱》内容简介

　　《檀香刑》（全票入围第五届茅盾文学奖初选）：小说以 1900 年德国人在山东修建胶济铁路、袁世凯镇压义和团、八国联军攻陷北京、慈禧太后仓皇出逃为背景，通过讲述泼辣又深情的女主人公媚娘与其亲爹、干爹、公爹等男人之间的恩恩怨怨、生生死死的复杂关系，深入挖掘深厚的地域和民间戏文资源，用摇曳多姿的笔触、悲喜万分的激情，淋漓尽致地抒写了清朝末年高密东北乡发生的一场可歌可泣的反殖民抗争，一桩骇人听闻的血腥酷刑，一段缠绵悱恻的感人爱情，一曲惊天地泣鬼神的民间猫腔。作者采用"凤头—猪肚—豹尾"的传奇叙述结构，融入民间说唱艺术之精髓，凭借出神入化的文学语言，使小说成为一部诉诸声音、可以用耳朵阅读的妙构佳作。

《蛙》(第八届茅盾文学奖获奖作品)：小说由剧作家蝌蚪写给日本作家杉谷义人的五封书信、四部长篇叙事和一部话剧组成，在艺术上极大拓展了小说的表现空间。整部作品以从事妇产科工作五十多年的乡村女医生姑姑的人生经历为线索，用生动感人的细节和自我反省，展现了新中国六十年波澜起伏的"生育史"，揭露了当下中国生育问题上的混乱景象，同时也深刻剖析了以叙述人蝌蚪为代表的中国知识分子卑微、尴尬、纠结、矛盾的灵魂世界。

《红高粱》(第五届全国优秀中篇小说奖获奖作品)：小说主线是"我"爷爷余占鳌率领乡亲抵抗日军，辅线是爷爷余占鳌和"我"奶奶戴凤莲之间的爱情故事。小说里的人物有的是自发的反抗日军力量，有的是无组织无纪律的地方首领，他们虽然没有明确的拯救国家和人民于水深火热之中的民族意识，但民族大义的本能使他们迸发出强劲的反抗力量。整部小说也没有明确的正面人物形象，如"我"爷爷既是"土匪"又是"抗日英雄"，土匪的野性和英雄的血气使人物更加丰满和真实，还原了真实的历史一幕。作者竭尽全力对战争场面进行精心雕刻，无论大小战争场面，甚至人与野狗在吞噬尸体时的较量也用了极多笔触，展现了一幅幅尸横遍野的血淋淋画面，在这些血肉交汇之中，描绘了一片红如鲜血的红高粱，整个世界都是血红的。莫言正是以这种狂欢式的语言、天马行空式的笔触，塑造了一个在伦理道德边缘的红高粱世界，这些土匪式英雄，他们做尽坏事但也报效国家，他们缠绵相爱、英勇搏杀，既离经叛道又充满生命力量。

阅读指导与思考

1. 何谓"跨"体书写？

2. 跨"体书写的极致是无"体"之体，以《酒国》为例分析无"体"之体的美学特征。

3. 促成莫言实施"跨"体书写的因素有哪些?

4. 你认同"跨"体书写的审美表达吗?

推荐课外阅读

1. 丛新强 . 莫言长篇小说研究［M］. 山东大学出版社，2019.

2. 周蕾，张清华 . 全球视野下的莫言［M］. 上海交通大学出版社，2019.

3. 吴树新 . 读懂莫言［M］. 安徽人民出版社，2015.

4. 泓峻 . 莫言新论［M］. 安徽文艺出版社，2016.

中国大学 MOOC 链接：

1. 走进莫言的文学世界 _ 首都师范大学 _ 中国大学 MOOC（慕课）https：//www.icourse163.org/course/CNU-1206461803.

2. 莫言长篇小说研究 _ 北京第二外国语学院 _ 中国大学 MOOC（慕课）https：//www.icourse163.org/course/BISU-1207437808.

3.90 年代以来的长篇小说研究 _ 北京大学 _ 中国大学 MOOC（慕课）https：//www.icourse163.org/course/PKU-1460889162.

第六讲

⋮

由冷趋"暖"的人性转向与内核消解
——莫言《白狗秋千架》导读

莫言《白狗秋千架》因其"作为老百姓写作"[①]的写作立场、富有寓意的背景设置、深刻的主题揭示、精湛的叙事才华而成为其写作历程中很重要的一篇优秀作品。据其改编的影片《暖》则在投资方、中国官方以及编剧、导演、演员等综合因素的制约下进行影像构建，结果却因扬弃了小说的背景设置、人物塑造、主题揭示、意境氛围等基本思想内核力，而使影片流于介于商业片和艺术片之间的通俗爱情故事片，其生命力与影响力自然也是有限的。

一、堪称经典的《白狗秋千架》

从 20 世纪 80 年代开始执笔，三十余年如一日地坚持写作的莫言凭借其独特的风格和不俗的成就蜚声文坛，而 2012 年诺贝尔文学奖的获得更使莫言及其作品引起全球关注。论及莫言的小说创作，众人第一个想到的多是他的《红高粱》系列，尔后就是煌煌巨著《蛙》和《丰乳肥臀》等作品，鲜有读者提及其在 80

---

① 莫言 . 文学创作的民间资源——在苏州大学"小说家讲坛"上的演讲 [J] . 当代作家评论，2001（1）.

年代中期创作的短篇小说《白狗秋千架》。被人鲜有提及的作品并不代表其水平有限，这篇在 1984 年发表的短篇小说，在今天看来，其叙述方式、写作立场以及关注对象就奠定了莫言独特的写作意图和深刻的主题意旨。对于莫言作品，有评者认为："莫言三十多年来写了很多好小说，总的说他的长篇不如中篇好，后来的作品不如原来的好。他中篇小说中有感人至深的东西，到了长篇小说，就越来越稀薄，越来越少了，尽管小说技术越来越圆熟。"①

《白狗秋千架》是一篇堪称经典的小说。小说一万余字，结构紧凑，线索简明，情节清晰。小说采取倒叙手法，通过第一人称"我"描写了一个读书人回乡偶遇昔日恋人的故事。其实这种类型题材的书写在中国现当代文坛上已不新鲜，但莫言却以一个纯正的农民立场表述了自己及那代农村年轻人曾经的渴望与理想以及梦想或实现或失落之后的精神追问与诉求，在继承鲁迅启蒙精神的基础上，突显出对人的价值与尊严的关注。小说情节不复杂，十年前的"我"十九岁，暖十七岁，白狗两岁。在"我"的撺掇下，我和白狗以及暖在一个黑夜一起荡秋千，结果，绳断人飞，"我"和白狗无恙，暖则伤了右眼。在秋千架事故的刺激下，"我"发奋读书考上了大学，眼残的暖则嫁给邻村的哑巴，一胎生了三个小哑巴。十年后，做了大学教师的"我"衣锦还乡，暖则变成一个贫穷邋遢的普通村妇。但暖并没被生活压垮，在小说结尾，暖竟在高粱地里等"我"，并提出了一个让人震惊的请求，即帮她生一个健康会说话的孩子。这个请求当然含有荒唐、愚昧落后的成分，但同时又让我们看到哑巴作为农村不正常、不健全的人，他们极需要人们的关注和拯救，所以莫言的小说也让我们看到落后、愚昧的乡村需要输入新鲜血液，需要引进新的人才。从这个角度不难发现莫言的写作意图其实正与八十年代流行的新启蒙主义思想相契合。暖的遭遇也折射出同时代农民的困惑与迷茫。能歌善舞、外形漂亮的暖像七八十年代千千万万个青年一样，渴望通过当兵或高考的途径离开农村。当年路过村庄的解放军文艺军官蔡队长的出现点燃了她的梦，但脆弱的梦终破灭。井河考上了大学也承诺回来接她，眼残的事实又一次使梦破

---

① 程光炜. 小说的读法——莫言的《白狗秋千架》[J]. 文艺争鸣，2012（8）.

灭。小说以"我"这样一个在农村浸泡 20 年的城里的乡下人的眼光写出了传统农村与现代城市之间、去乡与怀乡之间复杂难辨的纠葛，体现出作者之后创作一以贯之"作为老百姓写作"的立场，在白狗、秋千架两个意象构建的情节与文本结构中展现出他"不但擅长戏剧性结构的设置，还能够将结构这样的形式要素变成内容和思想本身"①的叙事才华，以白狗的诡异性、秋千架事故的偶然性以及结尾的震撼性共同构筑出作品的深刻性与独特性。所以这篇不乏艺术性与思想性的短篇小说在莫言的写作历程中、在中国当代文学史上都可称为一篇不可多得的优秀作品。

二、影像构建的综合因素

细细品味《白狗秋千架》，再来细细鉴赏根据小说改编的影片《暖》。《暖》由中国第五代导演霍建起执导，由其妻子思芜担任编剧。男女主角则由郭小冬和李佳两位新人领衔主演，男二角由日本实力派演员香川照之扮演。如此搭档在某种程度上就已经决定了电影作品所要走的路线与风格。后来影片在第 23 届中国电影金鸡奖中获最佳故事片、最佳编剧、最佳导演三项大奖，同时还在第十六届东京国际电影节获得最佳影片和最佳男演员两项大奖。奖项的获得可见本片的改编也得到了相当程度的认可。的确，把一个只有一万余字的短篇小说充盈为一个逸趣横生、情节完整的故事片是件不容易的事。对此，莫言也表示，"这篇小说被改编成电影，我有点意外。因为它只是一部一万余字的短篇小说，故事确实不够。另外它里面也没有大起大落的戏剧冲突，因此将它改编成电影费了不少周折"②。但是，众所皆知，电影本身就是一种缺憾的艺术，从文学到电影的改编，其本身就要经受各种因素的约束。要想把所有综合因素协调好，电影作品已经离文学变得面目全非了，《暖》也概莫能外。

影响《暖》问世的因素诸多。首先来自电影与文学之间固存的本质特征区别的影响。高尔基说："文学就是用语言来创造形象典型和性格，用语言来反映现

---

① 张清华.叙述的极限——论莫言［J］.当代作家评论，2003（2）.
② 莫言.小说创作与影视表现［J］.影视艺术，2004（2）.

实事件、自然景象和思维过程。"① 它通过语言的组合来构成并不存在于视觉空间而又存在于作者的想象之中的艺术形象，这使其具有非直观性特点。而电影则是各种艺术元素如文学原著、导演、编剧、演员、摄影、美工、作曲等的综合体。各种艺术因素的糅杂则使电影具有绘画性、音乐性、直观性、形象性等特点。关于小说与电影的关系，美国电影理论家乔治·普鲁斯东曾说过："小说与电影像两条相交的直线，在某一点上重合，然后向不同的方向延伸。在交叉的那一点上，小说和电影几乎没有区别，可是当两条线分开后，它们就不仅不能彼此转换，而且失去了一切相似之点。"② 对于这一点，莫言也认为"小说跟电影的关系，我认为应该是各走各的路，然后偶然地在某一点上契合生出一个作品。"③ 正是因为电影与文学有着各自不同的艺术特征，所以《暖》较之《白狗秋千架》，在主题表达、背景设置以及人物塑造上不可避免地生成了异样的另一部作品。

其次，来自日本投资方及当时日本社会审美倾向的影响。2002 年，日本投资方找到导演霍建起商议改拍《白狗秋千架》，他们之所以选这部小说来拍，就是因为这部小说的结尾非常有力量。他们坚持按照小说的风格，一定要表现出农村妇女最人性的要求。当时日方提出这个要求说明他们非常有眼力。导演自然要满足投资方的要求，因为他之前改编执导的《那山、那人、那狗》在国内票房惨败，但拿到日本却突然非常走红，甚至一直盛演不衰。为什么这部电影"墙内开花墙外香"呢？个中原因不得而知，但这部电影以超凡的镜头语言展示了山区优美的自然风光，以其中人与人、人与自然、人与动物之间的和谐关系而吸引了日本观众则是个不争的事实。因为对于步入老龄化、经济高速发展、精神需求很高的日本社会来讲，温馨的文艺片自然会受到大众的关注。与日本观众有着一定缘分的霍建起不仅要满足日本提出的要求，同时还要考虑安排一个由日本演员饰演的角色，以便打开日本市场。于是，一个为当时日本实力派演员香川照之量身定做的男二角即哑巴形象就出现了。

① ［苏联］高尔基.论文学［M］.北京：人民文学出版社，1978：332.
② ［美］乔治·布鲁斯东.从小说到电影［M］.北京：中国电影出版社，1981：69.
③ 莫言.小说创作与影视表现［J］.影视艺术，2004（3）.

再次，来自当时部门审核的压力。据莫言总结，认为当时审核部门对影片完全忠于原著拍摄会产生以下三种不良后果而担忧，即"第一，这个小说的调子非常灰暗，里面写了一个大的哑巴和三个小的哑巴，而且女主人公是独眼，这么多哑巴不利于中国的形象，好像中国人全都是不会说话的；第二，女主角是独眼形象，不会有演员愿意配合，因为无论怎样化妆，一只眼睛在银幕上的形象肯定很丑陋；第三，在小说的结尾，这个哑巴跟这个女主人公结婚生了三个孩子之后，女主人公见到了她当年的恋人，提出自己想跟他生一个会说话的孩子的要求，这不又成了"野合"了吗？跟《红高粱》一样。"① 现回头看看，2003年中国人的思想观念已经很开放包容了，对于上述三种担忧，不要说在当时，就是在20世纪80年代也属多虑。第一，小说中正是因为暖嫁与了哑巴，并一胎生了三个小哑巴，才让读者产生不忍的同情。也正因为暖有了这样的遭遇，才有了小说那震撼人心的结尾。所以，哑巴在剧中很重要。第二，对于暖的瞎眼造型，这对于愿意塑造深入人心角色的优秀演员来说，这点牺牲算不了什么，所以各种担忧可能是多余的。第三，小说的结尾在故事的发展中如此合理，如此有力。关于"野合"的情节在20世纪90年代的《红高粱》已经出现，并且该影片因表现了中国农民强大的原始生命力和追求自由解放的个性色彩而赢得了全球人的喝彩。而此处的"野合"的目的并不是一般意义上的或为了性爱，或为了情感，而是为了能生一个健康的孩子，此处"野合"根本不需回避。

最后，笔者认为，导演、编剧以及演员对作品的不同理解直接影响着影片的改编。散文化的影像风格、娓娓道来的叙事风格以及温暖的情感基调，这是大众对霍建起电影的恒定印象。对于《暖》，他依然保持着他惯有的风格，他说："我不否认美化的倾向，我是个心很软的人，没法去面对生活中太多残酷的东西，因此宁愿把环境营造得更美好。诗意的影像语言在很大程度上消解了现实生活的残酷意味，现实的失落和缺憾在对过去、乡村唯美的想象中得到补偿和弥合。"② 编剧思芜也坦言他们与《白狗秋千架》之间的隔膜，认为他们"两个人的生活都太

---

① 莫言.小说创作与影视表现［J］.影视艺术，2004（3）.
② 霍建起，马智.镜头中别一样的风景［J］.网易文化，2003（12）.

正常了，太惨烈、太残酷的事情如果真让我们表现可能还会假，我们更擅长于表现普通而平凡的人，从人生体验上讲，就是写一种正常的人生感受。其实每个人是有不同的情感需求的，有的人喜欢怀旧的，有的人喜欢惨烈的。而这部影片中的一切都是再正常不过的，都是我们能想象得出来的一些故事，单相思，离开与背叛等等。其实说到温情，我自己也在想这个问题，我们的影片中好像就没有坏人，有的都是正常人感受的正常生活，似乎还没有探测到一种更深的层次，现在的这个层次还有些肤浅，不够深刻。可是我的生活真的太平常了，我好像只能触摸和思考到这些东西。"①

导演和编剧的温情化、通俗化风格倾向也直接影响到演员对作品的理解与演绎。饰演男主角的郭小冬在北京电影学院表演系学习，他对于《暖》的人物理解颇深，因为他自己来自农村，并在那里生活了 20 年，这一点从他在影片中的细腻表演可看出。但饰演女主角暖的李佳和郭小冬是同学，当时她的年龄正和影片中的暖相当，但生活体验和表演经验的欠缺，使影片中的暖明显因缺乏原著中那种对人生苦难的忍受、对爱情的守望与沉默以及对多舛命运倔强的反抗意识而趋于平面化。谈到自己在剧中的表现，她也颇不满意，"满分 5 分我给自己打及格分 3 分，尽管已经努力过，但回过头来看总是会后悔，我对导演说如果现在让我重新去演，我能得 6 分。"② 倒是饰演哑巴的日本实力派演员香川照之因语言不通而带来的讨巧性表演而获得了东京国际电影节最佳男主角的称号。但来自异国的香川照之是无法真正理解原著中所蕴含的时代背景与主题意蕴，他只会按照导演的要求去演好一名卑贱的爱情追求者对他理想中的爱情的守候与执着，这无形中就化莫言经典原著于俗套的男女情感纠葛之中，离莫言小说精神越来越远了。

三、多重因素制约下的综合改编

正是受到上述综合因素的影响，摄制组在形格势制中对《白狗秋千架》进行

① 陈杭，丁一岚.《暖》：寻找记忆中挥之不去的过往［J］.谈艺录，2003（11）.
② 周铭，赵思思.国产爱情片"暖"有几分？——访《暖》主演李佳郭小冬［N］.新民晚报，2005–4–15.

了改编。《暖》对《白狗秋千架》的增删更改主要表现在以下几个方面：

首先表现在故事发生的地域背景的更换上。与小说文本相比，影片中的故乡不再是高密东北乡，而被摄制组换成了江西婺源。对于《白狗秋千架》的故乡背景，莫言自己有过这样的评价："为什么这部小说我特别看重呢？是因为在这篇小说里面出现了'高密东北乡'这个文学地理概念，在这之前的我的小说从来没有提到过'高密东北乡'。另外，这部小说还提到了'纯种'概念。'高密东北乡'在《白狗秋千架》之后的我的很多小说里面都变成了舞台，此后，我的小说就有了自己固定的场所。所有的故事、所有的人物、所有的场景都在'高密东北乡'这个文学舞台上展开了。"① 可见小说的地域背景对于莫言及中国乃至世界文学有着非凡的意义。而霍建起将其改为江西婺源的动机很单纯。他认为"影片拍摄已是秋天，秋天的北方是很难看的，因此我把故事发生地挪到了南方，选择了江西古徽州的一部分，是一个文化氛围和自然景观都特别好的地方，那里的感觉像世外桃源，人特干净，在那里，你会产生一种离现实很远的感觉，是一种只有在中国古诗句中才有的境界。"② 仅仅为了镜头中那诗画般美丽的乡村，导演将小说文本中最核心的地域元素换成了美丽的温柔之乡，但笔者认为如此改编背离了原著精神内核，是种对经典文学不负责任的行为。的确，江西婺源为徽州文化的发祥地之一，因其青山碧水、小桥人家、天人合一、相映成趣的美景而被外界誉为"中国最美乡村"。同时马头墙下的古徽遗风也形成了徽州女人孤独、悲情、内敛的性格特征。不知导演可曾要求婺源乡村背景下的暖必须具有徽州女人的精神特质。影片中的暖除了给人一种冷漠、平静的感觉之外，似乎难觅徽州女人该有的特质，更不要说能找到小说中读者所能感悟出来的暖该具备的通达、冷静、倔强、乐观的形象与气质。

其次，表现在故事标题的更换上。小说标题为《白狗秋千架》，因为白狗与秋千架两个意象的巧妙设置，促成了故事情节的发展演变以及小说有力结尾的生成。每部作品因其标题的不同，其核心内容必然也随之改变。小说不仅故事情节

---

① 莫言.小说创作与影视表现［J］.影视艺术，2004（3）.
② 陈杭，丁一岚.《暖》：寻找记忆中挥之不去的过往［J］.谈艺录，2003（11）.

简单，人物设置也简单，蔡队长、暖的哑巴丈夫和儿子皆是寥寥数语，几笔传神带过。作者重笔花在白狗、秋千架以及井河与暖在人生各阶段不同的生活现状及情感感受上。小说中的白狗是井河的舅舅送给井河家，井河家又把这只狗送给暖家，所以这只白狗实际上就是乡村人的一个象征，它体现了乡村人复杂的血缘伦理联系。在情感表达上，白狗又是暖与井河爱情的见证物。十年前白狗与暖、井河一起共同遭遇了秋千架事故。在井河考上大学离乡的十年里，暖在空等中委屈嫁给了哑巴，其间的苦与愁也只有白狗知道。从这层意义上说，白狗的视角就是作者的视角，也体现出莫言同情关注、倾向于暖的情感立场，甚至还可以把白狗与暖融为一个人，这个人就是莫言自己。在行文结构上，白狗促成了故事情节的完整性。在小说的开头，白狗引出了暖，引起了井河对暖的联想与回忆，尤其是白狗那冷漠而熟悉的眼神，更让井河浑身发冷。在小说的结尾，又正是白狗的诡异引路，促成了高粱地里令人震撼的"野合"场景。魔幻现实主义手法是莫言小说中最常用的手法之一，莫言此处成功将白狗魔幻话、神秘化，在合乎现实逻辑的基础上营造出超乎寻常的艺术效果。难怪乎后来有人评价说："莫言应该是当代作家中写动物写得最好的作家之一。他写了马，写了驴、狐狸、蛇、猪、鸟、狗、狼……"[1] 可见，他的这种意识与倾向早在《白狗秋千架》中窥见一斑了。

小说中的秋千架，它作为民间的娱乐工具，代表着乡村民间的艺术生活，也象征着民间自然状态下传统生活的一种精神方式。绳子断了，则意味着这种自然状态遭到了干扰与破坏，也象征着代表传统的乡村与现代化城市之间所存在的冲突的到来。对于暖与井河而言，秋千承载着井河与暖的美好爱情，秋千见证了暖与井河之间的情感纠葛，秋千也成了扼杀暖美好人生的直接刽子手。从小说本义来看，作者对秋千的态度是充满浪漫的喜爱之情，但同时更多的是痛恨。因为那次看似偶然的秋千架事故，实则是宿命地存在着。有评者甚至还认为"我和暖固然在秋千架上定情，结为百年之好。秋千架的叙述功能不是世俗爱情，它的叙述功能在于隐喻，那是一种充满了不安全感的历史隐喻。这个隐喻，就是指新中国

---

[1] 张清华. 叙述的极限——论莫言 [J]. 当代作家评论，2003（2）.

成立后土改、合作化、人民公社、大跃进和总路线等政策。秋千架作为一种历史隐喻，是日常生活缺乏安全感的一个非常鲜活的比喻。"[①] 总之，白狗和秋千架意象在小说中不仅担任着叙事的功能，还将这种结构的形式要素转变成深刻的思想，尤其是白狗，可以称为莫言小说的灵魂。

而影片的标题换成了《暖》。《暖》删去了白狗，原因也很简单。郭小冬解释道："原来拍的时候的确有只白狗，但问题是拍摄过程中这只白狗不是生病就是不配合。最后霍导想了很久，就索性把这只狗给去掉了。"[②] 还有种说法认为白狗因与同是霍建起执导的《那山、那人、那狗》中狗的形象重复而被删去。不管是哪种原因，足够说明摄制组对莫言小说的内核理解产生了方向性偏失。于是，影片中重点关注的秋千架意象变成了单纯的爱情定情物和乡村温馨的休闲娱乐方式，相对于莫言小说广阔的社会背景与深刻的主题表达，这种改编显得是多么的无力与肤浅。

影片中意象的增删也直接影响着人物形象塑造和重置。首先，关于暖的形象的塑造。小说中，暖因为秋千架事故瞎了右眼。影片中，为了演员形象的可观赏性，导演将难看的瞎眼换成了不伤大雅的瘸腿。其实，是眼瞎还是腿瘸并不是问题的核心，关键是暖形象本身所蕴含的意义。小说中的暖是倔强、坚强、勇敢的，她一直以自己的方式对人生进行着反抗。暖所生活的年代的农村人要想离开农村只有三条道即当兵、招工和高考。但高考直到 1977 年才开始正式恢复，所以当兵成了农村孩子跳出农门最重要的一条途径。身处时代洪流中的暖自然也希望通过当兵的方式改变自己的人生，但残酷的现实让她的理想落空了。她所期冀等待的两个男人都因为社会、个人的原因失诺于她。其实当时中国农村像她这样的青年不计其数。但她没有沉沦，也不能沉沦，她要活下去。在小说结尾，她要井河帮她生个健康的孩子。在这里，与其说她想要一个会说话的孩子，倒不如说她想要回自己曾经失落的美好人生。影片中由新人演员李佳饰演的暖，冷冷的表情、沉默的外表似乎和小说中的暖有点契合，但缺乏内心活动和生活体悟的流于

---

① 程光炜.小说的读法——莫言的《白狗秋千架》[J].文艺争鸣，2012（8）.
② 龚静娴.《暖》主演李佳：我们只要一部分人看 [M].新闻午报，2004-4-16.

形式的表演让人触摸不到真正的暖的气息。影片采用了唯美的手法尽量维持着暖的青春靓丽形象，但对暖的独眼形象的美饰就直接削弱了现实生活的残酷性与震撼力。影片表现技巧也近乎本色，在外形设计上让十年前的暖和十年后的暖只是在发型上稍作变动，看不出岁月在她身上留下的丁点儿痕迹。这种本色表演明显不符合正常的生活逻辑，也磨蚀了影片的真实性与生动性。更糟的是，李佳演员本身外形棱角分明，在她身上不可控制地流溢着现代都市女孩的气息，所以，影片中的暖让人感受不到她身上该有的忧伤、悲情与倔强，甚至，连做母亲的气质都没演出来。作为一名演员，若一味维护自己的形象，机械地去按剧本演剧情，不能在关键情节处抓住观众的心，就会伤害整个剧本的表达效果。印象最深的一幕是在影片开头，阔别十年的井河在村子桥头偶遇了因辛苦劳作而显得疲惫狼狈的暖。这是一幕多么令人揪心的场景，男女主人公的内心该是多么的复杂难平。此时一切无声胜有声，唯有男女演员复杂的眼神交汇与内心情绪的外露才能表达这种情感。可影片中，李佳的毫无内涵的平静与冷淡不禁让观众大失所望。两个人像两个多年未见的同事一样，动作还是小说中该有的那些动作，但产生的表达效果却平淡无奇，表演的痕迹比较明显。

其次，关于哑巴的改编。小说中的哑巴是个让人感到害怕、恶心、疯狂、原始、张扬着野性的不健全的人，并且他在小说中体现出当时农村知识处于不健全的状态，同时也烘托着暖痛苦的现实生活。而戏份很少的哑巴在影片中则变成了一个很吸引人眼球的类似于《巴黎圣母院》中加西莫多式人物。通过香川照之的日本式表演，哑巴成了一个用自己最卑贱的生命去用心追求最高尚的美与爱的痴情汉形象。影片中的香川照之不需台词，从始至终与一群鸭子为伍。他和暖一起成长，亲身历经了暖的失恋与守候，最后能成为暖的丈夫也似乎在情理之中。总之，影片中的哑巴成了暖踏实生活下去的救命草，虽然哑巴不可避免地带有野蛮的性格特征，但较之小说原型，他的丰盈的形象已经削弱了小说中莫言对暖的不堪现实处境的愧疚之情，也削弱了小说隐约彰显的对当时农村留恋与拯救相纠葛的主题。

再其次，就是关于暖的孩子的改编。小说中暖一胎生了三个小哑巴。这是莫言小说魅力之所在，他善于在小的细节中暗藏震撼人心的玄机。一个大哑巴再加上一个小哑巴，对于先天健康活泼的暖来说已经是很难让人接受了。但一胎生下三个小哑巴，无疑让暖的人生陷入冰点。至此，暖的痛苦是常人想象不出的，所以小说结尾处暖提出的要求也是常人想象不出的。正因为这一系列的超乎想象，使得小说产生了震撼人心的艺术效果。而影片中三个小哑巴被导演温馨换成一个眼睛大大、漂亮伶俐的小女孩，这直接化解了小说原有的精神内核。

最后，影片将对暖产生好感的部队文艺干部蔡队长替换成英俊挺拔的剧团当家武生。导演将蔡队长对暖的喜欢改编为当家武生与暖的缠绵悱恻，在迎来观众对京剧背景下唯美爱情的赞叹之余，更直接的副作用则是消解了小说本身隐含着的时代寓意。

影片标题与人物形象的改编自然也影响到影片故事情节的发展。影片在上述基础上，对故事情节也做了一些调整。用省剧团入驻乡村代替了背景模糊的解放军路过情节；秋千架事故的偶然性也被设计成暖与井河情感升华正浓时的必然遭遇。而关于暖与几个男人的恋爱关系的描写，影片则做足了文章。小说中，蔡队长对暖的喜欢是含蓄的，如英俊的蔡队长让暖唱歌给他听，"暖唱歌时，他低着头拼命抽烟，我看到他的耳朵轻轻地抖动着。他说暖条件不错，很不错，可惜缺乏名师指导。"[1] 蔡队长对暖的喜欢也只止于这些了。小说中暖与井河之间也没有明确的恋爱关系，他根据村里的辈分称暖为小姑，一切的愧疚只缘于那次由井河引起的秋千架事故。哑巴与暖之间的关系是在井河考上大学之后，暖迫于生计而嫁与他的。而在影片中，则将这种含蓄的情感故事高调演绎成暖和三个男人之间鲜明的情感纠葛。井河迷恋暖，但暖却迷恋着突然而至的省剧团当家武生。为何这么迷恋武生？因为招工？显然不是，因为省剧团走了之后，暖在空等武生的两年内，县剧团来镇上招人了，暖当时若报考一定能考上，但暖却嫌对方不是省剧团，轻易地放弃了。由此推断，暖迷恋武生的动机很单纯，一切只为了爱。在等待武生的日子里，井河陪着暖一起失恋。井河考上大学，哑巴又陪着暖一起等

---

[1] 莫言. 白狗秋千架 [J]. 中国作家, 1985（4）.

候。小说故事情节发展舒缓，完全演绎成一部通俗的爱情故事片。

影片情节改动最大处则是对小说有力结尾的改编。影片的结尾，暖一家人送井河返城，临别前哑巴竟发出井河把暖和女儿一起带到城里生活的请求。井河被这突如其来的请求惊呆了，暖也在责怪哑巴的多心。这个结尾当然也很揪心，让这位已在城里成家的大学教师陷入两难境地。他该怎么办呢？带走母女，哑巴一人怎么活？自己又该如何向家里的妻儿交代？不带走母女，哑巴心里又很内疚，因为他在追求暖的过程中曾经私藏过井河的信件，无形中扼杀了暖的美好前程。最后，井河又如十年前一样，又给了暖的女儿一个遥遥无期的承诺。至于改编的动机，导演霍建起说："这主要是考虑到受众，如果按照原小说那样的话太残酷，其实从个人的角度讲我更喜欢小说的结尾，可是我觉得让观众都绝望到那种程度，可能对每个人的承受力是个考验。"①

四、渐行渐远的内核消解

当然，《暖》整体改编上是颇费心思的，如影片中频繁出现的象征暖意的红色格子衣服和雨伞。在影片结尾，井河临走前把红格子伞给了丫。伞是用来庇护人的工具，这个庇护伞既可以是物质上的，也可以是精神上的。井河在用自己的方式来弥补暖的女儿，以获取自己的内心平静。还有影片中那双象征井河与暖无奈复杂的情感的皮鞋。瘸腿的暖已经穿不了这双皮鞋，但她却将皮鞋细心珍藏。已经成家的井河本来对暖就充满愧疚与忏悔，现看到这双皮鞋，心中显得更加不安。但这些不安很快就会被现实中可爱漂亮的丫、善良朴实的哑巴所冲淡。还有影片中开头与结尾皆出现的大片芦苇的空镜头，在风中摇曳的穗子让观众在模模糊糊、朦朦胧胧的意象中隐约窥见了主人公的内心世界。只可惜，这些细节设置因为缺乏小说思想深度的支撑而显得苍白肤浅。

总之，《白狗秋千架》的神来之笔主要体现在白狗的诡异性、秋千架事故的

---

① 陈杭，丁一岚.《暖》：寻找记忆中挥之不去的过往［J］.谈艺录，2003 年 11 月.

突发性与小说结尾的震撼性三大方面。根据上述分析，影片删去了其中两个重要的元素，只剩下秋千架作为暖与身边男人爱情的见证物而存在，从这点来说，影片的改编基本上游离于小说的内核之外。故有评者精辟地说："与其说《暖》改编自《白狗秋千架》，不如说取材于《白狗秋千架》更准确。"① 笔者很赞同这种观点。任何一部经典文学作品改编成其他艺术门类，都要进行适当的增删。但不管是"删"还是"增"，其目的都是为了突出原著主题，使故事线索更加明晰，而且"改编者无论如何总得力求忠实于原著，即使是细节的增删、改作，也不该越出以至损伤原作的主题思想和他们的独特风格"② 。由此我们来看影片《暖》对小说的增删情况，不难看出影片仅仅只保留了秋千的意象和大致的叙事框架，已基本扬弃了小说的背景设置、人物设置、主题揭示、意境氛围等内核力。相对于20世纪80年代由莫言同名小说改编的电影《红高粱》，此影片正因为对生命的礼赞主题以及精湛的电影语言的运用，使其获得了国际荣誉，这也是中国电影迄今为止在国际上获得的最高荣誉。而影片《暖》上映后整体反响平平，关注者较少。笔者认为这与其改编后因缺乏思想性，却又具有一定的艺术性而使影片流于介于商业片和艺术片之间的通俗爱情故事片有关，其生命力与影响力自然是短暂的。对此，宽容善良的莫言戏称小说是自己的儿子，电影是自己的孙子，电影能否表达出其小说想要表达的东西他都能释然面对。甚至，他还为之开脱，认为"我的态度是绝不向电影、电视靠拢，写小说不特意追求通俗性、故事性。如果一个小说家写剧本的时候想把写小说的思想注入其中，会把观众都吓跑"③ 。

---

① 纵瑞霞.《白狗秋千架》与《暖》——从莫言小说到霍建起电影的审美嬗变［J］.四川喜剧，2006（2）.

② 夏衍.电影论文集·杂谈改编［M］.北京：中国电影出版社，1979：171.

③ 莫言.小说创作与影视表现［J］.影视艺术，2004（3）.

作者简介

　　莫言（1955—），本名管谟业，出生于山东省潍坊市高密县河涯乡平安庄（现为高密市东北乡文化发展区大栏平安村），现为北京师范大学教授、北京师范大学国际写作中心主任、中国艺术研究院研究员等。主要作品有《透明的红萝卜》《红高粱》《天堂蒜薹之歌》《食草家族》《酒国》《丰乳肥臀》《红树林》《檀香刑》《蛙》等。2000 年《红高粱》入选《亚洲周刊》评选的 "20 世纪中文小说 100 强"。2005 年《檀香刑》全票入围茅盾文学奖初选。2011 年《蛙》获得茅盾文学奖。2012 年获得诺贝尔文学奖。同时还获得百花文学奖、大家·红河文学奖、红楼梦奖、鼎钧双年文学奖等。2019 年被秘鲁天主教大学授予荣誉博士学位。2020 年《晚熟的人》由人民文学出版社正式发布。

《白狗秋千架》内容简介

　　小说描述了曾经关系密切（既是发小，又沾亲带故，还有着朦胧的青春情愫）的一对男女十年后村中重逢的故事：做了大学教师的井河衣锦还乡，而能歌善舞的漂亮女孩暖由于一次意外（与井河有关）从秋千上跌下来变成残疾人，最后只能委屈嫁给邻村哑巴。艰辛的农作使暖变为粗俗的农妇，一胞三胎生了三个小哑巴更是将暖的生活拉入人生谷底。小说结尾，儿时的共同玩伴白狗将井河引到了高粱地，久等在此的暖提出了一个让井河感到震惊且两难的请求：想要一个会说话的孩子。到此，小说戛然而止。它以近乎残酷的笔调展现了暖人生历程的起伏转折与人性的复杂微妙。

阅读指导思考

1. 比较归纳小说《白狗秋千架》和电影《暖》的主题意旨。

2. 分析小说和电影中"秋千架"的意象隐喻。

3. 小说和电影版《白狗秋千架》，你更喜欢哪一版？

推荐课外阅读

1. 李斌，程桂婷. 莫言批判［M］. 北京理工大学出版社，2013.

2. 张志忠，尹建民. 莫言与新时期文学［M］. 中国石油大学出版社，2016.

3. 管谟贤. 大哥说莫言［M］. 山东人民出版社，2013.

中国大学 MOOC 链接：

1. 走进莫言的文学世界 _ 首都师范大学 _ 中国大学 MOOC（慕课）https：//www.icourse163.org/course/CNU-1206461803.

2. 莫言长篇小说研究 _ 北京第二外国语学院 _ 中国大学 MOOC（慕课）https：//www.icourse163.org/course/BISU-1207437808.

3. 90 年代以来的长篇小说研究 _ 北京大学 _ 中国大学 MOOC（慕课）https：//www.icourse163.org/course/PKU-1460889162.

第七讲

：

存在哲学的理性探讨与精神家园的
感伤追寻

——刘震云《一句顶一万句》导读

《一句顶一万句》自问世以来关注者甚多，尤其在获得第八届茅盾文学奖之后。和众评者一样，初读文本时被作品频繁更迭的人物形象、单调简单的姓名称谓、目不暇给的行当描述、枝枝蔓蔓的故事穿插、似曾相识的情节设置以及令人眼花缭乱的饶舌话语所困惑。这也许就是刘震云经常在不同场合提及自己作品不被人理解的直接原因。当然，如果就此表象对《一句顶一万句》下结论显得有失公允。以西方哲学与精神分析学为切入点，重点研究作品中所运用的梦境艺术手法，从梦境的意义建构与梦境的文学功能显现两大方面着手，条分缕析出小说对存在主义哲学的理性思考与精神家园的感伤追寻，可深度还原出作品所蕴含的审美意蕴。

《一句顶一万句》的成功主要表现为其能用无处不在的、极端的、形而下的底层叙事写出极端的、无处不在的、形而上的哲学思考。这里的"无处不在"意指作者在多义主题的设置、群体形象的塑造、多处看似重复的情节构思、多种写作手法的运用、饶舌的语言表达方式等方面体现出作者的哲学思考。关于《一句顶一万句》，众评者给予了高度的赞扬，但大家的关注点多集中在作品所体现出的"孤独"主题和"说话"形式上。其实，在了解作品评论的基础上再读文本，笔者还能品咂出作品更加丰富的意蕴内涵。故在本文中，笔者将从西方的哲学和精神分析学入手，重点研究《一句顶一万句》所运用的梦境艺术手段，从梦境的意义建构与梦境的文学功能显现两方面条分缕析出小说所蕴含的艺术魅力。

一、梦境的文本意义

梦是有意义的。梦的意义不仅指梦境本身所呈现的意义，而是指梦对于现实的意义。探讨梦的意义实际上就是探讨它所产生的梦外原因以及它所要表达的梦外意义。关于小说在哲学层面的探究，众评者看法不一。有评者认为"作品中几乎没有出现过稍为带有一些哲理思考意味的叙事话语"①。有评者认为其"小说接近了一个关于人生的哲学和信仰的寓言"②。还有评者说"在某种意义上说，刘震云生来就是一位哲学家"③。笔者支持后两位评论者的观点。为了能充分表达自己的哲学思考，刘震云可谓用心良苦。通览全文，小说中多处出现梦境的描写。这些梦境分别来自杨摩西、巧玲、牛爱国。不同的梦境有着不同的象征意义，都从不同角度诠释着作家的哲学思考和生命体悟。

一是对"我是谁"的终极追问。自几千年前古希腊帕台农神庙的立柱上留下"我是谁"字迹之后，这个命题就一直困扰世人，它体现了人类对自身本源的思考。按字面意义去理解，"我是谁"中的"我"是普遍意义上的"我"，是任何一个有自我意识的人对于其本人的一种自觉意识。在这种自觉意识中，他成为自己思考的对象。并且，他因这种思考把自己二重化为主体与客体的关系。当作为思考者的主体与作为思考者对象的客体之间关系合二为一时，"谁"作为客体其未知的归属找到了回应。当主体的"我"被异化为"非我"时，"我"成了"我"

① 王春林.围绕语言展开的中国乡村叙事——评刘震云长篇小说《一句顶一万句》[J].《南京师范大学文学院学报，2011（2）.
② 张清华.叙述的窄门或命运的羊肠小道——简论《一句顶一万句》[J].文艺争鸣，2009（8）.
③ 程德培.我们谁也管不住说话这张嘴——评刘震云《一句顶一万句》[J].上海文化，2011（2）.

与"非我"的矛盾对立统一体,"我"也成了存在与非存在的统一体。由此可见,"我是谁"的问题本质上是人的存在问题,是人类对自身存在变化的一种自我意识,并且这种存在与认识具有一定的变化性和矛盾性。

刘震云在作品中体现出对世界本源性的思考,关于这一点有评者认为"刘震云是一个对哲学、对世界本源性有着强烈探索欲望的作家"①。在小说中,刘震云通篇以找寻"我是谁"为线索来完成小说的宏伟叙事,在人神对话的基督教要义中试图找出"我是谁?"的答案。作者在文中让杨摩西、曹青娥、老詹、牛爱国等穷尽毕生精力去寻找,但皆未能如愿。在找寻的过程中,作者对杨摩西和曹青娥的梦境描写设置了很多玄机。

杨摩西曾经对老詹说:"我知道自己是谁,从哪儿来,后一个往哪儿去,这几年愁死我了。②"杨摩西所言是有依据的。早在杨家庄,他最迷恋于喊丧,他想成为喊丧的人,这就是他对自我的认识与定位。在四处漂泊打工的日子里,他在精神上是孤独的。消解这种孤独的方式就是参加各类具有审美意义的活动诸如喊丧、舞社火。因为舞社火,他歪打正着成了吴香香的丈夫,身体暂时得以稳定,但精神上的孤独更加浓重。当又一年的社火节来临时,本以为可以好好释放一下自我,但这份奢想被吴香香否决。在杨摩西的第一个梦中,已成为吴香香合法丈夫的他又可以参加镇上的社火节。这时的杨摩西其实不叫杨摩西,改叫吴摩西。从当年的杨百顺到后来的杨摩西,再到现在的吴摩西,他的姓和名被彻底更换。在这里,更换的不仅是姓名,而是他的自我意识。在梦境中,他扮演的不是阎罗,而是嫦娥。"身扮嫦娥舞着,又脱离了社火队,一身长裙,飘着舞着,奔向了月亮,真成了女的。③"在现实中,吴香香扮演的是丈夫的角色,吴摩西倒变成了小媳妇。梦中的杨百顺很在意自己的身份,不堪的现实处境让梦境中的他还是变成了女人。在他心中,他已经无法确定自己的身份,是丈夫?还是嫁过来经常受气的媳妇?这种自卑与不安深深烙在杨百顺心中,最后借梦境道出了自己

① 梁鸿.中国生活与中国心灵的探索者——读《一句顶一万句》[J].扬子江评论,2010(1).
② 刘震云.一句顶一万句[M].武汉:长江文艺出版社,2009.
③ 刘震云.一句顶一万句[M].武汉:长江文艺出版社,2009.

"真成了女的"的恐慌，再一次回到对"我是谁"存在主义哲学问题的探讨。

接着，在杨百顺继女巧玲的梦境中，再一次彰显了作者对"我是谁"这个哲学命题的思考。巧玲被人拐卖后改名为改心，又名曹青娥。其实，她并不姓曹，应该姓姜，他的生父是姜虎；本也不姓姜，父亲死后母亲与姜家决裂，母女俩单独过活，应该姓吴；但也不该姓吴，母亲与杨百顺结婚，后与人私奔，并将她全权托付给杨百顺，似乎该姓杨；被拐卖后，养父姓曹，她就变成了后来的曹青娥。绕了一圈发现，巧娥的姓氏始终处于不确定状态。姓氏在中国人眼中是神圣的，在父系社会中，父亲的姓氏是一种合法身份的界定。但小说中的巧娥对自己的身份无法作出回答，她确定不了自己到底是谁？来自哪里？为表达出巧娥心中的这份困惑与迷茫，作者特设置了一组关于父亲的梦境。

在巧玲的第一个梦境中出现了杨百顺。在梦中，巧玲不埋怨继父把自己弄丢了，反倒怪自己把继父弄丢了。从梦境传递的信息可以断定巧玲从内心深处将杨百顺当做自己的父亲。在养父老曹死后三个月，曹青娥突然开始想念老曹。梦中的老曹因后悔把青娥嫁错了人家而扇自己的耳光，青娥因此心疼得大哭。

在又一次梦中，老曹又出现在青娥面前，但梦中的老曹处于无头状态。后来的梦中，反复交叉出现杨摩西、老曹两个爹，但梦中的两个爹都没了头。老曹、杨摩西的无头状态正表露出曹青娥对自己身份处于不确定状态的焦虑和恐惧。老曹和杨摩西对她充满爱意，也使她充分享受了父爱。但这份父爱因为血脉的缺失而不可避免地存在缺憾。

因梦境的刺激，曹青娥对杨摩西的生死未卜牵肠挂肚。在小说中，作者安排曹青娥回老家寻找继父杨摩西，未果。当她孤坐在火车站时，作者又一次运用梦境表达曹青娥复杂难辨的情感。这次梦中出现的父亲不是杨摩西，而是老曹。梦中的老曹不远千里来帮助曹青娥。作为一直缺少母爱的青娥来说，心中顿生惊喜与暖意。可那由来已久的恐惧与不安还是不可控制地流露出来。在梦中，老曹有了头，却捂着自己的胸口叫苦。这个苦岂止是老曹的，真正意义上应该是青娥的失父之苦、无根之苦。

关于生父，青娥也做过梦。曹青娥嫁到山西沁源县，知道了另一件事，那就是她的亲爹姜虎曾经被人打死在沁源县。虽然不知道具体位置，但从此她的梦中又多了一个爹。这个爹有头，但无面目。这是她对生父的真切感受。生父离开她出门贩葱时，青娥还不叫青娥，叫巧玲。三岁的巧玲幼不知事，但生父的气息还是结结实实地在她脑海中生了根。现在时过境迁，关于生父的印象早已淡化，如同梦中人有头无面，只剩下那份剪不断理还乱的亲情萦绕心头。作者借梦境道出了巧玲在寻根的过程中矛盾纠结的情感，梦境中父亲们的有头无面或根本无头象征着人类无所皈依的情感寄托。

二是"他人即地狱"的存在主义哲学思考。"他人即地狱"是法国存在主义哲学家萨特的短篇小说《间隔》里的一句话。按照小说原文的意思可以理解成在人际交往中，如果他人与"我"心存隔阂，不能真诚交流，那么他人的存在对于"我"而言就是一座地狱。萨特的存在主义哲学思想源于海德格尔。海德格尔认为人都是孤独存在的，人人都是"自由"的。萨特又在海德格尔的基础上提出"存在先于本质""人被迫自由"的观点。两位哲学家都强调自由的存在才是本真的存在。但在现实生活中，这种本真的自由实在难觅一席之地。相反，人与人之间难于沟通，就好像人间与地狱之隔，他们互相折磨，钩心斗角，无法逃脱且永远使人陷于痛苦之中。

刘震云是一个对人心交流颇有研究的学者型作家，对人与人之间能否说得上话表现出浓厚的兴趣。这一点我们可以从《一腔废话》《我叫刘跃进》《手机》以及《一句顶一万句》中细腻的人与人的"说话"描写窥见一斑。孟繁华评价《一句顶一万句》"小说的核心部分，就是关于孤独、隐痛、不安、焦虑、无处诉说的秘密，就是人与人的说话意味着什么的秘密"[①]。著名出版人安伯舜评价"作品中由于人心难测和诚信缺失，能够说贴心话、温暖灵魂的朋友并不多，反倒生活在千年的孤独当中"[②]。

的确，作者在文中淋漓尽致地书写着这种"他人即地狱"的恐慌。在小说中，杨摩西完全颠覆了婚姻、家庭、师徒之间的亲密伦理关系。在他眼中，与这

---

① 孟繁华．说话是生活的政治［J］．文艺争鸣，2009（8）．
② 安波舜．一句胜过千年——读刘震云《一句顶一万句》［J］．出版广角，2009（4）．

些人都是说不着话的，唯一能说上话的倒是毫无血缘关系的继女巧玲。杨摩西的自我觉醒意识在逐步增强，当他"嫁"给吴香香并成了巧玲继父之后，巧玲的关心与无话不谈使他暂时找到精神寄托。可作者没让他如愿，在寻找妻子的路上，竟将巧玲弄丢了。弄丢的原因就是因为他相信了一个萍水相逢的陌生人老尤。在小旅馆里，老尤与杨摩西无话不谈。老尤曾表示想发一笔横财，杨摩西还劝他"想发横财，先得黑了心；看你的面相，不像黑心的人"[①]。老尤也觉得杨摩西说得对。这样的两个人，虽然认识时间不长，但也算交个朋友了。可在第二天，老尤利用杨摩西上街的机会拐走了年仅五岁的巧玲。在杨摩西的第二个梦境中出现了老尤。梦中的巧玲没有丢，老尤是和他闹着玩的。梦境的寥寥几笔白描深刻道出了杨摩西内心的失落与懊悔，将人与人之间这种难以沟通、缺乏诚意的精神危机放大到极致。老尤在这里不是个体，而是刘震云所信奉的"他人即地狱"的存在主义哲学的体现。通过梦境让读者明白人心叵测，知心话不能轻易说出口，一说即错；知心人不可轻易信，一信也错。正如有评者所说"至此小说道出了中国几千年来的孤独，比马尔克斯的孤独还要多上十倍"[②]。的确，本小说高度概括出当前中国人的精神生存状态，也反映出作者对人类情感无所皈依的悲观情怀，萨特的《间隔》在人间将永远循环上演。

弗洛伊德的精神分析学说认为梦来源于个人的社会经验和生活印象，是潜意识中被压抑的原始本能和愿望的满足，梦中出现的一切意象皆具有象征作用。通过对梦境意象的分析，能够窥探出梦境所蕴含的象征意义，进而折射出梦者在内心深处的向往及其本质人性。据此，我们也可分析出现在文学作品中的梦境，对于作家来说，其比日常梦境更具有一定的意义所指。

在小说中，作者借助梦境巧妙表达人物压抑内心深处最渴望实现的各种美好愿望。如杨摩西渴望参加社火节以尽情释放内心的孤独，在这个美好愿望落空后，在他的梦境中出现了让他满意的情景：他在梦境中描眉画线，准备再次扮演阎罗。在杨摩西惊觉巧玲被老尤拐走之后，心中最大的愿望就渴望这只不过是老

① 刘震云. 一句顶一万句 [M]. 武汉：长江文艺出版社，2009.
② 孟繁华. 从《手机》到《一句顶一万句》[J]. 名作欣赏，2011（13）.

尤和他开的一个玩笑而已。此种奢想也在杨摩西的梦中上演。

在巧玲的儿子即杨摩西的外孙牛爱国的三个梦境中，对人生美好理想的向往更是贯穿始终。牛爱国在小说下半部重复着杨摩西的人生轨迹。虽然当过兵，有过一段美好的人生经历，但复员后精神生活回到几十年前杨摩西式的孤独状态。他与父母兄弟说不上话，与老婆也说不上话。老婆与人偷情，最后竟光明正大地和自己的姐夫私奔。牛爱国和当年的杨摩西一样走上了假找妻子实寻一句话的人生之路。在历经了找寻朋友却心无所托的窘境后，深悟人生况味。在他的第一个梦境中，梦见自己又回到当兵的时光。梦中的他意气风发，斗志昂扬。战友在他身边，依然是往日的心无疥蒂、情同手足。人生的一切美好愿望只能借助梦境重温，此种描写使作品流出透心凉的感伤。在找寻妻子的路上，他梦见了妻子，梦中的他对妻子一点恨意也没有。在第三个梦境中，再一次梦见妻子，妻子不是现实中说不上话的样子，两人有说不完的话，把结婚七八年的话全说了。在梦中，他明白了原来日子还可以这样过。这些梦境从表征上看，似乎牛爱国对妻子充满幻想，实质上是对自己的精神生存状态充满幻想，渴望能有一个女人能和他说上话，把日子过成梦中那样。每个人的内心都隐藏着一个相反的自己，梦对于现实来说，是对现实中仍未实现却极力想要实现的一种精神安慰。梦托现实，现实幻梦。当人错开真实与虚幻之时，便是将梦中断、思想走向新的高度之时。

二、梦境的叙事功能

由于梦境已经成为人类精神生活的一部分，故描摹梦境也成了文学作品中经常使用的艺术手法，文学作品也因梦境艺术手法的使用而变得意蕴丰富。翻开中国文学史，梦入诗境的现象非常普遍。梦在诗文中不仅观照诗人的现实生活，更加淋漓尽致地宣泄着作者的丰富情感。如苏轼的"夜来幽梦忽还乡，小轩窗，正梳妆。相顾无言，唯有泪千行"堪称梦境入诗的神来之笔。梦境中诗人终于如愿与自己日夜思念的亡妻相逢于家乡，往日温馨熟悉的相见场面再次呈现。可惜，同样的场景，再次的重逢，因为现实心境的压抑，两人即便相顾也是无言唯有泪千行。此等死别重逢的悲伤只能在梦境中演绎，诗人在此借用梦境宣泄了郁积胸中多年却无法释怀的思念亡妻之情。梦境的妙用，不仅体现在诗文上，在中外叙事作品中，作家对梦境的妙用也是不胜枚举。如《安娜·卡列尼娜》中的噩梦、《呼啸山庄》中的惊梦、《生命不能承受之轻》中的迷梦、《红楼梦》中的托梦等给读者留下深刻的印象。在《一句顶一万句》中，作者也巧妙运用梦境充分诠释着自己独特的审美意蕴。

一是巧妙表达"杀人"情结。在小说中，曾多次出现提刀杀人情节。当然，文中的杀人方式很独特，那就是在现实中杀、在心里杀、在嘴上杀、在梦境中杀。此种杀法虽对被杀者不能产生任何不良后果，但对杀人者而言，发泄了压抑的情感，完成人生境界的提升。如剃头匠老裴因为家庭纠纷提刀欲杀娘家哥，未遂，但救了杨百顺；杨百顺因赶大车的老马出馊主意使他未能上学而提刀欲杀老马，未遂，但救了邻村孤儿；杀老马未遂之后，杨百顺在心里将老马杀了。不但杀了老马，连同传话的卖豆腐老杨、自己的弟弟杨百利、自己的父亲老杨一并在心里残忍杀死。后来，杨百顺又因为吴香香两次提刀杀人，均未遂。小说中不仅写生性谦卑的杨摩西爱杀人，连其继女巧玲也爱杀人。如巧玲在文中因与丈夫闹气而对朋友说："我光想杀人，刀子都准备好了。①""除了杀人，我还想放火，我从小爱放火。②"

杨摩西在现实中、在心里头杀人，巧玲在嘴上杀人，而牛爱国则在梦境中杀人。在寻妻的路上，牛爱国梦见了自己的妻子。梦境中，牛爱国似乎忘记妻子已经出事，两人关系正常，第三者小蒋的出现使他毫不犹豫地将刀子插进了对方的心口。当牛爱国遇到情人章楚红之后，明白夫妻之间应该是能说得上话的才能称之为夫妻，为此而体谅了小蒋与妻子。在又一次梦境中，出现了妻子和小蒋。但这次在梦境中杀人的不是牛爱国，而是小蒋，他将刀刺进了牛爱国的肚子。

刘震云是个对生活有独特感悟的作家，为什么在作品中动辄操刀杀人，用意何在？我们也许能从刘震云的这段话中找到答案："《水浒传》是一部好小说，有

① 刘震云．一句顶一万句［M］．武汉：长江文艺出版社，2009.
② 刘震云．一句顶一万句［M］．武汉：长江文艺出版社，2009.

学问。里面写得最好的是林冲……我要想活，必须有人死，我要想活，必须杀人。当他产生了这种之前永远不敢产生的想法时，马上尸横遍野，鲜血像梅花一样在雪地里开放。还有阮氏三兄弟出门唱的歌：老子生来爱杀人。这是世人所喜欢的。这不是说《水浒传》的人物、情节、细节描写得怎样好，而是那个态度了得。现在的作家也未必能达到。不是说现在的作家不敢写杀人放火，而是面对这个世界的态度、胸襟和气度。①"在刘震云看来，在小说中能够借助杀人这种极度极端的方式来表达主人公强烈的情感，同时也体现出作家的胸襟与气度，从而丰盈了作品的审美意蕴。

二是诠释"知己"意识。 刘震云认为"写作并不是写作本身，而是要通过写作，交到一个特别不同的朋友"②，"写作就是为了找朋友，为了倾听，为了说知心的、朴实的话，这就够了"③，"一个人在生活中找到一个知心的朋友非常不容易，找到这个知心的朋友再说一句知心的话更加不容易。知心的话一般都是不同的话，这句不同的话确实顶得上一万句废话"④。秉此立意，刘震云在作品中为每个人物的出场都安排了找知己的任务。他们虽然都是普通人，但在精神上都有着自己的追求。在作者眼中，知己之间一定有说不完的话，而且这些话是随心所欲、想说就说的。据此感觉，杨摩西历尽坎坷发现巧玲才是他的知己，可惜她以被拐卖的方式在杨摩西的世界中消失。巧玲最信赖的人自然也是杨摩西，但她只能将知己角色寄情于养父老曹，但毕竟有些隔膜。同理，牛爱国绕了一圈发现章楚红才是他的知己，不过知己已消失在茫茫人海中，能否找到也是悬而未决。巧玲、摩西以及章楚红的消失正意味着人类知己难觅、情感无以寄托的困境与悲哀。

这种强烈的"知己"意识也体现在杨摩西、牛爱国、青娥的梦境中，其中尤以牛爱国的梦境最鲜明。牛爱国两次梦到妻子，背叛他的妻子总是和他有说不完的话，给人一种情投意合的感觉。梦境强烈表达出牛爱国对知己的渴望。梦中的妻子在小说中有一定的指代意义。在没有遇到章楚红之前，梦中的妻子可以指代

---

① 刘震云.从《手机》到《一句顶一万句》[J].名作欣赏，2011（13）.
② 刘震云.从《手机》到《一句顶一万句》[J].名作欣赏，2011（13）.
③ 丁晓洁.刘震云：朴实是最舒服、最真诚的状态[J].环球人物，2009（12）.
④ 丁晓洁.刘震云：朴实是最舒服、最真诚的状态[J].环球人物，2009（12）.

任何一个能成为牛爱国知己的女人。在邂逅章楚红之后，梦中温柔多话的妻子自然就成了章楚红的替身。小说结尾写牛爱国态度坚决地走上寻找章楚红之路，也正暗合着小说的主题，表达出人类将陷入精神无所寄托、为觅知己一直在路上苦寻的孤独苍凉境地，进而淋漓诠释出作者的"知己"意识。

在小说中，作者花了大量笔墨塑造杨摩西、巧玲、牛爱国三个人物形象，他们在小说中所扮演的角色功能非常重要。在小说上半部主要讲述杨摩西的坎坷寻找知己之路，但在小说结尾处还是以丢掉知己而失败告终。巧玲的失踪是作者特设的玄机。首先，因为巧玲是杨摩西开启新生活的精神寄托。只要把假寻妻子这场戏演完，杨摩西就可以带着巧玲、守着馒头铺过上自己想过的生活。最终巧玲被拐卖，在作者眼中，人类苦苦追寻的知己和精神家园都是以一种虚妄的形式存在。因为其虚妄，人类将永远处于苦苦找寻的状态。其次，在巧玲被拐后，杨摩西做梦了，梦中出现老尤收买巧玲的那块驴肉饼。梦中细节描写是点睛之笔，强调了巧玲被拐是合乎现实生活情理的。再次，没有巧玲的失踪，就没有整个小说的下半部，牛爱国作为其亲生儿子的身份也将不存在。因为一句话，下半部的牛爱国必须接着找寻，以完成小说深刻主题的揭示。

在小说下半部，重点描写巧玲、牛爱国的找寻之旅。各类梦境的穿插描写促进小说找寻线索的延伸。老曹的死使巧玲开始思念父亲，于是梦境中出现了无头的老曹。在她心中，惦记最深的还是杨摩西，但他生死未卜，于是梦境中又出现了无头的杨摩西。出现两个无头父亲的梦境再次促使巧玲要赶回老家找寻杨摩西。于是有了巧玲回老家情节。巧玲回老家寻找杨摩西，未果，但找到了一句话。这句话只有巧玲一人知道，本准备临死前告之牛爱国，可他一直在外打工，迟迟未归。等他回到病重的母亲身边时，一切都迟了。病魔使她失声，于是这一句话成了千古之谜。正因为这一句话，牛爱国开始了漫长的寻找之路。在牛爱国的梦中，有两次梦见妻子。第一次梦见妻子时还没有遇见知己章楚红，所以梦中温和的妻子也只是他心底的一个梦。第二次梦见妻子时，依然无话不说，相见甚欢。两次梦境的昭示让他明白他需要一个章楚红式的女子相伴。没遇见她时，在梦中寻；遇见了，在生活中逃避。在小说结尾，他终于听从内心需要，决定义无反顾地去寻一句话，一句顶过一万句的话。这句话本来是章楚红准备要告诉他的，现在变成了他要告诉章楚红，进而完成了小说对人类精神皈依的寻求之旅。

综上所述，可见亦真亦幻的梦境起着推进故事情节发展、突显小说主题的作用。同时，丝丝入扣的梦境情节设置也体现出小说创作逻辑的严密性，使小说叙事达到了虽然枝枝蔓蔓、枝节横生但却被作者码放得整整齐齐的境界。

作者简介

刘震云（1958—），出生于河南省新乡市延津县，现任中国作家协会主席团委员、中国作家协会第十届小说委员会副主任等。主要作品有《塔铺》《一地鸡毛》《新兵连》《温故相处流传》《刘震云精品文集》《我不是潘金莲》《一句顶一万句》《手机》《我叫刘跃进》等。曾获得茅盾文学奖、全国优秀短篇小说奖、人民文学长篇小说奖、埃及文化最高荣誉奖、法兰西共和国文学与艺术骑士勋章等。

《一句顶一万句》《塔铺》内容简介

《一句顶一万句》（第八届茅盾文学奖获奖作品）：小说分为两部：《出延津记》与《回延津记》。上部讲述在 20 世纪前期的河南农村，孤独无助的农民吴摩西为了寻找与人私奔的老婆，在路上失去唯一能够"说得上话"的养女。为了寻找她，他不得不走出延津。下部记述了吴摩西养女巧玲的儿子牛爱国，同样为了寻找与人私奔的老婆，走向延津的故事。一去一来，延宕百年。故事看似简单，但回味悠长，描述了一种中国式的孤独感和友情观。"出延津记"和"回延津记"表面上看主要讲述杨百顺和牛爱国两个人的历史，但细细咀嚼便会明白，实际上是在讲述"孤独"的历史。"孤独"世代相传，祖辈的故事在后辈的身上重演，祖辈的"孤独"也在后辈身上延续。因此，《一句顶一万句》被称中国版《百年孤独》。

《塔铺》（第九届全国优秀短篇小说奖获奖作品）：小说以作者的生活经历为原型，用稍显稚嫩的笔触，描写了一群怀揣梦想的年轻人，聚集到一个名叫塔铺的地方复习、准备高考的故事。故事情节不复杂，却感人至深，因为它展现了特殊时代年青人真实的生活轨迹、艰难的心路历程以及他们的爱情观。小白脸"耗子"复读的目的是能够谈一场风花雪月的恋爱。爱情无果时，又想为高考而发奋学习，但已经迟了。小说中另外一对恋人即"我"与李爱莲，作为来自社会底层的小人物，他们为了改变命运而学习。李爱莲最初引起"我"的注意的是她认真的学习态度。"我"对李爱莲的爱，并非单纯出于对异性的喜欢，更多带有一种对于穷人的怜悯、心疼以及同为奋斗者的知己感。李爱莲虽然想与命运抗争，但作为长女，更有责任承担家庭重任。当父亲需要大量手术费时，她只能选择放弃心中的爱与理想，委身于暴发户。而"我"虽很担心"恋人"，在高考的关键时刻也没有心思去思考李爱莲留下字条的真假。"我"与李爱莲的爱情之所以随风而逝，是因为两人都没有把"爱情"当作生活中的唯一需要，他们从内心深处都明白：除了爱情，生活中还有很多需要考虑的现实问题。所以李爱莲接受了被迫的婚姻；"我"面对爱莲的委身嫁人，即使心中痛苦，也不会有任何过激行为，甚至连要不要挽回这份爱情的念头都没有。

阅读指导与思考

1.《一句顶一万句》的标题内涵。

2.《一句顶一万句》中梦境的多重文本意义。

3.《一句顶一万句》中梦境的叙事功能。

推荐课外阅读

1. 崔庆蕾. 中国新时期作家研究资料汇编 刘震云研究资料［M］. 百花洲文艺出版社，2019.

2. 禹权恒. 刘震云研究［M］. 河南大学出版社，2015.

3. 刘震云. 刘震云经典短篇［M］. 长江文艺出版社，2016.

中国大学 MOOC 链接：

90 年代以来的长篇小说研究 _ 北京大学 _ 中国大学 MOOC（慕课）https：//www.icourse163.org/course/PKU-1460889162.

第八讲

：

虚构的纪实
——刘震云《温故一九四二》导读

　　2012年底根据刘震云中篇小说《温故一九四二》改编的电影《一九四二》的热映引起大众的关注。随着电影的热映，刘震云原著《温故一九四二》及完整版电影文学剧本《一九四二》的问世也再次引起大众的关注。小说没有完整的故事情节，没有突出的人物形象，也没有明确的态度和立场，整体看上去像由一位河南荒灾后裔通过走访和搜集相关资料而完成的一篇历史撰记。文中作者将饿殍遍地、易子而食的灾民受难场景与奢华骄逸、歌舞升平的统治者生活形成鲜明的对比，对黑暗历史本质和冷酷自私的历史当权者提出强烈的控诉和辛辣的讽刺。刘震云在保持原著精神内核的基础上改编了影片《一九四二》，相对于原著的无故事、无情节，影片有了清晰的两条线索，一条展现了以老东家和佃户瞎鹿两个家庭为核心的灾民在逃荒路上无奈凄惨、在死亡线上挣扎的痛苦生活；另一条则展现了当权者、国民政府各级官员置百姓生死于不顾的冷漠、昏庸和腐败。同时，影片为凸显主题，在情节设置上别具匠心。在影片结尾，失去一切亲人、绝望之极的老东家认领了一位与他一样失去所有亲人的陌生小女孩为孙女。他们彼此又有了亲人，有了活下去的希望与精神支撑。最后老东家牵着小女孩的手，沿着山路往故乡走。画外音提示，十五年后，这个小姑娘成了俺娘。刘震云有意识地给整个悲剧加上了光明的尾巴，也表达了他一直想表达的主题即对美好人性的温情守望，对中华民族生生不息生命力的礼赞，还在不经意间诠释了一个伟大命题即我们的母亲、我们的民族、我们每个人都来自哪里？

一、历史与文学视角下的质疑或肯定

应该说，小说是经典的、独特的，改编影片的艺术成就也是显著的。关于小说及电影的评价，不同领域的评者所持意见不同。其中，文学影视评论者则从文学视角肯定了作品所取的艺术成就，认为"这部电影从某种意义上说是中华民族的精神成人礼"①，并从四个方面肯定了影片的价值所在，"第一，具有启蒙价值，是鲁迅精神的银幕传达。第二，它有着对个体感性生命生存权的尊重和悲悯，而文明的进程就是个体与整体的关系。第三，它塑造了集体意识，打造了公共记忆，善莫大焉。第四，题材的超越性，不是简单的战争片、抗日题材等能概括的，格局更加宏大"②。还有人认为影片是一部温暖的电影，"没有悲观，而是相信人性的温暖，给人往前行进的力量，哀而不伤"③。普通读者和观众则从文化教育立场高度赞扬了作品的存在价值与教育意义。他们对于这段历史颇感震动，倍觉在中国电影娱乐化倾向日益严重的语境下，难得有如此思想深刻、极具社会责任感的作品问世。作者自己则从文学、历史以及社会影响等方面肯定了作品所产生的积极意义。值得一提的是，影片公映后在第三届北京国际电影节获得最佳影片和最佳视觉效果奖两项大奖，在第七届罗马电影节斩获最佳影片、最佳摄影两项单项奖，这些也足见大众对作品的认可。总体来讲，大众对刘震云的作品持肯定态度。

---

① 尹华.《一九四二》北大学术研讨会：哀而不伤给人温暖，[EB/OL].[2012-12-11]. http://www.100tiao1.net/leisure/content-130565.html，2012-12-11.

② 尹华.《一九四二》北大学术研讨会：哀而不伤给人温暖，[EB/OL].[2012-12-11]. http://www.100tiao1.net/leisure/content-130565.html，2012-12-11.

③ 尹华.《一九四二》北大学术研讨会：哀而不伤给人温暖，[EB/OL].[2012-12-11]. http://www.100tiao1.net/leisure/content-130565.html，2012-12-11.

但历史学者则从历史视角来评析作品，指责声明显高于赞扬声。众多质疑声中，尤以中国社会科学院近代史研究所研究员黄道炫的声音最为激烈。他拿出学术钻研的严谨精神，对刘震云的小说及电影提出了严厉的批判。特别是那句"他面对一个历史问题时，论证如此之轻率、结论如此之狂悖"[①] 的批评无异于一颗重磅炸弹，震撼了整个评论界。其他观点与之相近的学者也纷纷从 1942 年灾难发生的成因以及一些与之相关的政治历史问题入手，对刘震云的作品提出诸多否定性意见。有一批学者还针对影片召开专门研讨会，他们认为"影片对历史的叙述明显是片断式的，缺少大的格局，缺少现实和积极的意义"[②]，甚至有评者对刘震云一向的写作立场产生了质疑，认为"任何光明的、有希望的历史内容，都搁不进那一代文艺家的叙事框架里面。到底是历史错了，还是他们的叙事框架有问题"[③] ？

从质疑者的立场来看，这些质疑似乎确凿有力，言之成理，不知作为作者和编剧的刘震云看了上述质疑后会心存何想？但向来严谨的历史学者也绝不会无中生有、空穴来风地在小说和影片中找出诸多硬伤。问题的关键在于评论者是把刘震云作品当做历史著作来读，还是当做基于历史而创作的文学作品来读？于是，确定刘震云作品是纪实作品还是虚构小说，以客观的立场从文学、历史、文化等视角来评价刘震云作品之意义与价值不失为一种公正的做法。

关于《温故一九四二》的体裁分类，有人认为这就是一部关于河南历史的"纪实体小说"[④]，有人认为"这是一部调查体小说"[⑤]。连刘震云自己也这么认为，"严格意义上讲当年的《一九四二》并不是小说，而是一部纪实作品，是真实的历史事件，没有情节，没有人物。作为一个调查体的文学作品它是成立的"[⑥]。大

---

① 黄道炫. 日军拯救了河南人民：刘震云的心灵幻象，[EB/OL] [2012-06-01]. http://www.21ccom.net/articles/lsjd/lccz/article_2012060160982.html.

② 李玥阳. 一九四二：历史及其叙述方式 [J]. 文艺理论与批评，2013（2）.

③ 李玥阳. 一九四二：历史及其叙述方式 [J]. 文艺理论与批评，2013（2）.

④ 刘彦伟. 今日话题：一九四二：温故苦难，拯救纪念，[EB/OL]. [2012-12-01]. http://news.qq.com/a/20121201/000224.htm.

⑤ 赵昂. 一九四二：追问我们从何而来，[EB/OL]. [2012-12-17]. http://www.chinadaily.com.cn/micro-reading/dzh/2012-12-17/content_7787358.html.

⑥ 东方早报. 小说版《温故1942》将发，[EB/OL]. [2012-11-25]. http://www.sczjw.cn/hotnews/201211/13810.html.

家说法基本一致，都将小说归为还原河南 1942 年真实历史的纪实小说。一般来说，从作品反映内容的真实度考虑，文学可分为虚构和纪实两大类，其中虚构类文学包括小说、戏剧、诗歌等，纪实类文学则包括报告文学、传记、回忆录、纪实小说、社会大特写、文艺特写、纪实电影等。而在《温故一九四二》中，刘震云俨然一副提问题、找论据、得结论式撰写论文的架势，在看似客观、严谨实则主观、戏谑的论证中完成了对 1942 年历史的还原。在刘震云眼中，1942 年的历史也许真的就止于他所调查、采访以及搜集的这些内容。其实，真实的历史真相岂能就一个作家所搜集的一些资料能厘清的。对于影片的纪实性定位，我们从影片的广告语即"一段被遗忘的历史，一个必须面对的真相"也可看出创作者们已把影片当作史实类电影来看待。这也难怪众多历史学者对刘震云作品中的诸多说法提出疑问，黄道炫就批评道："就一个作家而言，在对历史的了解与把握上，我们无法对他提出过高的要求，但是，如果他试图充当历史的解释者而不再是杜撰故事的作家时，他就必须遵守历史的基本规则，秉持客观、严谨和负责任的态度。①"由此可见，引起质疑的症结在于历史学者和刘震云对待作品是纪实还是虚构的态度上。刘震云自己都把作品当作纪实小说来看，那历史学者自然也把其作品当做历史著作来看。

对于小说纪实性与虚构性的界定，笔者认为这是一部基于历史而进行合理想象的新历史小说。文学学者贺仲明也持这种观点，认为"《温故一九四二》是他的第一部真正的'新历史小说'"②。甚至还有评者认为"《温故一九四二》是刘震云在无意之中写出的比较满意的，也是他所著的第一部真正意义的新历史小说，为后来的长篇小说奠定了基础，它在新历史小说中也占据着极其重要的地位"③。

要想看懂《温故一九四二》的新历史叙事，就必须得了解刘震云一贯的写作立场以及该小说的创作背景与创作动机。刘震云是个不断追求创新的作家，他总能在自己的人生经验上，极敏感地抓住身边的人和事，表达出一代人想要表达

---

① 东方早报 . 小说版《温故 1942》将发，[EB/OL]．[2012-11-25]．http：//www.sczjw.cn/hotnews/201211/13810.html.
② 东方早报 . 小说版《温故 1942》将发，[EB/OL]．[2012-11-25]．http：//www.sczjw.cn/hotnews/201211/13810.html.
③ 黄彩金，乔丽丽 . 个人记忆下的历史——《温故一九四二》[J]. 安徽文学，2008（2）.

的东西来。这可从刘震云二十余年小说创作所表现出的阶段性特征看出来。扬名文坛前，他就以自己熟悉的农村生活为对象，通过作品表达出金钱对人性造成巨大冲击的主题。20 世纪 80 年代中期，他因《塔铺》扬名文坛，接下来的《新兵连》因"它叙事的琐碎与冷峻，它对人性阴暗的开掘，它对功利心和权力欲的深藏不露的仇恨，它对生活的肮脏和生命的悲剧宿命的隐而不显的哀叹"① 使其叙事风格日臻成熟。继《塔铺》《新兵连》之后，已离开农村进城求学与工作的刘震云开始把关注的视野由农村转向城市，写出了《单位》《官场》《一地鸡毛》《官人》等官场系列作品，更加坚定不移地用冷静的叙述与虚幻的批判来阐释自己对人生、社会、人性、历史等精神和哲学层面的思考，凸显灰色官场中卑微的机关人个性的泯灭与尊严的丧失。接下来，刘震云创作了诸如《头人》《故乡天下黄花》《故乡相处流传》《故乡面和花朵》等新历史故乡系列小说，《温故一九四二》便是其中最独特的一篇。此阶段的小说畅意宣泄着对历史的蔑视与强权愚弄下麻木人性的忧愤。创作巅峰期《手机》《我叫刘跃进》《一句顶一万句》《我不是潘金莲》等作品又表达着当下中国人精神家园无所皈依之痛。从其二十余年的创作意图来看，"刘震云小说具有确定的主题——抗议物质对于精神、权力对于尊严、历史对于人性的威胁与摧残"②。

刘震云的每一次转型都与时代背景相契合，小说《温故一九四二》的问世也概莫能外。20 世纪 90 年代的中国，社会经济的快速发展使中国迎来了自己的商业时代，与之相应的则是人们的价值观念、生活方式、文化态度的变化。人们对文学的期望值在逐步降低，而文学本身的逐步世俗化也导致文学的精神内涵在逐步消失。文学不再像"五四"和新时期那样担当启蒙角色而悄然退居边缘地位。这种边缘化的文学处境却在无形中给了众多作家一个真正自由、自主的创作环境。再加上 20 世纪 80 年代便开始盛行的先锋派与现代主义、后现代主义等思潮的存在，使"90 年代的文学在弘扬主旋律的同时，实现一种真正的多元化格局。在这个格局中严肃与游戏、创新与守旧、通俗与先锋、现实主义与现代主义都有

---

① 摩罗. 刘震云的大手笔［M］//刘震云精选集，北京：燕山出版社，2011.
② 摩罗. 中国生活的批评家［J］. 当代作家评论，1997（4）.

相应的文学表现"①。于是，20 世纪 90 年代的中国文坛已经开始由 20 世纪 80 年代盛行的集体化、政治化、时代化的宏大叙事转向个人化、无名化、历史化的个人叙事。尤其随着"20 世纪 90 年代标示'个人性'和'现代性'的西方新史学和文学上的'新历史主义'进入中国，这无异于给中国作家们加上了一服及时的补药，大大激发了他们对于历史的兴趣和对于历史'可能性'的探索"②。此种文化语境直接影响着刘震云的创作。

刘震云是个善于思考的作家，他的精神世界极其丰富。丰富的资源一部分来源于生活，一部分来源于他的阅读与思考，另一部分来源于社会思潮的影响，这些因素一旦糅合在一起，便形成了刘震云一次次华丽的转型。在历经官场系列小说创作之后，刘震云在作品中更多地感受到作为城市局外人的尴尬，窥透出人的生存危机与人性险恶与理想的失落，倍觉一切在现实生活中进行温情的反省与道德的反思都是无意义的。那下一阶段的写作该何去何从？于是，1991 年的《故乡天下黄花》、1992 年《故乡相处流传》可看做作者以自己的故乡为文学舞台，重新审视故乡历史的开端之作。不过，刘震云的历史叙事不同于传统意义上的历史叙事，而是一种和当时文坛上流行的新历史主义相契合的新历史叙事。传统的历史主义在承认客观历史事实存在的前提下，通过认真的考察研究，以完成对历史真相的真实还原为目的。与此形成鲜明对照的是，新历史主义也承认客观历史的存在，但理论家们却认为所有的历史书写都不可能真正还原历史真相。在此种新理论的影响下，刘震云找到了自己创作新的资源。

1993 年上半年发表的《温故一九四二》不能不说受到新历史主义写作的影响。作者起初创作《温故一九四二》的动机可能与新历史主义无关，起因"是他的朋友钱刚在四年前时，想编一部关于自然灾害的历史书，钱刚搜集资料后，发现 1942 年时有一场旱灾发生于河南，造成大量灾民过世，而当钱刚找到刘震云时，刘震云发现自己对 1942 年发生过的旱灾浑然不知顿感意外"③。但在这之前，

① 朱栋霖，丁帆，朱晓进.中国现代文学史（1917–1997）[M].北京：高等教育出版社，1999：177.
② 贺仲明.独特的农民文化历史观——论刘震云的新历史小说[J].当代文坛，1996（2）.
③ 赵昂.一九四二：追问我们从何而来，[EB/OL].[2012–12–17].http://www.chinadaily.com.cn/micro–reading/dzh/2012–12–17/content_7787358.html.

刘震云已创作新历史小说《故乡天下黄花》《故乡相处流传》。也就是说，此阶段的小说创作思维肯定与新历史主义有关。"顿感意外"之后，刘震云大量地查阅相关历史资料，并去了河南，实地采访了一些旱灾的幸存者和知情人，更令他震惊的是，当他采访时问及这场灾难时，却发现大家都选择了遗忘。"这么严重的灾难，人们为什么会遗忘？这样的震惊和疑惑，迫使我进入对 1942 年的探究和写作。①"于是，刘震云完成了这部从 20 世纪 90 年代发表至影片《一九四二》热映之前并不被大众高度关注的中篇新历史小说。《温故一九四二》在叙事手法、叙事视角、批判立场等方面与新历史叙事特征相吻合，也与作者一贯的写作意图相契合。

二、反讽、调侃的叙事手法

首先，《温故一九四二》采用了新历史小说家惯用的诸如使用第一人称、反讽、调侃等叙事手法。新历史小说"在叙述上常常会出现一个'我'的叙述者形象。'我'在历史与现实中不断地隐现，沟通着现在与历史的对话，传递着作者对历史的个人体验"②。《温故一九四二》在开篇中便戏谑地拉开了故事的序幕："一九四二，河南发生大灾荒。一位我所敬重的朋友，用一盘黄豆芽和两只猪蹄，把我打发回了一九四二年。③"接下来，"我"便顺着历史的隧道回到了一九四二年，"我"在历史和现实中来回穿梭。在作品中，刘震云用调侃的方式对当政国民政府不救灾的不作为行为作出了刘震云式解释，他认为每个人都有自己的"悲惨处境"，当时中国同盟国地位问题、对日战争问题、国民政府内部各派系的内讧等这些都是当政者最棘手的问题，这些问题不解决好会直接影响历史的进程，而关乎百姓死活的小事就不需提到议程上来进行关注。什么逻辑？对此，众评者愤怒地指责刘震云在民族大是大非面前失去了起码的民族气节与立场。其实，我

---

① 刘阳. 刘震云谈电影《一九四二》：灾难，我们拒绝遗忘 [N]. 人民日报，2012-11-29 日.
② 王彪选评. 序言 [M]. 新历史小说选，杭州：浙江文艺出版社，1993：194.
③ 刘震云. 刘震云精选集 [M]. 北京：燕山出版社，2011：298.

们应该看到，对于当政者的批判，刘震云在用自己独特的方式表达着自己的愤怒。在小说附录，刘震云别有用心地引用两则启示来展示当时老百姓日常生活和正常的情感纠葛。

而在小说结尾，刘震云竟用"是宁肯饿死当中国鬼呢？还是不饿死当亡国奴呢？我们选择了后者"①。来作为小说的最后结论。对此结论，刘震云更是遭到众评者的攻击，有评者负责任地指出"《温故一九四二》中日军发赈灾粮，使河南老百姓帮日军打国军。这个说法指向的事实在历史中是子虚乌有的"②。更有评者激愤地指出刘震云有当汉奸的倾向，也"造就了他家乡的无数汉奸"③。很显然，上述评者并没看懂刘震云的新历史叙事，刘震云不恨当权者的不作为吗？他不恨日本侵略者对中国人民所造成切齿伤痛吗？其实不然。在文本分析中，我们可以看出，是天灾导致了旱灾和蝗灾，是人祸加重了灾难的程度。这人祸里首当其冲就是当政者和政府各级官员，但日本人的侵略更是脱不了干系。作者在文中写道："日本人在中国犯了滔天罪行，杀人如麻，血流成河，我们与他不共戴天……日本发军粮的动机绝对是坏的，心不是好心，有战略意图，有政治阴谋。④"所以，若日本人在1942年发放军粮给中国百姓是历史事实，我们也能理解绝望的灾民的行为。当政者为了满足个人私欲决绝地抛弃了百姓，这样的政府不爱也罢。若这一情节是刘震云的合理想象，反倒更加激起我们对当政政府的痛恨。应该说，在这一点上，刘震云比其他作家看得更透彻，更深沉，更悲观，因此，刘震云还被称为"中国当代最悲观的作家"⑤。可见，刘震云在小说中采用反讽和调侃的手法来表达自己透心凉的绝望与悲哀，以此显得荒诞黑暗的历史更加沉重与不堪，故众评者指责刘震云在大是大非面前失去了起码的民族气节与立场一说对刘震云来说实属有失公允。而这种反讽与冷幽默在电影中更是得到鲜明的

---

① 刘震云. 刘震云精选集［M］. 北京：燕山出版社，2011：354.

② 刘彦伟. 今日话题：一九四二：温故苦难，拯救纪念［EB/OL］.［2012–12–01］. http://news.qq.com/a/2012
1201/000224.htm.

③ 黄道炫. 日军拯救了河南人民：刘震云的心灵幻象［EB/OL］.［2012–06–01］. http://www.21ccom.net/articles/lsjd/
lccz/article_2012060160982.html.

④ 刘震云. 刘震云精选集［M］. 北京：燕山出版社，2011：352.

⑤ 陈思和，李振声，郜元宝. 刘震云：当代小说中的讽刺精神到底能坚持多久？［J］. 作家，1994（10）.

体现。通过电影几十句诸如"饿死人的年头很多，你问的是哪一年？""我就上吊给你看。——上吊，有房梁吗？""我说有灾好，叫他家也变成了穷人"的对白，体现出中国农民面对灾难和死亡的淡定与幽默，但在这中国式的冷幽默背后更是巨大的悲凉与无奈。

三、民间的叙事视角

小说采用了民间叙事视角。在新历史小说作家心目中，"历史是'我'的历史，或者说是'我'对历史的体验、感觉、想象，这给他们的小说创作打上了鲜明的个人色彩，带上了鲜明的个体经验和自我感知的烙印"①。于是带有个人色彩的民间视角便不可避免地成为新历史小说作家们首选的叙事视角。《温故一九四二》中，刘震云把"我"的身份定位为一个感情激昂的"慌乱下贱的灾民的后裔"，并再三表现自己对善良的、深明大义的农民的敬重和对荒谬历史的蔑视。全书共分七个自然章，其中一、二、四章写"我"在五十年后的现实中采访幸存者，从小说行文中可以看出，接受采访的"我"的姥娘、花爪舅舅、范克俭舅舅、幸存者郭有运和蔡婆婆等这些人物都是众多受苦受难农民的典型代表，作者就以他们的立场还原了他们眼中的1942年。刘震云作为灾民的有文化和思考力的后裔，在再现当年灾区惨状的同时，还相对理性地揭示了造成灾害的主客观原因，对这段历史予以强烈的批判。作者以幸存者的感性回忆真切还原了历史，这历史在读者眼中自然是毛茸茸的，极富生命活力与情感冲击力。剩下的三、五、六、七章则以小说家特有的想象力和新颖的直接引用文献资料的方式近乎真实地还原了五十年前当政政府各级官员、各类新闻宣传者以及侵略中国的日本人或表示友好的各国传教士等人士对待这场荒灾的态度，在作者看似不作任何是非评判，直接借用作品中各类人物自己的语言和行动，或相关的文字资料重现了作者自己心目中的历史真相。

---

① 王彪选评.序言［M］.新历史小说选，杭州：浙江文艺出版社，1993：253.

四、正统历史批判的立场

农民视角的历史与载入史册的正史并不一定相符，但刘震云在小说中明确表示他对正统历史的批判："没有千千万万这些普通的肮脏的中国百姓，波澜壮阔的中国革命和反革命历史都是白扯，他们是最终的灾难和成功的承受者和付出者。但历史历来与他们无缘，历史只漫步在富丽堂皇的大厅。[①]"在刘震云眼中，"历史从来是大而化之的。历史总是被筛选和被遗忘的"[②]。言下之意，载入史册的往往是由执政者根据自己的政治需要进行筛选后的部分历史，而这些历史往往又与老百姓无关。自古以来，人民群众才是历史的主人，老百姓心目中的历史恰恰代表了最广大群众的历史观，从一定程度上来说，它应比所谓的正史更合理、更客观、更公正。但现在这一段关于中国 1942 年这不起眼却又真实地存在着的历史，究竟哪些是正史，哪些又是野史，估计连历史当事人都无法说清。众历史学者关于"日本人到底有没有救国统区灾民的命""蒋介石到底有没有漠视灾民，把他们当包袱甩给日本人"这种大的关乎政治立场的问题以及一些小的诸如"饿死灾民的数字的得来与其准确性""河南有没有真正富贵的大户人家""河南省政府主席李培基在联系蒋介石和灾民之间到底扮演何种角色""受灾民众对日本人的心理状态"等细节问题可以由众历史学者抱着严谨、慎重的态度，在历史领域内以刘震云作品为研究基础，通过研讨的方式让这段众说纷纭的野史还原为相对真实的历史。

目前，关于刘震云作品中描述的内容是历史还是伪历史的争论还在继续，但笔者认为，影片的问世和因之而引起大众对原著小说以及 1942 年河南历史的重新关注，尤其在众多历史学者的争论声中，间接地使这段本已被大众淡忘的历史逐渐浮出历史地表，从这点来说，我们感谢刘震云。拯救遗忘，关注人性，以一个作家的良心和社会责任感掀起当下民众对中华民族精神支点的追寻和叩问，从

---

① 刘震云. 刘震云精选集［M］. 北京：燕山出版社，2011：300.
② 刘震云. 刘震云精选集［M］. 北京：燕山出版社，2011：301.

这点来说，我们对刘震云充满敬意。最后，还是希望刘震云自己也要客观地承认自己的小说就是一篇根据历史资料进行合理想象的、具有一定艺术价值和思想价值的新历史小说，影片就是一部在纪实背景和框架里塞进虚构的主观情感内容的艺术佳构。毕竟，刘震云是一位很优秀的小说家，而不是历史学家。

作者简介

刘震云（1958—），出生于河南省新乡市延津县，现任中国作家协会主席团委员、中国作家协会第十届小说委员会副主任等。主要作品有《塔铺》《一地鸡毛》《新兵连》《温故相处流传》《刘震云精品文集》《我不是潘金莲》《一句顶一万句》《手机》《我叫刘跃进》等。曾获得茅盾文学奖、全国优秀短篇小说奖、人民文学长篇小说奖、埃及文化最高荣誉奖、法兰西共和国文学与艺术骑士勋章等。

《温故一九四二》内容简介

小说讲述了一个关于饥荒的并非广为人知的故事：1942年至1943年间，河南遭受旱灾、蝗灾，粮食颗粒无收，哀鸿遍野。三千万民众离乡背井去陕西逃荒，饿死灾民达三百万之多。为重温那段几乎被大家淡忘的历史，作者走访灾难的幸存者，成为这场灾难的讲述者。作者采用双线交叉的方式述说历史：一条线为叙述人查阅各类档案、文献，彼时彼地的中外新闻报道等，以史料治史，并将其引入小说；另一条线为叙述人采访以"我姥娘"为代表的亲历者们，以民间口述历史治史，使文本在历史与非历史之间穿梭，更具小说的历史形态。

阅读指导与思考

1. 分析《温故一九四二》所持的历史观。

2. 总结《温故一九四二》的历史叙事方式。

3. 你认为刘震云通过《温故一九四二》的写作意图是什么？

推荐课外阅读

1. 孙畅. 农民的生存之困：刘震云论［M］. 华东师范大学出版社，2016.

2. 关正文. 通往故乡的路［M］. 华艺出版社，1999.

3. 陈一军. 新世纪作家专题研究［M］. 陕西师范大学出版总社有限公司，2019.

中国大学 MOOC 链接：

中国当代小说选读 _ 复旦大学 _ 中国大学 MOOC（慕课）https：//www. icourse163.org/course/FUDAN−1205951804.

第九讲

：

无意识的男权书写与有意识的女性观照
——刘震云《我不是潘金莲》导读

　　纵览刘震云三十余年的创作，从成名作《塔铺》到代表作《一地鸡毛》，乃至后来的故乡系列小说和通俗小说，直到《一句顶一万句》问世，刘震云一直坚持用自己的方式构建了一个独特的艺术世界。在他的艺术世界里，他的文学视角、关注对象以及作品的主题揭示都是恒定的，有评者认为"刘震云小说具有确定的主题——即抗议物质对于精神、权力对于尊严、历史对于人性的威胁与摧残"[①]。刘震云小说的叙事跟随其主体的精神突围、逃亡相一致，也跟着调整和变化：从早期的道德激情叙事到新写实的情感零度投入再到主观化、戏谑化的新历史叙事，现实了他独特的叙事特征。也许，正是因为作者在主题揭示和表达方式给大家留下来深刻的印象，故众评者皆把焦点定格于其小说主题揭示的深刻性与表达手法的独特性上。在《我不是潘金莲》问世前，刘震云坦承自己在之前的小说创作中对女性缺乏了解，他希望自己能在新作中有所突破，开始尝试着从女性视角来表达自己对这个世界的看法。刘震云的写作是否具有男权意识？他又是如何进行女性观照的？

[①] 摩罗.中国生活的批评家［J］.当代作家评论，1997（4）.

一、男权意识与中国作家

男权意识问题是个备受中国众多评者、作者与读者关注的文学命题。中国男权意识的滥觞可从"妇"的含义衍变中窥见一斑。在原始社会，由于男人主要从事畜牧，女人主要从事插秧等农业生产，所以"妇"本意指禾苗和农业种植者，含"妇女"之意。但随着生产力的发展以及社会分工的变化，男人的社会地位在逐步提高，女人的社会地位却在逐渐下降，于是关于"妇"的解释也在变化。在西汉《礼记·郊特性》中就衍变成"妇人，从人者也，幼从父兄，嫁从夫，父死从子。"在东汉的《说文解字》中又解释成"主服事人者也"。而在东汉《白虎通》中又有："妇人，伏于人也"的记载。在明朝《大明律》中甚至明确规定"若命妇夫亡，再嫁者，罪亦如之，追夺并离异。"

回溯历史，"母权制的被推翻，乃是女性的具有世界历史意义的失败。丈夫在家中掌握了权柄，而妻子被贬低，被奴役，变成丈夫淫欲的奴隶，变成了生孩子的简单工具了"[1]。此后一直到封建社会结束，中国女性始终作为男性的附庸而存在，其主体意识也因此而长眠不醒。而"历史上因反对男权意识而发展起来的女权意识最早起源于19世纪的法国"[2]。从始至今，西方女权主义者们为争取妇女权利、寻求男女平等、反对性别歧视已走过了二百多年的发展历程。在西方启蒙思想的影响下，20世纪初，追求进步的中国新式知识分子开始把"天赋人权"和进化论学说引进国内，把妇女解放运动作为新文化运动的重要组成部分来开展。随着新文化运动的深入发展，一批具有女性主体意识的女作家如冰心、凌叔华、丁玲、萧红、庐隐等逐渐从经济上摆脱了依附的地位，从家庭小天地走向广阔的人生社会，以实际行动践行着"我是我自己的，谁也做不了我的主"的独立宣言。但由于中国特殊的国情，中国从未像西方国家那样轰轰烈烈地开展过向男权主义开战的女权主义运动。"因为中国妇女的解放是整体社会革命解放的一部

---

①［德］恩格斯.家庭私有制和国家的起源［M］.北京：人民出版社，1972：20.
②［英］弗里德曼著，雷艳红.女权主义［M］.长春：吉林人民出版社，2007：10.

分。新中国的成立使男女平等成为制度；十年动乱后我国进入了一个崭新时期；改革开放使妇女参与社会的机会大大增多。^①" 所以，社会发展至今，从表面上看，当今女性地位似乎得到了极大的提高。但实质上，由于在漫长历史过程中形成了轻视女性的惯性思维，也由于男性自我意识不可避免的偏颇，"其必然会影响对两性关系的认识和把握，往往会自觉不自觉地将一方置于中心，而将另一方置于边缘的状态"^②。

扫描中国现当代文坛，从现代的鲁迅、郁达夫、茅盾、老舍、钱钟书，再到当代的路遥、金庸、古龙、陈忠实、张贤亮、周大新等男性作家，他们总是在其作品中有意无意地扭曲着笔下的女性形象，或正面高调或旁敲侧击或肆意畅快或委婉隐晦地表达着自己的男权主义思想。不无夸张地说，男权意识已成为中国男性作家的一种集体无意识。有评者认为"任何一种集体无意识都不能脱离本民族文化，并对本民族的心理产生重大的影响"^③。怪不得有评者惊呼"中国几千年的文化传统、美学思想、文学作品不是在塑造女性，而是在改造女性。女性是飘浮在人类历史长河中最繁荣、美丽而又最空洞的能指。在历史文本的层层遮蔽中，女性是一个无所不在的盲点"^④。同理，当前文坛上为反对男权意识而存在的女性文学、雄性化写作等文学现象也证明男权意识依然根深蒂固地渗透于许多作家的思想观念之中。

二、习焉不察的男权意识

深受中国几千年传统文化影响的刘震云是否会走出男权意识的怪圈？仔细梳理其三十余年塑造女性形象的情感倾向，不难发现刘震云写作中也肆意流露着习焉不察的男权意识。

---

① 张红梅. 女性主义对新时期女性文学创作主题的影响［J］. 南京广播电视大学学报，2002（1）.
② 潘晓云. 自我特征的丧失与男权意识的流露——对唐代小说中女性形象的批评［J］. 江汉大学学报（人文科学版），2010（4）.
③ 游路湘. 背着因袭的重担——论鲁迅小说潜藏的男权意识［J］. 南京广播电视大学学报，2005（3）.
④ 韩晓晶. 复苏的性别——后新时期女性主义小说探索［N］. 天津时报，1997-7-26.

刘震云在三十余年的小说创作中惯于采用戏谑荒诞的手法，塑造了一批没有正义与邪恶之分的人物形象，讽刺了物欲世界存在的一切龌龊。在他笔下，知识分子是无奈、流俗的，统治者是荒诞、恶俗的，连子民百姓都是无知、蒙昧的。这群荒唐的人物中自然包含众多女性形象。在他笔下，见不到恪守妇道的祥林嫂和吴妈们，见不到隐忍而伟大的为奴隶的母亲们，也见不到通情达理的水生嫂们，更见不到善良、自尊的荒妹、菱花。刘震云笔下的女人，没有羞耻，没有尊严，没有人生目标。她们只是作为男人生活的点缀与附庸而活着。从早期的《头人》到《一句顶一万句》，作者对女性形象态度存在着明显的偏见与漠视。只是在创作初期，刘震云的这种情感倾向并不鲜明。处女作《塔铺》中的李爱莲清纯、善良，她本可以和"我"一样参加高考，靠自己的实力去实现自己的人生目标，享受自己想要的人生。但女子附属的地位使她无法掌控自己的命运。因为生病的父亲和贫困的家庭，在高考前一周忍痛放弃高考，远离自己心仪的初恋情人"我"，被迫嫁给了自己不喜欢的男人。这是多么惨痛的折磨，刘震云以"我"的视角表达出对李爱莲无限的爱怜与惋惜，这似乎可以从李爱莲姓名的谐音中窥见一斑，但这种情感是一种男性优越意识下的本能流露。在新作《我不是潘金莲》中，刘震云第一次把李雪莲定为作品的主角来写，并对她充满欣赏之情。但细细回味其三十余年间描写的女性形象，我们不难看出作者对女性还是有着一种固执的轻视与鄙夷。

除了李爱莲与李雪莲之外，作品中众多女性姓名符号化，如女小彭、女老乔、沈姓小寡妇、某某老婆、某某女儿等。她们的身份不是妓女就是寡妇，要么就是没有话语权的庸俗小市民。在《故乡相处流传》中，刘震云对女人的扭曲与漠视是最狠毒的，他运用重笔对寡妇这种身份从骨子里表示不屑。刘震云在小说里直接说"寡妇有几个是正经的？就是行为正经，心里也不正经吧？没见一个20世纪三四十年代中国很走红的女写字的，在一部很流传的小说里，还写过'寡妇梦见个鸡巴——想好事'等词句吗？不正经是正常的，正经倒是奇怪的甚至是有什么毛病"[1]。所以，小说中沈姓小寡妇受尽男人的恶意折磨却罪有应得。

---

[1] 刘震云.故乡相处流传［M］.北京：人民文学出版社，2009：74.

而在知识分子扎堆的机关里，作为知识女性的她们也没有谁能掌握话语权，充其量只能成为权力追逐场上男人们可以利用的砝码而已。而在温馨和美的小家庭里，她们虽是主角却又因不符合中国传统意义上的温柔敦厚、行为端正的妇女形象而成了别有用心、陷害丈夫、吃里爬外的悍妇与淫妇。

刘震云笔下没有美好娇媚的女性形象。就连备受作者青睐的李爱莲，作者也只是很保守地将其塑造为一名手足粗糙、身材矮壮、结实健康的农村少女形象。而李雪莲作为一名刚生完孩子的女人，作者更是模糊了一个女人该有的阴柔形象，竟让她在月子里像个男人一样满世界毫无顾忌地寻找仇人。她的言行与穿着打扮都是围绕着如何同男人斗争来进行的。至于其他女人，作者更是采用丑化的手段来讽刺了女人们为之自豪、男人们为之疯狂的所谓美貌。沈姓小寡妇之所以倾国倾城，就因为她长了两颗可爱的小虎牙。倾权朝野的太后竟天生一张柿饼脸。其他女人要么剽悍如虎、要么干瘦如柴，作者从对这些女性外在形象歪曲的塑造中无形中流露出对女性的不尊重。

刘震云笔下大部分女性几乎都烙有潘金莲的影子。在众人眼中，潘金莲是不良妇女、道德败坏的代名词，她因美丽风流、心狠手辣、荒淫无度而成为坏女人样板。若以潘金莲的行动倾向来比照刘震云笔下的女性，她们可称为新版潘金莲。除却李爱莲和李雪莲，刘震云笔下女性的品行举止是令人作呕的。历史小说中的沈姓小寡妇是个见到男人都愿以身相许的轻浮女子，缺乏起码的道德观和人伦观。《头人》中的美兰，作为地主的女儿，因生活所迫成了支书发泄淫欲的对象。关键的是，她不以此为耻，毫不客气地公开做了两任支书的情人，将中国古训"饿死事小，失节事大"远远抛之脑后。而在日常生活中，浅薄、庸俗的女人更是令人处处皆是，《单位》中的女小彭、女老乔以及几个称不上姓名的某某老婆，她们都是清一色的头发长、见识短、缺乏思想、不思进取、庸俗不堪的女人。女小彭上班就是混日子，女老乔上班就是为一己私利瞎整人。在通俗小说中，女人们依然是邪恶、荒淫的代名词。《一句顶一万句》中杨摩西的老婆竟然瞒着两任丈夫与邻居偷情，事发后，竟抛下一切与情人私奔。牛爱国的老婆公然和别人相好，并强行要求牛爱国同其离婚。在其他通俗小说中几位男主人公的老婆们也是动辄红杏出墙，完全一副无才、无材也无德的恶俗样子。

刘震云对众多女性充满鄙俗之情，而这种情绪尤在历史系列小说中显得更加浓烈、裸露。因为历史是男人创造的，故历史小说本身也体现出强烈的男权思想。在小说中，历史上曹操和袁绍两个风流人物的分分合合竟然被戏谑为与沈姓小寡妇的两颗小虎牙有关。袁绍首先相中沈姓小寡妇，被曹丞相打败后仓皇逃窜，女人像个不值钱的物件一样被遗弃给曹丞相。曹丞相竟然欣然接受。于是，女人再一次毫无推辞地钻进了曹丞相的怀抱。两军再次交锋，袁绍得胜，这次曹丞相却拔了女人的两颗小虎牙，然后像丢弃垃圾一样将其扔给袁绍。袁绍更加心狠，命令手下人"把奸淫留给她，把英勇杀了"，残忍地使她成为一千多年来反面妇女的死教材。

刘震云对沈姓小寡妇的恶意扭曲情节还不止此。千年之后，死去的沈姓小寡妇再次复活，她再次成为男人的附属物和嘲弄的对象。在接下来的荒诞叙述中，沈姓小寡妇被男人当做工具实施离间计，她处于男权世界里最底层被践踏的地位，作者公然说"说句实话，你不要把女人看得太珍惜了，天涯何处无芳草，世上女的多得是，一花凋谢，百花又开，子子孙孙，哪有穷尽"①。这次沈姓小寡妇的遭遇更惨烈。女人竟然莫名怀孕了，也不知为何人所为？于是一场闹剧出现了，成千上万的男人都成了怀疑对象。沈姓小寡妇开始了荒唐的寻找对象过程。最终结果不了了之，男人们一笑置之，沈姓小寡妇只好把这个孩子生下来。作品中曹小娥也难逃此等厄运，她也是莫名其妙地怀孕了，作者再一次戏谑地让她去找寻这个男人，最终结果又一次不了了之。为了男人的和谐，众人索性将女人乱棍打死，就当什么事也没发生过。

在《故乡相处流传》中，男人们随意侮辱女人的情节俯拾皆是。沈姓小寡妇当年生的儿子小麻子当了大王之后，闲暇之余竟别出心裁地要实行选美大赛，以治疗自己的瘴气病。当众人根据他的要求轰轰烈烈地选出美人时，小麻子因为突然而至的军事行动竟轻描淡写地取消了选美之事，建议把选出来的女人打发回

---

① 刘震云.故乡相处流传［M］.北京：人民文学出版社，2009：31.

去，赤裸裸地流露出女人是男人附属物的男权意识。

因为这些女子的恶俗，刘震云在作品中毫不隐讳地表达出对她们的厌恶与鄙视，这点尤其表现在对众女人惨烈的人生结局安排上。李爱莲的辍学与嫁人是缘于现实处境的逼迫，与李爱莲无关，所以作者对李爱莲充满爱怜之意，但无形中也流露出女人因社会地位低下而出现如此凄凉悲剧的情感认同性。李雪莲的结局也很不理想，她抗争了二十余年，最后还是让自己陷入不败自败的尴尬之中，整个人生都输了。而其他女子的结局更惨。沈姓小寡妇被人拔了倾国倾城的小虎牙，拔掉不算还被乱箭射死，花花肠子流了一地，成了中国几千年来不良妇女的反面死教材。美兰则死于村中新盖楼房倒坍之中，死得简单，男人们都觉得轻松极了。对于美兰的死，村中人就一句话"美兰死了"，毫无感情色彩，似乎死了一只蚂蚁似的。村中人还一致认为，美兰可以死，但支书不能死，他一死村中就乱了。而曹小娥则在村民的乱棍之下变成一堆肉酱，众人视之如见草芥昆虫。至于那些动辄红杏出墙的女人最后并没有过上自己想要的生活。

三、有意识的女性观照与无意识的男权书写之间的悖论

作品是作家心灵的折射。通过上述分析，从李爱莲到李雪莲，似乎折射出刘震云内心世界中的那一丝微弱的憧憬，即他心目中的理想女性形象应该清纯、善良、顺从如李爱莲，同时，还应像李雪莲一样具有反叛性，敢于用自己的行动去争取自己的幸福，哪怕自己的力量是弱小的，不足以改变不堪现实。而对于李雪莲，刘震云曾说"原来我的小说主人公都是男的，有人说我对女性缺乏了解，但我并没有放弃这种努力。在现实中做不到，我可以用一本书来接近她"①。相对于刘震云三十余年对其笔下女性所采取的漠视、扭曲的情感倾向，刘震云在新作中给予李雪莲以有意识的关注与青睐。

李雪莲勇于反叛的个性首先体现在她对潘金莲的否定上。从小说标题中就

---

① 刘震云.《我不是潘金莲》的女性悖论，[EB/OL]．2012-9-3. http://www.ucenter.book.sine.com.cn.

可看出李雪莲极度反对潘金莲。在刘震云三十余年的创作中，众多恶俗的女人实际上就是潘金莲的翻版，可见颇具男权意识的作者也极其鄙视潘金莲。而在新作中，李雪莲生活严谨，待人接物得体有分寸。相对于刘震云之前笔下的女性那任由男人主宰自己命运的软弱行为，李雪莲显得胆大泼辣，有个性。老胡对他殷勤有加的目的就想和她成好事，当她识破老胡的心思后毫无顾忌地一脚将他踢开，颇显现代女性的自尊与自爱。赵大头一直真诚追求她，但在追求的过程中，李雪莲发现赵大头也在为一己私利利用她时，她当机立断，毅然决然地选择了分手。应该说，她的这些良好品行对历史上道德败坏的潘金莲是莫大的讽刺与反抗。

其次，李雪莲勇于反叛的个性体现在其敢于反抗整个社会体制的不俗行动上。李雪莲不是一般意义的女性形象，她代表着 21 世纪具有反叛个性的新型老百姓形象。作为一个普通老百姓，李雪莲胆大、叛逆、敢于质疑，不畏权贵，有一定的自我意识，这种性格对于刘震云笔下中国几千年奴性十足的顺民、愚民形象则是个重大突破。正是因为她的这种性格，一批官员纷纷落马。最后她虽然失败了，但她并没有屈服于官府，她坚持了自己的真理，赢得了自己的胜利。中国现当代小说中的农村妇女形象从鲁迅笔下的吴妈、祥林嫂，到柔石笔下的为奴隶的母亲，再到罗淑的生人妻、孙犁笔下的水生嫂，再到张弦笔下的菱花、荒妹、周良慧等，隐隐约约地历经了从隐忍、软弱的性格发展为叛逆、坚强个性的成长过程。而到了李雪莲这里，刘震云将她身上的这种叛逆、坚强的个性发挥到极致。

新作中，李雪莲是执拗、认真的。作为一名手无寸铁的平民百姓，李雪莲敢于同政府官员对抗，力量的悬殊决定着李雪莲的必然失败。这个道理李雪莲自然是明白的，但她就有"明知山有虎，偏向虎山行"的执拗与勇气。从小说畅快的叙述行文来看，因为李雪莲"咬定青山不放松"的执着，在申请离婚案件过程中，她找完法院审判员之后找法院专委，找完专委之后找院长，然后便是县长、市长，使一个蚂蚁大的民间小事滚雪球般衍变成一头大象般的政治事件。从事件表面上看，各位官员成了无辜的受害者，李雪莲反倒成了招人赁恨的无理女子。在同各官员周旋的过程中，李雪莲精心策划，用心对待，颇显认真细致的人生姿态。

总之，相对于历史上其他恶俗女性形象，刘震云在新作中毫不掩饰地表达着自己对李雪莲的青睐与赏识。但在这份有意识的女性观照背后，刘震云还是无意识地流露出其根深蒂固的男权意识。

　　刘震云虽然欣赏李雪莲身上所具有的反叛个性，厌恶潘金莲式的淫荡与不贞，但从李雪莲反叛的内容以及刘震云的盛赞李雪莲叛逆性的真实意图来看，似乎具有一定的悖反性。对于李雪莲反叛潘金莲所产生的悖反性，刘震云倒分析得细致入微，他认为"我也不是有意表现李雪莲的道德观、道德底线、人伦观，真论起来她还不如潘金莲更超前、更后现代。现在的"潘金莲"一定不是宋朝的那个潘金莲了，现在成了另外一个东西，意味着不良妇女、道德败坏，她成为一个符号了，所以，李雪莲的指向不是宋朝的潘金莲，而是道德败坏的"潘金莲"。宋朝的潘金莲在生活中未必是那样的，但施耐庵把她塑造成这样的形象了。这个形象最大特点就是在性格上的反叛。父系社会中男人就是妻妾成群，女人就该从一而终。为了防止你跑得快，就要把脚包得特别的小，这是男性社会的标准。所以说潘金莲的反叛是彻底的，她不惜上断头台。李雪莲跟潘金莲有一个共同特点，就是反叛。一个反叛的是社会准则、命运，另一个反叛的是一种说法、一句话。李雪莲反叛的这句话就是潘金莲用生命争过来的那句话。但是，李雪莲反叛的是潘金莲的反叛，这是个直接的悖反。[①] "新作中李雪莲对潘金莲的反抗行为本身就表明她骨子里认同了这个由男人们定义出的道德符号，坚决反对潘金莲那种敢于反叛当时男子三妻四妾的社会规则的行为。从这点来说，刘震云通过李雪莲对潘金莲的反抗，再次间接张扬了自己的男权意识。

　　刘震云擅长塑造男性人物，骨子里对男人情有独钟。现在他终于有兴趣想去塑造他理想中的第一个正面女性主角。但从新作最终表达效果来看，骨子里的男权意识使他偏离了起初的设想。正如他自己在新书首发式上解释："虽然故事的主角写的是李雪莲，但在小说中摒弃了李雪莲生活逻辑的官员史为民才是真正的主角。这部小说不能看做是我的第一部女性题材小说。"至于作者是如何偏离起初的构思设想的，刘震云自己坦承：《我不是潘金莲》最初正文不是这样的，原

---

① 刘颋．三人行，必有我舅——刘震云畅谈小说之道，［EB/OL］．2012-9-19．http：//www.china writer.com.cn.

来正文的主人公还是李雪莲，当然那个看起来也很好，但我总觉着不对，应该有一个更无形的、更有力量的、更能逼近真正生活的本质和真实的东西。"① 到底什么才是真正"无形的力量"，在这里，刘震云再一次高调张扬了自己的男权意识。在这个男人掌握话语权的社会，是选择继续在权力场上尔虞我诈，还是选择抽身而退，这只能由熟谙男权世界规则的男人说了算。李雪莲是女人，从始至终的折腾只能为故事的发展起到了一定的推波助澜作用，她永远不会明白真正的"无形的力量"是什么。

李雪莲严肃以待的背后是荒诞。李雪莲是个不谙男权规则的女人，她想通过告状一案扰乱甚至破坏已有的社会秩序与规则，其实，这是一件根本不可能实现的事情。因为与她发生冲突的每个男人都是男权秩序的维持者，每个男人都具有一种无形的力量将她牢牢控制，她以弱小的个体势力来对抗庞大的群体，其失败是必然的。虽然作者一直欣赏李雪莲在与诸多男性对抗中所表现出的执拗与严肃，但相对于史为民的觉醒与顿悟，李雪莲的严肃与认真则显得极其荒诞。更为荒诞的是她一辈子也没悟透的道理竟在史为民这儿轻松找到了答案。其实，李雪莲告状的过程就是史为民人生得以改变的过程，因为他是男人，他熟谙男权世界的规则，所以他轻松表达了刘震云作为男性作家想要表达的真实意图，找寻到人性最温暖的东西，以荒诞的方式化解了李雪莲的严肃。

其实，文学应该是不论性别的。刘震云起初欲用一本书的方式去接近李雪莲，想塑造一个全新的自立自主、有个性的理想女性形象的初衷与其骨子里习焉不察的男权意识相抵牾，形成了新作中关乎李雪莲形象的系列悖论。但相对于中国文坛上那些高调宣扬男权意识的男性作家们，相对于刘震云昔日的女性形象塑造而言，刘震云已经迈出了可喜的一大步。接下来如何以现代审美文化精神和平等和谐的双性意识去构建具有健全审美人格的女性形象，以人文主义情怀关注女性的生存命运和现实遭遇，从而让她们摆脱沉重的历史偏见，从小说的边缘走向中心，这将是刘震云及众多优秀的男女作家们在今后创作中继续前进的方向。

---

① 刘颋. 三人行，必有我舅——刘震云畅谈小说之道，[EB/OL]. 2012-9-19. http://www.chinawriter.com.cn.

作者简介

刘震云（1958—），出生于河南省新乡市延津县，现任中国作家协会主席团委员、中国作家协会第十届小说委员会副主任等。主要作品有《塔铺》《一地鸡毛》《新兵连》《温故相处流传》《刘震云精品文集》《我不是潘金莲》《一句顶一万句》《手机》《我叫刘跃进》等。曾获得茅盾文学奖、全国优秀短篇小说奖、人民文学长篇小说奖、埃及文化最高荣誉奖、法兰西共和国文学与艺术骑士勋章等。

《我不是潘金莲》内容简介

小说描写了农村妇女李雪莲因与丈夫秦玉河由假离婚而致真离婚，进而偏离原来的生活轨道。她满腹冤屈却无处诉说，从而陷入一连串生存困境之中。小说以李雪莲二十年来的告状为主线，关注女性家庭亲情、传统道德和权力抗争的生存困境。

阅读指导与思考

1.大致盘点中国作家笔下的女性形象类型。

2.刘震云小说中有没有男权意识的体现？

3.刘震云笔下的女性形象有哪些特点？

4.分析"我不是潘金莲"作为小说标题的用意何在？

推荐课外阅读

1. 郭宝亮. 洞透人生与历史的迷雾：刘震云的小说世界［M］. 华夏出版社，2000.

2. 冯庆华，刘震云思想论稿［M］. 中国社会科学出版社，2018.

3. 陈自然，刘震云：寻找精神的故乡［M］. 中国社会科学出版社，2017.

中国大学 MOOC 链接：

中国当代小说选读 _ 复旦大学 _ 中国大学 MOOC（慕课）https：//www.icourse163.org/course/FUDAN-1205951804.

第十讲

:

战争观的生成与嬗变
——徐贵祥《历史的天空》等导读

徐贵祥是当今军旅文坛上很有影响力的重要作家，2010年《马上天下》以崭新的英雄形象塑造和独特的战争创作观赢来了读者的如潮好评。徐贵祥在军旅小说创作过程中，由初期的"尚战不战""人是战争的决定性因素"的战争观表达，到创作中期的对初显战术意识的草莽英雄的成长书写，以及创作巅峰期时对战争与和平的辩证思考、对兵家战术的初步探究等，体现了他军旅小说创作观的不断变化。

从20世纪90年代开始，军旅作家们在继续深化爱国主义和英雄主义主题的同时，在探索战争的本质上取得了新的突破，开辟了中国军旅小说创作更加宽广的道路。其中，徐贵祥以其在军旅小说创作主题表达上所取得的突出成绩引起了文学理论研究者和读者的高度关注。事实上，在其扬名文坛的背后，徐贵祥有着近三十年的"创作思索史"，其间每一次创作题材的转型和创作意图的转变都印证了每一部新作品的问世，这种进步与思索一直延续到《马上天下》的出版。

一、"尚战不战"

20 世纪 90 年代初期，徐贵祥曾写过非战争题材《年根》《预约晚餐》《有钱的感觉》等三篇小说，作者以一个现实主义作家特有的敏感和责任来书写了当代都市生活众生相。其中《有钱的感觉》被拍成了电视片，但是，用作者自己的话来说没有拍出有钱人的味道和感觉。很遗憾，这三部中篇还是被淹没在缤纷的现实题材书写当中。接着作者尝试着进行军事题材的书写，从古战争题材《决战》《天下》和时代背景模糊的《错误颜色》，再到和平军营生活的《弹道无痕》，每一部小说都有着不可阻挡的军事视角震撼力。在这些作品中，作者军旅小说创作意图滥觞的中篇小说《决战》，其原名就为《尚战》，作者取其"尚战不战"之意，表达了以不战的思想进行决战的主题。此处已有"战争的终极目标就是和平"的创作意识。

二、"人是战争的决定性因素"

徐贵祥初期尝试着进行军事题材的书写，随着《决战》《天下》《弹道无痕》等中篇小说的出版，他由初期的引起文坛注意，到接踵而来获得第七、第九届全军文艺大奖，终于在军旅小说题材创作中找到了自己进攻的主阵地。接下来的创作他始终关注的是军旅生活。1999 年他结合自己对部队建设长期的观察与思考，创作了长篇《仰角》，把和平时期波澜不惊的军营生活，描绘得风生云起，恢宏辽阔。小说中虽然没有出现高大全的个体英雄形象，但作者凭着自己对和平时期军队生活的了解，入木三分地塑造了一群形象生动的军人群体。如初步具有草莽英雄特质、因其在抓部队训练中表现出精、刁、细、刻而被尊称为"萧天狼"的师长萧天英；满腹经纶、稳重精明的参谋员韩陌阡；教学上的炮兵专家、理论上的民间哲学家和生活中的糊涂虫教员祝敬亚；才华横溢、素质过硬的炮兵谭文韬；其貌不扬但军事技术过硬的训练标兵常双群；爱美如命、写得一手好文章的炮兵栗智高以及短矮粗壮、生活习惯糟糕透顶的炮兵马程度等，这些人物的性格特征迥异，奋斗目标不一，但他们在一次次人格历练和灵魂搏斗中共同展示着当代军人的神圣使命和综合素养。在《仰角》中徐贵祥写道："战争一天也没有离开我们，只不过它是以一种隐蔽的方式暗中进行的罢了。"① 这种战争观表明：即便在和平时期，军人所做的一切都是在为战争做准备，并且这种准备状态本身就是战争的一种存在形式。于是，"为了能在也许明天就要到来或者永远也不会到来的战争中立于不败之地，作为战争的主体———军人，其人格素养、意志品质、精神品格就成了制胜的关键因素。"②

三、初显战术意识的草莽英雄

《历史的天空》以其"在种种历史的偶然背后，显示出了历史的必然，纵向而又曲折地演绎了梁必达从一介草莽到高级将领的性格史与心灵史"③ 而荣膺第六届茅盾文学奖。在这部小说中，徐贵祥首次集中笔力塑造个体英雄。与其说这是一部战争小说，倒不如说是一部人物性格演绎史和心灵成长史。主人公梁必达由一个带着匪气的流氓无产者，在复杂的政治斗争和对敌战争中，逐步成长为具有高度政治觉悟和斗争艺术的高级将领。在此，作者一改传统军旅小说主人公一出场就具有较高政治觉悟和过硬军事素养的符号化英雄书写，开始了草莽英雄的成长书写。在小说中，梁必达是个草莽英雄，其特征是粗口大牙、个性粗莽，对待战争"勇"字当头，不大讲究战术和战争智慧。但作者并不止于生动地为大家还原了一个有血有肉的草莽英雄形象，其真正目的是想通过草莽英雄的成长来演绎其战争观的生成。作者在《高地》中借严泽光之口宣称"没有文化的军队是愚蠢的军队，不读书的军官是愚蠢的军官"④。这种军事观在《历史的天空》中也有体现。在小说中，当梁必达听到自己荣升为师长的消息后，不仅不欢呼雀跃，却

① 徐贵祥.仰角[M].北京：解放军文艺出版社，2006：38.
② 王新国.一棵"绿色"的大树——谈徐贵祥长篇小说创作及相关问题.中国作家网，2009-3-17.
③ 朱向前.第六届茅盾文学奖《历史的天空》获奖评语.
④ 张彦武.新推力作《高地》[N].中国青年报，2007-1-19.

躺在床上担忧自己的文化水平不够。在小说结尾，梁必达的那段有关对未来高科技战争如何打法以及我军如何应对的高谈阔论令人无比吃惊，让读者深深感受到这个草莽英雄经过数个历史阶段的战争洗礼已经初具战术意识。这也是作者准备在后期小说创作中要对战争艺术和兵家智慧进行探究的一种趋向暗示。

四、战争与和平的辩证思考

《历史的天空》出版之后，作者创作状态极佳。2004 年出版《明天战争》，2005 年推出《八月桂花遍地开》，2006 年又有《高地》问世，2007 年创作《特务连》，2009 年《四面八方》与读者见面，作者一口气写出了五部军事题材长篇小说。其中，《八月桂花遍地开》以人道主义的悲悯目光关照战争中的每一个人，揭示了在强大的战争机器面前人的无助与弱小。《高地》以严泽光和王铁山两位军人为争夺高地结下了恩怨为线索，揭示出和平时期军人的可贵品质：智慧、正直、阳刚，诠释了作者对战争与和平的辩证理解。作者认为"战争与和平永远是一对悖论，人们宁愿过和平时期的琐碎生活而不愿承受纷飞战火中血腥的浪漫和勇猛，但如何在和平年代平淡如水的日常生活中张扬军人的勇敢和尊严，是一个值得思量的问题。"① 和《仰角》的叙事模式相似的《特务连》则为读者演绎了一群特务连的新兵在和平时期的军营生活中的成长、竞争与抉择，塑造了老一代具有草莽英雄特质的诸如阚大门师长形象和新一代知识型、技术型的军人新形象，也在人物不经意间的对话如"你喜欢打仗吗？——我为什么要喜欢打仗？我又不是神经病。"② "打仗的时候你是怎么想的？——我什么也没想。箭在弦上，不得不发！"③ 表达出作者对战争本质的思考——英勇的战士们不是因为喜欢战争而战争，而是为了民族、正义、信仰、和平而战！再一次抒发了作者对和平的渴望之情。和《历史的天空》相比，《四面八方》的题材和表述方法由战场转向了社会，

① 徐贵祥. 特务连［M］. 北京：作家出版社，2007：10.
② 徐贵祥. 高地［M］. 武汉：长江文艺出版社，2006：110.
③ 徐贵祥. 特务连［M］. 北京：作家出版社，2007：266.

由思考战争转为思考信仰、社会、人民。这种转变表明作者对于战争的思考已延伸到战争之外。

五、对兵家战术的初步探究

若按题材来分，徐贵祥的小说可分为当代和平军营题材和历史战争题材。前者有《仰角》和《明天战争》。在《明天战争》中作者开始研讨战略战术战法，虽然正面描写战争的笔墨不多，但文中渲染的那种军纪严明、训练刻苦、部队科技意识强烈、对全新明天战争充满紧迫感的氛围无不体现出一个有着高度责任感与使命感的军旅作家的忧患意识。若论作者对兵家战术的关注，在上述五部著作中，尤以《高地》最鲜明。这种创作意图主要是通过小说中人物严泽光表现出来的。严泽光身上不乏具备前期作品中类似于"梁大牙"式的草莽英雄特质，依然是粗口大牙、脾气暴躁、固执己见、对打仗行军情有独钟。但和以前的草莽英雄相比，他对战争艺术和兵家智慧倍感兴趣，骨子里天生就具有战术意识。如作者在文中借他人之口评价严泽光："我听刘界河同志说，你很有战术意识，了不起。"[1] 还借他人之眼展示他对战术研究的痴迷："严泽光觉得不过瘾，把这一带的地形也勘察了，把可能会出现的战斗也制订了很多预案，在地图上过战斗瘾。"[2] 在日常行军中，只要看到好地形就两腿挪不动了，并且口中念念有词："啊，我从来没有看见过这么好的地形，这绝对是一个打伏击战的有利地形。"[3] 在和平时期，他在内心这样评价自己："在战术这个世界里，我是能工巧匠，是艺术家。我得心应手，游刃有余。我虽然算不上是大文化人，可我是战术专家。"[4] 尤其在小说结尾，他阐述的"用兵之道"更加显示他的有勇有谋，实现了从技术到战术的超越。只不过《高地》正面描写战争的场面较少，所以极具军事作战天分的严泽光并没有足够的机会让其施展军事才华，军事天才形象塑造平面化。这种缺憾

---

[1] 徐贵祥.高地［M］.武汉：长江文艺出版社，2006：31.
[2] 徐贵祥.高地［M］.武汉：长江文艺出版社，2006：17.
[3] 徐贵祥.高地［M］.武汉：长江文艺出版社，2006：18.
[4] 徐贵祥.高地［M］.武汉：长江文艺出版社，2006：78.

在后期创作中也得到了弥补。可以说，在前期的小说创作中，徐贵祥的写作意图一直在若隐若现、灵动飘忽地彰显着。不可避免地，每部作品都或多或少存在点缺憾。但总体来说，每部作品较之以前都是一种进步。对此，徐贵祥自己也坦承"我对战争的认识是一步一步深入的。"[1] 认为《马上天下》是踏在《历史的天空》《八月桂花遍地开》《高地》的肩膀上建立起来的。"[2] 觉得"《决战》体现了和平意识、《历史的天空》体现了"勇"，《高地》体现了战术意识，《马上天下》可能是这几个意识的合成体。"[3] 毋庸置疑，《马上天下》是作者创作意图的完美体现，是作者前期积蓄在各个作品中的思想火花的燃烧绽放。鉴此，人民文学出版社社长潘凯雄曾高度评价说"21 世纪中国军事文学是从《马上天下》开始的。"[4] 与之前的英雄成长书写相比，这是一部关于战术专家的成长史。小说还另设了两个线索人物与陈秋石一起成长、历练：一个是有着崇高职业军人道德感的恩师杨邑，一个是投身于革命的草莽英雄儿子陈三川。最后，这对师生殊途同归，父子俩也由精神背叛到心心相印。小说在对战争本质的追问以及战争艺术的探究中完成了战争的艺术到艺术的战争的相互融合。在前期的人物形象塑造中，作者塑造了一系列草莽英雄形象如萧天英、梁必达、严泽光、阚大门等。作者曾把军人的形象划分为四个层次即"武术型、技术型、战术型、艺术型"[5]。若按这种标准来划分其笔下的战争英雄，则萧天英等人大可列为战术型英雄。《马上天下》中的陈三川充其量只算武术型勇夫，而陈秋石则跨入了最高级别行列。如果说萧天英等人在一定程度上实现了从武术到技术再到战术的超越，那么到了陈秋石这里则实现了对战争艺术的超越。在本文中，陈秋石已经把战术意识融入他的血液里，在一次次重大战役中屡屡有神来之笔，一次次以弱胜强，以少胜多，在惊心动魄的危急关头反败为胜，转危为安。作者用精彩的实战场景和细致的作战细节让陈秋石这个战神走进了读者内心。为了更好地体现对战神陈秋石的肯定与推崇，作者还

---

[1] 徐贵祥 . 军旅作家徐贵祥：中国军事影视作品还不成熟 . 搜狐读书频道专访实录，2010-1-9.
[2] 徐贵祥 . 军旅作家徐贵祥：中国军事影视作品还不成熟 . 搜狐读书频道专访实录，2010-1-9.
[3] 徐贵祥 . 军旅作家徐贵祥：中国军事影视作品还不成熟 . 搜狐读书频道专访实录，2010-1-9.
[4] 徐贵祥 . 军旅作家徐贵祥：中国军事影视作品还不成熟 . 搜狐读书频道专访实录，2010-1-9.
[5] 徐贵祥 . 从战争的艺术到艺术的战争 . 中国作家网，2010-1-29.

特设了陈三川这个草莽英雄形象，让读者在鲜明的对比中强烈地感受到现代战场到底需要什么样的英雄。战神陈秋石对兵家战法的理解与运用因超越融合了是非、道德、利益等因素而极具时代性、人文性和科学性。文中作者曾假借陈秋石训导儿子陈三川发表了诸多颇有见地的用兵之道。如"打仗是一门艺术，走一步要看几步，不能因为贪图蝇头小利而耽误大事。"①"打仗必须有全局观念。"②"三流的指挥员被敌人消灭，二流的指挥员消灭敌人，一流的指挥员既不是消灭敌人，更不是被敌人消灭，而是让他投降滚蛋。"③"我们要讲究战术，要懂得用兵之道，不能光凭勇敢，不能搞人海战术。"④这些训诫表面看上去是一位父亲对儿子的谆谆教诲，实则象征着新一代战神对传统草莽英雄的军事思想革新，体现出作者对战争智慧的极力推崇。在小说结尾，象征没有文化和战术意识的草莽英雄陈三川最终也因善用战术而得到了兵团的通报表扬，再一次体现出作者对战争艺术的顶礼膜拜！徐贵祥在初期提倡"尚战不战"，在接下来的作品中一直提倡写战争不是为了战争，是为了和平。写战争的惨烈与悲壮也是为了让世人明白和平的可贵。在《马上天下》中，作者对战争本质的理解更为人性。他在表白自己的创作心态时说："我写战争，是希望通过这种人类特殊的行为来认识人，解剖人，并且按照文以载道的思想来感染人教育人。我写战争，就要追求战争的最高境界。"⑤文中陈秋石对杨邑说的那句"我厌恶战争，但是我不厌恶战斗。我就是因为不想打仗，才学会了打仗。"⑥一语中的地道出了作者所追求的关于战争的"最高境界"，即"战而不战"，体现出作者对残酷战争的反思，表达了对美好人性与绿色和平的终极渴望。

---

① 徐贵祥.马上天下 [M].北京：人民文学出版社，2010：382.
② 徐贵祥.马上天下 [M].北京：人民文学出版社，2010：440.
③ 徐贵祥.马上天下 [M].北京：人民文学出版社，2010：302.
④ 徐贵祥.马上天下 [M].北京：人民文学出版社，2010：63.
⑤ 王雪瑛.马上天下 [N].为了人类心底的愿望新闻晚报，2010-1-20.
⑥ 徐贵祥.马上天下 [M].北京：人民文学出版社，2010：233.

作者简介

徐贵祥（1959—），出生于安徽省六安市霍邱县，现任中国作家协会副主席、中华文学基金会理事长、中国作家协会军事文学委员会主任，享受国务院政府津贴。主要作品有《弹道无痕》《历史的天空》《高地》《马上天下》《四面八方》《仰角》《对阵》等。曾获茅盾文学奖、《解放军文艺》优秀作品奖、中国人民解放军文艺奖、中宣部"五个一工程"奖、中国政府电影华表奖等。

《历史的天空》内容简介

《历史的天空》（第六届茅盾文学奖获奖作品）：小说以 20 世纪 30 年代投身革命的青年男女为描写对象，内容涵盖并经历了红军时期、抗战时期、解放战争、抗美援朝、"文化大革命"和粉碎"四人帮"以及进入新时期以来等各个历史阶段，叙事历时达半个世纪。梁必达、陈墨涵等几个逃难的青年人挣脱了日军的追杀，为追求未来而分道扬镳，但是想找八路军的却遇上了国民党，想投国民党的却撞上了八路军，阴差阳错的偶然成了命运的必然归宿。他们从此结识了他们未来的战友和敌人，走向了战争和政治，开启了一段波澜壮阔的战争史诗。这段史诗中有惊世骇俗的爱情故事和扑朔迷离的人间恩怨：昨天唇齿相依，明日反目成仇；阵前并肩作战，幕后暗设陷阱；情同手足者在利益面前落井下石，势不两立者于患难之中肝胆相照等。作者采取虚实相隐的手法，实时实地，虚人虚事，因为"实"而具有历史纵深感和现实意义，因为"虚"而顿生空灵洒脱，作品写得既显得磅礴大气，又有诗情画意。

阅读指导与思考

1. 徐贵祥笔下的革命英雄和十七年时期的革命英雄人物形象有什么区别？

2. 徐贵祥军旅小说中的战争观经历了怎样的嬗变？

3. 徐贵祥的战争叙事方式与徐怀中的战争叙事方式的区别有哪些？

推荐课外阅读

1. 傅逸尘. 叙事的嬗变：新世纪军旅小说的写作伦理［M］. 云南人民出版社，2013.

2. 邝邦洪. 多重的文学世界：历届茅盾文学奖获奖作品评论集［M］. 广东高等教育出版社，2009.

3. 余学玉，江琼. 皖西现当代作家研究［M］. 安徽大学出版社，2017.

中国大学 MOOC 链接：

中国当代文学_北京大学_中国大学 MOOC（慕课） https：//www. icourse163.org/course/PKU-1205722813.

第十一讲

:

"常规体"的延续、僭越及姿态展示
——韩少功《修改过程》等导读

在中国当代文坛上，韩少功热衷于小说的精神探索与形式实验，如鲁迅一样以"表现的深切和格式的特别"而令人称叹，在不断的艺术追求中塑造着自己复杂而多变的"作者"形象。其擅长的文体有小说、散文、文论、随笔等，遂被贴上作家、散文家、文化学者等标签，韩少功对此亦无异议，几十年如一日地在艺术之路上努力着，并总结出"想得清楚写随笔，想不清楚写小说"[①]的心得。2012 年四川文艺出版社以他多年前的这句话立意，编成《韩少功汉语探索读本》三卷，韩少功评价此书"以汉语探索为选材角度，以文体变革为谋划焦点"，"算是清楚与不清楚对练，白天与晚上过招，编得比较巧，是本人最满意选本"[②]。此选本集结韩少功1981 至 2009 年中短篇小说共二十八篇，从伤痕文学的末梢起步，一路疾走至改革开放乃至当下，所见种种荒诞几成一个时代的缩影，在某种程度上成为鉴往知来的社会剧。在这部集子里，编者按卡通体[③]、

---

① 武新军，王松锋.韩少功年谱［M］.北京：中国社会科学出版社，2017：148.

② 韩少功，韩少功汉语探索读本［M］.想不明白（上）·序言》，成都，四川文艺出版社，2012.

③ 卡通体作品有《飞过蓝天》《老狼阿毛》《第四十三页》《暂行条例》。所谓卡通体如《飞过蓝天》《老狼阿毛》以动物之眼观察人类的行为，以动物之心体悟人类的情感，从而探究人性之复杂。但《第四十三页》采用穿越笔法，将小说与生活、现实与历史相杂糅，真中有假，假中有真，令人困惑，可归为"玄幻体"。《暂行条例》采用离奇荒诞的方式批判官僚体制，故事的发生多有现实依据，亦可归为"寓言体"。

寓言体①、玄幻体②、缺略体③、散焦体④、章回体⑤、常规体⑥等类型来编排小说，在此且不论分类是否合理，也不确定命名是否妥帖，但可大致窥见韩少功小说创作的基本理念与文体追求的喜好倾向。

承上所述，韩少功的小说创作向来以理性精神与形式意义为生存之本，正是这种艺术追求，使得韩少功成为"榴莲作家"，欣赏者好评如潮，评价甚高，在此不再赘述。质疑者的担忧指向基本一致，如朱向前担忧《马桥词典》"所付出的代价是显而易见的，譬如它的可读性，人物性格的饱满程度和深层心理的揭示，不同文体的统一与整合等，是否都要因此而打上折扣"⑦。徐仲佳则指出《马桥词典》的文体实验"结果有可能取消小说文体"⑧。《暗示》发表后，余杰宣称这是"一个失败的文本，它明示了韩少功以及他的若干同代知识分子想象力和创造力的衰竭"⑨。即便文体革新并不出格的《日夜书》发表后，也被指出"虽作者强调是小说，但看起来仍然恍若一个大拼盘、一堆思想的碎片"⑩。针对如此写作倾向，有论者将其归因为"人文启蒙情结过重的负累使他的小说无法轻松起来，难于集中精力进行纯文学写作"⑪，更有论者感慨"难道讲故事的好功力真的在文体探索的路上被思想绑架了吗"⑫？总之，对于韩少功的小说写作，大家基本达成共识，肯定其思想高度与革新意识，但对其文体追求持保留态度。

---

① 寓言体作品有《爸爸爸》，意即讲述的故事背后寄寓着深刻的含意。

② 玄幻体作品有《归去来》《鼻血》《余烬》《山上的声音》《暗香》《红苹果例外》。作品在现实生活的外壳下，融进幻觉、神秘、暗示等手法，进而产生玄而又幻，似真又假的艺术效果。

③ 缺略体作品有《801室故事》《方案六号》《故人》《西江月》《生气》。所谓缺略体主要指缺少小说文类的基本要素，故事情节模糊（包括故事的开端、发展、高潮、结局的含糊不清）、人物形象缺席（包括故事的叙述者、故事主人公的不明确等）。

④ 散焦体作品有《收水费》《北门口预言》《土地》《能不忆边关》。所谓散焦体则有点闲散、自话自说的散文化意味，不聚焦，想到哪写到哪，如同话家常。

⑤ 章回体作品有《赶马的老三》，主要指外在形式上体现为章回结构，但论及实际写作笔法时也可归为"常规体"。

⑥ 常规体作品有《女女女》《领袖之死》《白麂子》《报告政府》《生离死别》《末日》《怒目金刚》。

⑦ 朱向前.理性的张扬与遮蔽——读韩少功《马桥词典》[J].小说选刊，1996（11）.

⑧ 徐仲佳.论《马桥词典》的思想与叙事之裂痕[J].中国现代文学研究丛刊，2012（6）.

⑨ 余杰.拼贴的印象，疲惫的中年[J].文艺争鸣，2003（1）.

⑩ 何英.作家六十岁——以《带灯》《日夜书》《牛鬼蛇神》为例[J].南方文坛，2013（5）.

⑪ 李钧.反讽的失落与张力的耗散——韩少功《报告政府》细读兼谈新批评的局限[J].山东农业大学学报（社科版）2009（1）.

⑫ 相宜.形式也是内容——韩少功《日夜书》大陆台湾版本比较[J].中国现代文学研究丛刊，2014（12）.

　　回溯韩少功的长篇创作，从《马桥词典》的词典体、《暗示》的随笔体，再到《日夜书》的纪传体，每部作品的问世都引起评论界的热议，议论的焦点从"是不是小说"转向"小说到底该怎样写"。对于新作《修改过程》的问世，若将其置于韩少功几十年来的中短篇小说创作中进行考察，尤其对照《韩少功汉语探索读本》的文体分类，则发现其在文体形式上呈现出对前期"常规体"的表层延续，在创作理念上呈现出大胆肆意的内在僭越，进而形成迥异于前三部长篇的独特艺术调式。若将其置于韩少功的整体小说创作之中进行考察，从文类身份看，其已完成"是不是小说"到"是小说"的转变；从艺术手法看，呈现出"向古典传统致敬"到"古今杂糅、中西结合"的转变，但作为当代文坛素来追求"不鸣则已，一鸣惊人"的优秀作家，在其思想日臻深刻、创作技能已达纯熟状态下再推新作，探究新作在昔日既定格调上有所突破抑或旧调重弹，考察新作所折射出的个体艺术追求趋势与时代审美诉求，对于推进韩少功的小说研究以及考察中国当代文学美学品质的发展以及作品的传播与接受等都具有典型意义。

一、韩式"常规体"与"非常规"特质

　　但凡艺术创作者，最忌讳重复。这一点，韩少功也不例外。韩少功忌讳重复，不愿意重复经典，认为"学我者生，似我者死。只有超越老师，做好自己，有所发明和创造，才是对经典最好的致敬和学习"[①]。他更不愿意重复自己，"不希望按照一个模式一直写下去，希望每写一篇都有新的发现，有新的惊讶"[②]，认为"小说最大的苦恼是怎么写也多是重复自己，已很难再使我们惊讶"[③]。对于有着如此强烈求新意识的作家，其写作过程必然是打破常规、抵抗重复、找寻"惊讶"、寻求突破的过程。而"打破常规"的过程亦即对传统小说既成文体规范与惯性的僭越过程。事实上，出道伊始，韩少功就在不同场合就表示出对传统小说

---

① 韩少功. 文学经典的形成与阅读［J］. 名作欣赏，2017（7）.

② 韩少功. 鸟的传人［M］// 在小说的后台，济南：山东文艺出版社，2001：127.

③ 韩少功. 灵魂的声音［N］. 海南日报，1991-11-23.

既定文体规范的不满，"我从八十年代起就对现有的小说形式不满意，总觉得模式化，不自由，情节的起承转合玩下来，作者只能跟着跑，很多感觉和想象放不进去"①。认为传统小说的叙述成规制约着他，小说"因此陷入叙事艺术的危机，背离了小说的内在动力——惊讶，不再给人们呈现现实和人性新的方面"②。在此观点的驱使下，韩少功自然接受了昆德拉对小说功能的独特理解："小说是让人发现事物的模糊性"，"小说应该毁掉确切性"③。于是，在他的部分"不像小说"的小说中，读者很难轻松畅快地阅读到完整的故事，领会明确的意义，记住面目清晰的人物形象，收获的多是片段式思想火花与场景式记忆。小说的常规特质在韩少功这里已最大限度得以过滤。

所谓"常规体"，尤其是长篇小说的"常规体"，顾名思义主要指故事的完整、立意的明确、叙述的连贯、逻辑的相扣、结构的工整等。通常意义上，"常规体"的故事具有可复述性，作品题旨虽多义但具确定性，但韩少功追求"将小说写得不像小说"的写作目标决定其在写作路上与"常规体"背道而驰。虽然韩少功在自己的《汉语探索读本》中列出了"常规体"，且所占比例不小，但很显然，此处的"常规体"并非一般意义上的常规小说体式，应加上前缀即韩式"常规体"。故以读本所选作品为参照对象，探究韩式"常规体"之"常规"与"非常规"特质，对于我们了解韩少功新作《修改过程》艺术调式的确定具有纲举目张之效用。

从1986年的《女女女》，到1993年的《领袖之死》、2004年的《白麂子》、2005年的《报告政府》、2006年的《生离死别》、2007年的《末日》、2009年的《怒目金刚》，相对于卡通体、寓言体、玄幻体、缺略体、散焦体、章回体等文体的先锋特质，上述这些作品基本符合传统小说的基本特征。首先，表现为故事与情节的可复述性与封闭性。如《女女女》围绕幺姑讲述了关于幺姑、珍姑、老黑三个女性的故事，尤其以第一人称"我"见证幺姑中风致瘫前后不同的性格与品

---

① 韩少功，崔卫平.关于《马桥词典》的对话 [J].作家，2000（4）.
② 韩少功.韩少功读本 [M].石家庄：花山文艺出版社，2002：354.
③ [捷克] 米兰·昆德拉.小说的艺术 [M].谭立德译，北京：社会科学文献出版社，1995：67.

性：健康时克己驯良，通情达理，中风后则肆意展览内心和身体所有的自私和丑陋。最后，消磨完周围的善良与同情，"死"也就成了必然结局，死因也随之成为无足轻重、不须解开的谜团。《领袖之死》中有着"历史污点"的小人物长科，由对领袖之死无法悲痛而惶惶终日，到阴差阳错而悲痛欲绝，哀哭长嚎后一举成名。之后，要么传经送宝，要么动情哀嚎，以能哭、善哭的重要人物身份频频亮相于各大会场。《白麂子》以未出场单身汉季窑匠的意外死亡为辐射点，牵引出村民对已逝之人所借钱物或坦荡认账，或狡辩逃避，或模糊应对等态度与行为，日后所有这些均遭到相应的祸福报应。《报告政府》描述了"我"作为见习记者被误判入狱到出狱的整个历程，向人们展示了新异的监狱生活，故事精彩，情节紧张，结构完整，人物鲜活，属于典型的故事型中篇。《生离死别》中长年抱病且无儿无女的老迈夫妇相约求死，最终导致一死一入狱的结局，情节简单，节奏明快，语言通俗，富有戏剧性。《末日》描绘了地震来临前村民们各异的行为表现与心理活动。手法传统，语言白描，心理描写细腻传神。《怒目金刚》起于讲究传统礼仪文化的村民与粗暴恶俗的村支书之间一次平常的语言冲突，故事围绕冲突线性铺开，最后玉和以死换来村支书迟来的道歉。其次，表现为人物形象的鲜明典型以及细节的饱满精致。韩少功主张"写人物是小说的硬道理。尽量写出欧洲批评家们说的'圆整人物'，即多面体的人物,避免标签化"①。上述作品为读者塑造了诸如善"变"的幺姑、能"哭"的长科、视"自尊"贵于性命的玉和、违"法"却多"义"的黎头等极具冲击力的人物形象。总之，上述故事讲述没有设置令读者伤神费脑的叙述圈套，也没有进行令读者无所适从的自我解构，作品结构封闭稳定，叙事线索恒定统一，叙事视角清晰，表旨立意鲜明，体现出一定的反思性与批判性。

不过，作为始终在寻找"惊讶"与"不确定性"的作家，韩少功当能容忍自己的写作陷入常规模式之中。况且，韩少功写小说的目的并非仅限于讲故事本身，而是希冀"以小说的形式拓展中国当代小说的创作空间"②，希冀字里行间能

---

① 韩少功，王雪瑛.作家访谈：文学如何回应人类精神的难题［J］.当代作家评论，2016（2）.
② 韩少功，王雪瑛.作家访谈：文学如何回应人类精神的难题［J］.当代作家评论，2016（2）.

渗入关于人类社会或个体生存的深层思考，但采用何种方式来拓宽空间、渗入深层思考？在韩式"常规体"作品中，作者在模拟生活原态、尊重生活多义性的基础上，采用魔幻、荒诞、神秘、象征、寓意、反讽、戏拟、解构等现代主义和后现代主义表现手法，追求小说的多重立意与不确定性，从而形成韩少功所说的好小说，即"读懂了故事却不解其含义，又预感到这些含义还有些价值和趣味"①，从而有别于常规体小说的特质。

首先体现为故事本身的荒诞不经。如《女女女》采用魔幻现实主义手法，描述幺姑作为善良克己的女性，突然在一次洗澡之后，性情大变，从此要求"我"买这买那，挑剔苛刻，目光中常常透出一种凶狠来。不但心变了，形状也变了，开始变得像猴，后来又像鱼，最后变成了一个既笑又哭的怪物，这种形象简化过程也是由具象变为抽象，逐步符号化的过程，暗示着幺姑作为"人"的特性逐渐消失。再如《生离死别》的故事本身既现实又荒诞。一方面，乡村文化观念中帮助老弱病残结束没有质量的生命视为善事，所以玉老爹按约杀死老伴，村民雄三也答应帮助玉老爹结束生命；另一方面，现代法律则认定玉老爹杀妻行为违法，求死而不得的玉老爹最终却要在监狱里度过无法安置的余生。作品荒诞之余现出"惊讶"，揭示了乡村弱势群体的生存现状，显示乡村法理与现代法律两个世界不同的伦理与规则，表明乡村秩序与社会秩序之间不可调和的冲突。

其次体现为不能给予读者以完满作答，即故事背后的含义不够明晰。如《女女女》中"我"具有迫害狂倾向，作为幺姑的侄儿，"我"从内心到行动对她都处于嫌弃与敬爱、现实的利己自保与肩负的道义谴责等并存的矛盾状态之中。在小说的结尾，"我"回家乡为幺姑赴丧，完成了幺姑形象的最后一笔，但幺姑的死因始终是个谜，"我"对一切充满怀疑，甚至怀疑幺姑死于珍姑的残杀，但一切止于怀疑。珍姑善良温厚，作为幺姑曾经的好友，主动提出照料生病的幺姑，这种行为本身无疑是个伟大的义举，但幺姑的难堪存在犹如采用检测仪器进行了一场漫长的监测，人类的仁义之性都不可避免露出脆弱和可疑的面目。正如作者

---

① 韩少功，夏云. 答美洲《华侨日报》记者问（代创作谈）[J]. 钟山，1987（5）.

所云："《女女女》的着眼点是个人行为，是善与恶互为表里，是禁锢与自由的双双变质，对人类生存的威胁。"但接着又说这些主题"不是定论，是一些因是因非的悖论"，是"难以把握"的，是"清晰又朦胧"①。于是，"我"又从珍姑所象征的乡村温情背后看见了潜伏着的隐隐杀机，但相比而言，老黑和"我"的人性又能高尚纯洁到哪里去呢？人性善恶之复杂让人感到不寒而栗，但如何应对这人类难题，文尾一句"吃完饭，去洗碗"显然让人感到意犹未尽。

除却故事的荒诞与饶有深意，作者还在表现手法上大做文章，使作品在"常规"中透露出"不常规"的特质。如《领袖之死》通篇采用语言反讽和情节反讽的手法，透过长科极具表演性的悲痛和符号化的眼泪，变真实为虚伪，化严肃为滑稽，转神圣肃穆为黑色幽默，挖掘出社会集体无意识扭曲心理的真相，勘探出生命存在的荒谬感。与之产生同样艺术效果的《报告政府》则从标题设置上显示出不同寻常的语言张力。"政府"本身是权威主流话语的代名词，但从犯人的嘴中说出，则可理解为对政治话语的戏拟，但由于语境已经发生错位，这种看似庄严的模仿则变得滑稽可笑，从而构成对强势话语的合法性与权威性的一种亵渎、消解甚至颠覆。而"我"奉命起草的"判决书"（对嫌犯魏忠贤）则是典型的语言反讽，文中诸如此类的反讽、戏仿手法俯拾即是，残酷与温情、现实与荒诞、正义与邪恶互相交织，营造出众声喧哗的狂欢化效果。此外，神秘也是韩氏非常规写作中必不可少的一个元素。《白麂子》中作为亡灵附体的白麂，从外在形象（白麂浑身雪白与季窑匠下葬时通身白布缠身，用石灰掩埋极其相似），到一贯行动（白麂总在重要事件发生之时出现在指定的地方，而这些地方恰是季窑匠生前熟悉之地），乃至情感流露（白麂见到村中女人眼中含泪，而此女人正是季窑匠生前的老相好）等都表明灵魂附体的合理存在，悬置了科学与迷信孰是孰非的问题，影射出山村百姓的生存处境与现实镜像中的人性隐喻，使作品弥散着浓郁的神秘主义气息。

在日常叙事中挖掘深层寓意也是韩少功的拿手活。《末日》的表层结构写自

①韩少功，夏云.答美洲《华侨日报》记者问（代创作谈）[J].钟山，1987（5）.

然界地震发生前村民们的外在精神状态，深层结构则在描写一场正在进行中的心理大地震，笔墨尤其集中于透视村民孙泽彪的内心世界，孙泽彪如同鲁迅笔下的阿Q一样，想借地震之破坏力实现"想睡女人就睡女人""想让谁死就让谁死"[①]等可怕愿望，寓意着人性的丑陋和生命的荒芜。这点在《怒目金刚》中同样有所体现。一次小小的语言冲突，不在意者早已置之耳后，在意者将其终生放在心上，甚至为之付出生命也在所不惜。作品小处落笔，大处立意，表达出对传统礼俗社会的尊重，对道德理想的敬意，对现代性之外礼俗传统的推崇。作品因此获第五届《北京文学》"短篇小说奖"。授奖词为"《怒目金刚》所展示的，既是个人的冲突，也是文化的冲突。强势文化将弱者逼成了'怒目金刚'。在文化溃败的映衬之下，人的尊严熠熠生辉"，"夸饰的叙事和传奇的手法，来自湖南民间文化的神助。孤独的抗争寄托了执着的文化理想与悲切的呼喊"。

综上所述，相对于缺略体等极具革新色彩的文体探索，韩少功的"常规体"总体上遵循传统现实主义手法，即便采用诸如魔幻、荒诞等非传统表现手法来追求"惊讶"与"不确定性"，但这些都在读者的可接受范畴之内，总体没有脱离传统小说的基本构架与审美诉求，这也正是韩少功将其命名为"常规体"的原因所在。

二、"常规体"的延续与僭越

《汉语探索读本》（简称）所选作品起于1981年，止于2009年。自2010年至今，韩少功在写作上一直保持持续的创作力与影响力，表现在长篇创作上，主要有2013年的《日夜书》和2018年的《修改过程》。从第一部作品发表至新作问世，正好跨度四十年。几十年的持续创作，韩少功的艺术调式和思想追求有没有变化？若有，该有多大？谈及自己的创作变化，韩少功说"自己20多年来的写作就像开汽车，总会左右不断调整，在关注社会、关注个人、关注形式、关注

---

① 韩少功. 末日 [J]. 山花，2007（10）.

内容等方面时有侧重"①。也就是说,韩少功虽然始终走在求变的路上,但其基本立场和写作思维没有变,只是在不同时期作出相应的调整而已。以此观照新作的文体选择与审美诉求,则发现新作既关注内容,也关注形式;既关注社会,也关注个人。若以《汉语探索读本》为参照系,则发现新作的形式表达相对于非"常规体"鲜明的先锋性,则显得收敛常规得多。进一步细读则又会发现,在韩少功的长篇创作中,《马桥词典》以词条的形式为马桥风物立传,《暗示》以随笔的形式写人类语言,《日夜书》以纪传体的形式写知青命运,《修改过程》则以小说的形式写小说,如此看来,新作的艺术革新力度不亚于前面三部:单从文体形式看,则呈现出延续前期"常规体"、回归传统现实主义之显性倾向;从写作理念上看,则呈现出大胆僭越前期"常规体"之内在倾向。

《修改过程》对前期"常规体"的表层延续主要体现为传统小说形式的具备,即对长篇小说基本常识的遵守。第一,新作有了一个大致可以复述并具有严密生活逻辑的完整故事。77级大学生肖鹏以当年几位大学同学在校期间的生活以及他们后来在市场经济、出国大潮中的不同命运为原型创作了一部网络小说,小说发表后,遭到大家不同程度的吐槽,于是被要求修改情节。在小说中,故事的发生以及走向皆有了坚实的现实生活逻辑基础:如肖鹏之所以操刀写网络小说,是为了拯救自我身心在生活中的逐步衰败。肖鹏之所以遭到大家吐槽,是因为他的写作扰乱了部分当事人的日常生活,让他们陷入一地鸡毛的尴尬之中。故事中之所以出现个别人物命运有着不同的版本,是因为小说正在修改之中,出现各种版本皆在情理之中。且人物命运之所以有了不同走向,是由大学时代的定版生活原型决定的,其中肖鹏和林欣顺利毕业后成为高校教师,自然有闲心和精力从事写作,或参加各种类型的学术会议,成为故事进展的主要联接人;毛小武为了史纤的清白而遭受处分,肄业离校,自然生活在社会底层;史纤因为善良被骗,后负疚而诱发精神疾病中途休学,作为曾经的书虫和学霸,勉强毕业后一生流浪也很正常;马湘南、陆一尘毕业后则继续保留大学时代的精神风貌,在风云际会的新

---

① 韩少功,丁杨.写小说是重新生活的一种方式 [N].中华读书报,2005-11-30.

时代依旧活得风生水起；又红又专的班长楼开富在商业时代如何处理好政治与经济的关系，自然成为值得作者大写特写的焦点对象。

从可复述的表层内容看，故事容量单薄，显示不出长篇小说该有的体量，但从叙述方式看，小说将现实和历史两条主线并置，前者始终围绕"小说的修改"展开，后者始终围绕 77 级原型同学的几十年人生漫漫路展开，尽管其中诸多支线在历史与现实间来回穿梭，但收放自如，繁而不乱，让读者体验了新时期初充满浪漫与激情的大学校园生活，感受了当时无可复制的文学繁荣与文化交锋盛况，见证了随着贫富差距的增大、思想资源的匮乏、人文精神的失落、知识分子的边缘化以及消费主义和大众文化的裹挟下，20 世纪 90 年代之后文学的处境以及 77 级大学生们作为一代知识分子的命运分流。从此角度看，新作以小口径切入，收纳着巨大的信息容量，具备长篇小说该有的体量。

在人物塑造上，虽是人物群的描写，但每个人物蕴含着不同的文化元素，展示着迥异的时代风貌，寄托着作者的理想与情怀。他们性格各异，特征鲜明，如知识分子代表肖鹏和林欣。肖鹏是现实生活中"网络小说"的执笔者，也是故事的讲述者。作为高级知识分子，他借"小说"修改"小说"，为寻找"惊讶"立下坚实的理论基础。而林欣作为高校教师，当遭遇肖鹏的不学无术、遭遇同学们集体忘却曾经的约定、遭遇现代文明人的冷漠与精明时，曾经坚守的单纯、诚信与温情轰然倒塌，作者借林欣道出一代知识分子的困惑与伤感。作为生活在社会中下层的成员，班长楼开富、毛小武、史纤等人则走在人生极端道口上，他们历尽了时代的洗礼与生活的锤炼，如思想政治觉悟极高的楼开富竟在官场失意后转身入了他国国籍，这无疑是对主流意识形态者的极大讽刺，而生活在底层的毛小武尽管整天抱怨政府，埋怨生活，却在内心深处爱着自己的国。身无长物、唯有学习成绩优异的史纤却终生流浪，对文化、文学、学术等的热望只能化为一种人生幻想。缘何曾经美好的理想最终陷落于冰冷的现实，是时代使然还是自身性格所致？不禁令读者深思。而昔日的高干子弟马湘南，作为商业经济时代的弄潮儿，他的坠楼自杀虽然直接缘于抑郁症，但实质上折射出他对时代人文精神陷落的绝望，也道出作者对人生追求与精神信仰的深度反思。向来风流潇洒的陆一尘，校园里是呼唤爱与自由的学生领袖，毕业后成为风流倜傥的报社副总，不论在校园里，还是社会上，总是一种意气风发的精神状态。在他身上，77级大学生的精神风貌依旧，作者似乎寻找到写作的动力与缘由。

《修改过程》对前期"常规体"的内在僭越主要体现为用"小说"的形式写"小说"，呈现出颠覆确定性、质疑真实性的"反小说"特质以及构建开放性新小说特质的企图。这里的"反小说"主要指的就是元小说。小说中涉及77级原型同学的校园生活是确定的，但很显然，作者的真正用意并不在此，其中意图之一则想借这个常见的故事为素材来探究小说的合理性生成问题。对于故事的讲述方式，韩少功向来对传统小说的线性因果表述逻辑心存不满，担心"情节性很强的传统小说，一手遮天地独霸了作者和读者的视野"①，当肖鹏依据主线因果逻辑讲述完大学生活故事时，若再继续讲述原型同学们的当下生活，则落入了其一向抗拒的传统模式之中。于是作者充分利用肖鹏这个人物视角与叙事身份，在讲述故事的方式上大做文章，大胆运用元小说，制造间离的文学效果，自由探讨小说创作的相关理论，在观点交锋与文本实践中为读者展示了用"小说"写"小说"的可能与难度。

一般而言，元小说有两套叙述体系，一套用于叙述一个虚构的故事，另一套则用于揭秘虚构故事的创作经过和方法。《修改过程》亦是如此。作品将生活素材与虚构经历杂糅缠绕，将小说角色与人物原型相互串联，构成了故事情节与人物形象的不确定性，其中最典型的则是肖鹏的安排，他既是虚构故事的当事人与观察者，也是现实中77级大学生活的亲历者与旁观者，其在故事和现实中的位置根据情节而定。同时，肖鹏作为以"小说"写"小说"整个过程的肇事者与叙事者，作者时不时"附体"其身，使得他既是镜头里的风景，又是镜头本身，故事的发展多来自其在当下语境里对记忆的激发、筛选以及变焦的结果，这种时进时出、大进大出、进出自由的视角与身份让读者眼花缭乱。

借助肖鹏这个视角，作者大开大合地实施了他的"修改过程"，主要体现在

---

① 韩少功.马桥词典·枫鬼［M］.北京：作家出版社，2009：87.

关于班长楼开富和史纤的 AB 两个版本不同命运与处境的描写上。在文本的第十二章与第二十章，作者提出：以下就是另一个 L，即熟人们猜想的楼开富。依作者肖鹏的提示，如果读者觉得这一章与上一章不相容，不妨自行编辑，在 AB 两者中择其一，删除另一章。难以取舍，不妨把两稿都上挂，比较一下不同写法的效果①，这是典型的元小说笔法，接着继续采用元小说方式道出原委：还是根据肖鹏的说法，这一章基本素材来自毛小武，无其他佐证，与事实是否有出入，有多大出入，不好说。即便有出入，只要其他知情人没写出来，也无他人代写，那么对于读者而言，事实的更改权便一直无效②。这种写法将读者推向前台，意义在于让读者对所描绘的事件有着自己理性的分析和批判的立场，从而达到剧作家布莱希特所提倡的推倒舞台上"第四堵墙"的间离效果。传统小说写作尽量追求逼真性，韩少功反其道而行之，这样做的直接后果则会导致读者对作者的不信任，在一定程度上动摇了故事的真实性，但从另一层面也表明，小说有着自己的惯性，人物走在人生的岔路口处会生长出自己应有的模样，楼开富与史纤的不同结局就像是平行宇宙中不同的人生呈现，如此设计也在一定程度上丰富了读者对人生的理解，拓展了小说意蕴的表达空间。

借助肖鹏这个视角，作者还淋漓尽致地阐释了他的小说观。肖鹏就是作者自己，这点在文中已有暗示：小说中的 X，原型就是您自己吗？作者借肖鹏之口，阐释了系列关于小说的技巧与表达、小说的虚构性与真实性、文学的价值与名实之辩等方面的思考，如借肖鹏之口道出追求间离效果会对读者造成的困扰：把小说角色与人物原型串通起来写得不到读者的赞同，因为这种写法时而像前台演出，时而像后台揭秘；时而像小说成品，时而像小说素材，读者不会看得头大③？又借肖鹏之口做出解释：相声、梆子、评弹、表演唱……你们都看过吧？不也是出戏和入戏互相穿插？不也是说戏人与戏中人灵活变身？观众不是也没看得怎么头大？德国剧作家布莱希特，意大利剧作家皮兰德娄，在舞台上也有类似

---

① 韩少功.修改过程［M］.广州：花城出版社，2018：144.
② 韩少功.修改过程［M］.广州：花城出版社，2018：144.
③ 韩少功.修改过程［M］.广州：花城出版社，2018：78.

尝试，你们看多了就会有习惯的①。如关于小说自身逻辑与写作逻辑的关系探讨：写着写着，发现小说其实常有自己的惯性，比如人物关系一摆，情节就只能这样走口气一定位，故事就只能这样讲。在文中还有实例阐释：在小说的下一程，史纤被肖鹏改写过好几次。把史纤最终写成下面这样，并非处于肖鹏的权衡，而是有几分不得已。接着进行深入探讨：到底是人在写小说，还是小说在写人，这事并不是很清楚。两种机制的暗中交错也十分复杂。写到后来，肖鹏完全被小说套住了，准确地说，是被前面已有的部分拿定了。他的自由早已不多②。如在"现实很骨感"篇章里，战国时代著名的政治家、哲学家、善辩名家施惠穿越来到现实，与肖鹏谈论"小说到底有没有用，有多少用"的问题，得出结论：作者不是巫师和上帝，没有话语霸权，整个世界不能由他们呼风唤雨。自古以来，文字不失为一种高风险物品。文学并不能改变人们对世界的看法，而看法也是世界的一部分 c。关于名实之辩：提倡实为首要，然后才是名。也就是关于现实和文学的关系，文学以现实为依托，文字是事实转为可知事实的工具和媒介④。如利用肖鹏和毛小武之间的对话展开关于小说的虚构性与真实性的讨论：小说么，不是国家档案，再说档案也不一定真。管他呢，假作真时真亦假，无为有处有还无。代表普通读者的毛小武当即表示不理解，也表明他的态度：我懂了，文学就是十八扯，跳大神，随地大小便⑤。

　　总之，《修改过程》在对前期"常规体"的表层延续和大胆的内在僭越中显示着以"小说"写"小说"的艺术野心，在常见的题材中发掘"惊讶"，在常规的外壳下制造混乱与荒诞，不仅生动记录了一代人的命运轨迹，还将时代与人生的具体问题推向更广阔的时空，阐发更多关于文学、人性等普适性层面的思考，在"修改过程"中探究着世界的真相。

① 韩少功.修改过程［M］.广州：花城出版社，2018：78.
② 韩少功.修改过程［M］.广州：花城出版社，2018：173.
③ 韩少功.修改过程［M］.广州：花城出版社，2018：233.
④ 韩少功.修改过程［M］.广州：花城出版社，2018：234.
⑤ 韩少功.修改过程［M］.广州：花城出版社，2018：143.

三、二律背反式姿态展示

任何一部作品的问世，皆与作者的生活状态、知识结构、人生阅历、地域文化以及一贯的审美追求、精神品性、思维方式等因素影响息息相关，正如韩少功所言："生活本身的推动，知识和观念的推动，此外，审美疲劳也常常是作者们求变的原因。①"在此，且抛去其他因素的影响不说，单从韩少功最突出的二律背反思维着手，可窥《修改过程》文体选择的部分成因。

"二律背反"这一概念最先由康德提出，指两个同具真理性的命题相互冲突和对立。究其原因，如康德所说："一方面根据一个普遍所承认的原则得到一个论断，另一方面又根据另外一个也是普遍所承认的原则，以最准确的推理得出一个恰好相反的论断。②"韩少功与生俱来具有怀疑气质，对辩证法有着浓厚的兴趣。早在 1982 年，在那篇著名的《文学中的"二律背反"》③中就提出五组"二律背反"命题，体现出相对主义的思维方式和思辨色彩。1983 年，针对钱念孙、王蒙等人的批判又撰写《从创作论到思想方法》，进一步肯定二律背反思维的重要性。1994 年，蒋子丹指出韩少功有着鲜明的二律背反思维④。1995 年，吴亮指出"韩少功的悲观主义和博爱精神有着一种奇特的混合，他会残酷地透视人性中的病态刻毒地攻讦人的时髦仿效，也会热忱而通达地原谅人的各种现代过失"⑤。2009 年，卓今指出"他是一个内心矛盾的人，一方面向往脱俗的世外，一方面

---

① 张均，韩少功.用语言挑战语言——韩少功访谈录［J］.小说评论，2004（6）.
② ［德］康德.任何一种能够作为科学出现的未来形而上学导论［M］.庞景仁译，太原：商务印书馆，1982：121.
③ 韩少功.文学中的"二律背反"［J］.上海文学，1982（11）.即作者须有较高的理论素养，作者无须有较高的理论素养；作者须照顾多数读者的口味，作者无须照顾大多数读者的口味；作者须很讲究政治功利，作者无须太讲究政治功利；作者须注意自己的统一风格，作者无须注意自己的统一风格等。
④ 蒋子丹.《韩少功印象》及其延时的注解［J］.当代作家评论，1994（3）.即怀疑钱，但又领着一伙人赚过大钱，并且继续鼓励他人赚钱；怀疑文学，但仍一篇篇写着文章，并且为之绞尽脑汁一改再改；怀疑科学，但又特别爱读通俗自然科学读物，谈起概率论或者量子力学的皮毛就掩不住得意之态；怀疑宗教，但又坚持说，真正的人是需要保持宗教感的，尤其文化人丧失了宗教感就丧失了根本；怀疑善德，但又向来苛求亲人与朋友须有善心善德，并且对公益慈善活动不乏热心；怀疑自由，但又把他自己独立思考与逆潮流而动的自由看得高于一切。
⑤ 吴亮.韩少功的理性范畴［M］//鞋癖，武汉：长江文艺出版社，1995：304.

还是要忍不住投入红尘的世俗,但没有人像他那样把分裂做得如此完美"①。2012
年,姜欣也指出"人们对于韩少功的赞赏和批评,往往归因于其小说写作蕴含的
三大言说矛盾:一是在言说文体上,跨体写作的先锋性与现代读物的大众性相结
合;二是在言说方法上,叙述节制的理性化与思辨冲动的激情化神奇共生;三
是在言说立场上,非文学性知识分子的批判性与文学知识分子的描述性此消彼
长。这三大矛盾是韩少功小说的魅力源泉,也显示了韩少功及中国当代写作的困
境"②。综上所述可窥,韩少功在文学、金钱、科学、宗教、善德、自由以及为人
处世等方面都体现出二律背反式思维。仔细分析,这种思维也不可抗逆地影响着
《修改过程》的文体选择。

　　一是表现在对待长篇小说的写作以及文体创新上。从前期的章回体、常规体
如《报告政府》《怒目金刚》等作品中,可看出韩少功完全有能力写出一部故事
精彩绝伦、情节动人心魄、人物丰满生动的传统长篇小说,但他"一直想把小说
因素和非小说因素作一点搅和,把小说写得不像小说"③,坦承"写小说,特别是
写长篇,愿意多留一点毛边和碎片,不愿意作品太整齐光滑,正是在这个意义上
也许更符合我对生活的感受"④。在对待长篇小说的故事与人物上,知道故事和人
物的确定性对于长篇小说的重要性,也在尽力讲述精彩的故事,尽力塑造个性十
足的人物形象,但还是采用元小说的方式不断解构故事,拆穿人物,在虚构与真
实中穿行,在代入与间离中出没,阻碍了读者的阅读兴趣。另外,他也知道对长
篇小说进行形式革新是对读者的一种挑战,坦承"实验性的小说最好是短篇,顶
多中篇,长篇则完全没有必要"⑤,表现出对长篇小说文体的一种敬意与谨慎,可
在《修改过程》中还是忍不住加入现代主义表现手法,直接挑战传统小说的文体
权威,解构既定文体规范。

---

① 卓今. 韩少功印象 [J]. 扬子江评论, 2009(6).
② 姜欣. 论韩少功小说的文体选择与写作困境——以《马桥词典》《暗示》《山南水北》为例 [J]. 郑州大学学报
(哲学社会科学版), 2012(5).
③ 韩少功, 崔卫平. 关于《马桥词典》的对话 [J]. 作家, 2000(4).
④ 胡妍妍. 韩少功好看小说都是放血之作 [N]. 人民日报, 2013-3-29.
⑤ 韩少功. 大题小作 [M]. 北京: 人民文学出版社, 2008: 115.

　　二是在对待读者与接受的关系上。一方面坦承要考虑读者的存在，他曾说"写作就是交流，哪怕只准备给极少数读者看，也会下意识地考虑到读者反映。在这一点上，我并不赞成读者无须顾及读者的极端性说法"①。于是，为了适应大众的阅读习惯，《修改过程》在结构设置、语言表达、人物塑造等方面，明显做出了调整。他知道玄想、辩论、议论、思想的直接加塞会损伤文学的品质，"思想性往往破坏艺术性，文学形象有时也不足以表达这些思想性，这是我至今没有摆脱的苦恼""关心理论已成嗜好，抽象剖析已成习惯"②。他一出道就保持这份警醒，在《马桥词典》《暗示》中还在努力实现"写出最像理论的理论，写出最像文学的文学"③的目标，并成功地将"文学写成理论，把理论写成文学"④，但很显然，词典体小说、随笔体小说已偏离小说的既定文体规范，在读者那里并没有达到一致的认可与接受。但在《修改过程》中，作者一改这种理论化倾向，收敛了咄咄逼人的思想锋芒，回到起初被大家看好的处理方式，将想要表达的思想与观点"不是剥离于情节之外的理念，更不是以明显的议论方式塞到故事和人物嘴中变相的掉书袋，而是弥漫于整个情境之中的事物本身所处的状态"⑤，通过人物形象或小说的叙事吐尽胸中块垒，得到精神解脱，如此处理使《修改过程》摆脱了小说陷入概念化的纠缠。另一方面又宣称不必顾忌任何读者的反应与感受，说"一个作家如果没有生存上特别的困难，去迎合那些特殊读者，是毫无必要的，也是很丢人的。相反，如果一个人敢于挑战全社会，敢于与所有的评论家闹掰，那倒可能有出息了"⑥。言下之意，不必为了文学之外的东西而委屈文学。事实上，在写作风格渐趋平易之后，在受众的扩大上本来应该有更理想的形势，但韩少功的受众群体在新世纪并未发生根本性变化，恰恰相反在他不看重的专业读者那里收到如潮好评，在他看重迁就的一般读者那里依然不是关注的重点。很显

① 杨柳.韩少功访谈录［N］.法制日报，2002-10-18.
② 韩少功.学步回顾——代跋［M］//月兰，广州：广东人民出版社，1981：267.
③ 韩少功.文体与精神分裂主义［J］.天涯，2003（3）.
④ 韩少功.暗示·前言［M］//暗示台北：联合文学出版社，2003：21.
⑤ 李洁非.寻根文学：更新的开始（1984—1985）［J］.当代作家评论，1995（4）.
⑥ 韩少功.我的写作是"公民写作"［M］.南方周末，2002-10-24.

然，他的不甘心束缚于传统长篇小说的套路，在艺术上先锋的文体实验应该负有更大责任，而专业读者对他的期待与喜爱也恰恰缘于此。

三是在对评奖规则的不妥协认同，展示出一种矛盾的姿态。众所皆知，茅盾文学奖是当代文学一项具有相当权威性的文学奖项，至今已经已走过三十多年，其中如《平凡的世界》《白鹿原》《尘埃落定》等作品正走在经典化的路上。获得茅盾文学奖的作品就一定是当代文学的经典作品吗？这个问题根本不存在争议，当然不能以是否获得茅盾文学奖作为标准来确定作品的质量和作家的地位，但这个问题促使作家和评论家思考茅盾文学奖与作品经典化以及作家成就之间的关系。每种奖项的设置都有其既定的评奖规则与主导标准，茅盾文学奖在最初设立时就确立了坚持现实主义精神的评奖宗旨，尽管对于现实主义的理解和认识在不断深化，但坚持现实主义精神的宗旨基本没变。现实主义作为一种写作手法本身具有强大的生命力，且在文学的发展以及创作过程中充满变异性和开放性，始终处于动态发展的状态之中。但遗憾的是，茅盾文学奖对于现实主义的理解还是滞后于创作现实的发展，在审美选择上趋向于保守和稳重，不能及时地接受现实主义在长篇小说创作中出现的新质。相比较而言，前期茅盾文学奖评比所秉承的现实主义更加接近于僵化的传统现实主义，而对于众多的现代现实主义基本持排斥态度。从文体意识角度看，"第二至六届茅奖作品文体意识淡漠，文体处于被悬置的状态。在第七、第八届评比中，文体逐步成为评委们关注的焦点，这种表征在第九届评比中表现得更为突出。集中体现在第九届茅奖获奖作品的文体表征上，它们在形式上是传统的，内核是现代的；底子是现实的，精神是先锋的。在对传统长篇叙事方式的基本恪守、传统文学资源的自觉转向以及对现代、后现代主义技巧的自然渗透中，鲜明彰显出茅奖评比的文体新取向"[①]。

检索一下当代文坛已获茅奖的作家名单，张洁、路遥、贾平凹、陈忠实、张炜、莫言、刘震云、迟子建、毕飞宇、格非、王蒙、李佩甫、苏童、阿来、王安忆等，这份名单中注重文体革新的作家不在少数，尤其如莫言、王蒙、阿来等，

---

① 刘震云.第九届茅奖文体新取：传统姿态下的"先锋"叙事［J］.海南师范大学学报，2016（3）.

而在当代文坛上，韩少功的小说创作影响力当属此列，但实际上，因为他的超前革新意识，《马桥词典》被排斥在第四届茅盾文学奖获奖作品之外。贺绍俊曾说"当时有一些评委力推《马桥词典》，甚至到了下一届，还有评委重提这部作品，认为应该以补救遗珠之憾的方式将其入选"①。其实，大部分研究者对小说革新形式持保留态度，即便《马桥词典》在上海第四届长中篇优秀小说评比中以全票获得一等奖，但评委主任徐中玉回忆说："我也不完全赞同《马桥词典》。我认为词典这个形式不一定能充分表达其小说优秀作品大奖艺术内涵，我投票主要是出于鼓励创新。②"而在第九届茅奖评比中，《日夜书》再次落选。日前，第十届茅盾文学奖评选结果尘埃已定，《修改过程》入围初选，但最终落选。相对于《马桥词典》《日夜书》，从题材选取的适宜性、艺术手法的革新力度、思想对文学的渗透深度，《修改过程》呈现出向传统现实主义手法靠拢的倾向。对此，不难看出韩少功的二律背反式思维所产生的影响。一方面，他对评奖保持警醒，"要长久保持清醒却是极困难的事。现在评奖成风，有时处理构思，是否为方便夺奖所计……动笔之前是否都闪过自己的脑际"③？他鄙视评奖，怀疑功名，表态"修辞立其诚，作者如果因为名和利的考虑而迁就一些特殊读者，如评论家、出版商、评奖要员等，就可能落入虚伪的写作态度"④。认为一个作家的艺术成就和一部经典作品不是靠评奖决定，事实上，他也确实有足够实力相信自己的作品在当代文坛上的位置。于是他在作品中依然醉心于解构与思辨，乐此不疲地尝试与传统小说对立、与茅奖评比标准不匹配的元小说叙事，寻找创作所坚持的"不确定性"与"惊讶"感。另一方面，他又不能完全拒绝评奖。正如吴亮所说，"韩少功是入世的，同时他又是脱俗的；他是充分现实的，同时他又是真正的虚无的"⑤。曾有人毫不留情地指出"在他得的各种文学奖中，就是没有茅盾文学奖，所以，

① 贺绍俊.茅盾文学奖作品能成为经典吗？［N］.《人民日报（海外版）》，2015-05-12.

② 《文艺理论研究》编辑部.《马桥词典》评上一等奖［J］.文艺理论研究，1998（6）.

③ 韩少功.难在不诱于时利——致《湘江文学》编辑部［J］.湘江文学，1982（4）.

④ 杨柳.韩少功访谈录［M］.法制日报，2002-10-18.

⑤ 廖述务.韩少功研究资料［M］.天津：天津人民出版社，2008：332.

难免有些着急"①。对现实有着敏锐深刻的洞察，对人性有着透彻清明的内省，深谙中国现实与中国文化的韩少功自然知道茅奖在中国人心目中的分量。既然大家都如此看重这个奖项，他也不能让他的编辑们白忙一场。一旦获奖，正好也能回应一下一些好事者的质疑，无论对读者还是自己都有了一个交代。

对于自己的二律背反思维，韩少功有着清醒的认识，在《修改过程》中曾借学生之口自嘲：您一时说文学不可信，一时又说文学特重要，是不是有点自相矛盾不知所云。您到底要说什么？我承认，您在两头说的有道理。确实，正是上述在对待长篇小说的文体以及文体创新、对待读者与接受的关系、对待茅奖的态度等方面所体现出的"既是什么又不是什么"的二律背反式思维：如想跳出小说文体的樊笼，却又主动回到小说文体的樊笼；主动回到小说文体的笼中，却又胆大僭越，在出新出格上大做文章，以小说写小说。如不在乎读者，随心随性而走，尽力践行着自己的艺术观；却又在乎着读者，尽力考虑读者的阅读需求，收敛思想，彰显文学。如不在乎获奖与否，主张文艺靠作品说话，在文学创作上尽力向经典靠拢；却又考虑着大家的感受，接受游戏规则，尽量调和评奖规则与创作的罅隙等，这些因素形成一股合力，深度影响着《修改过程》的文体倾向与艺术表达。

结　　语

小说写作，对于韩少功而言，技术表达早已不是问题，理论修养更不是问题，难的是什么？韩少功早在 1987 年就指出"难就难在找不到一种可以推动写作的情绪，哪怕是一种偏激落后的情绪"②。这"情绪"可以理解成激情，一种生命本体的冲动，一种艺术创造的原动力；也可理解为一种状态与情感。以此观

---

① 李更.着急与稿费［J］.文学自由谈，2014（5）.
② 蒋子丹.韩少功印象［M］//《中国当代作家面面观，上海：华东师范大学出版社，2002：337.

照《修改过程》的文体选择与艺术表达，有论者觉得《修改过程》"几乎摒弃了描述式的语句和抒情话语，通篇是陈述式的叙述语言，这是作家失去热情精神状态的呈现"①。确实，《修改过程》让我们领略了他的倔强与包容、体会了他的怀疑与怀念、读出了他的理解与宽容，唯独感受不出诸如创作早期《飞过蓝天》的深情惆怅和长篇处女作《马桥词典》的艺术激情。作为清醒的冒险者，韩少功是倔强的，《修改过程》的各种观点与手法皆来自多年来的固存主张，如对"元小说"的青睐。早在1994年的《在小说的后台》中就推崇布莱希特的"疏异化"和皮兰德娄的元小说，提倡"让作者笔下的人物寻找他们的叙述者，写下后设小说，或者说是关于小说的小说"②，甚至于2001年出版以《在小说的后台》命名的文化随笔，阐明自己的小说观。如作者的精神自由与怀念情怀。早在1994年就提出"小说意味着一种精神自由，为现代人提供和保护着精神的多种可能性空间"③。《修改过程》洋溢着作者浓浓的怀念之情，正如封面广告语所写"潮起潮落四十年，高考史上最富戏剧性的一代人——无可复制的理想主义者和他们的绝版青春"。还有扉页韩少功的亲笔留言"亲爱的，我们回忆，故我们在。我们惦念，故我们在。我们千言万语却总是词不达意，故我们在。"如小说立意的提出。早在2004年就认为"认识世界永无止境，哪怕就是认识自己，也是漫漫长途的修改过程。从接受美学的角度而言，作品往往在被阅读中继续成长"④，而这句话赫然成为新书的广告语。如作者的理解与宽容，书中没有避开生活中令人痛苦的一面，但全书洋溢着一种理解和宽容，一种中国式的乐天知命与和光同尘。总之，《修改过程》写出了作者历尽沧海后的淡然，与此同时又倔强高调地展示了他的小说观与文体追求。

韩少功以理性见长，冷峻深刻向来为同行所不及，这使其成为文坛最擅长文论的作家，使其关于文学的阐释远远超过作品本身，但依据韩少功惯常的二律背反思维，优势背后必然隐藏着某种危机，强大的理念精神不可避免压抑了作为作

---

① 项静. 野生动物与不在场的花朵——评韩少功《修改过程》[J]. 扬子江评论，2018（6）.
② 韩少功. 在小说的后台 [J]. 海南师院学报，1994（2）.
③ 韩少功. 灵魂的声音 [N]. 海南日报，1991-11-23.
④ 韩少功，张钧. 用语言挑战语言——韩少功访谈录 [J]. 小说评论，2004（5）.

家的来自生命本能的原始魄力。"喜欢思想，惯于抽象，对社会和政治饶有兴趣，大概创作上的得失成败都在于此"①，这是多年前韩少功对自己的评价，尽管他一直保持警醒，一直在抵抗，但从《修改过程》的艺术调式看，韩少功依然还是韩少功。当然，韩少功就是韩少功，其在艺术革新上所作的贡献是有目共睹的。韩少功关于经典作品的三条标准即"一是创新的难度。二是价值的高度。三是共鸣的广度"②，这是他对优秀作品的定位，也是对自己的艺术要求，但经典依然在生成之中，这是读者的期待，也是韩少功努力的方向。

作者简介

　　韩少功（1953—），出生于湖南长沙，中国作协主席团委员、全委会委员，海南省文联名誉主席，湖南师范大学"潇湘学者"讲座教授。主要作品有《修改过程》《马桥词典》《暗示》《飞过蓝天》《西望茅草地》《月兰》《风吹唢呐声》《赶马的老三》《鞋癖》等。曾获全国优秀短篇小说奖、"法兰西文艺骑士奖章"、华语文学传媒大奖之"杰出作家奖"、鲁迅文学奖；美国第二届纽曼华语文学奖等。作品分别以十多种外国文字在境外出版。另有译作《生命中不能承受之轻》（昆德拉著）、《惶然录》（佩索阿著）等数种出版。

《修改过程》《西望茅草地》《飞过蓝天》内容简介

　　《修改过程》：小说将视野放置于一个风云际会的年代，用肖鹏创作的一篇小说，牵扯出东麓山脚下恢复高考入学的第一批大学学子，人称77级。肖鹏将

---

① 韩少功.面对宽阔和神秘的世界——致友人书简［J］.当代文艺探索，1985（3）.
② 韩少功.文学经典的形成与阅读［J］.名作欣赏，2017（7）.

自己"77级"同学的生平经历改编为网络小说而引起同学不满，随后采用移步换景的笔法逐一引出陆一尘、马湘南、林欣、赵小娟、楼开富、毛小武、史纤等人物群像以及肖鹏自己的际遇，他们意气风发，求学若渴，他们的命运与社会发展紧密关联，而他们更是当年推动社会进步的中流砥柱，进入各行各业，开创了各不相同的人生。

《西望茅草地》（第三届全国优秀短篇小说奖获奖作品）：小说重点描绘了部队转业干部农场场长张种田形象。一开始他像被他激发的青年一样踌躇满志，信心十足。每次上工的时候，总是第一个扛起特大号锄头出工。对待上级的命令总是不折不扣地坚决执行。对待下级总是独断专行，把部队的工作作风带到农场管理中。虽听取"我"的意见搞科学种田试验，但看到短时间内没有成效，且参加实验的人员工作时间打篮球，就取消了种田实验。他大公无私，一生孤单，没有婚娶，将自己毫无保留地奉献给了党的事业。小雨是他的养女，但他同样不允许她违反农场纪律谈恋爱。农场青年可以随便从他那里借钱、拿烟，他总是很慷慨，甚至大街上拦住"我"为"我"买胶鞋。这种近乎苦行僧般的自律和对他人的严格要求，在当时极"左"政策和落后的管理方法下，也不能挽救农场解散的最终命运。场内工人转为铁路工人，他们开心地离去，老场长遥望火车站方向的形象成了迟暮英雄的剪影。韩少功从个人情感记忆出发，对时代报以理性思考，他看到了张种田身上中国农民式的种种弱点，循规蹈矩、刻板顽固、保守蛮干、思想愚昧等，力图揭示封建意识对这片贫瘠、愚昧大地的影响，最终将张种田个人的失败推导为时代的失败，将个人的悲剧引向时代的悲剧、民族的悲剧。

《飞过蓝天》（第三届全国优秀短篇小说奖获奖作品）：韩少功创造性地在小说中给鸽子取了人的名字"晶晶"，给知青取了动物的名字"麻雀"。鸽子的命运与人的遭遇互为隐喻。或许韩少功在取名字时就有某种深意，即晶晶也有自己的理想，那就是飞回到曾经爱护它的麻雀身边，而麻雀的理想是离开农村进城去，甚至为了达到目的不惜将晶晶送给招工师傅，送到遥远的黄蒙蒙的北方。故事的结局却大大出乎读者的意料。送走晶晶后的麻雀依然没有实现自己的愿望，采取消极怠工的办法以图离开农村，晶晶早已被他忘记了。可是，这时候的晶晶却一路艰辛，放弃和族群一起生活的美好条件，放弃自己的爱情，甚至在和老鹰的搏斗中差点牺牲自己的生命，一切都是为了心中的理想——飞回到那个群山中有个美丽的湖，湖边有几棵树的地方，飞到会给它带回各种好吃东西的麻雀身边。然而，历经苦难的晶晶找到了自己的主人，完成了长途跋涉的飞行理想，韩少功却冷静地安排晶晶死在麻雀的枪口下。故事在读者的震惊之中戛然而止。

阅读指导与思考

1. 韩式常规体有什么写作特征？

2. 《修改过程》如何体现出对常规体的延续与僭越？

3. 何谓"二律背反思维"？如何影响韩少功的创作观？

推荐课外阅读

1. 廖述务. 韩少功创作研究［M］. 知识产权出版社，2019.

2. 林愘. 以出世的态度而入世：韩少功与中国寻根文学［M］. 知识产权出版社，2020.

3. 王尧，林建法. 韩少功王尧对话录［M］. 苏州大学出版社，2003.

4. 何言宏，杨霞. 坚持与抵抗 韩少功［M］. 上海人民出版社，2005.

5. 韩少功. 韩少功汉语探索读本［M］. 四川文艺出版社，2012.

中国大学 MOOC 链接：

1. 中国当代文学 _ 北京大学 _ 中国大学 MOOC（慕课）https：//www.icourse163.org/course/PKU-1205722813.

2. 文学原理 _ 北京大学 _ 中国大学 MOOC（慕课）https：//www.icourse163.org/course/PKU-1207039817.

第十二讲

·

超越苦难与生死的高尚书写
——余华《第七天》导读

　　一直以来，余华是一个紧贴生活、关注现实的作家。但他眼中的现实总是灰色无奈、充满苦难的。在创作伊始他就对这种不堪世界充满了怀疑与抗绝，并采用暴力和血腥来回应这破败的现实。在处女作《十八岁出门远行》中，他以"我"的经历感受到社会的欺诈与暴力；在之后的《河边的错误》《一九八六年》《现实一种》《死亡叙述》中，余华将这种暴力由社会上的陌生人之间演绎到家族亲人之间，在暴力和死亡中不断叙说着对丑恶现实世界中人类生存及其命运的思考、怀疑和困惑。由于作品中残酷荒诞的意味与形式，使得他成为当时 80 年代先锋小说的代表作家。接着，《活着》和《许三观卖血记》的相继问世，作品中依然出现死亡和暴力场面，但往昔梦幻、先锋的意味已经消退，作品从虚幻的世界回落到现实生活中，以完整的故事和清晰的情节线索表明了作者的现实主义写作立场。在这接地气的现实主义书写中，余华还是一如既往地对残酷现实提出了自己的质疑与抗拒，在极力书尽人类生存的苦难生活中，余华提出了"人只是为了活着而活着"的主题。他"以冷漠的叙述令人惊骇地提供了苦难生存的标本，从而抹去了幸福生活的表象，展示了灰色人生的苦难真实"①。因此，余华被文坛称为当代最

---

① 陈大仁 . 先锋浪潮中的余华［M］. 北京：华夏出版社，2000：78.

具苦难意识的作家。走下先锋圣坛的余华因《活着》而成功转型为现实主义作家，同时，他以更加激进的态度关注现实生活，以敏感的眼光创作了《兄弟》，描写出中国市场经济的崛起下中国人的生存状态。这是一部反映社会现实的社会小说，由于作者为刻意营造浮躁、粗鄙的社会氛围而刻意营造出小说语言文字乃至内容的粗俗与浮躁而在内地文坛受到了口诛笔伐。但不管世人的批评多么苛刻，我们依然不能否认余华作为一个小说家该有的社会责任感与担当意识。从 20 世纪 80 年代写作至《兄弟》的问世，余华所关注的社会横跨疯狂的政治年代至 20 世纪 90 年代，对不同时期人们多舛的命运和苦难的生活寄以温情的呵护与通达的共担。之后，余华搁笔七余载，再一次以接地气的方式关注社会现实，发表了这篇在当代文坛再一次引起极大争议与轰动的长篇小说《第七天》。在作品中，余华冷静而逼真地为读者描绘了一个现实与虚妄生活互相交融的新世界：这里有等级鲜明的殡仪馆、有温馨而又揪心的爱情故事、有不是亲人胜亲人的父子情和母子情、有生活在社会底层刘梅等鼠族类生活，还有各种不堪的社会现实。小说从死走向生、从生走向死，在生死之间来回穿梭，用一个极其魔幻的现实世界表述着作者对现实的审视与批判。

一、《第七天》：毁誉参半的批评

从余华已有的创作成绩、一贯的创作风格来看，七年磨一剑的新作绝对是一部令人满意的力作。但《第七天》问世以来，在文坛乃至网络微博中产生极大争议与轰动。产生争议的原因主要归结为新作中出现了较多为当下百姓耳闻目睹的公众新闻事件，于是，"新闻串烧""平庸剪报""段子杂文"成为众读者指责新作频繁用到的词语，新作饱受诟病与被否定的程度不亚于当年的《兄弟》。有读者认为"主人公杨飞在阴间过了七天，七天的所见所闻所思像一个竹签，把诸多社会事件串成肉串，余华只给了我们肉串，却回避它来自一只有血有肉的羊。假如小说不能发掘背后的人性冲突，那么我们还要小说干什么？或者不客气地说，余华这本书，没有给予文学足够的尊重"①。还有读者认为"在这本严肃的小说中，

① 瘦猪.书评《第七天》：请余华先耐下性子［N］.京华时报，2013–7–5.

出现了众多的荒唐的时代事件、流行的时代名词。他们出现在这本书里，就像走错了地方的孩子，那么无辜，流着泪想说点什么，力量却飘散在空中，最后像一摞旧报纸里整理出来的'新闻联播'"①。还有读者在微博上吐槽，"起初几页翻下来，差点真以为是中国版《百年孤独》，读下来才发现其实是新闻杂烩。这恐怕是余华出道以来最差小说。"还有读者认为："余华，曾经写出过《十八岁出门远行》《许三观卖血记》等经典，这次好歹还是指望能读到点新东西的，哪怕是一点点深层次的感受也好啊，没想到会糟糕到这种程度。一句话，这恐怕是余华出道以来最差的小说。②"有趣的是，与网络上一边倒的批评相对应的则是当代文坛上学院派学者们纷纷从不同角度肯定了新作。曾写文章批评《兄弟》下半部的张柠，这次则痛斥网友对《第七天》的批评太不靠谱。他认为"《第七天》是一个值得精细阅读的文本，绝不是网传那样简单的新闻堆砌和记录"③。张清华就表示，"无论肯定还是批评，都说明读者对中国文学的关注度非常之高，这总归是件好事"④。程光炜认为"《第七天》引发的争议甚至可以看作一个事件：它在暗示我们，中国当代文学已经进入'死魂灵'的年代，一个文学上'野草'的年代。甚至，读《第七天》的时候好像感受到了彷徨期的鲁迅"⑤。陈晓明则认为"今天中国的'现实'并不是中国作家能够击穿的，但是中国有一批作家，尽管他们对现实表现不是那么尽如人意，但是他们有一份对现实顽强不屈的责任，如贾平凹、格非、余华等"⑥。在他看来，这种勇气和责任足以让人致敬。张新颖认为"余华是艺术、形象地把这样一个正常人在当代社会里的那种无力感写出来，他把主人公写成了一个死人，表达出来的绝望是很深刻的东西"⑦。

从这两极分化、毁誉参半的评论中，我们不难看出评论双方切入作品的角度不同，对作品的阅读渴望和审美需求也不同，从而产生了大相径庭的评价。面

---

① 茶胡子. 他无法用小说对抗荒诞现实——评余华《第七天》[N]. 东莞日报，2013-7-5.
② 陈丽密. 七年写"七天"余华最差小说 [N]. 厦门日报，2013-6-17.
③ 潘卓盈. 余华反击读者批评：《第七天》是最能代表我的小说 [N]. 都市快报，2013-7-4.
④ 刘悠扬.《第七天》研讨会在京举行，余华公开回应各界质疑 [N]. 深圳商报，2013-7-5.
⑤ 刘悠扬.《第七天》研讨会在京举行，余华公开回应各界质疑 [N]. 深圳商报，2013-7-5.
⑥ 刘悠扬.《第七天》研讨会在京举行，余华公开回应各界质疑 [N]. 深圳商报，2013-7-5.
⑦ 刘悠扬.《第七天》研讨会在京举行，余华公开回应各界质疑 [N]. 深圳商报，2013-7-5.

对两极分化的批评，余华采取了冷静的态度，他说"我会关注批评，但不是现在。等《第七天》冷下来，我会认真看读者的批评，那时候，冷静的批评也会多起来"①。并且，余华不畏众言，给自己的作品作出了最坚决的评价："这是最能代表我全部风格的小说，只能是这一部！因为从 20 世纪 80 年代作品一直到现在作品里面的因素，统统包含进去了。我已经写了三十多年的小说，如果没有文学价值，我想我不会动手！②"的确，作为一般性读者，要学会冷静地欣赏作品，尔后再作出客观的批评，文学评论最忌讳的是不静心品味作品，而是人云亦云地跟随大众片面评价作品。从多重主题的丰富表达、对人生苦难与生死的深层理解、对语言、细节、结构的精心设置以及游刃有余、圆心辐射状的叙事方式和出神入化的魔幻现实主义手法的运用等综合因素来看《第七天》，确实如余华本人所言，是一部最能代表余华全部风格的小说。

二、多重主题的丰富表达

有读者认为"现实生活中本该像小说一样荒诞的故事情节，却因为在这片土地出现太多次，而被人习惯，袭警、拆迁、弃婴、卖肾这些每天都在发生的故事，放在一本小说里，却显得有些轻薄"③。对此，余华反驳道："我们的生活是由很多因素构成的，发生在自己和亲友身上的事，发生在居住地方的事，在新闻里听到看到的事等等，它们包围了我们，不需要去收集，除非视而不见。我写下的是我们的生活。④"张新颖教授认为"网友之所以会认为余华只是在做新闻剪报，是因为余华写的是我们已经视而不见的日常生活，太真实，触及了我们这个时代一些我们远远没有讲清楚、不愿意讲的东西"⑤。与余华和张新颖教授的观点相同，笔者在遭受众人诟病的"新闻串烧""平庸剪报""段子杂文"等中读出了余华对

---

① 余华. 余华谈新书《第七天》：我会关注批评，但不是现在 [N]. 新民晚报，2013-7-1.
② 潘卓盈. 余华反击读者批评：《第七天》是最能代表我的小说 [N]. 都市快报，2013-7-4.
③ 茶胡子. 他无法用小说对抗荒诞现实——评余华《第七天》[N]. 东莞日报，2013-7-5.
④ 余华. 余华谈新书《第七天》：我会关注批评，但不是现在 [N]. 新民晚报，2013-7-1.
⑤ 潘卓盈. 余华反击读者批评：《第七天》是最能代表我的小说 [N]. 都市快报，2013-7-4.

当下政府的无情抨击、对当下社会人心冷漠的控诉；读出了作者对正直善良人性的礼赞、对一个个被迫离世的魂灵的同情；读出了其对虚妄空灵世界和谐幸福生活的向往与憧憬；读出了其在对残酷现实的无奈憎恨与对和谐冥界的虚妄憧憬的裹挟下走向死无葬身之地的深刻立意。作品从多方面逼近现实、审视现实、反思现实，从而丰盈了这本只有13万字的长篇小说的题旨。

关于余华作品中的冷漠，早有人经典地评价余华血管里流动的不是温热的血液而是冰渣子。从余华一贯的写作立场来看，其在关注现实中感受到总是人与人之间透心凉的冷漠。但余华一边在对冷漠人性作出极大的讽刺与抗拒，另一方面又在内心呼唤温暖人性。在新作中，余华为大家平静而动情地演绎了爱情、亲情和友情故事，每个故事背后总是深深隐藏着作者对当下社会冷漠人心的痛心和对美好人性的呼唤。

新作中只描述了"我"杨飞与美女白领李青、底层鼠族人物鼠妹刘梅和伍超之间心酸而又美好的爱情故事。在杨飞与李青短暂的爱情婚姻中，因李青的美貌使公司里单身青年对她的追求趋之若鹜，但他们看中的只是李青的外表，没有一个人真正走进李青的内心。当其中一个追求者求婚失败后，遭受到的则是全公司人的耻笑与冷待，在夸张与真实之间淋漓阐释出当下文明都市人的人心隔膜，形象阐释出他人即地狱的存在主义哲学观。而恰恰在大众的冷漠背后，"我"一以贯之的温暖善良感动了李青，从而成就了这段本来不可能的爱情。同样，在刘梅与伍超的爱情故事中，则让人读出了底层人物爱情的揪心与真诚，读出了中国人惯有的"看客"心理与变态嘴脸。刘梅因伍超给她买了个山寨手机，认为这是对她情感的一种欺骗。年轻气盛的她本不想跳楼，竟在诸多冷漠网友的怂恿下选择了鹏飞大厦。站在鹏飞大厦的鼠妹还是不想就这样结束自己年轻的生命，但楼下的看客们极尽讽刺、挖苦、怂恿之能事，荒唐地使鼠妹在众人的掌声中魂归西天。在这个环节，鼠妹的遭遇似乎让读者看到了鲁迅笔下的祥林嫂，是那么的无助与悲哀。鼠妹因情而逝，在世俗人眼中，伍超并不需负任何责任，甚至还可以开启新的人生。但余华让我们看到社会底层人身上善良温暖人性的圣洁光环，让伍超走上卖肾来为鼠妹买墓地这样的赎罪之旅。

新作还围绕"我"讲述了"我"与养父杨金彪、"心中母亲"李月珍之间不是亲人胜亲人的亲情，也围绕"我"讲述了"我"与生父生母胞哥胞姐之间是亲人却又不是亲人的寒心。由于生母的大意，苦命的"我"竟然降生在铁轨上，从此走进了一个年轻、善良的单身铁道工的生活。为了"我"的开心成长与不离不弃，养父选择了终身不娶。他们不仅在有生之年不离不弃，就是死后依然在茫茫冥界中苦苦寻觅。虽然死后两人都变了形，即使相逢也不识，但两人都选择了寻找与等待。"心中母亲"李月珍在小说中是个伟大母亲的化身，作为养父的同事，她用自己的乳汁无私养育了"我"，在自己即将赴美颐养天年时，竟然为了27个弃婴而死于非命。"我"对"心中母亲"充满感激，因为她的伟大与无私；因为她的善良与宽厚。与之形成鲜明对比的则是"我"在生母的苦苦找寻下如愿以偿地回到了生父生母家中，但这27天的家庭生活却让"我"感受到的是无休止的争吵、无理由的指责和埋怨。尤其是"我"的胞哥胞姐，竟然吵着要"我"出去租房子，毫无兄弟、姐弟之间的那种失而复得、情浓深深的手足之情。家永远是爱的港湾，家中如果没有爱，即使是在流淌着同样血液的亲人之间也会形同陌路。"我"所遭遇的家庭的冷漠不是个案，而是当下中国众多危机家庭的缩影。用笔细腻的余华在这里轻插片段便在鲜明的对比中再一次阐释了萨特的存在主义哲学在当下生活中对世人的影响，也表达出他对美好人性的呼唤。

在现实生活中，人可以选择多种方式活下去。如果有人选择明哲保身的方式，可以自保并免于各种正义是非的纠葛之中，但这样的活法会更加助长社会的冷漠、麻木与自私；如果有人选择有尊严、有良知地活下去，那么，在这不堪的社会中，定然会举步维艰、生不如死，甚至还会搭上无辜的生命。很显然，余华看重后者。如"我"的"心中母亲"李月珍，和身边很多人一样看见了河边漂着的婴儿尸体。旁人保持沉默，唯独她义无反顾的举报、曝光，以自己微弱的力量唤起民众对生命的尊重。最后，招致而来的是死于非命。本来，她可以马上和丈夫一起奔赴美国陪女儿过上幸福晚年生活，可顷刻间竟和家人阴阳两隔。在作品中，余华把对李月珍的崇敬再次放大，在虚妄的冥界，善良的女人再次将27个弃婴当成自己的孩子。还有被生活所逼的鼠妹们，在这个笑贫不笑娼的社会，若仅仅为了金钱和物质，凭她们的年轻美貌是很容易活下去的。可为了人的尊严和宝贵的爱情，鼠妹还是矢志不移地跟着伍超过着朝不保夕的赤贫生活。伍超也算有志向、有骨气的阳光青年，他也可以成长为理发技师或厨师，但为了爱情与义气，他一次次丢弃获取生存的机会，最终以卖肾换墓地这样极端的方式走向死亡。诸如杨金彪、李月珍、伍超、鼠妹这些生活在社会底层的善良人们，他们的出路在哪里？很显然，余华作出了绝望的回答。

现实是残酷无奈的，与之相对比的，则是冥界的和谐、宁静和无忧。"在那里，树叶会向你招手，石头会向你微笑，河水会向你问候。那里没有贫贱也没有富贵，没有悲伤也没有疼痛，没有仇也没有恨……那里人人死而平等。①"在那里，被砍死的公安办案人员与被枪毙的李姓男子由现实生活中的一对冤家变成了不离不弃的一对棋友；在现实中饱受歧视与磨难的鼠妹得到了众人的呵护，美丽地、心满意足地走向了安息之地；在火灾中拦阻客人不让走的酒店老板开始对自己的疯狂行为表示悔意，又开始重新张罗起酒店来；"我"与自杀的妻子李青再次共诉衷肠，情意绵绵；"我"与养父彼此找寻，将永远不离不弃。但是，冥界的和谐、宁静与无忧与现实的残酷形成的对比愈鲜明，愈发显得世界的荒寒与绝望。那一个个或被迫或含冤离世的孤魂，在宁静的冥界又能走向哪里？对此，余华进行了合理的想象。有人帮买墓地的魂灵就可以永远走向安息之地；孤魂野鬼、无人帮买墓地的魂灵只能永远留在死无葬身之地。以此作为小说的结尾，众读者皆认为很有文学意味。至于为何用"死无葬身之地"的方式来安排无望的生与死，余华做了这样的解释："从'死无葬身之地'这么一个谁都不愿意去的地方，以前是咒骂人的地方，从这样一个角度来写我们的现实世界。如果有人问我文学的意义在什么地方，我说就在这儿。如果我没有从'死无葬身之地'来写现实世界，而是采用波拉尼奥《2666》'罪行'的方式，可能真的没有文学的意义了。②"余华想让那些可怜的死者能在冥界得到永生的快乐，可这快乐的所在地竟是"死无葬身之地"。对于作者特意安排的悖论结局，不禁把读者推进了绝望

① 余华.第七天［M］.北京：新星出版社，2013：225.
② 刘悠扬.《第七天》研讨会在京举行，余华公开回应各界质疑［N］.深圳商报，2013-7-5.

的深渊。怪不得有人感慨"以前读《活着》，福贵的故事尽管悲惨，但总还觉得活着是有希望的。但这里的故事，让人无法置身其外，感觉让人特别绝望，恐怖至极"①。

三、苦难与生死的深度体悟

作为当代最具有苦难意识的作家，余华对苦难和生死有着自己独特的理解。苦难意识是西方现代主义作家所极力表现的。他们认为人类生存状态的本身就是一种苦难，并且永远不可逾越，如艾略特就将现代文明看成是一片精神荒原；卡夫卡笔下的人物永远都是那么孤独与绝望。深受卡夫卡等现代派作家影响的余华，其作品中就不可避免地浸泡着苦难意识。有评者认为"余华的小说明显在展示苦海无边，无可逃避的图景"②。所以，自写作以来，苦难是余华直面现实最基本的着力点，只是在不同时期表达方式不同而已。和先锋时期作品中总用血腥、暴力、杀戮来表现绝望不同，从《活着》开始，余华对苦难的理解开始变得温和、平静、宽容，苦难在人生绝望之边缘闪烁着希望之光。《活着》就向世人揭示了人只要能活着，一切皆好的受难主题。的确，人活于世，健康地活着比什么都强。可这是肉体的存好，他完全摒弃了人类在精神上的追求。可见，此时期的余华对苦难、生死的理解还停留在中国几千年来"好死不如赖活着""安天乐命"的传统认识和"人生来是就来受苦受难的"佛教思想认识上。但历经七年的沉淀与思考，余华对现实的绝望程度更深一层，对苦难、生死的理解逐渐失却了昔日微弱的亮色。在新作《第七天》中，同样是苦难在生与死之间搭建了一条自由叙述的通道，不过这次生的世界全然黑暗，死的世界里稍见混沌的亮色，但那是悲怆的、疲惫的、忧伤的。在新作中，因举报弃婴而死于非命的心中母亲、得癌症没钱医治的养父、被当作医疗垃圾处理的 27 个婴儿、房屋强拆时被压死的一对夫妻、商场大火中被烧死后瞒报的 38 个群众、被当作杀人犯枪毙的青年、在酒

---

① 张杰.余华新书：等了 7 年叫《第七天》首日订 70 万册［M］.四川在线华西都市报，2013-5-30.
② 赵思和.理解九十年代［M］.北京：人民文学出版社，1996：256.

店失火中因阻拦客人索要饭钱而延误自己逃生的老板一家、为爱情而跳楼的鼠妹、因贫困而卖肾死亡的伍超等，他们在现实生活中承受各种苦难，在冥界中也只能默然自我悼念，"宽广的沉默里暗暗涌动千言万语，那是很多的卑微人生在自我诉说"[①]。在《活着》中，余华对生命充满敬畏，对苦难和死亡豁然以对。在《第七天》中，生者在现实生活中默默承受一切伤害与苦难，死后在另一世界因无人为其购买墓地而无法走向安息、无法得到神的祝福而被迫走向死无葬身之地，再一次陷入渴望安息却永无安息之地的死亡困境。至此，在余华眼中，活着也罢，死了也罢，苦难总是如影相随，人类将永远陷入不可逃遁的恐怖与困境之中。所以，新作的广告打出"比《活着》更绝望"的宣传语，笔者觉得宣传语归纳精辟，绝无哗众取宠之嫌。

四、节制的语言与"圆规"叙述

南京大学英文系教师、网友洛之秋在微博中对余华新作否定得更为决绝："坦白讲，《第七天》失败的根源并不是余华在小说中容纳了太多社会新闻版的荒诞桥段，而纯粹是技术层面的——词语的失败，细节的失败，人物对白的失败，叙事风格的失败……"对此，笔者完全持相反意见。在细读文本的过程中，笔者恰恰发现了作者在作品中倾注了大量的情感与精力，使得小说的语言冷静、节制、干净、淳朴；作品中也多处巧设了细节与伏笔，使得这部充斥荒诞与离奇元素的作品显得更加具有多种解读可能性；作品中典型的以点带面式、发散式的辐射状的叙事方式的运用使得作品张力十足，人物游刃有余地在阴阳两界自由穿梭，为小说主题的表达搭建了最佳平台。

对于新作的语言，网友纷纷认为"语言苍白，如白开水般""文笔太差""文笔浅显"。对此，余华很是惊讶，他认为"有人说语言怎么苍白，语言枯燥无味，白开水一样的语言，我确实没有想到语言也有人骂，因为这个小说的语言我非常

---

① 余华.第七天 [M].北京：新星出版社，2013：164.

讲究的，我修改了一遍又一遍，尤其到一校、二校的时候，改动的全是语言"[①]。陈晓明教授对网友炮轰新作语言不好，也感到非常震惊，"《第七天》语言不好，你还想要什么语言？那是有一种诗性在里头"[②]！在《活着》之后，关注现实的余华不再把语言当作一种为实验或华丽或犀利的技巧，而是在语言中沁入自己对世界的切骨体验，这使他的语言变得更为质朴、本真且不乏感染力。如在新作中，"身后的哭声像潮水那样追赶过来，他们两个人哭出了人群的哭声。我仿佛看见潮水把身穿红色羽绒服的小女孩冲上沙滩，潮水退去之后，她独自搁浅在那边的人世间"[③]。这两句形象贴近生活的、朴素真实的比喻在冷静、节制中淋漓尽致地表达了因政府强拆导致一对年轻夫妻与自己年幼的女儿瞬间阴阳相隔的剧烈痛苦。字里行间，表达的不再是两个年轻父母的痛苦，而是整个冥界魂灵的痛苦，是整个留在现实生活中人的痛苦，更是整个阴阳两界所有存在所感受到的痛苦，从而在直白浅易中表现出强烈的批判意识。而这样的诗性语言在文中比比皆是。批评余华语言直白的读者也许在阅读审美上更倾向于或风花雪月或飞扬跋扈或犀利深刻的语言表达，这是无可厚非的，因为每个人都有自己的审美倾向。但把这种审美倾向加在《第七天》上，显然是不合时宜的。因为这里余华所要表达的是生者的疲惫、死者的忧伤，这里的世界到处灰色一片，容不得半点富有生机与生命意识的亮色。对此，余华自己也认为："这是一个从死者的角度来叙述的故事，语言应该是节制和冷淡的，不能用活人那种生机勃勃的语气。在讲述现实的部分，也就是活着世界里的往事时，语言才可以加上一些温度。一部小说的叙述语言应该由小说本身的叙述特征来决定。我在修改时已删除很多"我"，剩下的"我"都是不能删的，仍然不少。这是叙述的需要。[④]"

新作历时七年酝酿，也有网友对此质疑，认为新作粗糙，按余华的写作水平顶多三个月就可以完工。对此质疑，笔者不以为然。细读作品，还是能感觉到作者在写作过程中颇费心力的，其中最能打动人的还是作品中多处细节与伏笔的设

---

① 潘卓盈.余华反击读者批评:《第七天》是最能代表我的小说［N］.都市快报, 2013-7-4.
② 潘卓盈.余华反击读者批评:《第七天》是最能代表我的小说［N］.都市快报, 2013-7-4.
③ 余华.第七天［M］.北京:新星出版社, 2013 : 150.
④ 余华.余华谈新书《第七天》:我会关注批评, 但不是现在［N］.新民晚报, 2013-7-1.

置。而这些细节的巧设如果读者不细细咀嚼，往往在第一遍阅读时觉察不出。如作品中有 21 处描写浓雾与大雪纷飞的情景，而这正是小说中人物在冥界所感受到的灰色压抑世界，因为这种寒冷、迷茫的自然情景设置，就暗示性地与现实区分开来，有利于读者和作者自由进出阴阳两界，使自然景物具有了烘托主题、结构线索的文学功能。再如作品开篇中"我"在 203 站台听到的巨响，就暗示了后文中肖庆遭遇了车祸，而这车祸正是后文中提及的市长举行入殡仪式导致的，但恰恰肖飞又是伍超的同事，从而使先死亡的鼠妹有机会得知伍超卖肾买墓地的感人事迹。再如文中"我"与养父之间的生死相交、不离不弃、互相找寻的情节是作品一大主线索。作者在开篇中就提到了一个身穿破旧蓝衣服、戴着破旧白手套的、骨瘦如柴的、脸上只有骨头没有皮肉、不知是人还是魂的形象的出现，在接下的文字中也多次提到这个形象。作者故意不作任何交代，一直到小说结尾，在阴阳两界苦苦找寻未果的"我"通过李月珍才知道此形象就是"我"苦苦寻觅的养父。开篇埋下伏笔，结尾揭开谜底，卒章显志，不禁令读者唏嘘不已，从而取得平常经验陌生化的文学效果。当然，文中诸如上述的细节设置有很多，在此不一一赘述。

作者在新作上的颇费心力还表现在其新颖地运用了以"我"为原点、辐射状的叙事方式。对此，余华自己也颇为满意："《第七天》的叙述有点像圆规，'我'的经历是圆心，所见所闻是一条条圆线，叙述的圆规一圈圈往外画圆。"作者以"我"死后七天之内的见闻为线索，讲述了多个亡灵在阴阳两界所遭遇的一切恩怨仇恨。小说结构清晰，分别以七天为小标题，但每个章节各自独立，同时和其他章节又互有联系，所以作者很形象地说此种叙事方式像画圆，从文本的结构来看每章节像一条条对外辐射的线；从文本的内容看，这些线之间会因某个点而相互交融，最终又汇成了一个完整的圆。作者运用此种叙事方式，再巧妙设置伏笔，安排细节，将多个亡灵的来龙去脉交代得清清楚楚，同时也将疯狂、残酷的社会现实生动呈现于读者眼前，使得愤恨、辛酸、悲哀、忧伤、疲惫、无望、虚妄等情绪弥散全书，将读者一步步推进了无边的绝望与荒寒之中。

五、荒诞的魔幻现实主义

关于冥界，在中国道教、荷马史诗、希腊神话、古埃及神话以及各类文艺作品中都曾有过详尽的描述。在不同版本的冥界中，都不一而足地体现出好人享乐，坏人遭罪的价值倾向。在那个世界里，依然不可避免地充斥着血腥与暴力、复仇与不甘，关于人类的生与死、爱与仇、等级与尊严的纠葛依然无处不在地存在着。而余华新作《第七天》则为大家描述了这样的一个世界，"在那个世界里，水在流淌，青草遍地，树木茂盛，树枝上结满了有核的果子，树叶都是心脏的模样，它们抖动时也是心脏跳动的节奏"①。他在作品中运用虚幻、缥缈的手法来反映中国当前的现实生活，将各种不可思议的情节和自然现象插入到反映现实的叙事当中，使中国当下现实社会和虚幻冥界变成了可以自然穿越的现代神话，既有离奇幻想的意境，又有现实主义的情节与场面。在这里，幻觉和现实互相交叉，魔幻和现实融为一体，从而创造出一个既离奇又合理、既荒诞又真实的世界，这就是通常意义上的魔幻现实主义，也就是余华版的冥界。

一般意义上来说，只有当世人无力解决现实生活中的矛盾，无法掌控自己的命运时，人们才会不由自主地把求助的目光投向虚渺的冥界。在新作中，余华还是一如既往地关注社会现实，关注的时空由回看历史改为逼近当下社会，这与余华一贯的写作立场相符，但为什么作者在新作中不再仅仅就现实谈现实，就苦难谈苦难，竟别具一格地将小说世界拓展为虚幻缥缈的冥界呢？对此，余华解释道："我一直想将生活中看似荒诞其实真实的故事集中写出来，同时又要控制篇幅，因为用五十万字或一百万字去写会容易很多，对我来说虽然会消耗时间和体力，但不会形成挑战，只有用不长的篇幅表达出来才是挑战。于是我找到了这个"七天"的方式，让一位刚死去的人进入另一个世界，让现实世界像倒影一样密密麻麻地出现，而且要让它们的身影十分清晰。②"提及"七天"，笔者认为这是

---

① 余华.第七天［M］.北京：新星出版社，2013：225.
② 余华.余华谈新书《第七天》：我会关注批评，但不是现在［M］.新民晚报，2013-7-1.

新作最魔幻的地方。按照中国人的丧殡习俗，存在"头七"之说法，"头七"是根据死者去世的时间再配合天干地支计算出来的日子及时辰，是人去世后的第七日。丧殡习俗认为死者魂魄会于"头七"返家，家人应于魂魄回来前，为其准备生前最喜爱的食物及物件以作最后的致意，家人最好回避，以免死者魂魄看见家人而牵挂家人，从而影响他投胎再世为人。余华以人死后七天见闻为主线，直接以七天来结构全文，最后以第七天来告终全文，并以"第七天"为小说标题，不知是作者本人故意巧取民间习俗，还是笔者的多虑，笔者认为小说的标题隐含此方面的寓意。

当然，作者自己也交代了第七天的由来。小说开篇扉页上引用了西方圣经中《旧约·创世纪》中的"到第七日，神造物的工已经完毕，就在第七日歇了他一切的工，安息了。"在西方人眼中，七天之内，神创造了整个世界，七天之后，一个崭新的世界即将开始，神先得安息了。这点认识和中国人心中的"头七"恰恰相悖。按小说的意图似乎在安息日之后，一个崭新的世界即将开始。但按中国人的传统认识，七天之后，将是亡灵与现实世界的彻底绝离。若将两种观点融为一体则是众亡灵将在第七天之后忘却尘世间的一切苦难与悲哀，即将开始一个新的冥界生活。可这新的冥界生活又是让人别无选择，除了进入安息之地，那就是进入死无葬身之地，这又是何等的悲怆与绝望。

除了在标题上，余华巧妙地运用幻与真的寓意，合理拉开了全文的格局。在行文细节上，他还是处处在幻与真之间诠释作品主题。如文中所有含冤或被迫离世的灵魂数字加起来正好是81，不知是巧合还是作者用心设置，这数字容易使中国人想起《西游记》中唐僧西天取经路上所遭受的九九八十一难终成正果的寓意。只可惜，新作中的终成正果是永远走向死无葬身之地，从一个苦难的深渊进入另一个万劫不复的深渊，此番寓意更是让人心生寒意。

除此之外，作者偶尔还会安排一些离奇、荒诞的情节来推动故事的发展。如"我"死后殡仪馆会有人直接打电话给死者，催促对方快点去火化；李月珍和27个弃婴所在的太平间竟在一夜之间陷入天坑之中，28具尸体不翼而飞。选择如此"近乎荒诞"的角度来描写现实，余华解释道："写实小说走的是康庄大道，怪诞小说是抄近路的。怪诞小说也好，荒诞小说也好，是为了更快抵达现实，而不是慢慢抵达现实。①"新作在宣传时打出了"比《兄弟》更荒诞"的广告语，笔者觉得宣传语归纳靠谱，也无哗众取宠之嫌。

总之，通过对新作总体风格与特征的条分缕析，笔者还是力挺余华对自己的评价，即这是一部最能代表作者全部风格的佳作。不仅如此，笔者还敢断言，这部小说在余华写作历程上将具有里程碑意义。余华在《活着》中文版自序中说"作家的使命不是发泄，不是控诉或者揭露，他应该向人们展示高尚。"他当时对高尚的理解不是那种单纯的美好，而是对一切事物理解之后的超然，对善和恶一视同仁，是用同情的目光看待世界。七年之后，余华继续向人们展示了作家的高尚，此种高尚含有对生者的同情、对逝者的安慰，还有那份超脱于生死之外的释然与虚妄。

作者简介

余华（1960—），出生于浙江省杭州市，北京师范大学教授、中国作家协会委员会委员。主要作品有《在细雨中呼喊》《许三观卖血记》《活着》《兄弟》《第七天》《文城》等。曾获得庄重文文学奖、格林扎纳·卡佛文学奖、法兰西文学和艺术骑士勋章、第十二届华语文学传媒大奖年度杰出作家奖、澳大利亚悬念句子文学奖等。

《第七天》内容简介

小说秉承余华先锋时期魔幻现实主义的创作手法，试图创造同时存在又相互对立的生死两界，让主人公杨飞的亡灵游离在生死之间，以死观生，从而

---

① 陈梦溪.余华《第七天》毁誉参半 领跑全国各大图书销售榜［N］.北京晚报，2013-7-5.

让人类世界像水中倒影一样清晰地呈现出来。小说颠覆了以往人们对灵界的认知，创造了一个安静祥和的"死无葬身之地"，与此同时又描述了一个冷漠暴力的人类世界，完成了一次场景倒置。在生与死的多重叙述中，塑造了一群麻木行走于其间的亡灵。作者试图通过描述悲剧性的亡灵命运来唤醒人们对于当下社会的反思。在"死无葬身之地"的构建中，寄予了作者对于人间正义、人性美好的呼唤。

阅读指导与思考

1. 如何看待《第七天》遭受毁誉参半的批评？
2. 归纳余华式语言与圆规式叙述方式的特点。
3. 分析"第七天"作为小说标题的多重内涵？
4. 你从《第七天》中读出了什么？

推荐课外阅读

1. 高玉. 全球视野下的余华［M］. 上海交通大学出版社，2019.

2. 刘琰. 余华小说的叙事艺术［M］. 吉林人民出版社，2021.

3. 杜士玮，许明芳，何爱英. 给余华拔牙：盘点余华的"兄弟店"［M］. 同心出版社，2006.

4. 吴义勤. 余华研究资料［M］. 山东文艺出版社，2006.

中国大学 MOOC 链接：

1. 90 年代以来的长篇小说研究 _ 北京大学 _ 中国大学 MOOC（慕课）https：//www.icourse163.org/course/PKU-1460889162.

2. 中国当代小说选读 _ 复旦大学 _ 中国大学 MOOC（慕课）https：//www.icourse163.org/course/FUDAN-1205951804.

第十三讲

·····

政治文化规约下的文体选择与文学反思
——戴厚英《人啊，人！》导读

新时期初，新秀作家戴厚英凭借长篇小说《人啊，人！》登上文坛。转眼三十余年过去，谈及新时期初的人道主义思潮与文学创作，《人啊，人！》应该是中国当代文学史绕不过去的重要作品。其实，《人啊，人！》不仅具有思潮价值，在文体创新上也具有史学价值。但事实上，无论是思潮价值，还是史学价值，《人啊，人！》都没在当代文学史上留下应有的一笔。在总览新时期初作家在政治文化规约下所进行的集体式创作的基础上，窥探戴厚英在恪守与突破政治文化规约间所进行的文体探索，重点反思作品的文体探索价值与不关乎文学的各种冷遇成因，可从文学视角重估其在中国当代文学史上的文体价值。

一、政治文化规约与作家的文体选择

政治文化是一个内涵丰富、外延多重、既现代又稳定的概念，是一国国民长期形成的、相对稳定的、对于生活其中的政治体系和所承担政治角色的认知、情感、态度和价值观等。它"更关注的是政治上的、心理方面的集体表现形式以及政治体系中成员对政治的个人态度与价值取向模式"①。而关于中国20世纪政治文化的功能，有学者指出"20世纪中国思想文化领域主要有救亡文化、革命文化、农民文化等，这几种文化又都是政治倾向性极强，都是旗帜鲜明的政治文化。因此可以说，这个世纪的文化是政治文化占有压倒性优势的文化"②。此论断指出20世纪中国政治文化具有超强的渗透性，这种渗透力自然会影响到文学的表述与存在状态。

　　十年"文革"浩劫虽已结束，但对这场劫难乃至整个十七年以来的历史言说才刚刚拉开序幕。从1977年至今，在文学、政治、文化、历史、思想等领域对"文革"历史的叙述一直成为经久不衰的热门话题，尤其在文学领域，甚至成为当年的亲历者和部分作家的终身文学命题。当我们把历史镜头推近新时期初时，便发现当时的文学命题并不是一个纯粹关乎文学的命题，其背后隐藏着诸多关乎政治制度、主流意识形态等非文学的制约因素，这种制约也使新时期初的文学居于社会文化和主流意识形态的中心，文学和政治再次呈现出一体化、同谋化结构。主流话语在对"文革"做出定性的基础上对当时的文学基调也作了明确定位，即"作品在批判社会黑暗，揭露丑恶人性时，不是只让读者感到痛苦、失望、灰心丧气，或悲观厌世，还要能使读者得到力量，得到勇气，得到信心，得到鼓舞，去和一切黑暗势力、旧影响作斗争"③。这种革命乐观主义基调使伤痕、反思作家在控诉、反思历史时还要"肩负不容推辞的职责，那就是启迪人们去追求光明和真理，鼓舞人们去奋发进取，引导人们向上，树立崇高的理想和信念"④。这种"政治权力对否定"文革"和当代历史作某种程度改写的要求，很快获得具有启蒙意识的作家的呼应"⑤。不过，对应于"五四"时期精英知识分子自主的启蒙姿态，80年代初的作家则是采用顺应和迎合的启蒙立场，他们与

① 朱晓进.政治文化与中国二十世纪三十年代文学［M］.北京：人民出版社，2006：8.
② 李泽厚，刘再复.告别革命——回望二十世纪中国［M］.香港：天地图书有限公司，1995：259.
③ 丁玲.生活·创作·时代灵魂——与青年作家谈创作［M］//彭华生，钱光培.新时期作家谈创作，北京：人民文学出版社，1983：229.
④ 李国文.我的歌——谈冬天里的春天的写作［M］//彭华生，新时期作家谈创作，北京：人民文学出版社，1983：211.
⑤ 洪子诚.中国当代文学史［M］.北京：北京大学出版社，1999：259.

"政治思潮保持高度同步性，在文学领域完成的是和意识形态领域共同的政治主题"①。

新时期初产生轰动效应的伤痕和反思小说主指中短篇小说。由于多方面原因，此时期的长篇小说处于落寞状态。纵览新时期初的长篇小说，在思想和艺术上可圈可点的作品屈指可数。在这里且以 1985 年为界列出长篇小说篇目，如《东方》《黄河东流去》《第二次握手》《许茂和他的女儿们》《人啊，人！》《星星草》《将军吟》《李自成》《芙蓉镇》《冬天里的春天》《沉重的翅膀》《蹉跎岁月》《浓雾中的火光》《白门柳》《耿耿难眠》《钟鼓楼》等。上述作品在题材上除了少数涉及工业改革和日常现实生活外，大部分都集中在对历史的叙述上。长篇小说"大"而"重"的文体特点决定了其对时代政治文化反映的迟缓，故在这有限的几部长篇中，只有《人啊，人！》《芙蓉镇》《冬天里的春天》相对迅疾地加入反思小说行列，分别在高校、农村、革命部队三个领域对新中国成立以来的历史进行反思，描绘了极"左"路线对人们正常生活的摧毁，在写作中也都不可避免地存有政治文化规约下的写作痕迹，如忠奸对立的写作模式、爱憎分明的价值评判以及邪不压正的光明基调。在小说结尾，要么是人的主体价值得以回归，要么是"春天在人民心中"的光明到来，要么是对来之不易的新生活的由衷礼赞。作家们的心态一致，都在痛诉中呼唤着春天，严酷中透着深情，悲观中透着希望。在这种规约下，大家在"写什么""表达什么"上立场基本一致，但在"怎么写"上则在既定的政治文化规约下做出了不同程度的探索，彰显出不同的文体新质。《芙蓉镇》秉承传统现实主义手法，追求给人物"立小传"的史传手法和线性情节结构，从正面构建历史，反思历史，作品浓郁的地方民族风俗情调给读者留下了深刻的印象。《冬天里的春天》则在传统现实主义基础上加入了现代主义因子，在三天两夜的时空里通过联想、回忆以及意识流等手法，将时序颠倒，把历史和现实穿插，突破传统线性情节结构，具有一定的现代意识。相对于《芙蓉镇》《冬天里的春天》《人啊，人！》在文体革新上迈出的步子更大。作品大胆运用现

---

① 吴义勤.中国新时期文学的文化反思［M］.南京：江苏文艺出版社，2009：15.

代主义技巧手法，多元的人称叙事视角、通篇的意识流自述、恰到好处的文备众体以及象征、梦境、荒诞等技巧的运用，这些文体探索较之当时文坛上的长篇小说创作具有超越性突破。

二、《人啊，人！》与并置叙事

在中老青作家都在按照主流意识形态规定的历史定性和文学基调进行历史叙述时，戴厚英也在既定的基调下谴责着非人性的极"左"历史对正常人性的摧残，呼唤着人道主义的回归，但与此同时她更清醒地意识到"如何写"的重要性，如她自己所说"我采取一切手段奔向我自己的目的：表达我对'人'的认识和理想"①。这"一切手段"即作者的文体选择，在《人啊，人！》中体现为并置叙述、通篇的意识流手法、梦境、荒诞、象征等现代主义手法以及文备众体的传统文体手法等。因为诸多如意识流等现代主义手法在新时期初已被反应迅速的中短篇小说多番演练，并收到了较好的艺术效果，而长篇小说由于文体特点，对现代主义技巧的借鉴和反应缓慢，虽然戴厚英在小说中也运用了诸多现代主义技巧，但在当时整个小说创作中已不算什么创举。又因为小说是体裁的百科全书，文备众体是长篇小说创作最基本的文体特征。中国小说从宋元话本到明清小说，文备众体的手法运用日臻成熟。而在新时期初，运用文备众体手法的作家并不少，如魏巍、李准、古华、姚雪垠、刘斯奋、凌力、霍达等。戴厚英第一次写长篇，也相当娴熟地运用"文备众体"来表达自己想要表达的东西，从这点来看，长期从事文艺理论研究的戴厚英，不仅对中国传统小说技巧了然于心，还有爱好诗词、善编故事的创作底蕴。《人啊，人！》一共有十处穿插成分，主包括自创的古律诗、现代诗、故事、散曲以及日记、书信、梦境的文字记录、对联等。由于小说采用多重第一人称自述的方式进行心理描写，表达情感和哲理反思是小说的最终主旨，所以这些插入成分在很大程度上承担着叙事和议论的功能。巧用文

---

① 戴厚英.人啊，人！·后记［M］.广州：花城出版社，1980：358.

备众体虽突显了作家的文体意识，但也不是作家的创举。故在此以"并置"叙述为视角重点研究《人啊，人！》所进行的超越时代的文体拓新。

谈及"并置"，容易让人想起"排比"，当然在文学中这两者涵义指向显然不同。作为修辞手法，排比是把意义、结构、语气相同或相近的词组和句子并排，已达到加强语势的效果，据此也可分为成分、分句、单句、复句排比，但构成排比的句子或词组本身缺乏独立性，只有合在一起才能发挥其整体功能。作为一种表达技巧，构成"并置"的物象都是平等而各自富有意味的，并且互相之间具有一定的对话性。其实，在中国古典诗歌中如"枯腾老树昏鸦，小桥流水人家"、"鸡声茅店月，人迹板桥霜"等，这些就是意象并置的体现。在中国古典文学中，并置只限于诗歌，到了二十世纪，并置才扩展到小说领域。关于小说创作中"并置"概念的出现，大家皆认为最早是由美国学者约瑟夫·弗兰克于1945年为现代小说的空间形式而提出的，他认为并置是指"在文本之中并列地放置那些游离于叙述过程之外的各种意象和暗示、象征和联系，使它们在文本中取得连续的参照与前后参照，从而结成一个整体。换言之，就是词的组合，也就是对意象和短语的空间编织"①。这里的"并置"主指意象并置，但在小说创作中，运用意象并置显然有些捉襟见肘。因为并置作为一种现代主义小说技巧，是对传统小说追求开端、发展、高潮、结局的线性情节结构模式的反叛，是由时间艺术向空间艺术的拓展，它更多地追求形式空间化。故作家可以依据表达的需要，将空间并置叙述分为章节并置、情节并置、叙述者并置、人物并置、意象并置等多种类型。

小说领域中的"并置"概念虽于1945年才明确提出，其实早在这之前的现代小说创作中就已经开始有作家运用。但在新时期初，撇开当时的政治文化语境不说，在很多知名作家都在娴熟使用现实主义手法、视现代主义如洪水猛兽的特殊时期，戴厚英娴熟运用"并置"叙述技巧，这不得不让人佩服她超前的审美倾向与文体意识。戴厚英出身中文专业，毕业后一直从事于文艺理论教学和研究工

---

① 周宪. 现代小说中的空间形式·译序［M］. 约瑟夫·弗兰克等著，秦林芳编译，北京：北京大学出版社，1991：3.

作，同时还主授外国文学课，这为她接触并了解东西方的文艺理论和思潮提供了极大的便利。一旦她内心有了"自我表现"的强烈欲望，如她自己在后记中所说："就好比既是'半路出家'，又是'带发修行'，难免总'尘缘不绝'。在创作的时候，常常会不由自主地联想起文艺理论中的一些问题。在写这本小说的时候，更是比较自觉地在实践中探讨某些理论问题了。①"她主张用现代主义手法取代现实主义手法，认为不仅只有现实主义手法才能保证艺术的真实，现代主义手法也能达到艺术的真实。"现代派派别繁多，见解殊异。但采取较为抽象的、荒诞的方法去对抗现实主义的方法，则是它们的主要倾向或基本倾向。②""严肃的现代派艺术家也在追求艺术的真实，他们正是感到现实主义方法束缚了他们对真实的追求，才在艺术上进行革新的，他们要充分表现自己对世界的真实的主观感觉和认识。③"虽然她在后记中没有明确指出自己的"并置"构思受到了哪位作家作品的影响，但细读文本还是发现她在篇章体制、人物塑造、情节设置等方面运用了章节并置、叙述者并置、人物并置以及情节并置等技巧，不可避免地流露出借鉴西方现代小说空间艺术的痕迹。

新时期初，诸多长篇小说在结构上都按照故事发展的线性时间、因果逻辑来设置章节，一般多体现为传统的单体式章回体，如《将军吟》《芙蓉镇》《冬天里的春天》。而在《人啊，人！》中，作家没有沿用这种比较适合读者阅读习惯的方式来安排结构，而是将整个小说分成四部分，如第一章"每个人的头脑里都储藏着一部历史，以各自的方式活动着"就围绕每个自述人对历史的看法而展开，专章探究历史观；第二章"每颗心都为自己寻找归宿，各有各的条件"就围绕每个自述人对孙悦、何荆夫的爱情而展开叙述，在凌乱的意识流动中一点点还原历史；第三章"这样的事每天都发生：心与心互相撞击，或爆出火花，或只有响声"依然围绕孙悦与何荆夫、赵振环的情感纠葛而展开，在各种意象、片段化情节中展开对人性、人情的探讨；第四章"这样的天气应属正常：东边日出西边

---

① 戴厚英. 人啊，人！·后记 [M]. 广州：花城出版社，1980：356.
② 戴厚英. 人啊，人！·后记 [M]. 广州：花城出版社，1980：357.
③ 戴厚英. 人啊，人！·后记 [M]. 广州：花城出版社，1980：357.

雨，道是无晴却有晴"则围绕出版《马克思主义与人道主义》而展开，将作品的哲学反思推向高潮。这四章每章重点不一样，虽然小说的主线是孙悦与何荆夫、赵振环的情感纠葛，但这条主线在不断地被割裂，不断被插入其他细枝末节，使得一条本来也可以很流畅的线性结构隔空成四个既独立又互为逻辑的并置性结构。

叙述者是指"叙事文本中陈述行为的主体"[①]，是叙事学中最核心的概念之一。但叙述者不能简单地等同于作者或小说中的人物。关于叙述者的种类及功能，国内外学界研究颇深，如布斯将其分为参与情节叙事者和不参与情节叙事者、可靠叙述者和不可靠叙述者；托多洛夫根据叙述者和人物的关系将其分为大于、等于或小于人物的叙述者；热奈特将其分为文本叙述者和故事层面叙述者；普林斯将其分为干预型、自我意识型、可靠型、距离型叙述者；查特曼将其分为缺席叙述者、隐蔽叙述者、公开叙述者等。国内也有学者将其分为"不掩饰的叙事者、主要人物叙事者、次要人物叙事者、傀儡叙事者、隐身叙事者"[②]五种类型。而叙述者又涉及小说的叙事视角和人称安排问题。视角是作者或叙述者审视世界的眼光和角度，是"小说家为了展开叙述或为了读者更好地审视叙述的形象体系所选择的角度及由此形成的视域"[③]。在新时期初的长篇小说创作中，盛行的是第三人称视角，叙述者多大于人物，是全知全能的上帝之眼。在《人啊，人！》中，作家摒弃了传统的"上帝之眼"，别出心裁地采用了"福克纳"式叙述方法。作为并置叙述的经典之作，福克纳在《喧哗与骚动》中通篇采用第一人称的叙述方法，分别让傻子班吉、昆丁、杰生以及作家自己的视角对康普生家族的兴衰过程的具体历史和生活场景做不同视角的描述，完全打破了传统意义上线性结构叙事方式，形成了文学史上独树一帜的叙事范式。"从近世以来，中国小说借西方文化与文学之力得以派生出许多新的文体、新的方法并提升其地位，这是有目共睹的，几乎没有一个小说家不受西方文化与小说的熏陶。[④]"对于这么

①［法］托多洛夫. 文学作品分析［M］// 王泰来等编译. 叙事美学，重庆：重庆出版社，1987：14.

② 孟悦，季红真. 叙事方法——形式化了的小说审美特性［J］. 上海文学，1985（5）.

③ 李建军. 小说修辞学研究［M］. 北京：中国人民大学出版社，2003：105.

④ 丁帆，许志英. 中国新时期小说主潮［M］. 北京：人民文学出版社，2002：314.

一部文体革新的经典之作，主授外国文学的戴厚英一定不会感到陌生，且从《人啊，人！》的叙述者安排中也能看出作者对这种叙述方式的青睐。

　　一部作品出彩与否往往不在于讲述的故事本身，而在于讲述故事所采用的方法即叙事的艺术水准。其实，《人啊，人！》作为反思小说讲述的故事并不新颖，不外乎对十七年以及"文革"十年极"左"路线的控诉以及对特定历史语境下爱情纠葛的描绘。但戴厚英在作品中采用了叙述者并置的手法，让赵振环、孙悦、何荆夫、许恒忠、孙憾、奚流、李宜宁、陈玉立、小说家、游若水等人物轮番出场，以第一人称视角发自肺腑地畅谈自己对历史，对孙悦和何荆夫之间的情感以及对能否出版《马克思主义与人道主义》的看法和个体的心理情感。这些叙述者在文中都是视点人物，每个人都有叙述的权限。传统的长篇小说多采用典型法来塑造人物，《人啊，人！》则在叙述者并置中"让一个个人物自己站出来打开自己心灵的大门，暴露出小小方寸里所包含的无比复杂的世界"①，并且在这充分自主的视点叙述中，每个人物之间是平等的。若非得要分出个主次来，可根据人物出场的次数多少看出作者对人物用力的多寡，孙悦、何荆夫、赵振环可视为主要人物叙述者，而其他人物为次要人物叙述者，而对于那些在文中出现，但没有单独辟章出场的如奚望、兰香等可称之为隐身叙述者。如此安排，虽没有激烈的冲突，没有细腻的特写，但人物形象也很立体，在随意自如中完成人物的塑造和主旨的表达。作者选择这种福克纳式叙述方式，让每个人物的内心渴望与困惑都得以自然地喷涌和流淌，而这真诚的情感浸润着小说的语言，使小说在多声部的表述功能和混响美学效果上形成独特的文学叙事。同时，这种叙述方式让读者在新时期初政治文化语境下看见一个迥异于同时期声泪俱下、宣泄控诉的文学空间。在这个空间里，独立声音和主体生命共同表达着作者对人性、人情、人道主义以及对"文革"、对历史的理性反思。

　　故事是小说的基本层面，当故事走进小说时，它就变成了情节。福斯特曾举了一个精辟的例子来说明故事和情节的区别。他认为"'国王死了，后来王后也

---

① 戴厚英.人啊，人！·后记［M］.广州：花城出版社，1980：358.

死了'是故事,'国王死了,后来王后因悲伤也死了'是情节。故事是按时间安排的事情,但情节更重视事件之间的因果关系"①。故按照这种小说观,同一个故事可以分成若干情节,同一种类型的情节又可以出现在不同的故事中。情节并置手法是相对于传统意义上的情节设置而言。为了讲述一个完整的故事,传统手法采用环环相扣的单体式线性情节设置,而情节并置手法不再追求整体故事的连贯性,而是将环环相扣的情节链隔空为一个个小的空间单元,但从整体看,这些并置的情节单元又在辐射状的单元信息中暗合成一条清晰的叙事链,进而完整地讲述一个故事。在《人啊,人!》中,因为并置的篇章结构,整部小说被隔成四个部分,而在这四个不同的文学空间里,每个空间为读者呈现了不同的生活场景,而这场景极具随意性,互相之间并没有规定的生活逻辑性和先后主次性。通常一遍读下来,读者的脑海中只能留下一块块有点关联或毫无关联的情节碎片,再加上作者还通篇运用了意识流、象征、梦境、荒诞等现代主义手法,用作者的话来说,这些抽象的方法"可以更为准确和经济地表达某种思想和感情,否则,要把这些内容用另一种方法表达出来,却还是相当费力气而又费笔墨的"②。情节并置手法虽然最大限度地获取了叙述的自由,却很难为读者描述一个连贯性的故事,读者随着人物的意识流不断地穿越于历史和现实之间,情节碎片随着不断流动的意识更加碎片化,叙述的时间感消失,小说的空间并置效果得以凸显。正如弗兰克所言"就场景的持续来说,叙述的时间流至少被中止了,注意力在有限的时间范围内被固定在诸种联系的交互作用之中。意义单位如此之大,以至于这个场景可以凭借全部悟性的幻觉来阅读"③。也就是说,读者要想读懂《人啊,人!》整部作品的意义,必须一次次重温小说的情节片段,在各个人物所提供的点滴信息中一点点构建自己对历史、对特定历史时期的爱情、对人性与人道主义等的理解。

---

① [英]福斯特.小说面面观[M].苏炳文译,广州:花城出版社,1984:75.
② 戴厚英.人啊,人!·后记[M].广州:花城出版社,1980:355.
③ 周宪.现代小说中的空间形式·译序[M].约瑟夫·弗兰克等著,秦林芳编译,北京:北京大学出版社,1991:3.

三、遭受冷遇及文学反思

新时期初，大部分读者、作家以及文学批评者都习惯于接受现实主义创作手法，而现代主义作为一种思潮虽然早在"五四"时期传入中国，中间由于政治文化运动的开展而被迫搁浅，直到新时期的到来，现代主义思潮才开始在国内再次升温。但在新时期初的文坛上，很少有作家敢于在长篇小说中尝试运用现代主义，当时学界甚至还存有把现代主义手法当做资产阶级自由思想来看待的倾向。在这种语境下，戴厚英敢于将自己在日常教学中所学到的文艺理论知识化用到创作中来，显示了她敢于创新的勇气与决心，而她开历史先河地选择"并置"手法也让长篇小说获得了新的叙述自由，更显示了她敏感的文体意识。这从当下诸多作家大量使用"并置"手法并取得较好的艺术效果可窥一斑。莫言曾于1987年发表中篇《红高粱》，1990年他将这些系列中篇融合成长篇小说《红高粱家族》，不经意间实践了故事并置的小说形式。时至今日，当代文坛出现了一系列并置叙述作品如《务虚笔记》《无风之树》《病相报告》《无字》《李氏家族》《中国一九五七》《太平风物》《檀香刑》《暗示》《花腔》《暗算》《不必惊讶》《空山》《到黑夜想你没办法》《认罪书》等，从整体看呈现出90年代的寥落，新世纪蔚然成风，甚至有愈演愈烈之势。从新时期以来的并置叙述手法运用情况来看，戴厚英当年的并置叙述手法技巧运用虽然没有达到后来诸如《花腔》等作品那样具有炫技性质的高超复杂难度，但她的文体选择对中国当代长篇小说文体的革新起到了一定的引领作用。并且，这部作品所体现的文体意识，对于作家本人而言，也具有经典性的、不可复制、不可超越的丰碑意义。因为尽管她的第一部作品是《诗人之死》，但由于出版受阻，该作品还是在《人啊，人！》之后发表。从1981年至1996年，她发表长篇小说《诗人之死》《脑裂》《我的故事》《空中的足音》《往事难忘》，但这些作品不管从主题表达，还是文体探索，都无法超越《人啊，人！》。这点很让人费解，为什么同样的生命个体，同样的学识修养和审美倾向，更加开放自由的写作语境，戴厚英不但没有保持强劲的文体革新意识，

反而又走回了传统叙事的老路？个中原因不得而知，但有一点可以肯定，《人啊
人》作为一篇文体佳作，在戴厚英的个人创作生涯中将成为经典。

但吊诡的是，从作品发表至今，若以录入知网的研究文章为据，关于《人
啊，人！》的相关研究成果不多。而在这不多的研究中，研究时间集中在 20 世
纪 80 年代前中期和新世纪以来，20 世纪 90 年代几乎被人淡忘。在研究内容
上也呈现出不协调的"一边倒"倾向，即在新时期前中期的时评和后来的重评
中，大家皆把焦点集中在作品的"写什么"上，而鲜有论者提及"怎么写"的问
题。在关于"写什么"的批评中，大家的焦点多集中在作品的"思想政治倾向"
上，总体来讲，否定性意见大于肯定性评论。如 1984 年有人公然批评其"是一
部思想政治倾向不好的作品，它集中宣扬了作为世界观、历史观的资产阶级人
道主义"①。甚至到了当下，作品中一向被人认可的"人"的价值凸显和追问也遭
到了质疑，有人认为"《人啊，人！》中'人'是不追求个体的爱情的人，是样
板戏里共产党员样子的人，是幽灵化的人"②。相应的一些肯定性评论多集中在关
于作品中理性与诗意的"人"的追求、"人道主义"的呼唤、真实的情感与理性
反思、知识分子的矛盾与困境等方面，也有人认为《人啊，人！》是"乍暖还
寒、乍晴还雨年代的晴雨表，一种政治文化症候，一种有力的社会象征行为"③。
两种态度天壤之别，作者自己也感慨"多少年来我一直像一团迷雾中的鬼魂，让
人抓不住、看不清。有人把我想象成天使，封我为伟大，许我以不朽，又有人把
我描绘成魔鬼，指我为孽种，判我下地狱"④。而在单薄的关于"怎么写"的研究
中，新时期初的时评中有人浮光掠影地提及作品的"多元第一人称手法"⑤"自我
表现"⑥"注重主观的艺术创新"⑦等艺术表现手法。新世纪后的几篇论文如《新时
期小说的叙述方式及其美学特征》《论戴厚英小说的叙事视角》《自传式思维的文

① 韩绍泉.试评小说《人啊，人！》的思想政治倾向 [J].江汉大学学报，1984（1）.

② 翟业军.从戴厚英看新时期初期文学中的人 [J].汕头大学学报（人文社会科学版），2013（4）.

③ 戴锦华.涉渡之舟——新时期中国女性写作与女性文化 [M].北京：北京大学出版社，2007：77.

④ 戴厚英.自传·书信 [M].合肥：安徽文艺出版社，1999：2.

⑤ 王行之.我读《人啊，人》[J].读书，1981（11）.

⑥ 张炯.评《人啊，人！》的思想和艺术倾向——兼论"自我表现"与反映时代 [J].时代与探索，1983（4）.

⑦ 吴中杰.重评《人，啊人！》[J].上海大学学报，1986（4）.

学表现——论 20 世纪安徽女作家的创作》等再次谈及《人啊，人！》的"自述"和"第一人称视角"文体特点。通过梳理前人研究成果，学界的热议焦点主要集中在作家其人其事以及人道主义的思潮价值上，少有人关注作品的文体革新及价值，即使有也只停留在感性的、不全面的文体现象罗列上。

除却学界对作品关注不多的现象，翻开中国当代文学史，发现随着时间的推移，越接近新时期，越难见《人啊，人！》的身影。从发表时间、表达内容以及主题揭示、写作思路来看，《人啊，人！》都符合反思小说特征。在这拨带有政治文化主流意识的集体式写作中，无论从主题揭示的力度与情感倾向、作品的叙事模式与表达方式等方面来看，反思小说潮中应该有它的位置。但翻看文学史，事实不是这样。在这里，按时间顺序，抽样了一些当代文学史，如 1988 年李达三的《中国当代文学史略》、1992 年陈其光的《中国当代文学史》、1992 年李旦初的《中国当代文学史》、1995 年刘景荣的《中国当代文学》、1998 年张钟的《中国当代文学》、1999 年洪子诚的《中国当代文学史》、2001 年吴义勤的《中国当代文学 50 年》在谈及反思小说代表作时，都一致认为长篇反思小说代表作是《芙蓉镇》《冬天里的春天》，都没提及《人啊，人！》。当然也有少数几部文学史肯定了《人啊人！》的思潮价值和文体倾向，但都一笔带过，语焉不详。1999 年陈思和的《中国当代文学史教程》在谈及人道主义思潮时，用了大段文字指出其"借助人物之口，甚至于通过作者的议论直接提出人性与人道主义概念的，是戴厚英的长篇小说《人啊，人！》。虽然作品构思还留有正反两军对垒的概念化影子，还有着理念大于形象的倾向，但作者毕竟是'文革'后第一个在文学创作中大胆提出了人性、人道主义的命题"[1]，该文学史还肯定了作品的文体意识，指出"小说在形式上尝试的心理意识结构和第一人称叙事的转换方式，在一定程度上弥补了过于理念化带来的欠缺"[2]。1999 年朱栋霖等的《中国现代文学史》认为"对文学中人性、人情、人道主义问题的讨论是 20 世纪 80 年代前期规模最大、对文学产生广远影响的、最深刻的文艺思潮激荡，最直接的是启发文学从人

---

① 陈思和.中国当代文学史教程［M］.上海：复旦大学出版社，1999：218.
② 陈思和.中国当代文学史教程［M］.上海：复旦大学出版社，1999：218.

的角度来反思历史，以异化来对人的悲剧进行形象的解释，《人啊，人！》是这方面的代表作"①。2003 年王庆生的《中国当代文学史》在提及新时期的反思小说代表作时，肯定了《人啊，人！》"虽然曾因对人性、人道主义的思考过于理想化、抽象化而引起争议，但它对人性的探索无疑是有意义的。新时期滥觞于'伤痕文学'中的人道主义精神，在反思小说这里汇成了一股奔腾激越的人道主义潮流"②。但该文学史在肯定反思小说的文体革新时，注意到了《剪辑错了的故事》《春之声》两篇短篇小说对西方现代派的意识流、象征、蒙太奇等手法的吸收和借鉴，并指出"反思小说在回归现实主义传统的同时，又使现实主义的小说艺术得到发展，这对于稍后的小说艺术革新和现代派小说在中国的出现，有着重要的意义"③，依然没有提及于同时期发表的长篇小说《人啊，人！》在文体革新上所取得的突破。

若说新时期初具有轰动效应的中短篇小说夺去了伤痕、反思小说的锋芒而使当代文学史编写忽视了《人啊，人！》的价值存在，但在当时专为长篇小说设置的文学奖评比中，也体现出这种漠视倾向。德国著名文学社会学家菲舍尔·科勒克曾说过："无一社会制度允许充分的艺术自由。社会制度限制自由更主要的是通过以下途径：期待、希望和欢迎某一类创作，排斥、鄙视另一类创作，甚至文学奖也能起到类似的作用。④"在这里且看首届茅盾文学奖获奖情况。第一届参评茅奖的作品时间范围为 1977 至 1981 年，而这时段正好是新时期伤痕、反思小说集中发表期，最终有六部作品获奖即《许茂和他的女儿们》《东方》《李自成》《将军吟》《冬天里的春天》《芙蓉镇》。这六部作品中，《冬天里的春天》《芙蓉镇》是反思小说，但客观地从文学视角来评价新时期初的反思长篇，他们在题材选择、历史叙述、价值评判上都基本符合国家主流话语规定的文学基调，尤其是《人啊，人！》首次直接以宣言的方式呼唤人道主义的回归，具有振聋发聩的意义。但在具体的"怎样写"的格局上，三部作品气象不一。《芙蓉镇》采用全知

① 朱栋霖，丁帆，朱晓进.中国现代文学史［M］.北京：高等教育出版社，1999：76.

② 王庆生.中国当代文学史，北京：高等教育出版社，2003：291.

③ 王庆生.中国当代文学史，北京：高等教育出版社，2003：293.

④ 张英进，于沛编.现代当代西方文艺社会学探索，张英进译，福州：海峡文艺出版社，1987：38.

全能的第三人称叙述视角、讲究因果逻辑关系的线性封闭式情节结构、讲述式客观呈现方式，有传统特色但少文体意识。《冬天里的春天》在四平八稳的传统叙述中揉进了意识流等现代主义技巧，在结构设置上体现出一定的文体意识。很显然，比及前两部作品，在"怎样写"的问题上《人啊，人！》显然走在时代的前列。茅盾文学奖是代表国家主流意识的奖项，在评选规则上明确要求"坚持思想性与艺术性的完美统一"，同时兼顾"题材、主题、风格的多样化"。依据评选规则，无论从哪个角度来看，首届茅奖中《人啊，人！》似乎都不应该缺席。

当然，能否得到研究者的关注、能否进入文学史、能否获奖，并不是评价一部作品艺术价值的唯一标准，但不可否认的事实是：《人啊，人！》的思潮价值在渐渐得到学界的认可，但其具有史学意义的文体探索价值被遮蔽。这不禁令人深思：在一个文学容易产生轰动效应的年代，《人啊，人！》以"人道主义"先锋的身份出现在文坛，作品一发表就引起学界热议，按正常逻辑，作品想不引人关注都不行，但为何却落得如此下场？要想寻出原因，还得从激烈的争议声中寻找答案，不难发现，关乎作家其人其事的指涉成了争议的主要内容，作家的身份成了影响作品评价的主要因素。

谈及戴厚英的身份，首先是"文革"期间"左"倾革命积极分子的身份。她和同时代人一样，历经了十七年以及"文革"十年的斗争，而在近三十年的斗争中，她始终站在极"左"的立场上"虔诚地相信人世间的一切都是阶级斗争"，她曾"站在讲台上，大声地宣读根据领导意图写成的讲稿，批判我的老师所宣传的人道主义"。她还"做过'大批判'的'小钢炮'，当过'红司令'的'造反兵'"①。历史错误已经犯下，当年遭受戴厚英伤害的人中还有几人能原谅并接受她的反思与批判？当年因主张人道主义而遭受戴厚英批判的钱谷融先生在回忆录中说"我不很清楚她在'文革'中究竟做了些什么，我所熟悉的许多文艺界的朋友，对厚英几乎很少好评。我的这些朋友，我觉得并不是特别偏狭而不知宽容的人，我想厚英在'文革'中的一些言行一定确有令人难以谅解的地方"②。而他自

---

① 戴厚英.人啊，人！·后记［M］.广州：花城出版社，1980：356.
② 钱谷融.关于戴厚英［J］.当代作家评论，1997（1）.

己对戴厚英的某些行为也表示不可谅解，"当时发言批判我的当然不只她一个，她表现得比较突出的一点是，其他人在发言中对我总还是以先生或同志相称。唯有她，却是直呼其名。对她的声色俱厉地直呼我的名字不免很不习惯，我觉得她大可不必如此的"①。各种回忆录中诸如此类对戴厚英表示反感的内容很多，这里只是略具一例。文学即人学，可以想象，当"文革"结束后，那些在运动中遭受伤害的人，还有几人能以公心对待曾经施害过他的人，尽管这些账都可以算在历史头上。

其次是她的"业余作家"身份。她在极"左"运动中伤害过别人，也伤害着自己。正是因为之前的盲从、蒙昧与迷茫，"文革"结束后，戴厚英立即进入怀疑、反思与批判的心理状态。她"一面包扎身上滴血的伤口，一面剖析自己的灵魂"，终于认识到自己"一直在以喜剧的形式扮演一个悲剧的角色：一个已经被剥夺了思想自由却又自以为是最自由的人；一个把精神的枷锁当作美丽的项圈去炫耀的人；一个活了大半辈子还没有认识自己、找到自己的人"②。在这种认知驱动下，步入不惑之年的她开始发表作品。问题的关键是，在这之前，她是一名"运动健将"，根本就不是作家，在文学政治一体化的新时期之初，当年的政治运动重镇上海文坛能接纳她吗？当然，若换在当下，能不能进入作协，能不能获得主流文坛的认可都不重要，只要作品发表，得到读者的认可照样可以成为作家。但在新时期初，作品出版在一定程度上要受到主流意识的严格审核。所以，《人啊，人！》尽管费尽周折地在当年远离政治运动中心的广东出版，但业余作家的身份和后期的舆论导向还是让作品在沸沸扬扬的争议声中成为"是非"作品。如果学界"因人论文"抗拒着戴厚英加入主流文学圈，那么种种对其作品艺术价值的漠视与排斥行为也就不再令人感到费解了。

再次是她的"人道主义宣讲者"身份。当戴厚英以"人道主义宣讲者"的身份出现在文坛时，立即一石激起千层浪，有人认为一个在十七年、"文革"时期热衷于造反，公然批判人道主义的"小钢炮"在"文革"结束后第一个站出来呼

① 钱谷融.关于戴厚英［J］.当代作家评论，1997（1）.

② 戴厚英.人啊，人！·后记［M］.广州：花城出版社，1980：356.

唤"人道主义",这行为本身背后有多少真诚度可言?甚至有人担心作者身上是不是又有了"文革"时期惯见的政治投机倒把心理。很显然,这些评价本身就有了不关乎人道主义哲学思潮本身的评价,而是对戴厚英道德伦理的一种怀疑与抗拒。

到此为止,笔者已无意再去搜集更多与文学无关的因素来解释《人啊,人!》的文体探索价值不能得到当年学界认可的原因,也无意于像当下一些学者那样以精英意识去解构戴厚英所主张的人道主义的合理性与"人"的价值的狭隘性。笔者认为,我们应远离历史的喧嚣,避开写作主体与当事人之间的历史人事纠葛,将文学还给文学。我们应客观地看到,对应于同时代的传统书写,戴厚英用自己的生命体验迈出了超出寻常的一步,在一定程度上引领了长篇小说创作对文体的关注与探索。鉴此,希望文学史编写者们思考并重估《人啊,人!》的文体探索价值,让中国当代文学史为其留下应有的空间和位置。

作者简介

戴厚英(1938—1996),出生于安徽省阜阳市颍上县。历任上海作家协会文学研究所文艺理论组助理研究员、复旦大学中文系和上海大学文学院副教授。主要作品有《人啊,人!》《诗人之死》《脑裂》《我的故事》《空中的足音》《往事难忘》《锁链,是柔软的》等。

《人啊,人!》内容简介

小说以C城大学为背景,描写了一群知识分子的坎坷人生和彼此的复杂关系,反映了从"反右"到"文革"再到思想解放运动这段历史生活,控诉了"左"倾路线给人们带来的深重灾难,揭示了人为的"阶级斗争"对人情、人性的扼杀和扭曲，表现了"文革"刚刚结束之时中国社会存在的复杂矛盾和斗争，对人情、人性和人道主义发出了热切的呼唤。

阅读指导与思考

1. 新时期初政治文化规约下中国作家在"怎么写"上的特点是什么？
2.《人啊，人！》的主题是什么？
3.《人啊，人！》在文体表达上的创新点是什么？
4.《人啊，人！》为何在文坛遭受冷遇？

推荐课外阅读

1. 王辉. 戴厚英小说人性主题研究［M］. 中国矿业大学出版社，2010.
2. 叶永烈. 非命：女作家戴厚英之死［M］. 国际文化出版公司，1996.
3. 戴厚英. 性格 命运 我的故事［M］. 太白文艺出版社，1994.

中国大学 MOOC 链接：

中国当代文学 _ 北京大学 _ 中国大学 MOOC（慕课）https：//www.icourse163.org/course/PKU-1205722813.

第十四讲

:

始于憧憬　执于反思
——张弦《被爱情遗忘的角落》等导读

　　张弦是中国当代新时期文坛上具有一定影响力的小说家，同时也是中国当代影视坛上占有一席之地的编剧与导演。这位双栖于小说与影视创作的作家，在八十年代深受读者和评论者的关注。有人说他是女性写作高手，因为他为读者塑造了众多善良女性形象；有人说他是爱情小说家，因为他的成名代表作如《被爱情遗忘的角落》《银杏树》《挣不断的红丝线》《未亡人》等均以关注男女情感、描绘婚姻家庭而吸人眼球；还有人说他是反思小说家，因为他在继承鲁迅传统的基础上高举批判民族传统旗帜，毫不留情地揭露旧社会丑恶的一切。上述这些评论似乎都有道理，但独立来看似乎又不能全部概括张弦的成就。张弦自1997年离世后，为读者留下了几十篇小说。仔细阅读这些小说，发现其作品涉笔较多的总是爱情、婚姻和家庭等题材，关注最多的也是不同命运和性格的女性。他写作总是以其个人真切的感受为出发点，反思社会和时代，反思造成一切个人不幸的根源。但除了关注女性与爱情、反思民族传统之外，他还把目光投向更广阔的社会视野，以自己一颗温和、善良的敏感之心去感悟社会生活的方方面面，从而为读者真诚展现出社会历史和人性中最微妙的纠葛，在真我心境中自然流淌出一个有着高度社会责任感的作家对生活的感悟与期待。

从1956年的《甲方代表》(又名《上海姑娘》)开始，到1987年的《情网》为止，张弦一共创作了二十几篇小说。在这二十几篇小说中，除却《苦恼的青春》和《情网》为中篇小说外，其余皆是短篇小说。从时间上来看，1956年到1987年有31年时间，其中还包括从1957年至1978年被下放的21年时间，真正算来，张弦的小说创作时间只有十年。在这十年内，张弦涉笔的题材和反映的主旨是多方面的。为全面了解张弦小说创作的主旨意蕴，下面笔者将以张弦这十年的创作之旅为主线，条分缕析出张弦小说创作主题的演进与流变，从而深入了解张弦的小说世界。

一、对新生活的热情歌唱与美好憧憬

1953年，学工科的张弦从清华大学钢铁机械专科毕业，分配到鞍山钢铁设计公司当了一名设计技术员。作为一名刚刚走上工作岗位的大学生，在国家实行第一个五年计划的年代里，张弦同所有参加建设的年轻人一样，无比兴奋、骄傲与激动不安。他坚信："所有属于个人的东西，包括暗暗期待着的爱情，都只需要奋不顾身地工作，便会自然而然地来临。"[1] 作为一名热爱文学的青年技术员，张弦还可用自己的方式来表达自己的感受，他说："沸腾的生活不断地冲击着我，使我激动不已，无法安宁。我觉得如果不把自己的感受写出来，简直就是一种失责，一种对新生活的建设者的负债。"[2] 于是，他构思了第一个短篇小说《上海姑娘》，以"我"即技术员黄野的眼睛去观察了一位娇弱却又热忱、执着、忘我地工作着的上海姑娘形象。可以说，从技巧层面来看，作品稍显稚嫩，但作者在文中怀着一颗真诚的心，生动展现了作者所熟悉的热火朝天的工业建设场景，表达了对积极投身于社会主义建设者的礼赞，寄托了作者对美好爱情的向往。文中"我"与白玫之间建立在工作基础上的微妙的情愫彰显了作者崇尚劳动、讲求志同道合的恋爱观和择偶观。

---

[1] 张弦.谈我的第一篇小说［M］//张弦文集，北京：解放军出版社，1999：357.
[2] 张弦.张弦自传［M］//张弦文集，北京：解放军出版社，1999：420.

怀着这份冲动与情愫，张弦接着又发表了《最后的杂志》和《羞怯的徒弟》。在《最后的杂志》中，没有扣人心弦的故事情节和引人眼球的人物塑造，男主人连个姓名都没有，直接以"他"来代替，女主人公红芬在文中也没有正面的形象描写。男女主人公之间也没有直接的交流，但就在女主人公朦胧、含蓄、害羞的猜测、期待中刻画出一位热爱劳动、忘我工作、渴望知识的向上男青年形象。文中结尾以"最后一本杂志"为纽带含蓄地描绘出两个年轻人之间朦胧、美好的爱恋之情，再一次彰显出张弦的柔情与对美好爱情的憧憬。而在《羞怯的徒弟》中，作者这种情绪更浓。作品中那个胆小、羞涩甚至有些笨拙的女徒弟，在文中一开始为师傅所诟病。在师傅眼中，这个女徒弟不灵巧、不干脆、不大胆，甚至对师傅的建议有点软软的顽强反抗。后来，因为在工作过程中，羞怯的徒弟凭借自己的悟性，在不显山不露水中竟然帮助师傅攻破了技术难关，这使师傅一下就喜欢上这个女徒弟。在这两个年轻人之间，劳动成了联结两个人心房的纽带，再一次彰显了张弦的浪漫主义情怀。

二、"李兰"形象及其在文学史上的意义

张弦生活在新中国成立初期那欣欣向荣、万物更新的社会环境中，人与人之间也逐步形成了一种新型的、纯洁的同志式关系。在他眼中，个人的幸福、前途与国家利益都将和谐地融为一体。尽管此时的张弦在认识生活与表现生活时不可避免地流露出技术上的幼稚与思考上的肤浅等不足，但张弦还是真诚地唱出了心中的赞歌，初步树立起自己的艺术观，并凭借这些思想清新、情思烂漫和人物纯洁的作品跻身于人才济济的文坛。这对于并不准备专门从事于小说创作的张弦来说是个不错的开局。

1956年下半年至1957年上半年，当时的中国文坛正在党的"双百"的方针指引下呈现出极其活跃的创作局面。在"双百"方针的感召下，一批作家如王蒙、刘绍棠、李国文、李准等"敢于正视现实矛盾，揭露生活的阴暗面，大胆干预生活，触及人的灵魂，表现了强烈的探索精神和批判意识"[1]。而一直凭着热情

---

① 朱栋霖，丁帆，朱晓进.中国现代文学史［M］.北京：高等教育出版社，1999：19.

在写作的张弦在热火朝天的工业建设中也敏感地发现了现实生活中存在的不和谐音符。于是，他与当时"干预生活"的文艺思潮不谋而合，开始了对社会的思考。正如他自己所说："我渐渐感到自己作品肤浅、单薄，很不满足，很想写出触及社会生活较深的东西。"[1] 在这种情况下，便构思出后来给他带来深重灾难的第一部中篇小说《苦恼的青春》（原题为《青春锈》，写于 1957 年，发表于 1980 年初）。这部小说是张弦小说创作艺术思想上的转折与飞跃，是他对现实生活的研究与深化，也是他在文学道路上真正有意义的第一部作品。虽然作品切入的角度和前几篇作品相似，但表现生活的深度明显加强。他透过热火朝天的生活表象发现了别人没有发现的东西，塑造出一个在当时文学史上还没有出现过的典型人物形象即李兰，李兰是"新中国建国初期精神面貌积极向上、富有自我牺牲精神，而又在每根毛孔里都渗透着'左'的教条主义毒素的典型，是当时新文学中出现的为数众多的青年群像中有独创意义的一个"[2]。其实，李兰的意义并不仅仅在此。1977 年底，刘心武在《人民文学》上发表短篇小说的《班主任》，作品因塑造了谢慧敏这个心灵被严重戕害与扭曲的中学生形象而引起社会的广泛关注。当时在文学史上被誉为新时期"伤痕文学"的滥觞。遗憾的是，张弦没有刘心武幸运，当《苦恼的青春》这篇具有振聋发聩意义的作品创作出来后，还没来得及公开发表，就在 1957 年下半年全党开展整风运动与反右斗争中成了被批判的对象。后来张弦忆及此事时痛心不已，他说："尤其表现了我的单纯、幼稚和不设防的，是在反右高潮过去之后的'向党交心'运动中，我向组织交出了《青春锈》的手稿，真诚地请求组织上帮助我提高认识。所换来的结果是，以写'反党小说'的罪名被定为右派分子。"[3] 事实上，李兰身上典型的"'左倾'幼稚病"和李慧敏是一脉相承的，中国当代文坛上"伤痕文学"的真正滥觞应该追溯到张弦的《苦恼的青春》。因为党的错误政策导致"伤痕文学"这个名词整整迟来二十年；也因为党的错误政策，导致张弦刚刚起航的文学之旅莫名搁浅。

---

① 张弦.张弦自传［M］//张弦文集，北京：解放军出版社，1983：421.
② 刘锡诚.独创的艺术——评张弦的小说［M］//张弦文集，北京：解放军出版社，1999：400.
③ 张弦.张弦自传［M］//张弦文集，北京：解放军出版社，1983：422.

但庆幸的是，在短暂的创作过程中，张弦已找到自己创作的方向。他将凭着自己对生活的理解和感悟，在深入了解生活的基础上，采用现实主义手法，深层采掘与研究生活。

三、伤痕记忆与释然面对

因《苦恼的青春》被下放到农村的张弦万没有想到这一去就是二十二年。这二十二年间，张弦以"罪人"的身份接受劳动改造，足迹遍及湖南岳阳、安徽马鞍山，尝尽了下层百姓的万般苦累。这二十二年对于热爱文学的张弦来说，损失是巨大的，但二十二年眼所及、身所受的磨难恰恰成为张弦宝贵的精神汲养。

1976 年 10 月"文革"结束以后，中国当代文坛迎来了新时期文学。而"此时期的文学奠基是从对过去，尤其是十年'文革'中所推行的极'左'文艺政策、文艺观念的凌厉批判起步的"①。深受"文革"之害的张弦返回文坛后，以"文革"为写作对象发表了题为《记忆》的短篇小说，开始了新一段创作生涯。《记忆》发表时正是文坛上"伤痕文学"风起云涌之时，一批如《班主任》《剪辑错了的故事》《伤痕》《我该怎么办》等优秀小说尖锐控诉了"文革"给无数普通中国人的生活和心灵所带来的无法弥合的创伤。但这些作品由于只顾及恣肆的情绪发泄，把作品的重心停留在对社会与人生伤痕的表层描写上，所以在产生巨大反响的同时，其生命力也是有限的。而此刻的张弦反倒显得更加理性与冷静。他的《记忆》在众多"伤痕小说"中显得新颖、深刻，在获得全国优秀短篇小说奖之后，张弦在文坛上立即声名蜚起。也许是受《苦恼的青春》创作倾向影响，张弦在《记忆》中塑造的秦慕平形象与李兰有相通之处。李兰身上的"左倾幼稚病"因那次团支部改选而有所觉醒，所以《记忆》中的秦慕平不再是"极左"的执行者，特别在他本人也深受"文革"极"左"路线的伤害时，也意识到自己亲

---

① 朱栋霖，丁帆，朱晓进.中国现代文学史［M］.北京：高等教育出版社，1999：71.

手制造方丽茹冤案而产生愧疚。因为有愧疚，才能有觉醒；因为有觉醒，才有人性的复苏。这是善良的张弦所企盼的。同样是揭露"文革"的作品，张弦没有从正面描写那公式化、概念化的千篇一律的政治斗争场面，而是以方丽茹对秦慕平的理解来表达自己对"文革"运动的理解。小说中没有激昂的控诉与痛苦的宣泄，更多的是深沉、严肃和反思。尤其在小说结尾处，张弦写道："是的，记忆是一样好东西，它能使人们变得聪明起来。在我们共产党人的记忆中，不应保存自己的功劳业绩，也不应留下个人的得失、恩怨。应该永远把自己对人民犯下的过错，造成的损失，牢牢铭刻在记忆里。"①

张弦在构思《记忆》的同时，还在构思另一个短篇小说《舞台》。发表于1979 年 9 月的《舞台》是张弦的另一篇返回文坛的试笔之作。同样为试笔之作，相对于《记忆》在当时所产生的影响小得多。《舞台》中三个年事已高、即将离休的主人公都是历经十年浩劫的受害者。他们曾经有着满腹的抱负与理想，但错误的政治运动中断了他们曾经的梦。现在，云破天开，阴霾散去，但青春已逝，面对自己心爱的"舞台"，该何去何从？张弦此时的立场依然是正面向上的，他对曾经给自己带来莫大伤害的"文革"运动一如放映员方丽茹的理解和宽容，并通过作品中的人物行动诠释了自己的观点。那个不忍心告别舞台的著名演员薛兰菲何尝不是作者痛苦心灵的折射？那个应当离休却死皮赖脸地占着职位的部长徐寿康何尝不是作者所鄙夷的。毕竟历史的过错已成历史，纵然违背新旧更替的法则来维持已逝的宝贵理想，岂不又是错上加错？唯独那个坦然离休并一直为青年人的事业而忙碌着的医生刘德煌才是作者想要树立的理想形象。在小说的结尾，薛兰菲豁然开朗，决意要加入刘德煌的行列，为培养年轻人作出自己的贡献。文章立意清晰，思想明确，可惜由于没有一个核心人物，只依靠对比的手法来塑造三个人物的形象，难免会因缺乏独特意义和感人之处而使形象单薄平面化。虽然《舞台》的影响不大，但在张弦的小说创作之旅上，《舞台》的选题、构思在一定程度上体现出张弦后期创作的艺术倾向。

---

① 张弦 . 记忆 [M] // 挣不断的红丝线，北京：人民文学出版社，1983：14.

四、女性命运的探究

通过前期的创作，张弦已经寻求到一条比较适合其气质与造诣的艺术之路。敏感的张弦一直在思考，这点在《苦恼的青春》中能窥见一斑。接下来，在 1979 年至 1982 年这段时间，张弦文思泉涌，佳作迭出，其中《被爱情遗忘的角落》获全国优秀短篇小说奖。与此同时，还创作出一组以探究女性命运为题材、深受文坛关注的爱情小说如《未亡人》《银杏树》《挣不断的红丝线》《回黄转绿》等。这些小说视角恒定，立意相似，对于中国几千年来的封建余毒在新社会里所产生的毒害予以无情地揭露。因为他的善良与温和，他的揭露方式依然保持惯有的温和与冷静，但在这理性背后，则是一颗颗饱受痛苦与折磨的赤诚之心，所产生的批判效果依然振聋发聩。

在《被爱情遗忘的角落》里，作者一开始准备抱着真诚的态度"去尽情倾诉乡亲的困苦、哀愁和希望，尽情地讴歌这来得多么好，又多么不易的温馨的十一届三中全会的春风。"① 但是，现实生活中存在的诸如公开买卖婚姻、扼制男女恋爱自由等封建余毒令作者坐立不安，再加上作者在十年动乱的大部分时间在农村度过，亲眼见农民终年辛苦劳作，却长年挣扎在贫困的生活当中。而长期贫困的物质生活必然带来精神、文化生活的贫乏。于是，作者主张大胆干预生活，主张"真实地反映生活，努力探索和追求比生活本身更真实的真实"②。在如此创作动机的刺激下，张弦构思了一个角落，一个同当时社会在政治、经济、道德、民情、风俗等均有着千丝万缕内在联系的角落。作品中菱花、存妮、荒妹母女三人所处的不同历史时期而遭受不同的婚姻，从"一个侧面展现了我国社会主义革命和建设所走过的一段曲折的路。"③ 表现了作者"悲天悯人、忧国忧民"④ 的沉思和

---

① 张弦.感受和探索——《被爱情遗忘的角落》创作回顾［J］.电影艺术，1982（5）.
② 张弦.感受和探索——《被爱情遗忘的角落》创作回顾［J］.电影艺术，1982（5）.
③ 李钧.沉思与憧憬——读张弦的《被爱情遗忘的角落》［J］.中国文学研究，1987（3）.
④ 王蒙.善良者的命运——读张弦的小说创作［J］.文学评论，1982（5）.

对农村经济改革的"光明憧憬"①。作品一经发表,便被文坛视为当时反思文学的
典型代表作。众读者皆认为这是一篇反对买办婚姻、追求婚姻自主的小说,但向
来追求艺术创新的张弦的立意并非仅在此,他在文中通过菱花喊出了"这日子怎
么过回去了"的迷惘,向读者抛出了"为什么到了二十世纪七十年代末,全国解
放已经二十年的当时还会出现这样的悲剧"这么一个令人深思的课题,从而使得
作品包容深广的社会历史内容,具有相当的思想深度和社会容量。

　　张弦因《角落》而蜚声文坛,这使他更加坚信自己已找到适合自己的创作
观。接下来,张弦一口气发表《未亡人》《挣不断的红丝线》《银杏树》《回黄转
绿》等作品,这些作品一经发表均引起很大反响,有评者索性将张弦定为爱情小
说家,有人这样评道:"在张弦的爱情小说中,爱情不是增加刺激的调味品和趋
附时髦的化妆品,而是作家用以观察和干预社会人生这个沸腾的化铁炉的一个洞
眼。"②的确,张弦谈婚姻与爱情,不是琼瑶式的浪漫情爱,而是依托在既定的社
会历史背景与制度下,通过弱势女性在不堪环境中的困苦挣扎,进而挖掘出导致
一切不幸的思想根源来。如《未亡人》中的周良惠,她的年长其十五岁的市委副
书记丈夫,当年亡妻后就可以光明正大地"钦点"她为娇妻,众人皆呼适宜,甚
至投来羡慕的目光。可见权力世界中"夫贵妻荣"的封建思想根深蒂固。但当寡
居了十几年的周良惠鼓足勇气欲同比她小几岁的邮递员结婚时,换来的却是众人
包括她的亲人的鄙夷与威胁,再一次体现了权力世界中"夫贵妻荣"的封建思想
的根深蒂固。

　　依然是抨击"夫贵妻荣"的封建残余思想,在《挣不断的红丝线》中却少了
周良惠式的抗争与控诉,多了份傅玉洁式的失望与屈服。傅玉洁在年轻时傲岸地
放弃了"夫贵妻荣"的世俗生活,义无反顾地追求自己的理想爱情。但是,当理
想在现实生活中遭受打击时,她在动摇、退缩、后悔,最后,还是回到了当年那
个她曾经鄙夷的避风港湾。作者在此借傅玉洁灵魂深处的变化批判了封建残余思
想卷土重来的现象,还借其女儿之口喊出了"我要走自己的路"的决心,表达了

---

① 张弦.惨淡经营［J］.上海文学,1981（1）.
② 胡永年.卓荦不群　别具一格——评张弦的爱情小说［J］.清明,1982（1）.

作者反叛封建余毒思想的信心与希望。

面对封建余毒，周良惠在控诉，傅玉洁在屈服，而在《银杏树》中的孟莲莲深受其害却浑然不觉。孟莲莲身上具有旧社会贤良妇女的优良品质，她善良、贤淑、勤劳、痴情、善解人意，但她身上也存有让现代女性无法接受的性格即无原则地妥协与忍让。《银杏树》依然在讲一个老掉牙的故事，即陈世美式农村青年姚敏生借助孟莲莲的力量进了城，很快就抛弃了孟莲莲，最后在记者的干预以及县委书记的威吓下，他选择了无爱的婚姻，乖乖回到孟莲莲身边。姚敏生固然可恨，但孟莲莲的表现何尝不让人痛心。张弦在小说结尾处别出心裁地以孟莲莲的知足与嬉笑来结束这场现代版陈世美闹剧。在孟莲莲的嬉笑知足中有力揭示出中国女性身上所存的封建思想之深。

循着这条路，张弦对爱情、婚姻的思考更为深入。为追求幸福的婚姻，周良惠、傅玉洁、孟莲莲都在以自己的方式努力争取着，至于追求到手的幸福是否就是自己想要的，只有她们自己心中清楚。在此基础上，张弦再次把目光锁定在新时代女性身上，细腻挖掘她们对于爱情、婚姻、家庭以及生活的独特理解。

在《回黄转绿》中，尹影作为现代社会追求美好生活的女性代表，在家庭中有着绝对的权威地位，对生活也有足够的支配权。但她渴望那种远离油盐酱醋的高雅生活。因为讨厌一成不变的日常生活，讨厌一向踏实过日子的丈夫，她把人生的希望寄托在高雅的文学爱好上。这种生活观直接影响着她的小说创作观，所以她的创作也因少了生活"干扰"的痕迹而显得毫无生机。尽管她曾有处女作《梦》，因自身对生活的真切感受曾获得过大家的好评。但接下来的创作就一直停留在飘浮、浅薄的状态中。很显然，尹影的生活观、文学观都是有问题的。为了能让她有所觉醒，作者特意安排了务实、稳重的诗人南宇为她敲醒警钟。当尹影一厢情愿地向南宇表达自己的爱慕之心时，南宇冷静地拒绝了尹影的求爱，同时，还不留情面地指出其在小说创作上存在的不足。这使得一直生活在幻想之中的尹影顷刻间从云端跌落地面。最后，尹影举手投降，又回到了那个曾让她瞧不上眼的家庭，实现了小说的"回黄转绿"的主题。相对于前几篇女性题材小说，《回黄转绿》的影响小得多，在一定程度上与作者"对生活的剪裁有较多的以竟为之乃至强使生活就范的痕迹有关。"① 总之，张弦以批判封建残余思想为主题，以妇女命运为题材所写的这些小说，在全国产生了极大的影响。有评者曾说："在当代作家中，如此执着地探讨妇女命运、妇女地位，而且取得如此成就的，还很难找到第二个人。"②

五、人生的反思与人性的参悟

20 世纪 80 年代是中国小说家热情最为高涨、探索最为积极、所取得的成绩极为可观的十年。在这十年里，从伤痕小说，到反思小说，再到改革小说与寻根小说、先锋小说等流派的演变，整个小说创作局面相当活跃。当众作家追逐小说流派进行创作时，张弦则淡定地听从自己的心境去抒发自我感受。其前期作品与伤痕小说、反思小说等流派相契合，在一定程度上也缘于张弦个人情感与社会情感的相契合。渐渐地，张弦淡出了 20 世纪 80 年代小说流派的演变，继续在真我心境下关注社会与人生，只不过关注的范围较之前期则显得更加宽广，关注的题材更加多样，人物类型也丰富多彩。在 1982 年至 1985 年间，张弦发表了一系列关注人生百态、探幽微妙人性的作品如《春天的雾》《遗愿》《绿原》《请原谅我》《临街的窗》《热雨》《八庙山上的女人》《焐雪天》《浅浅的游泳池》《伏尔加轿车停在县委大院里》等。这些作品根据作者表达主题的不同，又可分为以下几种类型：

一是悖逆世俗常规，反思百态社会。面对死亡，谁也无法回避。死后的告别仪式自然也是死者与人世间存有关联的最后一个环节，谁也无法拒绝世人对逝者的赞扬与哀悼。但在《遗愿》中，张弦让读者看到了悖逆世俗常规的快意。文中优秀的女工程师冉亚琼因癌病缠身而不久人世，临终前她向丈夫交代了一桩遗愿，即死后无论如何不要让任何人向她的遗体告别。这个决定当即引起了强烈的反响。在众人眼中，这样的遗愿是违背世俗常情的。张弦对此世俗常规有着自己

---

① 王蒙.善良者的命运——读张弦的小说创作 [J].文学评论，1982（5）.
② 刘锡诚.独创的艺术——评张弦的小说 [M]//张弦文集》，北京：解放军出版社，1983：411.

的理解与立场。文中的冉亚琼其实是一位坚毅而执拗的女性，对于病魔，她曾作过顽强的抗争；对于事业，她倾注全心。可以说，她的一生是积极向上的一生，在她眼中，死后那隆重的追悼形式和所谓的高调赞扬，都是毫无意义和价值的。相反，这在常人眼中看似近乎荒谬的遗愿，在冉亚琼眼中又是多么有意义。同样是面对死亡，《临街的窗户》中的刘奶奶则是以自己独特的方式来迎接死亡。刘奶奶也是一位一辈子不认命、不服输的顽强女性，当她因摔了一跤瘫痪于床后，在病榻上认真反省了自己坎坷的一生，反复思考了命运和死亡的命题，最后，她终于想通了，不认命、不服输是不可能的，与其瘫痪在床等待死亡，倒不如化被动为主动。于是，她设计了一个周密的争取死亡的计划。刘奶奶反复咀嚼自己一生所历经的沧桑世事，终于悟透了人生和自然命运之间的和谐关系，最终平静地带着微笑离开了人间。对于死亡，世人皆认为"好死不如赖活着"，但《临街的窗户》则完全违背了世俗常情，令人深思。

这种背离世俗常情的主题思想不仅体现在对死亡的理解上，还体现在日常生活和工作中。在众人眼中，大龄男女不成家似乎是令人无法接受的现实。于是，总有热心人为这些大龄男女牵线搭桥，认真地安排一场又一场的婚姻约会。在《热雨》中，张弦对此类做法是排斥的。他在作品中极力描绘那种牵线人极度热心、面试男女极度无趣的约会场面，让读者看出这些表面上似乎能给大龄男女青年带来幸福的约会仪式，实则在一次次磨蚀着他们对爱情和幸福的向往之情。在小说结尾，当男主人公在无味的约会仪式结束时，终于忍不住发了一通牢骚话。殊不知，倒是这一通无礼的告别词竟然引起了那位不知是孙姓还是宋姓的女主角的强烈共鸣。在无意之中，两颗本无意沟通的心灵竟然在瞬间息息相通，产生了强烈的碰撞。张弦在不经意的情节设置中点破了常人帮忙牵线未必能促成美满婚姻的庸俗举动，指出男女之间只要坦诚相待，乐于沟通，总是能找到人世间最美好的爱情的。而这类违反常俗的事情也经常在政府机关里上演。在《伏尔加轿车停在县委大院里》中，新上任的领导老乔为提高工作效率，一改往日单位领导骑自行车下乡的常习，准备开轿车下乡视察工作，谁知却招来老办公室主任和其他老领导的反对，都认为这样做有悖于中国人秉承的艰苦奋斗的革命精神。事实上，今非昔比，处在经济改革迅猛发展的当下，过分拘泥于昔日惯常的做法以博取廉洁敬公的虚名，这样做必然会严重阻碍社会经济的发展。张弦善于抓住社会中存在的诸多习以为常的事例，折射出自己对社会的反思，体现出一个作家该有的警觉与社会责任感。

二是微妙人性的捕捉与参悟。张弦是细腻的，在后期作品中虽然不再书写社会重大主题，但他把目光更多地关注于生活小事件，捕捉在日常事件中男女主人公微妙的情感世界。有人说张弦"并不喜欢简单地趋奔某种社会观念或说教，总是以一种近似原态生活的潜心刻画，使其作品显现着多维关系的复杂统一。其善于从人性角度审视社会，从社会角度考察人性。"① 在《焐雪天》中，张弦没有明确的是非善恶观，而是直观地呈现出新时期农村建设期间农民不同的精神面貌。其实，头脑灵活、干事有魄力的曹炳康并不真的就是"活流氓"；向来异常沉稳的支书朱发山未必真的就是光明磊落、让人敬仰的好领导；一直叫嚣着"士可杀不可辱"的乡村知识分子杜葆坤并非真的就是有气节的知识分子；而贤良的素月更是充满争议。当曹炳康对她进行百般骚扰时，无邪的素月是受害者。当曹炳康一再用金钱讨好她，她不可抗拒地臣服于这个曾经被她斥为"活流氓"的男人时，她又是令人鄙夷的。这一组人物在社会发展浪潮中不同的表现均体现出经济发展对现代人精神世界的冲击，引起读者对微妙人性的深层思考。在探讨微妙人性主题的作品中，《请原谅我》颇具深意。女人在丈夫被误诊为癌症患者即将死去时，原谅了丈夫临终前所吐露的外遇秘密。可女人一旦得知丈夫是误诊时，丈夫临终前所吐露的秘密顿时成了女人心中一颗致命的毒瘤。女人为何前后态度如此巨变，个中原因很复杂。故事虽然很简单，但张弦撷取生活的横截面，细入挖掘其中的深意，着实为读者留下了一串值得深思的关乎人性的命题。

人性是复杂的，它很难让人一下子就能判断出谁是谁非。《焐雪天》《请原谅我》中的人物如此，《八庙山上的女人》中的人物亦是如此。《八庙山上的女人》颇具讽刺意味，小说中抗日英雄刘刚因为抗战有功，而在之后的人生仕途上一路顺风。殊不知，在他风光无限的背后竟是在当年抗日的八庙山上因情而留下一对

---

① 柏文猛.形象的意味：张弦解读［J］.盐城师范学院学报（哲学社会科学版），2000（1）.

母女的一世期盼。这是个不能公开的秘密，一旦公开，昔日英雄就会变成违纪战士。为了自己的仕途，英雄选择了遗忘和逃避。为了英雄的仕途，善良的母女选择了等待。但这无望的等待一等就是一辈子，直到这位可怜的母亲即将离世，英雄依然不敢前来相认。八庙山上的女人是善良的，但英雄究竟是个什么样的人？面对曾经的承诺，他有过愧疚，但只在内心深处挣扎，从未付出过行动。直到自己年事已高时才决意付诸行动去看望母女。可当世俗的光环再次照耀着他时，他又一次不由自主地选择了放弃。那位英雄是真正意义上的英雄吗？苦等了一辈子的女子这样做有意义吗？这些问题值得令人深思，真正触及人性深处的隐秘与纷芜。

六、缠绵伤感的情恋绝唱

"从性格上来说，张弦是善良、温和、敏感、多情的。"[①] 由于多情，张弦和工人出身的第一任妻子闹过离婚。为此，他曾陷入无边的苦恼之中，并付出了一定的代价。在八十年代末，他终于如愿和导演秦志钰结婚。这段人生经历无不对张弦在 20 世纪 80 年代后期的创作产生影响。凡是闹婚外恋者，多数是彼此伤害而以失败告终。但张弦却在现实中收获了那份不被人看好的爱情。为表达"他对美好爱情的渴望以及对美好爱情难以觅求到的无奈。"[②] 张弦创作了堪称绝笔之作的中篇小说《情网》。张弦一生只写过两部中篇小说，似乎命中注定与中篇有着擦肩之痛。其中《苦恼的青春》因为政治的原因被搁浅了几十年，使得一部在文学史上具有开拓意义的佳作就这样平淡谢幕了。而《情网》是作者倾注全心写出来的佳作，作品早在 1987 年就完成初稿。之后张弦一直忙于写剧本、拍影视剧，所以小说直到张弦离世之后才公开发表。但这并不影响作品所取得的艺术成就。作品中男女主人公不惜一切代价地勇敢追求真爱，这似乎隐约能看见张弦生活的痕迹。最终由于外界的压力过大而导致这份不幸的爱情寿终正寝，但他们毕竟倾注全心地去爱过。作品中最大的亮点就是女主角苏星的鲜明性格，她敢爱敢恨，敢离敢合，性格坚强，

---

① 张守仁. 一个遗憾的弥补 [J]. 文学自由谈，1999（3）.
② 秦志钰，张远，张为. 关于出版《张弦文集》的说明 [M] // 张弦文集，北京：解放军出版社，1999：442.

立场坚定。这较之张弦以善良著称的女性形象群则是一大突破与开拓。

纵览张弦这十余年的小说创作，从初涉文坛前的单纯歌唱再到封笔之前的情恋绝唱，无不印证着张弦所生活的时代特色与痕迹。这使其小说在主题揭示上呈现出鲜明的时代性与真实性。张弦一直认为，文学是人学，这头一个人便是作家自己。的确，从张弦人生不同阶段的主题揭示特征来看，张弦用自己真实的感受流淌出每一部作品，从而深深感动着读者的心。在追求真情实感的同时，张弦还在不断追求艺术的创新。他不满足于浮于生活表象的浅吟低唱，能透过众人司空见惯的生活表象，进行多方位、深层次的反思，充分挖掘微妙人性，深刻抨击封建传统余毒，从而为世人留下了一批经典之作。

作者简介

张弦（1934—1997），原名张新华，出生于上海，七岁时全家迁至南京。1956 年在钟惦棐的推荐下，电影剧本《锦绣年华》发表，并取笔名"张弦"。1956 年发表小说《上海姑娘》（发表时改为《甲方代表》），拍成电影《上海姑娘》。1957 年因中篇小说《青春锈》（1979 年改为《苦恼的青春》发表）获"反党小说"罪名成为"右派分子"。1959 年在湖南接受劳动改造，1960 年在北京安定门外设计院附属农场接受改造，1961 年 11 月摘掉帽子，主动请缨来到马鞍山设计分院。1963 年调至马鞍山市文化局任专业编剧。"文革"开始至 1978 年 4 月在马鞍山市接受"斗批改"。1979 年平反，1983 年回南京成为江苏作家协会专业作家。新时期以来，张弦共创作短篇小说 24 篇，中篇小说 2 部，影视剧本 27 部，创作随笔若干。其中短篇小说《记忆》《被爱情遗忘的角落》分获 1979 年、1980 年全国优秀短篇小说奖。改编电影《被爱情遗忘的角落》获第二届金鸡奖最佳编剧奖。《湘女萧萧》《井》等先后获西班牙国际电影节"唐吉诃德"奖和法国"金熊猫"电影节金奖、意大利阿尔米纳国际电影节银奖等。创作的电视剧《杨贵妃》《唐明皇》《双桥故事》等获飞天奖、百花奖、金鹰奖、中宣部"五个一工程"奖等众多奖项。

《记忆》《被爱情遗忘的角落》内容简介

《记忆》（第二届全国优秀短篇小说奖获奖作品）：这是一篇从正面描写平反冤假错案的小说。共青团员方丽茹是农村电影放映队的一名工作人员，积极进取，以极大的热情投入本职工作中去，对生活充满着美好的向往。由于一次疏忽，她在银幕上颠倒了领袖形象，导致她一生悲剧命运。小说以市委宣传部部长的角度进行反思，通过他的"记忆"联结起两个历史片段：把"文革"的悲剧与当代的政治历史结合起来，同时也把"伤痕"与"反思"联系起来。小说的主旨明晰，结构简单，主要内容可以用小说中的一句话概括："几秒钟颠倒了一个领袖的像，而自己的人生则被颠倒了几十年。"

《被爱情遗忘的角落》（第三届全国优秀短篇小说奖获奖作品）：小说通过母女两代、三个人物——菱花、存妮、荒妹的情爱经历，反映了从"土改"到"文革"结束这一段时期农村生活的变迁。作品以现实主义的手法将农村女性的命运变化置于广阔的历史背景和深刻的社会矛盾之中，反思了长时期的极"左"路线带给农村的严重灾难，经济上的极端贫困必然造成深重的"精神的贫困"，正如小说中所展现的"贫困的爱情"。

阅读指导与思考

1. 张弦《青春绣》（写于1957年，发表于1980年），和刘心武《班主任》（1977年发表）主题相似，谈谈《青春绣》的文学史意义。

2. 分析《八庙山上的女人》所持的历史观。

3. 张弦笔下的女性形象类型及特点。

推荐课外阅读

1. 刘霞云. 张弦艺术论［M］. 安徽文艺出版社，2018.

2. 季进作. 张弦评传［M］. 江苏凤凰文艺出版社，2019.

3. 刘志权. 张弦研究资料［M］. 人民文学出版社，2016.

中国大学 MOOC 链接：

90 年代以来的长篇小说研究 _ 北京大学 _ 中国大学 MOOC（慕课）https：//www.icourse163.org/course/PKU-1460889162.

第十五讲

⋮

注释叙事的功能及美学价值
——宁肯《三个三重奏》导读

作为一名对文体充满期待的读者，当翻到《三个三重奏》时，立即爱不释手了，正如有评者所言："说实话，我很喜欢宁肯的《三个三重奏》。阅读过程中那种智力上的满足和心情上的快感也是很少有的。[①]"当然，作为审美主体，产生审美愉悦的基点是不同的，笔者主要倾心于小说文本的灵动与轻盈，青睐于小说结构的立体与开放，醉心于小说叙述的那份从容与睿智。之所以喜欢不是因为少见多怪，恰恰相反，笔者向来关注文体，对当代文体意识较强的几位作家如莫言、韩少功、王蒙、李洱等人的作品如数家珍，但在熟读众多文体革新文本之后再来看宁肯的《三个三重奏》，则发现他在有限的形式尝试中生发了另一种叙述的可能，即对注释的大胆而妥帖的运用。但何谓"注释"，在小说创作中众作家一直存有穿插注释的文体倾向吗？宁肯在《三个三重奏》中运用注释是首创吗？这种注释运用在宁肯的个人创作以及当代文坛上的意义与价值又该如何定位？当然，要想解决这些问题的前提是作为评者的我们以及作为创作主体的作家们必须弄清

---

① 马明高. 就差库切般的彻心彻骨的痛苦与忧伤——《三个三重奏》与库切的《凶年纪事》比较谈 [J]. 当代作家评论，2014（5）.

"注释"的本源以及在中外作家们的注释运用概况，只有在此基点才有可能客观地评价《三个三重奏》在注释运用上相对于他自己、相对于已有的注释叙事所作的超越与革新，才有可能归纳出此类小说所体现出的鲜明文体特征及优劣得失，进而才有可能对其存在的可能性发展空间做出应有的理性评判。

一、当代小说的注释叙事概况

"注释"对于从事文字工作的人来说并不陌生。从本义上来讲，它是对书籍或文章的语汇、内容、背景、引文所作的补充式介绍或评议的文字。这里的书籍或文章是广义上的，包括所有的诸如理论专著、散文随笔、小说诗歌乃至教材教义等。在历史上，为古书作注释起始于先秦时期，中国古代注释分得较细，分别称之为注、释、传、笺、疏、章句等，包含的内容也很广，诸凡字词音义、时间地点、人物事迹、典故出处、时代背景都可以成为注释的对象。注释的形式也多样，如脚注（又称页下注）、篇末注（又称尾注）、夹注等形式。正因为注释的功能和形式多样，所运用的范围也很广阔，故在小说创作中插入注释也不是件新鲜事，尤其在题旨多义、千头万绪的长篇小说中插入注释更是司空见惯。

中国长篇小说的发展历史并不悠久，其最早起源于宋元"讲史"，繁荣于明清，小说体式初步改造于"五四"，初步繁荣于现代的三四十年代，而在特殊的十七年以及"文革"时期，政治因素的僭越使长篇小说体式又开始回归古典小说传统。进入新时期之后，回望历史，可以确凿地说，在新时期的初中期，长篇小说并不发达，到了20世纪80年代后期及20世纪90年代初，此局面才得以改观，但作品的数量及作家们的写作意识较之中短篇还是差强人意。但此时期"人的观念"的解放以及西方思潮的影响，中国长篇小说创作的主体意识也在逐步增强，文学创作开始进入多边探索、多元选择、多元竞争的探索时代。接下来，在国家主流意识、市场经济、出版媒介及作家主体等多重因素的合力下，20世纪90年代长篇小说的"繁荣"似乎成了不争的文学事实。大家皆认为进入90年代以后的当代已经毫无疑问地成为20世纪长篇小说继60年代之后的第二个繁荣期，当然，这"繁荣"不仅体现在年均千部的出版量上，还体现在作家对小说文体的兴趣与革新上。而这"繁荣"又是 20 世纪 60 年代长篇小说的"繁荣"所不可同日而语的。正如学者吴义勤所言"90 年代的长篇小说已经把 20 世纪中国长篇小说推进到了一个新的艺术阶段，艺术的可能性和艺术表现的空间也得到了前所未有的拓展"①。而这"拓展"自然也体现在文体上对注释体的运用。故纵观中国长篇小说的发展流脉，从当下长篇小说的时代文体语境来看，从梳理当下长篇小说对注释体运用概况所体现出的文体表达趋势以及其对当下长篇小说创作及文体选择所产生的及时性影响来看，若想深入研究长篇小说文体形式与表达意味的耦合状态，以新时期以来的长篇小说为研究对象当为不二的选择②。

以笔者有限的阅读经验来看，20 世纪 80 年代运用注释的作家极少，只能在凌力、刘心武和徐小斌等几位作家的文本中寻得踪迹，其中凌力在《少年天子》中标注二十多处，都用来补充性解释小说中出现的诸如满语、皇宫贵胄人物以及相关国家制度等相关知识。徐小斌在《海火》中注释三处，也用以补充性介绍人物或物件。倒是刘心武在《钟鼓楼》中饶有趣味地植入注释六十多处，专题用以介绍皇城根下富有浓郁京味的北京胡同话，为整部作品增色不少。这种状况在 20 世纪 90 年代前中期并没有得到根本性逆转，通览主要作品，也只有寥落的几位作家如刘斯奋、刘玉民、高建群、王火等作家在作品中插入注释。他们还是继续 20 世纪 80 年代作家的"注释"观，刘斯奋在《白门柳》、刘玉民在《骚动之秋》中插入了几处注释用以介绍人物的身份以及物件的用途，高建群在《最后一个匈奴》中插入注释十六处，饶有趣味地介绍了打牙牌、石女、完灯、叫二十九、失弃等极具陕西特色的习俗和风物。王火在《战争和人》中插入注释近百处，多从人名、地名、诗句、书籍、地方方言等进行补充性介绍。总体来说，上述几位作家均采用页下注的形式充分发挥了注释的评议和介绍的基本功能，这些注释并不影响小说的结构布局与叙述方式，甚至即使抹去这些注释，也不会影

---

① 吴义勤. 中国当代小说前沿文体研究十六讲 [M]. 济南：山东文艺出版社，2009：187.
② 以新时期为起点关注长篇小说的注释运用并不言指宋元乃至"五四"以来长篇小说创作中就没有出现过植入注释的文体现象，本文是为了叙述的方便以及研究的需要而为之。

响作家或读者对作品主题的表达或理解。

在 1998 年，素以"先锋"著称的刘恪在《山花》《莽原》《芙蓉》等杂志上以"文学实验"栏目发表了长篇小说《城与市》。在作品中，刘恪将诗歌、影视诗剧、散文诗、日记、小说、考证、注释、观察笔记、辞条分析、论文、图表等诸多文体糅杂在一起，构成了一部典型的跨文体作品。有评者认为："在各种文体的堆叠中，最具有创新新貌也最容易引起争议的就是表现纯逻辑思考的文体（论文、格言、注疏）的引入。特别是在一个故事拆散、时空交错的文本中做这类引入，更容易使这类文体不受限制地进行思想的跑马，呈现出语言的狂欢。"[①] 这里所说的"纯逻辑思考的文体"指的就是"注释"，但因为作者在文中将"注释"命名为"小注""题外小注""望文生义的小注""注释""注释研究""注解""解读""补注"等五花八门的称呼，从形式上将"注释"的内容以夹注、尾注、评论、哲理反思、词条释义、叙述分析等加以呈现，这种自我注释与自我评论汪洋恣肆地渗透到整个文本的每个角落，据笔者不完全统计，各种类型的注释在文中共达到二百多处，这较之前期所有作品的注释插入可是一个惊人的数字。并且，这些"大量寓言化、象征性、暗示性甚至宣谕、议论等表达出作者对人生、世界的看法，这些看法涉及政治、历史、文化、哲学等广泛的层面"[②]。进而使读者产生"可以将《城与市》当作小说来阅读，还可以把它当作作家的思想感悟和评论来理解"[③] 的阅读效果。《城与市》是以"当代中国先锋文学的集大成者"[④] 的身份面世的，关注文体的学者皆肯定了其在先锋叙事技巧上的"集大成"与"先锋小说在中国有史以来的经典性"[⑤]，但实际上，"其意义不在于五花八门的先锋叙事技巧，而是通过讨论的姿态对传统小说，甚至对现代小说进行了一场全面的消解和否定，从而重构了一种新的后现代小说体式"[⑥]。很显然，已有学者

① 张法.《城与市》与刘恪之道［J］.江汉论坛，2006（2）.

② 贺绍俊.是延宕先锋文学还是堂——吉诃德的一击——读刘恪的长篇小说《城与市》［J］.小说评论，2004（4）.

③ 吴义勤.将文体实验进行到底——刘恪的《城与市》［J］.小说评论，2002（3）.

④ 吴义勤.无限性的文本——《城与市》的文体意义［J］.当代作家评论，2002（4）.

⑤ 高兴.现代都市人的精神图谱——评刘恪长篇小说《城与市》［N］.深圳商报，2004-5-29.

⑥ 金浪.在碎片的监狱中行走——评刘恪《城与市》的碎片化叙事［J］.文化与诗学，2008（1）.

注意到"讨论的姿态"即"注释的植入"所产生的文体意义。可以说，自新时期以来，从使用"注释"体的艺术效果及动作幅度来看，一贯追求"先锋"的刘恪确实又一次从先锋技巧视角将注释体"先锋"了一把。

到了新世纪，运用注释的作家还是不多，但从有限的几个作家对注释的运用情况来看，灵活构思注释功能的现象已悄然生成。新世纪的作家除麦家、张一弓在《暗算》和《远去的驿站》中分别采用脚注和夹注的方式进行常规的注释介绍外，柯云路、尤凤伟则开始在"注释"上大做文章，分别构思了"纲鉴体""纪事体"和"絮言体"小说。其中2001年柯云路在《黑山堡纲鉴》中间接地巧用了注释。他将小说的内容按照"纲"和"目"的条款分层解释，其中"纲"是全书内容的梗概，要想快速了解全文内容，只用读"纲"的注释即可。"目"是"纲"下面一个更加详细的注释，其不仅有黑山堡历史中各个重要情节的详细描述，而且还有各色人物的心理展示。在"目"下面还有批注性注释，倘若读者还想就黑山堡的故事做更多的关于哲学、历史学、社会学、人类学等方面的拓展性思考，括弧内的批注性文字则是专为其准备的。虽然这种变异性的"注释"在当时并没有引起学界的关注，但现在回过头来看看，不得不佩服柯云路超前的文体意识以及他在注释体探索上所作的努力。

对应于柯云路变异性的注释运用，2004年尤凤伟在《中国一九五七》则创造性地植入了隐匿性注释。小说共分为四个部分，作者在第一部分"京畿秋千架"、第三部分"御花园遥祭"中采用夹注的方式对模糊不清的强制回忆和主动回忆进行必要的注释补充；在第二部分"清水塘大事纪"、第四部分"我乐岭人物志"中直接对每天发生的大小事件或文中出现的人物事件进行详细的注释补充。由于改造农场纪律的严明，所谓的大事纪极其简单，往往只有一句话。为了行文叙事的需要，紧随其后的详细注释则成了小说的主体内容。对于这种隐匿性的注释方式，有评者认为：《中国一九五七》更是一个浓缩了的文体实验室，文中有文，小说中有小说，札记、日记、大事记、人物志以及对日记的注释、训估等，在小说中欢聚一堂，它们从不同的侧面发挥小说的叙述功能，不仅增强了小说文气的变化与流动，丰富了小说的审美形态，避免了文体上的僵硬呆板与流水账特征，而且为小说以主观叙述的方式营构历史真实性和客观性的努力提供了艺术的可信性。①"

二、注释叙事的叙述功能及美学价值

在大致了解当代作家注释植入状况的基础上，再回过头来比照宁肯的注释运用，我们会发现，对注释的运用绝非宁肯的首创，但学界对宁肯的注释体评价甚高，有学者认为："《天·藏》可以说是第一次把注释的方式积极有效地纳入到小说叙事进程之中，并且使注释成为小说重要的有机组成部分。很大程度上，合理有效地征用注释方式，应该被看做是对于小说写作的一种原创性贡献。②" 还有评者认为宁肯"几乎把注释从文本注释的位置提升到第二文本，甚至在一些章节里，注释本身就是正文的不可分割的一部分，这是这部小说在形式上的独创，中国还没有哪一个作家这么用注释的方式进行写作"③。评者们都从注释的首次运用以及功能角度肯定了《天·藏》的独创，显然这是不明真相的草率臆断。当然，若比照宁肯前期的创作，比照当代文坛上前期已有的注释运用成果，从"如何用"视角评价宁肯的注释体，则发现其运用注释的方式以及所取得的艺术效果，在恪守常规的基础上还是有了一定的突破。

宁肯的长篇创作起步时间较晚，作品数量相对于其他知名作家也不多，从2001 年开始，他以三年出一部的速度分别出版了《蒙面之城》《沉默之门》《环形山》《天·葬》《三个三重奏》，这在长篇成为"时代第一文体"的当下，其创作态度是严肃的、虔诚的，但在这十几年时间里，他的妙用注释的文体意识是怎样形成的呢？走进其不多的小说文本，不难找到答案。宁肯是以《蒙面之城》立足文坛的，但显然不是因为作品的文体形式而是主题表达，正如有评者说："《蒙

---

① 吴义勤. 艺术的反思与反思的艺术——尤凤伟长篇: 小说《中国一九五七》阅读札记［M］// 尤凤伟. 中国一九五七（修订版），沈阳: 春风文艺出版社，2004 : 45.

② 宁肯，王春林. 长篇小说的魅力——宁肯访谈录［J］. 百家评论，2014（11）.

③ 宁肯，王德领. 存在与言说——王德领与宁肯的对话（代后记）［M］// 宁肯. 天·藏（第 2 版），北京: 北京十月文艺出版社，2013 : 425.

面之城》之所以能引起读者的喜爱，是因为小说表达了人们心灵深处摆脱生活固有程式的渴望。①"在这部充满神性、诉说梦想的小说中，作者采用传统的线性结构，按部就班地讲述了小说主人公马格故意高考懈怠而流浪四方的经历，但在这传统的叙事背后，宁肯开始出现一定的叙事偏好即设置不同的叙述者。在小说中，作者设置了作者的叙述和人物的自述，在叙述和自述的转换中完成故事情节的推进和续接。与此同时，还流露出对各种人事或物以及人生百态适时评介的嗜好即哲思化倾向。当然，这些文体意识对于作者来说都是不自觉的、潜意识的。在接下来的《沉默之门》和《环形山》中，凸显的文体意识也没有，但在《沉默之门》的后记中，他指出"现代小说是慢的艺术"。所谓"慢"在叙事上可以理解成叙述节奏的慢，故事情节的慢，作品对人物事件的描述侧重由外宇宙转向内宇宙。《沉默之门》就采用这种缓慢的叙述节奏，让小说主人公李慢接受缓慢的心理治疗，极大地拓宽了小说的言说空间。而在《环形山》中，作者采用第一人称"我"的视角大量植入"我"的精辟议论，甚至还插入一些与小说情节相关的知识介绍如《福尔摩斯探案集》关于"黄面人"的推理，如简女士对美国生态庄园的介绍，如对希区柯克《小旅馆》恐怖情节的插入等。这些可看出作者不自觉的插入注释的文体潜意识。在前三部作品中，虽然没有哪一部作品因文体突出而引起文坛关注，但隐约显露了作者潜在的文体意识和叙事习惯。真正让作者有了强烈的文体革新冲动的还是《天·葬》。在《天·葬》中作者第一次把大量注释大面积地植入作品。小说所要表达的话题还是那些诸如对西藏佛教精神的解读、对从20世纪80年代走来的一代知识分子的隐喻式表达、对身体受到挤压后的变异以及少数民族对于自己心灵和信仰的顽强维护等，所采用的还是综合前三部作品的诸如转换叙述者、慢节奏、淡化情节、插入各类哲思性议论等叙述方式，但因无处不在的注释植入使得小说在形式和内容上明显不同于前三部作品。作品的问世立即因注释运用而引起学界的关注，至此宁肯已形成自己的文体观。

---

① 周志雄.慢的艺术与想象的精神密度——读宁肯的长篇小说［J］.理论学刊，2010（2）.

从宁肯的一路创作来看，其对"注释"的运用并非偶然，但他自己却说："美国有个侦探小说家叫保罗·奥斯特，他的侦探小说和通常意义上的不一样，是纯文学意义上的侦探小说。我偶然读了他的《神谕之夜》，里面有对注释的别用，比如将某段情节放到了注释里，尽管量不大，内容比较单一，但当时我的脑海骤然一亮，就像发现了新大陆一样，我觉得我可以在这方面大有作为，大干一通。"① 一次偶然，让他在注释运用上大干一通，似乎不能很好地解释他的文体选择动机，但这部侦探小说发表于 2007 年，当时他正在构思《天·藏》，用他自己的话说："当时写《天·藏》时并没考虑第二文本，主要是《天·藏》的写法本来就和通常的小说不一样，它有两个叙述者，两种人称，由转述、自述和叙述构成的复合文本。多种叙述方式的转换与人称的转换，腾挪起来有着相当的困难，注释——当然是对注释的挪用一下照亮我的困难，甚至让困难与困难发生了奇妙的联系，成为天作之合。注释使两个叙述者变得既自然，又清晰，小说因此有了立体感，就像佛教的坛城一样。②" 其实，从他前期的叙事习惯来看，采用注释体则是偶然中的必然。也许，是因为长期积郁在心的对自己一贯审美理想的急切诉求，也许是因为首次运用注释而产生的不可抑制的新鲜与兴奋，《天·藏》中的注释成了整个小说的灵魂，成了文本的一切。从叙事功能来看，宁肯自己总结为"除了叙事还有话语功能、转换视角功能、调动结构功能、让无联系的产生联系的功能，与读者对话的功能"③；从叙述内容来看，"有对正文的补充，有对正文的延续，有对正文叙述的再叙述，还有对正文意义的消解"④。总之，《天·藏》因为大量过于理论化的评论与对话的插入，使小说文本洋溢着神性特质，正如小说的封面介绍所言"小说在叙事上卓有建树，成功对注释实施了挪用，叙述者在注释中或叙事，或对小说内容解释、补充，或与小说中的人物对话，形成了小说

① 宁肯，王春林．长篇小说的魅力——宁肯访谈录［J］．百家评论，2014（11）．
② 宁肯，王春林．长篇小说的魅力——宁肯访谈录［J］．百家评论，2014（11）．
③ 宁肯．把小说从内部打开，《三个三重奏·后记》［M］．北京：北京十月文艺出版社，2014：483．
④ 宁肯，王德领．存在与言说——王德领与宁肯的对话（代后记）［M］// 见宁肯．天·藏（第 2 版），北京：北京十月文艺出版社，2013：426．

的第二文本，使整个叙事呈现出立体特征"①。

与《天·藏》相比，《三个三重奏》在注释运用上显得节制、成熟、接地气。一是在插入注释的频率上有了节制，《三个三重奏》中二十多处的插入比例较之《天·藏》的四十六处、《城与市》的二百多处显得恰到好处；二是在功能运用上。《三个三重奏》中的各项功能较之《天·藏》一应俱全，如小说情节的延伸、人物本源的补充、叙述视角的转换、戏里戏外的元小说意味、作者关联性的哲思与学术拓展等。在此基础上，《三个三重奏》更加凸显了注释的建构文本结构的功能。在小说中，作者设置了三重结构即逃难隐居的杜远方与李敏芬、云云、黄子夫的关系；落网的居延泽面对审讯者谭一爻和巽等人的回忆所叙说的居延泽与、李离、杜远方之间的关系；作家在序曲和注释中插入的"我"与大学同学杨修、李南以及"鸡胸"之间的关系。其中，第三重结构若没有注释的参与是建构不起来的。对此，作者本人甚是得意"这部小说为什么叫《三个三重奏》？其中就是因为'三重结构'在这部小说中比起《天·藏》的结构更鲜明更完整。没有'注释'的意识，根本不可能这样想小说，不可能把无关变得有关，不能组织起这部小说。'注释'在《三个三重奏》中变得更加自觉，也更加强大，作为其中之一'三重奏'完全可以和另两重结构分庭抗礼"②。三是在注释内容上更加理性、慎重。在文中不多的注释中，所注内容皆与三重结构中的人物或事件有关，即便是那些很艰深的专业理论如"拓扑学结构""灵魂共同体""性虐恋文化"等的探讨皆与正文息息相关，这些或理性或感性或主观或客观或叙事或评议的内容对于突显小说主题、丰富人物形象、表达作者的精神诉求、拓宽读者的知识视野等有着不可替代的作用。总之，较之于《天·藏》，宁肯在《三个三重奏》中妥帖地发挥了注释的诸多功能，在作品中，注释既是内容，也是形式；既是技巧和方法的运用，更是世界观、审美观以及小说观的综合体现。从这点意义上来说，《三个三重奏》在注释运用上已达到了自己小说创作中的巅峰境界。

总览新时期以来作家的注释运用状况，从使用范围来看，虽然每个时期都

① 宁肯. 天·藏［M］// 封面语. 北京：北京十月文艺出版社，2013.
② 宁肯. 把小说从内部打开，三个三重奏·后记［M］. 北京：北京十月文艺出版社，2014：484.

有作家关注，但对应于年产千部的长篇小说出版量，关注注释的作家群体还是极其有限的，可见，注释体从一开始就没有作为文体形式变革的一部分而进入作家们的视野；从功能的运用看，从 20 世纪 80 年代至 90 年代末，刘心武、王火等作家虽在小说中大量引用注释，但都是对注释的补充性解释等基本功能的常规运用，还没有将注释构建到小说叙事中去。而后期的诸如阎连科、柯云路、尤凤伟等作家倒是都能极富创意地将注释的内容与小说正文的内容尽力地融为一体，充分发挥注释的叙事功能，若将其中的注释内容抽空，则每一部作品的主体内容也会被抽空而成为一座座"空洞之城"。从命名及形式的采用来看，常规运用注释释义功能的作家都采用了规范的脚注形式，而发挥注释叙事功能的几位作家在形式采用上则是琳琅满目，如刘恪的五花八门、尤凤伟的隐匿性注释、柯云路的"纲目"等，这些注释内容都随意地以夹注的形式俯拾皆是地散落在小说的文本之中。与新时期以来当代作家们对注释体的运用情况相比，《三个三重奏》显得规范、理性。一是从注释的形式上来看，《三个三重奏》是最标准的页下注，而刘恪、柯云路、尤凤伟等作家的注释从严格意义上来讲不能称之为"注释体"；二是从功能上来看，没有哪个作家能做到像宁肯那样精心地构思注释的结构和叙事功能，尤其是刘恪，他由衷地喜欢讨论和哲思，将"道生一，一生二，二生三，三生万物"作为整部小说的哲思原则，但他"这里的解释则是抽象的、普遍的、丰富的，它几乎适用于现实生活中的每一个读者，而与故事本身的密切联系却被割裂了"[①]。而柯云路、尤凤伟几位作家的注释植入，则更多地担当起叙述的功能，也即换一种方式讲故事，却又缺少《城与市》《三个三重奏》中那样整体性的精神高度和寓意指向。三是从注释的艺术效果来看，《三个三重奏》是所有作品中既有通俗故事的可读性，又具有一定学术含量的纯文学作品，其在俗和雅、浅和深、戏里与戏外、生活与艺术、故事与哲思之间自由穿梭，形成了一个宏大的敞开的话语空间，不同类型、层次的读者皆能有所收获，而这正是任何一部小说所渴望能达到的最理想的艺术境界。

---

① 吴义勤.将文体实验进行到底——刘恪的《城与市》[J].小说评论，2002（3）.

三、思想深度与艺术失衡的陷阱

若说《城与市》是当代先锋叙事技巧的集大成者，通过历时性的自比和他比，笔者认为《三个三重奏》也可称为当代注释体的集大成者。当然，注释只是基本的文案工作，在小说中对"注释"的挪用与改造也不是什么新鲜的发明，并且，由于形式的无限与表达内容的需要，谁都可以反复运用，在不同作家主体那里，产生的艺术效果截然不同。但从当前有限的几部相对较纯粹的注释体文本如《受活》《城与市》《天·藏》《三个三重奏》中，因为"注释"本身的基本属性，其在小说中的植入最突出地显现出小说理论化、学术化、哲思化倾向。并且，还是因为创作主体的不同，这几部作品在思想表达的深度上呈现出不同的镜像。

作为当代先锋叙事技巧的集大成者，《城与市》显然陷入了过度倾斜的深度中无法自拔。在这部反主题、反故事、反情节、反人物的反小说文本中，作者以各种形式的"注释"，让全文充斥着精神和思想的碎片，若想从这堆碎片中找寻到小说统一的主题或意义真是件困难的事情。尽管有评者能"在小说感觉化与体验化的评议中可清晰看到那些人群的精神流向，混乱而复杂，精致细微而绝望病态，是一部0城人精神错乱的病态史"①，尽管也有学者比较看重《城与市》这种深度的精神探索，觉得"作家在构建新型小说的同时，还在努力构建着小说与人的关系，小说与世界的关系以及人与世界的关系。作品里所有的'形式'都是思想和精神的折射，所有的技巧都有着人性的或灵魂的内涵，它的'重量'非一般小说可比"②。但笔者认为这种被肢解的思想和精神是意象化、情绪化的，如同作品中那飘忽不定、若隐若现的人物幻影一样，抓不住、看不清，即使有了瞬间的感悟，也只能是读者不确定的点滴情绪。这种看似过"重"的思想深度因过度的形式追求而从本质上疏离了长篇小说的基本因子，反而使小说陷入了真正意义上的思想苍白与精神虚无。

比及《城与市》《天·藏》有了简单的故事情节，即在两个智者之间开展的一

---

① 高兴.现代都市人的精神图谱——评刘恪长篇小说《城与市》[N].深圳商报，2004-5-29.
② 吴义勤.无限性的文本——《城与市》的文体意义[J].当代作家评论，2002（4）.

场关于西方哲学与西藏佛教的对话以及随从的两个年轻人之间的一场爱情，最终结局是对话的成功与爱情的失败。但在这简单的故事背后，作者通过注释，通过人物的对话展示了从哲学视角切入的西藏，这个西藏不同于现实的西藏，而是一个完全精神化的西藏，一个本体化的西藏。因为注释的评议或补充解释功能，这里的每个人物都有说话的欲望，每个人都是富于雄辩的，他们抓住一切机会表达着对西方哲学、西藏佛教以及中西文化冲突的智性思考，使小说浸染着作者对西藏的历史、宗教、文化以及大自然的一草一木近乎神性的膜拜。故面对这本被外界称为"天书"的智慧文本，有评者认为其"迫使读者在当下这种世俗和物欲充斥的世界里思考生存、肉身和灵魂、生与死的意义及可能"[①]。但遗憾的是，正是因为小说突出的哲思倾向，使文本充斥着大量诸如结构主义、解构主义、语言哲学等晦涩难懂的术语，并且作者在向读者展示这些术语时，没有将其转化成与故事有关联的"小说"式的言说方式，而从正面以学术的本色示众，给读者一种生给硬塞的感觉。而全文诸如此类动辄千字以上的注释内容并不少，若删去这些注释，似乎并不影响小说的叙事，这就有点泛化注释和泛哲思化的意味。当然，《天·藏》的这种肆意泛化倾向和《城与市》的碎片化、情绪化相比，则又有种小巫见大巫的感觉。

在把握小说思想深度的分寸上，《受活》和《三个三重奏》显得节制与恰到好处。《受活》中作者用近乎荒诞的笔法为读者绘制了一幅贫困乡村惨烈的生存图景，健康的圆全人如柳县长等为了实现自己的权欲，以践踏先天残疾的受活人的尊严为手段，为他们编织了一个所谓的"梦想"即用受活人四处巡演所得钱款购回列宁遗体，进而既可捞得政治资本，又可卖门票挣大钱。这种乌托邦式的梦想必然难逃破灭噩梦。当梦想落空后，让日子继续回到以前的"散日子"中去则成了受活人心中永恒的一份警醒与新的寄托。小说以"絮言"和正文互为补充的方式，不仅让读者读出了现实世界人心的冷酷以及弱势群体苦难无依的无奈，并"借助不同的语言单元，通过插入到故事接口的大量描写、注释、讲述等叙事成分的集合，通过乌托邦叙事来坚持乌托邦精神，又通过这一叙事反对任何现实化

---

① 李浩.创造之书，智慧之书——由宁肯《天·藏》引出的话题［J］.小说评论，2011（1）.

的越界的乌托邦行动"①。一部作品能否成为真正的传世杰作,重要的条件之一则在于不能仅限于为读者构建一个经验性的可知客体世界,尽管其中也蕴含着作者对社会人生的评价和态度,关键是要超越这经验性的客体世界,去诠释通过日常经验无法把握的超验性世界。很显然,《受活》就是部超验性文本,其在思想的深度以及表达的方式上做到了妥帖的融合。

从题材、技巧以及整体风格来看,《城与市》是先锋、后现代的,《受活》是荒诞、超现实的,《天·藏》是高雅、神性的,而只有《三个三重奏》是通俗、现实的,但不可否认的是,它同时也是智性、诗意的。《三个三重奏》讲述了一个当下很常见的关于反腐的故事,这是一种规定性很强的题材,处理不好易陷入权力争斗、人格陷落等老套路中,更谈不上将作品往思想和精神的高度上提升,但作者却在叙述方式和文体形式上出新,借助一个独特的叙述者和注释的功能,打开了关于反腐叙事的另一种空间。在这个空间里,有作者对充满"体悟、理想、人文、心灵、情感"②的80年代的深情回望与无限缅怀;有对当下知识分子近乎自恋的莫名优越感的反讽;还有对政治、权力、财富、人性以及年龄、青春、爱情、性爱等的哲学思考。所以,《三个三重奏》不仅是注释体的集大成者,也是几部注释体文本中能完美融合故事性、思想性、艺术性的范本。

当然,长篇小说作为一种"大"文体和"重"文体,追求思想的深度与精神的高度本是题中应有之义。根据吴义勤先生的观点,我们可把长篇小说的空间分为物理空间、精神空间和思想空间,他们之间的关系并不存在一定的等值关系,换句话说,巨大的物理空间并不一定就能承载丰富的精神诉求和深厚的思想容量,拙劣的作家往往一不小心就会走上完全的故事材料罗列和摆龙门阵的歧途。所以,"小说的空间是被琐碎的、具象的、实在的物象占据,还是被精神、灵魂、诗意、情感占据,将决定一部小说的艺术质地,决定小说的浓度与密度,决定小说艺术的纯粹性。③"不言而喻,精神、思想和艺术对于长篇小说来说都很重要,

① 王鸿生.反乌托邦的乌托邦叙事——读《受活》[J].当代作家评论,2004(2).
② 项静.想象大地上的陨石——宁肯的《三个三重奏》[J].上海文化,2014(9).
③ 吴义勤.长篇小说与艺术问题[M].北京:人民文学出版社,2005:25.

但要想达到思想性、艺术性乃至文本可读性的恰到好处，"什么样"的思想深度和"怎样表达"这种深度成了作家必须面对的重要艺术问题。《城与市》的过度倾斜、《天·藏》的肆意泛化在一定程度上就源于对两大艺术问题的失衡处理。

总之，注释体小说最大的优势体现在对思想和精神的自由表达上，其不足也体现在思想与精神的把握上。过度的思想深度追求和泛滥的注释植入会直接损坏小说的艺术品质，将作品引向"四不像"文本、掉书袋、无"意味"的纯形式追求等艺术歧途。但若能处理好思想性与作者以及表达方式的关系，此种不足就会得到一定程度的弥补。首先须摆正"思想"的位置。"真正的思想性是引领读者一同思索、一同探究、一同警醒、一同'思想'，而不是告知某种思想成果、思想答案。①"故小说中的思想不应是作家在"注释"中的随意添加和肆意发挥，而应是与小说主题相关联的，是小说不可或缺的有机构成部分。其次须摆正创作主体的位置。作家终究是作家，他们不是学者、不是哲学家，更不是传道士，他们需要在作品中传达出自己对这个世界本源的看法，但那也只能止于作品主题的需要，任何抓住一切机会不管不顾地兜售与主题无关的真理和思想的行为都是不可取的。再次须以恰当的方式表达"思想"。"思想"是一部长篇作品的灵魂，它应该像盐溶于水一样浑然一体，而不是以摘抄大段学术教义或格言警句的方式硬塞给读者，有些注释里过于艰深的理论探讨如同中国公园里用外国语书写的警示牌一样，不懂外语的游客一般都会视而不见的。或者还可这样说，随着读者群整体文化素质的提高，"裸露"的思想是读者所反感的，晦涩难懂的"裸露"思想也是读者所抗拒的。

作为一种新的文体样式，注释体小说因鲜明的文体特征而为当下琳琅满目的文体革新增添了一道风景，但由于当前使用注释的作家不多，这道风景显得有些落寞。作为一种技巧和方法，在文体革新已经蔚然成风的当下，从注释体小说固有的优势来看，从其存在不足的可提高性维度来看，从其哲思化的典型特征正好

---

① 吴义勤.长篇小说与艺术问题［M］.北京：人民文学出版社，2005：13.

符合当前长篇小说文体发展趋势以及读者的接受审美需求来看①，我们认为注释体小说的发展存有一定的可能性空间。我们有理由相信，这道落寞的风景会随着更多作家的加盟、更多的注释体作品的问世而变得逐渐缤纷、令人侧目的。

作者简介

宁肯（1959—），出生于北京，北京作协签约作家、中国作协全国委员会委员、《十月》杂志副主编。主要作品有《蒙面之城》《三个三重奏》《沉默之门》《天藏》《环形女人》（再版时更名为《环形山》）等。曾获得鲁迅文学奖散文杂文奖、百花文学奖短篇小说奖、大益文学双年奖最佳散文奖等。

《三个三重奏》内容简介

小说以第一人称讲述三个故事。第一个故事是国企高管杜远方携巨款潜逃，逃亡中来到滨海小镇，作为陌生的房客，住在小镇一个小学女教师家中。第二个故事是几乎在杜远方逃亡的同时，得到过杜远方资助的秘书居延泽被双规。第三个故事则是小说叙述者"我"的故事。"我"的理想是居住在图书馆里，虽非残疾人，却喜欢坐在轮椅上阅读，在如林的书架中穿行，认同宇宙就是图书馆的样

---

① 当前，追求思想性和哲思化已成为长篇小说文体革新的一大趋势，诸如《务虚笔记》《马桥词典》《暗示》《尴尬风流》《我的丁一之旅》《非虚构的我》等作品，或以短篇小说集或以思想随笔集或以轻松闲聊的方式呈现出作者对这个世界的思考。而另一方面，在众人备受各种物欲挤压，精神荒芜，灵魂孤独之时，在传统作家的长篇故事越编越无味、篇幅越写越冗长之时，上述既有思想价值又有文体意识、极具个人思辨性的片段式、碎片化的长篇小说让大家耳目一新。在读者眼里，能让自己的阅读有所收获，能够在读一部作品之后对自己的精神世界产生影响，这样的作品就值得一读，至于其文体是小说还是散文抑或是学术随笔，这些都不重要。因为读者的大众化、多元化的审美倾向，这些小说在媒体、出版社、评论家、读者等多方合力下赢得了较高的关注度和销售量。反过来，高销量、高关注度又会传递给作家们一定的"正"能量，使他们能够继续按照自己内心的意愿去设计小说的表达形式，从而推动小说文体的进一步革新。

子。某天"我"又来到另一种图书馆——看守所的死囚牢，成为一名志愿者。这里是权力的终点，却没有任何忏悔。"我"在这样的图书馆阅读了许多人。小说虽涉及贪腐题材，却没写成官场小说。北京大学教授陈晓明则认为《三个三重奏》实际上是一部哲学小说，体现了"寂静中的共响"这一哲学概念。

阅读指导与思考

1. 注释体小说的叙事特征有哪些？
2. 当代运用注释进行叙事的小说多吗？
3. 注释体小说存在哪些可能的不足？

推荐课外阅读

1. 宁肯. 宁肯访谈录 宁肯文集［M］. 上海文艺出版社，2019.
2. 宁肯. 宁肯文集 三个三重奏［M］. 上海文艺出版社，2019.
3. 宁肯. 我的二十世纪 宁肯文集［M］. 上海文艺出版社，2018.

中国大学 MOOC 链接：

20 世纪 90 年代以来的长篇小说研究 _ 北京大学 _ 中国大学 MOOC（慕课）
https：//www.icourse163.org/course/PKU−1460889162.

第十六讲

：

不变之"变"的叙述策略
——孙惠芬《寻找张展》导读

写作二十余年，孙惠芬以乡土书写蜚声文坛，善于求"变"的思维使其在叙述表达上一路趋新。新作《寻找张展》较之前期写作，从表层结构看，叙述策略有了新变，但究其本质，依然延续着作者一以贯之的写作理念与表达习惯。且场域化设置、成长型叙述和论证式推理在凸显作家深刻的人性探幽、娴熟的技巧运用以及严谨的细节推敲之余，也暗含其强行介入、理性过重、缺乏文学质感等不足。特点即局限，局限即空间，孙惠芬式叙述隐含着写作的维度与限度，如何克服既有掣肘以寻找新的突破，这是作者需要继续深层思考的命题。

"变"即求新，少了"变"的意识，社会就会失去发展的动力，文艺也就失去繁荣的可能。对于作家而言，"求变"是缓解影响焦虑的自救行为，没有这种本能的焦虑与危机意识，其创作难免会陷入逼仄乃至阻塞的窘境。纵览文坛，但凡有一定影响力的作家，都会有意识地追求写作上的拓新，最典型如莫言，在其十一部长篇中，在"写什么"和"怎么写"上一直在变，尤其在后者上几乎达到"部部惊艳"的效果。众所皆知，同一个故事，不同的叙述方式会产生迥异的文本效果，尤其对于长篇来说，相对于在题材、立意、人物等方面的拓新，话语表达、结构设置、语言选择等方面的探索显得更为重要。学者王一川极力推重文体，认为"文体是长篇小说的意义生长地，离开这个土地，意义就无从生存"①。评论家吴义勤也认为长篇小说的文体"绝不是一个平面的语言问题，而是一个深邃、复杂、立体、多维的系统结构，它牵涉到小说的故事、情节、人物、结构、修辞、叙述、描写等几乎所有的方面"②。毋庸置疑，莫言的创作表明他是个自觉的文体探求者，他坦言"我不愿意四平八稳地讲一个故事，也不愿意搞一些过分前卫的、让人摸不着头脑的东西，我希望能找到巧妙的、精致的、自然的结构"③。他还主张"一个有追求的作家，最大的追求就是语言或曰文体的追求，总是要发出与别人不一样的声音或不太一样的声音"④。正因如此强烈的文体意识与求新的写作思维，素来善于给作家做定性分析的评论家们也很难为其贴上合适的标签。以此观照孙惠芬，则发现其在写作之路上也一直以求"变"意识支配写作，作品在多方面呈渐"变"趋势。

一、求"变"与渐"变"

按作品出版时间来看，从《歇马山庄》到《上塘书》，再到《吉宽的马车》《生死十日谈》以及《后上塘书》，历时近二十年，孙惠芬构建了"歇马山庄"文学地域。因关注领域的集中，其作品不可避免被贴上"乡土小说"的标签，再加上女性身份，又多了"女性书写"的标签。当然，被贴上标签并不意味着孙惠芬的写作是缺乏新意的，从某种程度来说，应该标志着其稳定的话语体系和叙事风格的形成，而成熟风格的形成并非易事，需要经历漫长的构思与探索过程，而促使其自觉进行探索的动力则源自其不断地求"变"意识。这点，我们可从作品标题的命名、主旨意蕴的拓展以及文体表达的构思等方面窥出一斑。

---

① 王一川.我看九十年代长篇小说文体新趋势［J］.当代作家评论，2001（5）.
② 吴义勤.难度・长度・速度・限度——关于长篇小说文体问题的思考［J］.当代作家评论，2002（4）.
③ 莫言.莫言王尧对话录［M］.苏州：苏州大学出版社，2003：153.
④ 莫言.是什么支撑着《檀香刑》——答张慧敏问［M］//扬扬.莫言研究资料［M］.天津：天津人民出版社，2005：74.

孙惠芬在首部长篇《歇马山庄》中开始确立自己的文学坐标，关注对象为辽南地域的乡村百姓，作品着意展示了遭受现代文明冲击下辽南乡村的诗意生活，《上塘书》关注领域依然为歇马山庄，其用自己特有的方式深度诠释了辽南乡村自成一体的伦理生态与乡土秩序，《吉宽的马车》让充满诗意的歇马山庄在现代文明的冲击下开始接受城市文明的洗礼，在进与退之中摇摆。《生死十日谈》零距离再现辽南乡村百姓贫困无望的生活，与死亡的距离只在一念之间。至此为止，作者对歇马山庄的文学演绎已达通透，而在《后上塘书》里，她让进城致富了的村民刘杰夫将拥有五十多年历史的歇马山庄改成上塘村。其实，上塘就是歇马山庄，如此并置的变更有何用意，正如评者贺绍俊先生所言："至少可看出孙惠芬内心有着一种'变'的焦虑……《后上塘书》是她探寻焦虑之后的成果。①"而从作品的主旨意义看，其笔下的人物在现代文明的冲击下，经历了从乡村到城市，又由城市返回乡村的心路历程，对乡村与城市的情感态度在发生变化，《歇马山庄》流露出对诗意乡村的坚守与对现代城市文明的向往，《上塘书》散逸着对诗意乡村自足伦理秩序的满足，面对现代文明的冲击与威慑依然淡定从容，《吉宽的马车》因招架不住现代文明无缝不入的冲击而被动或主动离乡入城，在城市文明的碾压下只好回到乡村，但诗意乡村犹在。《生死十日谈》中乡村百姓贫穷的物质生活与单调的精神世界使诗意乡村全方位沦陷，如此乡村能否回得去？《后上塘书》中作者企图让村长刘杰夫将现代城市文明移植到沦陷的乡村，很显然，这只是作者的一厢情愿。从离乡、进城、返乡、改造乡村整个过程来看，作者一直在探索，一直在寻求变化。

作品标题的变更、主旨意蕴的推进，这些都只是隐性彰显着作者对乡土题材书写的思考，其变化是细微的，若细致分析作者在叙述表达方面的大胆尝试，则不难看出作者求"变"的文体意识与渐"变"的心路历程，如《歇马山庄》的原型寓意与日常叙事、《上塘书》的方志体、《吉宽的马车》的空间叙述、《生死十日谈》的调查采访体、《后上塘书》的书信体与亡灵叙事，这些皆显性可见。为

---

① 贺绍俊.孙惠芬的变与不变：评《后塘书》[J].当代作家评论，2016（4）.

突显写作的现代感，作者还不忘在作品中夹杂一些超现实主义因子，如《歇马山庄》中小女孩火花的通灵之眼、《后上塘书》的灵魂附体等。对此趋向，批评家贺绍俊（先生）一语中的，认为"孙惠芬是不老实的，主要体现在结构方式上"①。确实，对于"怎么写"，孙惠芬是"不老实的"，她有着自己的看法。在她眼中，文体不等同于技巧，但技巧和生活相比，生活本身更重要。她主张"好看不过素打扮，朴素能直抵人心"，她"宁愿在文体之外死去，也不愿在文体之内活着"②。相对于文体意识强烈的作家，她显得格外淡定，正如有论者所言，孙惠芬"不是一个激进的文体革命家，更像一个改良主义者。以村志格式写小说，用散文笔法结构小说，这是孙惠芬式的变与不变相结合的小说定律"③。温和的文体改良者并不轻视文体，只是她心中理想的文体不是花腔般炫技，她意欲追求的是"无技巧之技巧"，又或言"羚羊挂角，无迹可寻"的艺术表达。对于一个作家而言，从"学用技巧"到"熟用技巧"再到"无技巧之技巧"，这是一个不断探索与求变的过程，也是文体表达渐趋成熟与妥帖的过程，孙惠芬对写作技巧的诸种尝试表明其一直走在追求文体表达最高境界的路上，求"变"意识在其写作中始终处于重要的位置。

二、新作与新"变"

在此求"变"心理驱使下，孙惠芬推出新作《寻找张展》，其变化是显而易见的，首先体现在作品的表意结构上。新作以"我"为线索，展示了青年张展的青春成长历程，关注的对象由乡村百姓转为有知识的新锐年轻一代；写作的场域也从辽南乡村转移到现代城市；涉及的主题不再集中体现为乡土文明与城市文明的冲突以及随之而来的困惑，而是年轻一代在成长过程中所经历的多种冲突与精神困惑，由此生发出多元的主题探究，如独生子女的教育问题、行政权力与人性

① 贺绍俊.孙惠芬的变与不变：评《后塘书》[J].当代作家评论，2016（4）.

② 姜广平.我更注重生活本身的力量——与孙惠芬的对话[J].文学教育，2011（5）.

③ 陈红莲.论孙惠芬日常生活书写中的结构[J].江汉论坛，2010（3）.

的博弈、人类永恒爱情的探究、个体自我认知与自我价值的寻找、生命健康与人生价值的体现等。太阳底下无新鲜事，新作关注的其实也不是什么新鲜话题，若采用传统线型叙事方式来结构行文，呈现给读者的或许会是另一种文本，但孙惠芬没有选择常规的叙述方式，而是采用场域化设置、成长型叙述和论证式推理等方式来处理文本，相对于其前期的文本表达不失为一次有意义的尝试。

场域即时空，时空的无边即宇宙。《淮南子·齐俗训》曾言"往古来今谓之宙，四方上下谓之宇"，可见时间的无始无终和空间的无边无际，但在生活中，场域作为人们活动的时空环境是受到各种限制的，而在文学作品中，场域不仅包括物理时空，还指涉特定的精神文化空间，同作家的审美取向、价值追求等有着内在关联。《寻找张展》中这种被割裂的时空感鲜明存在。从表层结构看，作品呈现并置的物理时空。上部讲述现在时态下"我"帮助儿子寻找青年张展的全过程。"我"先后寻访张展的班主任、交换妈妈和辅导员，为了不使线索中断，作者使尽各种媒介如儿子高中时的日记、招之即来挥之即去的女友等，甚至还会冒昧找上可能涉及的当事人。在采访式寻找中，通过当事人的口述，关于张展的现实空间一点点构建，隐于后台的张展形象也逐步明晰，共同指向一个另类、怪异、冷漠、堕落的"坏掉的一代"年轻人形象。作者费尽气力找到张展，寻访的最终结果是张展对"我"避而不见，给读者留下系列疑问。下部以青年张展的电子邮件为载体，以成年张展的视角回顾了他的童年与少年、他的绘画与转学、他的高中与恋情、他的空难与无尽关系、他的后空难时代，这些叙述将读者拉回张展从童年至当下的往昔成长时空，与上部的当下时空互为补充，为读者立体还原张展的形象以及寻找张展的意义。

从作品的表层并置时空中，读者看到的不仅是张展作为一个当代青年的成长历程，还能从其成长历程中窥出迥然不同的两个精神文化世界，即作品深层结构里双重对峙的精神场域，其中，由张展、申一申、"我"、斯琴等构筑的精神空间里，充满着对自由与平等的渴望，对人性的尊重与张扬，对纯粹爱情与美好情感的守护，对权力与欲望的本能抗拒。与之相对应的，则是由张展的母亲、父亲、舅舅以及交换妈妈构成的世俗世界。在这个世界里，评价成功的标准主要体现为权力的拥有、官阶的大小，人与人之间的权益交换与利用价值等，他们所追求的成功皆为世俗意义的成功，为"有用"的成功。作为出生于政府官员家庭的子女，张展的精神生活是灰色的。出身农村的父亲在乡下尽管根系发达，有着"无尽关系"，可在城郊出生并有作官家庭背景的母亲眼中，这些都不值一提。为了最大限度地攀爬升迁，母亲强势地折断父亲与乡村的一切"无尽关系"，"我"作为官员子女，为了将来的光明前途，自然也要远离"无尽关系"而长期寄住在姥姥家。八岁表姐梦梅被县政府的轿车撞死，这本是桩罪罚分明的惨案与悲剧，却被张展父母用谎言掩盖真相，将梦梅的惨死演变为张展父母仕途升迁的架梯。梦梅事件是张展童年无法抹去的阴影，他第一次看到被权力与欲望扭曲的险恶世界，对政府官员的仇恨情绪由此深埋。而在少年时期，孤独无依的张展偶然被卖土豆饼的黑脸男孩所吸引，因为那个世界里"没有虚假，没有谁看谁脸色那些暗中讲究"。即使涉及迎客送客收钱算账一些程序，那也是先来后到，人人平等的"。但好景不长，张展逃课被发现，他再次被拉回冰冷无爱的世界，此次事件的后果是黑脸男孩连带小卖部一并被父母的权力清理，张展再次体会到权力的疯狂与不可理喻。张展爱绘画，但在其父母眼中，画画是个不正经的职业，只有升官发财才是体现一个人价值的最好方式。张展悲哀地发现"这世上确实有一种人，他们从来不知道艺术为何物，不知道在所谓的知识之外，还有更宽广的东西"。为了实现他们眼中的功成名就，张展又一次被父母转学，并创造性拥有了"交换妈妈"。幸运的是，在新的环境中，张展却遇到了给他带来情感慰藉的同学，遇到了唤醒并照亮其体内艺术世界的发廊女斯琴。在这里，张展遭遇了爱情，但他的爱情不同于同学申一申的爱情，申一申的女友会世俗地在每个同学的电话后面标上家长的社会职能角色，斯琴却是纯粹的，她能给张展以艺术和美的启蒙，指引张展去认识真正的自我，去获取真正意义的成功。很显然，这是两个对立的空间，不仅存在于张展与他的父母亲之间，还如同牢不可破的铁丝网一样笼罩于现实生活之中，令人窒息。

在双重的空间对峙中，张展的灵魂经受着一次次洗礼。他在不断寻找，寻找接纳与认同，寻找人生的支点与意义，寻找自我的存在与价值，这种找寻至其父亲遭遇空难才得以升华。在父亲遭遇空难后，张展终有机会了解父亲的真实情况，那个在乡下拥有"无尽关系"的父亲曾经的理想是做个优秀的木匠，他曾经多么渴望能展翅高飞，但（现实让他）遇见功利强势的母亲，让他挥泪斩断乡村血脉相连的纽带，如同短翅之雀被迫走上这条为功名而搏的仕途之路。张展最终悟出"我们这个时代的病症，权力和利益绑架了我们的父母，在他们欲望的羽翼下我们如何畸形成长。我们在享受父母给予的物质与权力的同时，精神上承受着父母关爱的缺失"，为此，他理解并接纳了父亲，但此时父亲已与他阴阳两隔，他已没有机会与父亲倾心交流，哪怕一段在病房里共度的时光。唯有不幸才能医治不幸。为了医治受伤的心灵，张展选择去特教学校任教。他还选择去肿瘤医院当志愿者，直面病痛与死亡。这些经历让张展的精神世界完成了最后的自我救赎与完善，他已学会正视一切成长之痛，让自己真正成长为一个大写的人，一个有信念、有方向和健全人格的人。

在这部颇费心力、类似于女人活计的"女红"之作中，"寻找"是主线。如何让一件在现实中按常识不大可能发生的事情合情合理地发展下去，这需要作家超强的逻辑推理能力和自圆其说的论证能力。孙惠芬曾言"庸人自扰的滋味便是文学的滋味"[1]，《寻找张展》确实让读者感受到文学"庸人自扰"的滋味。小说分成上下两部，上部"寻找"，下部"张展"，合在一起正好构成小说整体。通读全文，从前往后看和从后往前看感觉迥异。从前往后看，读者跟随作者的一次次猜测和解释，勉为其难地一步步往下走，为作者担忧；从后往前看，体会作者在上部的良苦用心，为作者喝彩。作品开篇告知读者寻找张展是"我"儿子提出，儿子的请求其实并不强烈，只是轻描淡写提出"还记得我的高中同学张展吗，帮我找找，他与我的科研有关"，因为这个，"我"走上了寻找之路。这个理由令人信服吗？作者曾说过，"小说需要有说服力，有说服力的小说重要的一点是让人觉得真实"[2]，显然，这个理由不够充分。接下来"我"得知张展遭遇空难的父亲曾读过"我"的《致无尽关系》，就认为张展和"我"有了说不清的关系。这个

---

① 孙德宇. 女性作家的心灵家园：对话孙惠芬 [J]. 渤海大学学报，2011（3）.
② 姜广平. 我更注重生活本身的力量——与孙惠芬的对话 [J]. 文学教育，2011（5）.

理由成立吗？显然还不够。通过儿子的描述，"我"又得知张展的基本情况：冷漠、怪异、倔强、我行我素、爱画画、与父母决裂、独立生活能力强。儿子的描述不但没有打消"我"寻找张展的念头，反而更加强烈。至此，寻找张展的理由归于两点：一是缘于做母亲的对于儿子有求必应的爱。二是缘于"我"作为作家特有的好奇心。因为这两个理由，"我"走上寻找之路，如何让这场并无多大意义的找寻活动顺畅进展下去，又一次考验着作者的设计安排。在儿子提供的有限信息里，张展的高中生活里出现班主任、交换妈妈和发廊女，按照生活逻辑必须按照这些线索找下去。在文中，作者先找到班主任，关于张展的信息为零，但有了交换妈妈的联系方式。找到交换妈妈，得到的信息是张展是个无道德感的人，此外，无它。接下来怎么办？作者的安排有些牵强，阅读高中时儿子的日记，期望从中找到有关张展的信息，一个高中生会将自己的私密日记随意放在家里并让家人轻易找到？但为了让"寻找"继续下去，必须承认它的合理性。因为日记，"我"知道了张展的恋爱对象发廊女斯琴的存在，并寻访上门，没有交流，一切止于猜测。接下来拜访张展就读的大学成了必然选择，找到辅导员得到的信息是张展"爱戴毛绒帽"的习惯和"乌啦巴涂"的性格以及毕业去向。接下来，寻访特教学校，众人的描述又为读者构建了一个充满爱心和责任心的张展形象。前后割裂的张展形象皆由不同叙述者的猜测构建，但在种种猜测中"我"也算如愿以偿完成了"找寻"任务。

与其说作品上部是"我"在寻找"张展"这个人，不如说是作者在找寻"寻找张展"的理由。在上部结尾处，"我"以信件的方式向张展提出系列疑问：为什么和父亲决裂？为什么很小离家出走？为什么要恋大八岁的发廊女？为什么在父亲空难后还和发廊女在一起？为什么要学习美术专业？为什么选择特教学校？为什么每周去市内，斯琴和她的孩子意味着什么？为什么把父亲的每幅肖像画得不一样？为什么在父亲的眼睛里画满小草小鱼？一系列的提问并非随意铺设，每个问题的提出背后都隐藏着一段故事。与其说作品下部是张展讲述自己的成长故事，不如说是作者针对上部疑问逐个解答问题的过程，如童年时期与父亲的决裂；童年少年时期的几次离家出走；少年时期的孤独与渴望，只能借助绘画表达心绪；高中转学阶段与斯琴的相识相知；父亲空难之后，重新认识父亲的"无尽关系"，内心渴望救赎与心灵的重生。从此角度看，新作更像一部立论清晰、论据充足的论文，在提出问题、分析问题中严谨地完成论点的论证。

三、"变"与"不变"

综上所述，新作对应于前期作品，在"写什么"以及"怎么写"上都有了变化，但常识告诉我们内容和形式向来不能分而论之，因为所有形式皆承载着小说的全部要义和作者全部的气质、性格、理念与习惯等。以此观之，新作虽采用场域化设置、成长式叙述和论证式推理等叙述策略，在主题表达和叙述策略上和之前的长篇写作相比有了新变，但究其本质，这些策略皆延续着作者一以贯之的写作理念与表达习惯，此种"变"乃不变之变。

首先，在《歇马山庄》《上塘书》《吉宽的马车》《后上塘书》等几部作品中皆存有类似于场域化叙述的结构设置，最典型的是城乡并置的二维空间。作者通过对乡村风景、风俗、风情的描绘为读者呈现了朴实恬淡、秀美的乡村场域，以人物的视角为读者呈现了虚伪、肮脏、堕落、冰冷的城市空间。而在精神意义上也存有二维对峙空间，最典型如城乡经济文化的巨大差异使乡村百姓在城与乡的游离中不可抗拒地陷入精神困惑与身份焦虑之中，《上塘书》《吉宽的马车》《后上塘书》中对乡土文明的眷恋、不舍与对现代文明的批判、反抗与绝望。《歇马山庄》中月月对纯粹爱情的向往与坚定，与之对应的是买子的世俗现实爱情观。《后上塘书》中刘杰夫为了追逐世俗意义上的成功而犯下诸多恶行，与之对应的是刘杰夫对世俗意义上成功的反思，对人"该怎样活着"等精神价值的追问以及回归质朴人性与乡土文明的渴望。

其次，新作作为成长小说，不仅呈现了张展生理意义上的成长，与此同时也展现了张展精神层面上的成熟。为凸显"成长"主题，作者以"寻找"为载体，在"寻找"中"成长"，在"成长"中完成作品的立意升华。但诸如此类的成长模式在前几部作品中也有体现。如《歇马山庄》中月月代表一种理想的当代女性,她既是传统的,又是现代的。面对爱情,她随心而走,不掺杂丁点世俗因素。只要爱上了,就会不顾一切去追求。只要爱情不死,她愿意放弃一切,愿意承受一切。一旦发现所谓爱情的真实面目,会冷静成长,拒绝妥协。经历了对爱情的狂热、付出、受虐以及对爱情真实面目的认清、对理想爱情的绝望,女性自主意识最终觉醒与高扬,从而完成了自我人格的成长与救赎。在《吉宽的马车》中,这种成长模式更加鲜明。有论者认为其"在整体结构上可看作离家——探险——回家童话结构的某种变奏,从这个角度讲,《吉宽的马车》可以看做是一篇探险与成长小说"①,还有论者认为"吉宽从'虫子'到'蚂蚁',再变到'屎壳郎'的过程,吉宽的人生图式是中国版的变形记"②。这种模式在《后上塘书》中亦能觅得痕迹,刘杰夫作为乡村逃离者,对城市文明充满向往与崇拜,不择手段在城市里谋得暴富俗利,但经历丧妻事件后才发现人生打拼的终极目标不是这些,开始对乡村淳朴文明充满珍惜与向往,内心的狂躁也随之归为平静,有论者认为作品"在书信讲述的故事中,完成了刘杰夫这个农民资产者成功后的自我反省和自我救赎","是一个农民资产者的精神成长史"③。

再次,从表象上看孙惠芬在新作中首次运用论证式推理,但究其本质,则由其一以贯之的女性写作立场所致。谈到女性写作,不少女性作家反感被贴上"女性写作"的标签,估计孙惠芬也属此列。在她的意识中,写作就是"对灵魂的追逐,对情感的挖掘,对人生和社会的思考"④。确实,写作不分性别,但作为女性作家,性别意识还是让其作品不可避免被打上女性作家的烙印,如喜欢采用"向内转"视角、"内倾式"关注以及絮叨式表达方式。向内转视角使她们擅于从日常生活中取材,截取琐碎的细节和纷繁的意绪融入创作,显示出女性独有的细腻与烦琐。为表达烦琐、微观的日常体验和生命感知,在表达方式上多采用日记、书信、随笔等形式,使小说在外在结构上呈日记体、书信体、闲聊式、散文化等样态。为了更酣畅地表达情感,在人称安排上多采用第一人称,即便不采

---

① 张丛皞.思考的诗性形式——评孙慧芬新作《吉宽的马车》[J].通化师范学院学报,2008(9).

② 程亚丽.中国农民的变形记[J].东岳论丛,2009(9).

③ 徐勇.全球化进程中的乡土寓言写作[J].当代作家评论,2016(4).

④ 孙惠芬.伤痛城市·写在前面的话[M].沈阳:春风文艺出版社,1997:7.

用"我",其中的人物叙述者肆意流露出作者叙述者的情感,依然摆脱不了"我"的内在倾诉动机。这种强烈的内倾式动机使得作品带有自叙传印记,易给读者造成自传体小说的印象。这种视角与表达还会影响其语言形态。一般意义上,男女作家在语言形态上可能存在差别,如有论者认为男性语言通常是"理性的、逻辑的、等级的和直线的",而女性语言则被认为是"不重理性的、反逻辑的、反等级的和回旋式的"①。铁凝也说"女性作家在表达女性的时候比男性作家表达男性的时候要来的率真,这是女性作家优点的同时也可能是她的一个劣势"②。孙惠芬的叙述也体现出鲜明的女性特色,她侧重探讨人物微妙的内心,主张"文学要反映人的心灵,心灵涉及了强者也涉及弱者""最好的小说是写出了素常日子素常人生的素常心情,是写出素常心情中蕴含的素常人性"③,她在心灵化、内倾式的语言表达中并不意图为读者提供生动的故事,而侧重"抒写人生命运的悲喜交加,挖掘人在悲喜交加的命运中隐藏的人性的复杂与迷惑"④,这种执着的追求使其作品呈现出诸如少故事性情节、少描绘性语言、多理性化评述等特征。

四、叙述的限度与维度

关于经典长篇的标准,向来莫衷一是,但有一个相对性的衡量尺度告诉我们,故事性、思想性与艺术性是成就一部经典长篇不可或缺的重要元素。这些要素其实不仅关涉作品的内容或单纯的形式问题,而是作品内容与形式的妥帖糅合,缺少或偏重其中某个要素的叙述都存有产生"半部佳作"的危险。浓郁的时代气息、深邃的生命意识、女权主义色彩以及对人性的深度考量等,这是评论界对孙惠芬作品总体特色的概括,这些概括用在《寻找张展》上依然妥帖,而诸如场域化结构、成长式叙述和论证式推理等叙述方式的运用虽在一定程度上有效表达了作者的精神追问,但若以经典长篇的标准丈量,这种叙述策略存在一定限度。

---

① 鲍晓兰.方女性主义研究评介[M].北京:三联出版社,1995:126.
② 刘学斤.对面、永远有多远和大浴女[M]//见铁凝.谁能让我害羞[M].杭州:新世界出版社,2002:383.
③ 孙惠芬.让小说在心情里疯长[J].山花,2005(6).
④ 孙惠芬.写作不是获奖,是生命[N].深圳商报,2005-6-29.

长篇小说的第一要素应是故事性，可读性也是小说区别于其他文类的重要指标。但故事和小说是有区别的，本雅明曾把故事和小说作了区分，在他眼中，故事往往给人以某种教诲，小说由故事构成，但并不止于故事。故事是小说的载体，小说真正的意图应在故事的背后。如果一部作品只注重故事性，忽视了思想性或艺术性的存在，则易沦为通俗读物。但相对应的是，一部小说也不能少了故事。很显然，孙惠芬式叙述淡化了故事情节，《寻找张展》中甚至连故事的根都难立住，作者花了整整半部篇章用来证明故事的可信性。通过人物张展的口述来描述自己的遭遇，浓烈的情感和失控的观念化语言以及宣泄的心理铺陈使其成长遭遇少了生动性与形象性，留给读者的是无尽的感慨与唏嘘。对此局限，孙惠芬自己也有认识，她曾言"和许多作家不同，我缺乏故事的滋养，传统的小说创作，本是由讲故事开始，可是我从小到大对故事不感兴趣。我也试着讲一些故事，但一直无法进入纯粹，总是将自己化进故事里，将故事中人物的心情变成自己的心情，或用自己的心情去发现别人的心情。结果，我的故事总是呈弥漫状态，如心情一样"[①]。确实，新作上部自始至终都是以"我"的视角去解决寻找的理由和存在的价值，下部虽由张展来讲述自己的成长过程，但我们还是不难看出张展的价值立场、情感倾向、言说气息等与"我"完全一致。

孙惠芬坦承自己不擅长讲故事，但她善于挖掘故事背后的隐秘，这隐秘即小说的"意义"，或称"思想性"。一般情况下作家会选择哲思化、散文化笔法，直接通过人物叙述者或作者或"我"的思考、评议等形式将各种或浅显或深奥或中庸或极端的观点传达出来。这种手法在孙惠芬的笔下显得尤为鲜明。在此并无意否定小说散文化或哲思化，而是不赞成毫无保留的、不管不顾的分析与评说，如在《寻找张展》中，"我"自始至终一览无余地用自己的语言和行动（高调）表明自己的立场、情感和价值取向，在下部又通过张展之口继续倾情表达与作者立场完全一致的各种观点。小说可以有自己的情感与思考，但不能如此不加节制。米兰·昆德拉在《小说的艺术》中曾说，现代小说最大的魅力就是它的"暧昧

---

① 孙惠芬. 让小说在心情里疯长［J］. 山花，2005（6）.

性"。确实，艺术的魅力往往就在于这种暧昧不清的"混沌"状态，一种不可解释的混沌，或者说即便解释了依然一片混沌（的状态），用中国传统的审美观则解释为"含蓄""多义""留白"等。好的东西总是很难把握，好的小说存在的价值就是以故事的方式诠释那些幽暗不明的事物，如人性的幽曲、人心的微妙。如果作者洞察至深、感叹之极，一切深远的东西一览无余，留给读者的则是无味与乏味，小说因此难免会流于单薄或肤浅。曾有论者指责《歇马山庄》"全凭生命的知觉感知世界，缺少应有的指责和批判，表现出理性的匮乏。"[①]。谢有顺也认为"过分注重个人感性经验表达的写作是有限度的。个人的困境如何与人类的困境发生关联，如何在作品中实现一种向上的抒情性，是许多女性作家需要解决的问题"[②]。但笔者认为，孙惠芬式叙述不乏理性，也能突破个人困境与人类精神的关联，但过于急切、任性的评介让小说深深打上作者的影子，在一定程度上损伤了小说的文学品质与艺术美感。

一部作品有了故事性和思想性，欲想成为经典之作，艺术性则显得格外重要。当然，小说的艺术性并不能简单地等同于奇特的结构、缠绕的叙述或个性化的语言表达，更深层次地说，艺术性包括一切形式的运用，但并不止于这些外在的载体，而是在综合因素的合成下形成的一种气息、情绪或意蕴。何以达到如此艺术佳境，这就需要思考如何处理写作技巧与艺术性的关系的问题，这是每一个作家必须思考的重要命题。但凡一个作家的成长，必然要经历由"不会写"到"太会写"的过程，"不会写"阶段需要模仿，"太会写"阶段易于陷入由轻车熟路、经验丰饶而产生的麻木感，这两种状态都不是最佳的写作状态，最佳的写作境界应是再次回到"不会写"状态，此境界与孙惠芬所提倡的"无技巧之技巧"境界相契合。但遗憾的是，孙惠芬在《寻找张展》中所处的正是"太会写"状态，在思想的表达、技巧的运用上游刃有余，但其过分贴近生活，通过琐碎的生活凸显人的生命意识、情感体验、生存困境以及挣扎等，这种絮叨式写作的弊端是鲜明的，如同王干评价池莉时指出"过分沉湎于对现实的体验和理解，零距离接近生活接

① 张丽丽.生命深处的喧嚣与骚动——论孙惠芬小说中的女性世界［J］.山东师范大学学报，2008（2）.
② 谢有顺.忧伤而不绝望的写作［J］.当代作家评论，1996（1）.

近读者的同时，少了超越性，文学毕竟不是回忆录"①。以此类推，小说不是故事会，不是散文回忆录，不是学术论文，也不是技巧实验，"好的小说应该对生活有新发现，对文体有新贡献，是由自身个体特点建构起来的话语世界"②。作为女性书写者，孙惠芬对写作有着自己的理想，对生活有着自己的感知，孙惠芬式叙述虽存有一定局限，但善于求"变"的意识也使其今后的创作存有诸多可能。

作者简介

孙惠芬（1961—），出生于辽宁大连庄河，中国作家协会全委会委员，辽宁省作家协会副主席。代表作有短篇小说《台阶》《赢吻》《狗皮袖筒》，中篇小说《歇马山庄的两个女人》《民工》《一树槐香》《致无尽关系》，长篇小说《歇马山庄》《上塘书》《生死十日谈》《后上塘书》，长篇散文《街与道的宗教》等。曾获多种文学奖项：长篇小说《歇马山庄》获辽宁省第四届曹雪芹长篇小说奖、第二届中国女性文学奖。长篇小说《吉宽的马车》获第三届中国女性文学奖。中篇小说《歇马山庄的两个女人》获第三届鲁迅文学奖。2002年获中华文学基金会第三届冯牧文学奖"文学新人"奖。

《寻找张展》《歇马山庄的两个女人》内容简介

《寻找张展》：这是一部以当代青年成长为主题的长篇小说。作品结构独特，分上下两个部分，上部"寻找"，下部"张展"，讲述"我"在国内为了儿子的科

---

① 王干．说情主义，池莉的看家本领［N］．中国图书商报，2002-5-30．
② 何镇邦．对生活有所发现，对文体有所贡献——简论刘恪的小说创作［J］．当代文坛，2005（5）．

研而苦苦寻找儿子的高中同学张展的故事。在寻找过程中,"我"接触到张展成长中重要的几个人物,但是他们口中的张展是截然不同的张展。直到"我"见到了张展本人,但是他对"我"的完全回避使"我"处于迷茫之中。小说以寻找90后年轻人张展为主线,关照并反思一代人的成长历程。在小说中,作者借助张展的父母与他的原生家庭如何处理社会关系,以及为张展前途上张罗的"交换妈妈"的所作所为,给中国的地方官员做了精准画像,揭露以权谋私、以权寻租的官场生态,刻画官员们注重经营官场关系忽视亲情的可悲可叹,从而批判了权力对人性的异化。

《歇马山庄的两个女人》(第三届鲁迅文学奖获奖作品):小说围绕歇马山庄两个先后结婚的新媳妇,两人从互相陌生到有意的相识,从相识到相熟,再从相熟到掏心掏肺。看似情到深处,实则情感极其脆弱,最终烟消云散,各自回归各自的归宿,或许这才是本真的乡村家庭生活。作家用细腻的笔触,向我们描绘出了乡村留守女人的孤独,由孤独而生出同病相怜的情感,那感情稍遇一点挫折却又是那么的经不住考验,体现出人性的复杂与微妙。

阅读指导与思考

1. 孙惠芬小说创作的"不变"体现在哪些方面?
2. 孙惠芬小说创作的"渐变"体现在哪些方面?
3. 《寻找张展》的"新变"体现在哪些方面?

推荐课外阅读

1. 孙惠芬. 我的稻草时代 [M]. 山东文艺出版社, 2019 (5).

2. 孙惠芬. 孙惠芬乡土小说［M］. 大连海事大学出版社，2012（5）.

3. 孙惠芬. 歇马山庄的两个女人［M］. 群众出版社，2003（5）.

中国大学 MOOC 链接：

20 世纪 90 年代以来的长篇小说研究 _ 北京大学 _ 中国大学 MOOC（慕课）
https：//www.icourse163.org/course/PKU-1460889162.

附录一

⫶

新时期以来长篇小说的结构类型及演变逻辑

结构，就小说而言，是作家在构思和创作过程中对所要表达内容的总体规划。刘勰在《附会篇》中谓"总文思、统首尾、定与夺、合涯际，弥纶一篇，使杂而不越者也"①，强调的正是结构对于文章所具有的"弥纶一篇"之功能。由于文类的特殊性，结构对于长篇小说而言意义尤其重大。自小说问世以来，结构诗学一直存在，但若采用科学手段对其进行精准分析，则是一种危险的企图，因为"理性的秩序和道德的秩序在艺术中根本不存在"②。目前已有学者尝试从不同角度对其类型进行确认，出现了如单线式、网络式、段缀式、封闭式、开放式等不同分类，诸如此类的划分还在继续，无法穷尽，也难能终止。这些角度不一的有限分类虽让我们局部看清小说结构类型的状貌，但对于全面了解结构艺术的大致发展趋向，因接近不了真相而易落入"只见树木不见森林"的陷阱。

毋庸置疑，长篇小说是在汲取古今中外小说艺术营养的基础上发展起来的。且历经几百年的发展，不论从数量还是质量、艺术手法还是题材选取等角度看，

---

① 刘勰. 文心雕龙［M］. 徐正英、罗家湘注译，郑州：中州古籍出版社，2017：394.
② 马克·肖勒. 技巧的探讨［M］. 崔道怡. 冰山理论：对话与潜对话，北京：工人出版社，1987：180.

当代长篇小说都呈现出繁芜的局面。而结构作为长篇小说最核心的要素之一，自然也呈现出几百年来最繁芜的状态。但此种"繁芜"是否有迹可循？若有，该是怎样的一种轨迹？承前所述，目前学界关于长篇小说结构的研究主要集中在对各种结构形态的分类与特征总结上，包括纯理论上的类型分析、以具体作家作品或不同类型小说为研究对象的结构分析等，相对而言，宏观梳理新时期以来长篇小说结构类型发展趋势的成果 [①] 并不多，部分研究虽有意于宏观把握，但多为断代研究，如《初探当代小说结构的发展趋向》指出小说呈辐射式结构发展趋势；《新时期小说形式美的演化》探讨小说放射性结构的艺术特点；《当代小说结构初探》在对小说结构类型进行分类的基础上探究变革的依据与趋向；《新时期小说的结构美》指出小说在继承传统结构方式的同时，注重对西方小说结构形式的吸收与借鉴等，这些成果皆以 20 世纪 80 年代长篇小说为研究对象。再如《中国当代小说结构的演进》分析长篇小说结构发展呈现出由单一走向多种形态共存的格局；《时间·NOVEL·结构》则从时间与长篇小说的文体渊源着手，探讨二者关系在 20 世纪 90 年代长篇小说发展中的演变轨迹，并归理出长篇小说的时间结构类型与特征；《20 世纪 90 年代以来乡土小说叙事结构的演进及其影响》指出颇具先锋意味的空间叙事结构的出现及对乡土小说的影响等，很显然这些成果皆以 20 世纪 90 年代长篇小说为研究对象。关于新世纪长篇小说的结构分析更少，其中《论新世纪长篇小说的开放型结构》指出新世纪长篇小说呈开放型结构特征。

综上所述，将新时期以来四十余年作为一个整体进行关注的研究目前尚缺，且已有的断代研究依然重笔于结构类型的总结与分析，所归纳出的大致发展趋势给人"不识庐山真面目"之感，而新时期以来的文学时期正好对应改革开放时期，中国的政治、经济、文化及社会发展等皆呈现出新的样貌，在多维文化

---

① 吴士余：《初探当代小说结构的发展趋向》，《求索》1983 年第 4 期；吴功正：《新时期小说形式美的演化》，《当代文艺探索》1986 年第 1 期；贾越：《当代小说结构初探》，《浙江学刊》1989 年第 4 期；邝邦洪：《我国当代长篇小说结构艺术初探》，《华南师范大学学报》（社会科学版）1991 年第 1 期；钱文辉：《新时期小说的结构美》，《吴中学刊》（社会科学版）1995 年第 1 期；戈雪：《中国当代小说结构的演进》，《写作》1998 年第 2 期；王素霞：《时间·NOVEL·结构：90 年代长篇小说文体形态论》《深圳大学学报》（人文社会科学版）2007 年第 6 期；许玉庆：《20 世纪 90 年代以来乡土小说叙事结构的演进及其影响》《重庆社会科学》2012 年第 9 期；晏杰雄：《论新世纪长篇小说的开放型结构》，《当代文坛》2013 年第 3 期。

语境浸染下发展起来的文学自然也呈现出特有的样貌，故宏观归纳与微观分析相结合，从社会文化学以及文体学视角考察新时期以来长篇小说结构类型的发展变化，对于长篇小说的文体研究以及作家的写作具有一定的理论推进与现实参照价值。新时期以来的文学时期在文学史上虽是一个整体，但从作家的文体意识、经典作品的影响力、读者的接受状况及作品的出版量等来看，具有一定的阶段性特征。1985 年中国文坛发生了诸如"寻根文学"的兴起、"现代派"的文学论争等重大文学事件，曾有论者形象地指出"80 年代就像一个紧张的思考者，在现实主义与现代主义的激荡中，1985 年成为新时期文学的一块界碑"①。且从 1985 年开始，"在写作内容上'超越'政治，在表达形式上'超越'革命现实主义，'超越'成为不少作家的自觉追求"②。基于这样的文学事实，为充分显现长篇小说结构类型的阶段性特征，也为了表述的方便，将四十余年分为新时期初（1978—1984）、80 年代中后期（1985—1989）、20 世纪末（1990—1999）、新世纪以来（2000 年以来）四个阶段，历时还原长篇小说结构类型的大致演变镜像。

一、新时期初（1978-1984）结构类型特点

新时期初，中短篇小说的勃兴与辉煌世人共睹。连续六届全国优秀短篇小说和三届全国优秀中篇小说评选活动让很多作家一夜成名。同时，围绕这些获奖作品的影视改编和研讨活动将中短篇小说推向"时代中心文类"的宝座。此阶段的长篇小说是落寞的，最明显的表征体现在知名作品的数量上。当然，数量少只是文类边缘化的表征之一，从作品的题材选择和主题表达来看，长篇小说也是落寞的。洪子诚等学者认为 20 世纪 50-70 年代的中国文学是"一体化"③的文学，这

---

① 雷达.重建文学的审美精神［M］.北京：北京师范大学出版社，2010：368.
② 王又平.转型中的文化迷思和文学书写——20 世纪末小说创作潮流［M］.武汉：华中师范大学出版社，2011：25.
③ 谈及 20 世纪 50 至 70 年代中国大陆文学的总体特征，谢冕在《文学的纪念》（《文学评论》1999 年第 4 期）、丁帆在《十七年文学："人"与"自我"的失落》（开封：河南大学出版社，1999 年）中皆用"一元化""一体化"来概括，而对其做出详细论述的是洪子诚，他从"一种文学时期特征的生成方式""文学的生产方式与组织方式""文学形态"三个方面赋予"一体化"以确切内涵。（洪子诚.中国当代文学史［M］.北京：北京大学出版社，1999.

一过程直到 80 年代才开始解体。与之观点相近的是学者陈思和提出"共名"①说，认为 1937-1989 年中国文学处于"共名"状态，共同的主题是抗战、社会主义、"文革"和反"文革"。这种状态下，"知识分子不但自觉认同时代主题，而且往往把它作为评判社会见解的一种参照"②。根据陈思和先生提出共名状态下的"三种创作可能"③，大部分作家都在进行第一种类型的创作，如《沉重的翅膀》《芙蓉镇》《许茂和他的女儿们》《冬天里的春天》《将军吟》等皆顺应"伤痕""反思""改革"等文化思潮，或控诉"文革"所造成的伤害，或在更大范围内回溯和反省历史，或着力表现国家经济体制改革进程中人们在思想观、价值观、伦理观等方面的变化，共名时代"一体化"思维方式的影响力依然残存。但随着国门的打开，西方文化思潮再次大规模涌入，作家在继承传统叙事模式的同时，开始尝试一些具有西方文学因子的艺术形态。诸多因素的合力使得小说结构形态主要呈以下几种类型：

一是传统线性结构占主导地位。众所皆知，中国古典长篇以相对松散的章回体组织小说，因其联缀性、片段性而遭西方论者的诟病。其实，不管是链条式、递进式，还是板块式、网络式，其最终都指向统一的主题，在人物塑造和故事演绎中完成结构的整体性构建，与西方的"流浪汉小说结构"以及"巴尔扎克式小说"的结构观相一致。此种结构观长时间主导着作家的写作，新时期初诸如《东方》《黄河东流去》等作品在意义内容和讲述方式上，皆注重前因后果的线性发展和内在逻辑，小说结构多呈传统线性结构。

二是结合线性结构进行局部改良。传统线性结构注重结构的整体性、叙事的严密性和主题的统一性，但为了提高艺术形式与表达内容的融合度，部分作家开

---

① 陈思和最早在为《遥近世纪末小说选》（上海：上海文艺出版社，1995 年）第 2 卷序言里提出"共名"，他认为当时代含有重大而统一的主题时，知识分子思考问题和探索问题的材料来自时代，个人的独立性被掩盖在时代主题之下，这样的状态就是"共名"，而这种状态下的文化工作和文学创作都成了"共名"的派生。
② 陈思和. 共名和无名——百年中国文学发展管窥［J］. 上海文学，1996（10）.
③ 陈思和认为"共名"状态下的文学创作通常会出现三种可能：一是作家自觉把握时代主题，并在艺术创作中进行阐释。这类作品只要作家稍具才力就能成为流行的文学而发生影响。二是作家拥有独立的精神立场，也认同时代共名，但把对时代的某种精神现象的思考融化到个人独特的经验中去。三是作家拒绝认同共名，有意回避时代主题，其以较强烈的个人因素突破时代共名的限制，在创作里注重个人的生活经验、审美情绪和精神立场。（陈思和. 共名和无名——百年中国文学发展管窥［J］. 上海文学，1996（10）.）

始对单调、冗长的单体式叙述结构进行局部改良，如《芙蓉镇》采取"立人物小传的'链条式'结构"① 演绎故事，反思历史。《李自成》（第二、三卷）一方面集中描写多方矛盾，另一方面注意各单元间的轻重搭配与精巧衔接，形成的"单元共同体"较之严密的线性表达能产生"笔断意不断"之妙。《钟鼓楼》以北京四合院一户居民的婚宴为中心，在特定时段展现十几户居民形形色色的现代生活，作者将其命名为"橘瓣型"结构。还有部分作品受西方现代主义文化思潮的影响，在线性结构中插入现代小说技巧，形成稍具现代特色的线性结构，如《冬天里的春天》在三天两夜的物理时空里，通过联想、回忆、意识流等手法，自由穿梭于历史和现实之中，构成张弛有致的线性结构。《沉重的翅膀》虽无跌宕起伏的情节冲突，但自然穿插内心活动，聚合起松散的故事与复杂的人物关系，举重若轻地完成既富有时代气息又不乏个性特征、既追求宏大叙事又不乏细致内化的史诗性文本。

三是并置结构的尝试运用。同一个故事因不同的结构方式会产生迥异的艺术效果。相对于时间结构，并置结构因其开放性空间特质成就书写生活的多种可能。"并置"作为随着西方反理性主义思潮而出现的一种艺术表现手段，一开始主要出现在绘画、雕塑、音乐等领域，艺术家将各种表面看来并不相关的事物不作分析地并列排放，力图通过具体事物表现世界。随后"并置"成为小说空间形式理论最重要的概念。《现代小说中的空间形式》译序中的"并置"指在文本中并列放置游离于叙述过程之外的各种意象、暗示、象征等，使它们在文本中取得连续的参照，从而结成一个整体。换言之，并置就是词的组合，意象和短语的空间编织。在创作中，作家可根据需要构思情节并置、叙述者并置、人物并置等。作为一种结构类型，并置结构是小说由时间艺术向空间艺术的拓展。戴厚英在《人啊，人！》中大胆尝试情节并置与叙述者并置，以孙悦、何荆夫、赵振环三个人物的视角展开叙述，围绕叙述主线插入细枝末节使之割裂成多维空间，最大限度获取叙述自由。

---

① 陈其光. 中国当代文学史（1976—1988）[M]. 广州：广东高等教育出版社，1992：464.

新时期初的长篇创作整体上处于沉寂状态，但在整齐划一的现实主义反思主潮中，如戴厚英、张洁等具有一定文体意识的作家率先践行并置、心理分析等艺术方法，并与主题表达巧妙融合，在一定程度上拓展了长篇创作的审美空间，促进了长篇小说结构形态的现代化转向。

二、20世纪80年代中后期（1985—1989）结构类型特点

20世纪80年代中后期，随着经济体制改革以及思想解放的深入，中国社会进入转型期，新时期初文学受制于意识形态的状况得以缓解，中国文学进一步大范围恢复与世界文学的交流，这些因素使得不同类型的作家皆活跃起来，部分作家随着主流意识的节拍往前走，一批改革题材如《浮躁》《古船》《都市风流》《平凡的世界》、"柯云路改革四部曲"等应运而生，这些作品或关注农村的发展，或演绎城镇的变迁，正面展现改革开放以来中国社会生活的多元状态；还有部分作家秉承古代叙事传统，在历史的空间诠释人生，获取启迪，有如《69届初中生》《血色黄昏》《金牧场》等"文革"叙事；还有如《少年天子》《第二个太阳》《红高粱家族》《穆斯林的葬礼》等将历史时空溯至"文革"前，这些叙事或讲述正史，或以历史为背景，探究历史背后关于"人性""命运"等主题。除上述两种题材，还有诸如《海火》《玫瑰门》《十三步》《隐形伴侣》等以个体叙事方式探究人性，《活动变人形》《死街》等既有文化寻根的意味，又含有对民族文化劣根性与生存方式的批判。作为有意味的形式，小说主题和题材的变化直接影响着结构的设置，此时期小说在结构形态上较之新时期初，如《平凡的世界》《第二个太阳》《酒色财气》《都市风流》等大体采用传统线性结构，部分作品继续采用拓展型线性结构和并置结构，部分作品开始尝新的结构，主要体现在以下几方面：

一是拓展型线性结构继续得以拓展。如《穆斯林的葬礼》的双线结构、《妊娠》的仿列传体，最典型如《玫瑰门》在线性叙述中隐含三个时间层，即"文革"期间司绮纹一家的遭遇、新中国成立前司绮纹的情感婚姻遭遇、成年后眉眉

的内心独白，三者之间没有严密的逻辑关系，造成时间结构的局部断裂，在读者的思辨与感悟中完成结构的整合。

二是并置结构得以局部推广。如《红高粱家族》的故事并置结构。小说以爷爷的一生勾勒红高粱家族的兴亡始末，围绕这条主线分出多条分支即《红高粱》《高粱酒》《狗道》《高粱殡》《奇死》，五个故事奔向共同主题，构成空间并置之效。如《金牧场》的单元并置结构。小说由赴日本访学的 J 单元和忆述内蒙古草原插队生活的 M 单元构成，两个叙事空间平行延伸又互为参照，所包含的四个情境与时态互相割裂又有机糅杂，形成多语和弦的艺术效果。再如《死街》的板块并置结构，正如有论者所言，小说的"整体结构是以小块面组合而成，每个块面之间又完全是一种非情节因果关系，似片段生活的连缀，但后一个块面又往往以消弭前一个块面留下的悬念为前提"①。这种并置消解了情节的连贯性与人物的整体性，在似假却真的"死街"上，人与人之间缺少内在的情感链接，人物行动的整一性和情节的逻辑性被打破，在"一人一世界，一人一哲理"的叙述中展示着主题的无解或多义。

三是自由结构簇新上线。所谓自由结构主要指小说不再拘泥于历时性的时间逻辑或共时性的空间联接，而是以心理、意象、情感、情绪等为动力势能的结构形态。如心理型结构，其核心动力为心理分析或意识流动，运用内心独白、自由联想、幻觉、梦境等手法，细致描摹人物的感觉、情绪和思想，在叙述上打破时序，超越时空，如《隐形伴侣》以"文革"为叙事背景，围绕主人公的情感纠葛展开，小说无核心情节，侧重于普泛意义的人性探讨。如意象型结构，以意象的反复出现塑造形象体系，进而推动叙事的展开。根据意象的内涵可分为个体意象、整体文本、寓言象征三种类型，其中个体意象类型借助特定的意象构建小说的形象体系和意蕴内涵，如《海火》中的"海火"，作为海生物尸体发光的自然现象，既指生命之火、纯爱之光，又具阴暗性。"海妖的歌声"既是一种诱惑，令人向往；也是一种警示，让人恐怖。两种意象隐喻着主人公的双面性，意

---

① 胡良桂.蜕变转型 超越现实——孙健忠倾斜的湘西系列小说描述［J］.当代文坛，1991（3）.

象的交替出现，既是对整个人类灵魂的拷问，又是对生命本体意义的探寻。整体文本象征并非依赖于某个特定的意象，而是借助于小说的基本情节、人物命运及叙事结构来搭建形象体系，传达主题。如《活动变人形》通过一个玩具即"可自由组合活动的变人形"来隐喻人物的心灵，文中人物皆为现实中的"活动变人形"，尤其隐喻如倪吾诚这样出国留洋，但在 20 世纪 40 年代的中国现实语境里一筹莫展、唯有空谈的知识分子，他们的灵魂在封建文化的精神地狱中被摧残而致变形。当理性观念强大到无法用个别意象或整体文本来承载时，象征手法则上升为突出理念的寓言作品，如《十三步》，在结构上按照"十三部"的节奏推进，但在结尾处点题，即按照古老的传说，只要看见麻雀单步行走，每走一步皆有好运，但至第十三步，所有好运戛然而止，厄运会再次来临。小说正好十三部，其最终结局必然难逃"不仅活人使我们受苦，而且死人也使我们受苦，死人抓住活人"[①] 不可逃脱地走向毁灭的厄运。

四是反小说结构萌芽出现。所谓"反小说"指反叛小说的基本要素，呈情节碎片化、人物符号化、主题虚无化等特征，如《上下都很平坦》讲述一群知青在下放地的情感生活与悲惨命运，但作者以三部分和两大附录结构全文，采用附录、插入、梦幻等方式揭示知青的悲惨命运及造成悲剧的原因，整个文本弥散着悬疑与神秘气息，缺乏逻辑的空间场景和凌乱的多头并绪在板块式的释疑中考验着读者的智力与耐力。而《突围表演》（又名《五香街》）以论文形式讲故事，但"故事前面的介绍"用去 104 页的篇幅，直到第 107 页才进入故事，全文重点突出的是五香街居民热烈的辩论，整部作品人物模糊，情节飘忽，一切处于"可能有，也可能没有"的不确定之中，学界认为这部小说由各种各样的精神独白构成，甚至有论者诟病为"病态心理学标本"[②]。

综上所述，新时期初在中短篇小说中积极尝试的文体演练热情开始转移至长篇小说，一股关于结构艺术的探索热潮蓄势待发。

---

① ［德］马克思.资本论［M］//序言（第 1 卷）中共中央马恩列斯著作编译局译，北京：人民出版社，2004.
② 黄中俊.残雪的突围——读残雪《突围表演》［J］.理论与创作，1989（10）.

三、20 世纪末（1990—1999）结构类型特点

与 20 世纪 80 年代长篇相比，90 年代长篇在数量上以惊人的速度展现其疯长态势。据相关数据显示，90 年代以来长篇小说年出版量已突破千部，而更大的变化则是相对于前期的"共名"状态，此时期文学逐步进入"无名"状态，即"价值多元、共生共存的状态"①。不过细究则会发现多元的文学格局并非乱象丛生，而是有章可循。如前期的题材选取和主题揭示主要分布在历史、现实、个性化叙事三大领域，到了 90 年代，这种格局基本未变，重头戏依然是历史演绎和现实书写，但书写方式发生了变化，除部分正统历史书写之外，更多作家转向新历史书写，出现如《故乡天下黄花》《故乡相处流传》《我的帝王生涯》《苍河白日梦》等新历史小说。在现实题材方面部分作家坚持宏大叙事，如《骚动之秋》《抉择》《车间主任》《国画》等。在"共名"写作之外，部分作家选择个性化叙事。对此，有论者指出"十七年的叙事主体是'阶级叙述者'，新时期则是'精英叙述者'，进入 90 年代则是'个人叙述者'"②。关于个人化写作，有论者认为是指"建立在个人体验与个人记忆基础上"③"逼近个人经验"④ 的写作，雷达先生将其分为两种，即"一种虽身处边缘化位置，却能把当下的生存体验上升到精神体验的高度，以个人化来贯通对民族灵魂的大思考。另一种写作只为自己，只注重私人空间，把个人化转换为彻底的隐私化"⑤。几位论者互为补充，勾勒出当代个人化写作版图，一类如史铁生、张承志、莫言、韩少功、苏童、刘震云、张炜等作家，他们的写作虽然也有时代"共名"因子，但更注重个体的体验、思考及审美表达。另一类如陈染、林白、卫慧、棉棉等新生代作家或部分女性作家如张洁、残雪等，她们热衷于讲述亲历故事，善用独语的方式展现情绪、身体、欲望

---

① 陈思和. 当代文学史教程［M］. 上海：复旦大学出版社，1999：336.
② 程文超. 新时期文学的叙事转型与文学思潮［M］. 广州：中山大学出版社，2004：271.
③ 林白. 记忆与个人化写作［J］. 花城，1996（5）.
④ 李敬泽. 个人写作与宏大叙事［J］. 作家，1999（3）.
⑤ 雷达. "个人化"辩［M］// 重建文学的审美精神，北京：北京师范大学出版社，2010：82.

等隐秘化对象。勃兴的个人化书写语境为长篇小说结构形态的进一步推陈出新提供不竭的精神动力，而多元的文化资源如西方的"自由机构观"、中国古典的"史传""诗骚"传统、民间的文化传统等，也为出现姿态各异的结构形态提供了可能。此时期小说的结构形态在继承已有形态的基础上有了高蹈的拓新：

一是拓展型线性结构的比例与拓展力度加大。此时期传统线性结构依然占较大比例，如出现《骚动之秋》《最后一个匈奴》《突出重围》《第二十幕》《梦断关河》《疼痛与抚摸》《一九三七年的爱情》《东方的故事》《采桑子》《抉择》《车间主任》《国画》《苍天在上》等。拓展型线性结构的比例也在增加，如出现王蒙的"季节"系列四部的拟骚体、《丰乳肥臀》的网状结构、《情感狱》的元叙事、《纪实与虚构》的双层结构、《家族》的双体结构等。与此同时，部分作家围绕改良的线性结构，拓新力度继续加大，在视角、方法、结构的安排上别致新颖，出现一些令人印象深刻、过目不忘的作品，如《日光流年》的"索源体"、《苍河白日梦》的采访笔录体、《城市白皮书》的日记体等。

二是并置结构的内涵得以丰富与拓新。此时期的并置结构相对于前期，从结构内涵看有了量的丰富与质的拓新。首先是对叙述者并置的继续运用。如《无风之树》中叙述者与人物的并置。文中的叙述者即是文中的人物，包括不会说话的死者、哑巴和动物。其次是对故事或情节并置结构的继续青睐。此时期的长篇中，单纯讲述一个故事的作品不多，复调式故事已成为长篇的突出特征，同一个时间内不同故事或不同情节之间的互相缠绕已成为 20 世纪 90 年代长篇的常态结构。如《酒国》呈现为三层结构并置，第一层为特级侦查员应上级命令赴酒国调查食婴案件，这是小说最贴近现实的故事外壳；第二层为小说人物李一斗和"莫言"之间的通信往来，通信内容含蓄指涉现实，真中有假，虚中有实；第三层为李一斗撰写的九篇短篇小说。三层结构在情节上灵活衔接，在语义上互相指涉，在多重并置中表达作者强烈的现实批判意识。诸如此类的还有《九月寓言》《东八时区》《到黑夜想你没办法》等。再次是新出现人物并置结构，如《尘埃落定》中贴身侍女卓玛与草原卓玛、侍女塔娜与土司女儿塔娜、基督教使者翁波意西与新教传播者翁波意西等人物的设置，在互相映衬中推动故事情节，构筑主题，显示空间形式的意味。最后是词语及意象并置结构新鲜出炉。如《马桥词典》呈现为多个词条的并置，读者可从其中任何一个词条进入，不影响对作品意旨的整体把握。除去以词典形式实现词语并置，在标题的设置上也可实行词语组合，如《尘埃落定》《九月寓言》《羊的门》《边缘》等章节皆设有由人物姓名、景物描写、行为动态等构成的小标题，标示的关键词或各种空间场景互相渗透，彰显故事核心，勾勒故事推进轨迹。

三是自由结构继续"自由"倾向。20 世纪 80 年代深受作家喜欢的自由结构在 20 世纪 90 年代继续得到作家的青睐，出现诸如《金屋》《羽蛇》《九月寓言》等意象型结构和《无字》《一个人的战争》等心理型结构，还新增如《柏慧》的抒情书信体、《务虚笔记》的哲思体、《敌人》的迷宫结构等，这些侧重以情感、情绪、心理、意象、气氛等组织文本的结构，继续体现自由型结构的向内转以及淡化故事与情节的倾向。

四是反小说结构高调上演。20 世纪 90 年代以后，先锋作家队伍开始出现分化，更多作家开始回归现实主义，但刘恪、残雪、孙甘露等作家一直行进在形式主义探索的路上，其中背离小说传统的反小说结构成为文坛一道奇异的景观，影响最大的是《城与市》[1]。刘恪将日记、诗歌、散文诗、戏剧、论文、考证、辞条分析、图表等诸多文类糅杂，构成一部典型的文类融合作品。刘恪认为这种多文体整合是一次"自反式的现代建构"[2]，"重点放在对传统小说的背叛上"[3]。面对这部反主题、反人物、反故事的文本，学界和出版界表现出迥异的姿态。评论界基本持肯定态度，如吴义勤认为"是一部充满极端性和无限可能性的文本"[4]；王一川认为"这部小说作了迄今为止最为大胆的和独创性的跨体实验，堪称 80 年代以来我国先锋文学发展的集大成之作"[5]。但这部小说发表后历经六年分别被八家

---

① 《城与市》写于 1996 年至 1998 年，之后陆续在《山花》《芙蓉》《莽原》等杂志连载发表，2004 年由百花文艺出版社出版。

② 刘恪. 城与市 [M]. 天津：百花文艺出版社，2004：658.

③ 刘恪. 城与市·后记 [M]. 天津：百花文艺出版社，2004：671.

④ 吴义勤. 将文体实验进行到底——刘恪的《城与市》[J]. 小说评论，2002（3）.

⑤ 王一川. 北师大讨论会议纪要 [N]. 作家报，1998-12-31.

出版社以"读者看不懂，不能赔本"为由拒绝出版，最终由百花文艺出版社出版，且发行量很少。还有如《玫瑰床榻》被作者崔子恩赋予一种镶嵌的结构样态，故事、情节和结构只是作者狂欢诗学理念下世界图景的变形与无常，读者进入小说文本如入迷离灵境，虚实难辨。诸如此类无法界定小说文类身份的作品还有《大气功师》《光线》《呼吸》《女人传》等。

综上所述，拓展、拓新、自由、反叛是此时期结构形态归类的关键词，各路作家迸发着无以复加的文体探索激情，几种力量并驾齐驱，共同奏响 90 年代结构艺术探索最强音。

四、新世纪以来（2000 年以来）结构类型特点

以发展的眼光打量新世纪以来的长篇，较之前期，单从激增的出版量以及社会影响力等来看，我们没有理由怀疑其"时代中心文类"的地位，尤其从作家队伍来看，既有早已功成名就的成熟作家如王蒙、张洁、贾平凹、莫言、张炜等；也有 20 世纪 90 年代新崛起的新生代作家如李洱、林白等；还有一些从其他领域转型或新近涉足文坛的作家及 70 后、80 后作家等。从此角度看，此乃进步与发展，但从题材选取和主题表达角度看，此时期作品依然主要分布在历史、现实和个性化叙事三大领域，在历史书写中，除了正史演绎，更多精彩还是来自个性化书写，如《黑山堡纲鉴》《乌泥湖年谱》等。在现实题材方面，"向上看"的大时代叙事如《大法官》《大雪无痕》《英雄时代》等和"向下看"的乡村叙事如《秦腔》《城的灯》《受活》等形成二水分流局面。还有更多如《外省书》《桃之夭夭》《最后的情人》等无法归类的题材，彰显着深刻的人性思考和哲学领悟。历经二十余年的探索与实践，新世纪以来的长篇在题材选取与主题表达上基本沿袭前期主旨路线，但作家的文体观渐趋理性，小说结构在继承并拓展已有类型基础上渐呈多元共存状态：

一是拓展型线性结构继续充满活力。此阶段占主导地位的依然是情节型结构，如《东藏记》《沧浪之水》《平原上的歌谣》《高兴》《白豆》《笨花》等。

拓展型线性结构更引人注目，这种结构类型在 20 世纪 90 年代呈郁勃状态，进入新世纪，追求艺术构思的成熟文体观使其更具生命力。如《受活》的絮言体、《拯救乳房》的著述体、《檀香刑》的戏剧体、《蛙》的书信体、《怀念狼》的流浪汉体、《丑行或浪漫》的板块叙事、《外省书》的列传体、《牺牲》的双线体、《生死疲劳》的章回体、《黑山堡纲鉴》的纲鉴体、《炸裂志》的方志体、《生命册》的树状结构等。而残雪在《最后的情人》中也有了回归现实的尝试，虽然还是荒诞的内容、魔幻的笔法，但有了可复述的故事，可归纳的主题，可辨识的人物，叙述风格倾向写实。

二是并置结构继续备受青睐。一是故事并置。如《灵魂是用来流浪的》《太平风物》《悲悯大地》《暗算》《尴尬风流》《空山》《四十一炮》《告别夹边沟》《中国一九五七》《村庄秘史》《繁花》等。二是情节并置。如《家族》《牺牲》《最后的情人》《把绵羊和山羊分开》等。三是叙述者并置。如《认罪书》《花腔》《万里无云》《病相报告》《不必惊讶》《檀香刑》《我的丁一之旅》等。四是人物并置。如《我的丁一之旅》《不必惊讶》等。五是词语或意象并置。如《不必惊讶》《上塘书》《暗示》《丑行或浪漫》等。

三是自由结构的内化减弱及实录化倾向。20 世纪 90 年代繁盛的自由结构继续繁盛，但在具体构成上发生变化，纯粹的心理内化减弱，出现如《空山》《西去的射手》《刺猬歌》《暗示》《我的丁一之旅》《尴尬风流》等融抒情化散文、哲理性反思于一体的混合结构。新增如《能不忆蜀葵》《坚硬如水》《后悔录》等反讽结构，还出现如《告别夹边沟》的采访实录、《妇女闲聊录》的口述实录、《中国一九五七》的纪传体等具实录倾向的实录体结构。

四是寥若晨星的反小说结构。进入新世纪，追求极致形式主义的反小说结构在文坛上寥若晨星，曾经热闹一时的先锋作家队伍逐步解散，只有极少数作家坚守自己的艺术追求，如作为坚定的先锋作家，吕新在大家纷纷由绚烂转向平淡后，继续以《草青》等昭示其追逐形式的决心。

相对于 90 年代的凌厉与张扬，新世纪以来长篇小说在结构设置上少了狂热和激情，历经前几个时期的操练与顿悟，作家都形成稳定的结构观，文体焦虑和标新立异不再成为作家追求革新的内在动力，从整体上表现出理性成熟以及向传统回归的真诚。故有论者评价新世纪以来的小说结构，"似乎没有能够重现九十年代那种充满创造性的局面"①，"现代意识自觉渗透在长篇小说肌体的方方面面，体现出一种'曾经沧海难为水'的成熟风范"②。

五、长篇小说结构形态的发展演变规律探究

任何事物的发展皆存有一定的规律，结构作为艺术的表现形式之一，在一定时期内也会呈现出一定的发展规律。单从技巧层面分析新时期以来长篇小说结构形态的发展演变，几大特征清晰可窥：一是由线性叙述转向点式、面式叙述，最后归向点线面结合的空间网络叙述。二是由注重线性的客观时间描写转向纯粹的主观时间描写，最后转向客观和主观相糅杂的时间描写。三是由完整封闭的有机结构转向开放的时空并置结构、不受时空限制的自由结构，甚至反小说结构。四是单部作品的结构设置由以某种类型为主，逐步转向对其他结构类型的融合，呈多元交融样态。

为何会呈现上述发展规律？通常意义来讲，艺术规律的形成既得力于外在诸如政治、经济、文化等显性力量的影响，也得力于艺术自身的自足发展。作为小说技巧的结构，虽与内外多种因素的影响有关，不过相对于小说题材、主旨等要素与时代语境的紧密关联，更多应归因于小说自身的发展。承上述，新时期以来长篇小说的结构形态大致经历由简单到繁杂、平面到立体、平行到交错的演变过程，但这种趋势并非当代长篇专属，中国古典长篇的结构也经历由单线式、板块式转向网络式、集锦式的演变过程，西方长篇小说也经历流浪汉体、巴尔扎克式、书信体、系列小说、意识流、寓言小说、结构主义小说等演变过程。稍做比较还会发现，它们从类型上都经历了由单一到多元的演变，从存在状态上都经历了由一种模式独领风骚到多种模式共存的演变，单部作品的结构类型上也历经了

---

① 王春林. 新世纪长篇小说文体论［J］. 小说评论，2011（2）.
② 晏杰雄. 新世纪长篇小说文体研究［M］. 北京：作家出版社，2013：72.

由单纯型结构到交融型结构的变迁。可见，作为一种艺术技巧，小说结构的发展具有一定的独立性与自足性，始终处于既嬗变超越，又稳定守成的动态模式之中。

但有一点不可忽视，既然写作主体是具有社会属性的人，作者自身都脱离不了时代因子的浸染，何以保证由其设置的艺术形式不带上时代的印记？如反小说结构是 20 世纪西方社会无序混乱结构状态的外显，当时人的本质被异化，内在情感被物的关系无情取代，作家正从此病态心灵出发，用反小说结构折射出世界的荒诞与恐怖，故而取得较好的艺术效果。而在之后，中国作家仿而效之，不管从作家的写作心态，还是读者的接受心理以及时代语境等来看，因无法赋予其以真诚的涵义，只能作为特定时期文体实验的产物出现。

再如情节型结构。不管社会如何进步，读者的接受心理及作家的审美意识如何变化，从实际操作来看，情节与故事始终是作家首要考虑的因素。细思深究，其与小说的起源及中国人特有的"贵史"情结不无关联。谈及中国小说的起源，学界基本达成共识，将史传传统视为小说的母体。其中石昌渝先生的一段论述影响很大，他认为"史传孕育了小说文体，小说自成一体后，在它漫长成长过程中依然师从史传，从史传中汲取丰富的营养"[①]。史传传统虽在文类上孕育了"小说"，但让其成为一种文类却是很久以后的事，尤其对于长篇小说而言。回溯中国小说的发展，其历经杂史、杂传、志人小说、志怪小说、笔记小说、野史小说，直到唐传奇才开始在小说中不加掩饰地加入想象和情感的成分。传奇的出现意味着文学意义上"小说"的开始，同时也意味着"小说"对史传传统依附关系的开始。这种关系在一定程度上促进和指引着小说的发展，其中"史贵于文"的重"史"情结和讲述历史的方式对作家的影响根深蒂固。而《史记》作为文史合一的综合文本，将浩瀚的历史史料、纷繁的历史事件和众多的历史人物组织成一个有序的整体，采用实录的方法粗放勾勒叙述对象，形成"小场景有细节逻辑，大事件描写粗线条，局部构造严谨，整体架构松散"的结构样态。对此结构样

---

① 石昌渝.中国小说源流论［M］.北京：生活·读书·新知三联书店，1994：67.

态，茅盾曾评价"可分可合，疏密相间，似断实连"[①]。中国长篇善以章回体结构小说，与《史记》的写作手法有着极大关联，这种稳定且灵活的结构方式既符合中国读者喜欢历史、追逐情节的审美心理，也符合整个封建社会稳定的文化结构特征。

在这个"角度决定一切"的年代，故事与题材难以出新、出奇，乖张的形式实验也难以赢来掌声一片，如何让结构升格为艺术，并能在文坛上产生经久不衰的魅力，这是个值得思考的命题？其实，小说"写什么"与"怎么写"的推进，既不是某种规范的指引结果，也不是现代手法的某种专利，而是传统走向开放的一种胜利。应该说，传统结构不存在"过时"一说，潜伏的危险还是来自写作主体自身理解的偏狭与僵化。新时期以来文坛上出现诸多在结构设置上产生较佳艺术效果的作家，如主张散文化、寓言化结构的张炜；倾向于随笔体哲思结构的史铁生、韩少功；积极进行现实主义手法创新与转化的莫言；偏向内心细腻倾诉的张洁、徐小斌等，他们的存在丰富着当代文坛的结构走向。不难预见，时代在发展，社会在变化，大众的审美情趣也趋多元，小说的结构形态会沿着更具美学价值、更能打动人心的艺术道路出现各种更新，这不仅仅是艺术手法的更新，是文学观念的更新，也是社会文化与时代生活的更新。

---

① 茅盾.漫谈文学的民族形式［M］∥茅盾文学评论集，北京：人民文学出版社，1978：290.

附录二

·:·

"史统"兴衰与长篇历史叙述的发展

作为一种文化资源，"史统"孕育了小说；作为一种叙事规范，"史统"影响了小说的发展。纵览长篇小说的发展历程，"史统"之"兴"使历史叙述长期陷入传统叙事模式之中，文体表达趋平无奇。进入 20 世纪 80 年代中后期，"史统"之威开始受到质疑，新的历史叙述进入多元无序状态，文体表达趋奇求新。但中国是个重视历史的国度，"史统"之"兴"或"衰"虽在一定程度上促使历史叙述方式的变异，但文学不会因此减弱对历史的兴趣。恪守常规的传统历史叙述和极具后现代特质的新历史叙述皆存掣肘，在继承"史统"基础上糅合现代意识，注重思想性与艺术性兼备的历史叙述才是打通当下历史写作的可能通道。

一、"史统"与小说的关联

"史统"作为一个概念的提出大约在明中后期，广为人知的是明冯梦龙在为自己编撰的小说集《古今小说》作序时提出"史统散而小说兴"[①]的论断，而在明末清初又出现以《史统》命名的著述，进一步证明"史统"作为独立概念的可

[①] 冯梦龙.古今小说·叙［M］//古今小说（上），许政杨校注，北京：人民文学出版社，1958.

能性。关于"史统",学者张开焱认为其是明代文人仿"道统"而提出,而"道统"指由孔子开创、后世儒学大家继承和发展的儒家学说的传统与规范[①],并以此推断"史统"是"上古三代关于历史叙事的神圣原则与传统",是"庄严、崇高、雅正"的文体,体现的是"官方指认的历史伦理意识"[②]。与此同时,学界还有诸如"史传传统""史传意识""史传精神"等提法,如陈平原在《中国小说叙事模式的转变》中提出"史传""诗骚"传统促成新小说到现代小说叙事模式的转变,认为史传影响中国小说大体表现为"补正史之阙的写作目的、实录的春秋笔法以及纪传体的叙事技巧"[③]。诸如此类提法的还有朱水涌的《历史传奇:史传传统与史诗模式》、孟繁华的《历史主义与"史传传统"终结之后》、郭冰茹的《"革命历史"叙述与史传传统》等。方锡德在《中国现代小说与文学传统》中提出"史传意识"对现代小说的影响,并从"通古今之变的历史意识、实录写真的现实精神、美丑毕露的审美原则、心存泾渭的春秋笔法"[④]来概括"史传意识"。毕文君则认为"史传传统"作为一种文学资源,其对小说的影响呈现出不同层面的形态,不仅是文学精神的凝固,也是叙事要素、美学经验的彰显与延续,故称为"史传精神"[⑤]。上述提法各异,但究其含义却大抵相通,相比较,"史统"所括内涵丰富,其中"统"除了"传统、规范"之义外,还有"统摄、正统、权威"之义。作为一种神圣而崇高的文化形式与思想意识,"史统"确认了历史文化在中国文化体系中的统摄性地位,确认了由《春秋》所开创的历史编撰传统,故欲深入分析中国传统文化对历史文学的影响,"史统"当为妥帖的选择。

作为一种叙事规范,"史统"首先是一种历史叙事,描述对象为中国历史上发生过的重大事件或出现过的重要人物,叙述时乃"有是事而如是书",讲求"博考文献,言必有据"的实录原则。为保证叙事的权威与真实性,多采用第三人称全知视角,叙述者多抱客观冷静的态度,最大限度排除主观性与情感性。为

---

① 张开焱.史统散而小说兴"——冯梦龙小说思想研究之三[J].明清小说研究,2007(2).
② 张开焱.冯梦龙与巴赫金小说起源思想比较研究[J].华中师范大学学报,2013(1).
③ 陈平原.史传、诗骚传统与小说叙事模式的转变——从新小说到现代小说[J].文学评论,1988(1).
④ 方锡德.中国现代小说与文学传统[M].北京:北京大学出版社,1992:146–198.
⑤ 毕文君."史传精神"与当代长篇小说的文学资源[J].甘肃社会科学,2011(1).

隐匿表达作者的好恶，多采用微言大义的"春秋笔法"。在体例上，既有以《春秋》《左传》为代表的编年体，也有以《史记》《汉书》《三国志》为代表的纪传体。编年体善做连贯记叙，具有整体性和全面性，但对人物不做过多停留，人物被迫变成碎片镶嵌在历史的长河之中。纪传体以人物为中心，既对人物及中心事件做连贯记叙，也对历史场面做细致描写，形成小场景有细节逻辑，大事件描写粗线条，局部构造严谨，整体架构松散的样态，这种结构分而观之，如同短制，但合而视之，却有整体性。对此结构样态，茅盾曾赞其"可分可合，疏密相间，似断实连"①。其次，"史统"讲求"唯史独尊"的史家意识、"怨毒著书"的叙事动机、"究天人之际，通古今之变"的叙事目的等。这些具有小说特质的叙事规范和写作思维使"史统"孕育并长期影响小说发展成为可能。

毋庸置疑，影响小说发展的因素是多元的，其中既有中国本土传统的延续，也有西方外来思想的渗透；既有创作主体的自主选择，也有时代语境的外力使然等，故谈及小说发展成因时学界总是莫衷一是，但在小说起源问题上却能基本达成共识，将"史统"视为中国小说的母体。其中石昌渝的一段论述影响相当大，他认为"史传孕育了小说文体，小说自成一体后，在它漫长成长过程中依然师从史传，从史传中汲取丰富的营养"②。达成如此共识并非毫无根据，太多的证据表明"史统"含有小说的要素。如在古代就有史学家不断指出《史记》的叙事存在"失真""自相矛盾""次序错乱"等缺憾，其实此"缺憾"正是历史著述具有"文学性"的体现。现代史学家吴晗读《明史》，发现"除记人类活动外，实亦兼收志怪、鬼神诸非人的记载"，并扩大范围，认为"在史书中，人与非人的记载，两千年来实有平行趋势，且两者互纠不可分"③，此论也充分说明即便最为推崇的官修正史依然含有虚构成分。而钱钟书研究《左传》《史记》得出"史蕴诗心"的结论，指出"史家追叙真人实事，每须遥体人情，悬想事势，设身局中，潜心腔内，忖之度之，以揣以摩，庶几入情合理。盖与小说、院本之臆造人物、虚构

---

① 茅盾.漫谈文学的民族形式［M］// 茅盾文学评论集（上卷），北京：人民文学出版社，1978：290.

② 石昌渝.中国小说源流论［M］.北京：三联书店，1994：67.

③ 吴晗.吴晗论明史（中册）［M］.北京：北京理工大学出版社，2016：542.

境地,不尽同而可想通"①,再次指出史传著述的虚构性和文学性。其实,从文学角度研究史传,早在唐代就已有之,韩愈、柳宗元推崇《史记》"雄浑雅健、峻洁"的语言风格,苏洵、苏辙发现《史记》叙人写事的"互见法",茅坤、归有光推重《史记》"以人记事"的写作特征和"言人人殊"的艺术特色,方苞、刘大櫆赞赏《史记》内容与形式的有机结合等。诸如此类对"史统"小说因素的发掘一直延续到现代乃至当下。

"史统"在文类上孕育了"小说",但让其成为一种与散文、诗歌、戏剧等同等地位的文类却是很久以后的事,尤其对于长篇小说而言。追根溯源,中国长篇的雏形最早可溯至南宋《大唐三藏取经诗话》,其情节粗略,为唐三藏取经故事的最早形态,但已初具名著《西游记》的大致轮廓。若以此为起点,中国长篇也只有数百年的发展历程,如此缓慢发展历程在一定程度上折射出"史统"对于小说发展的制约性影响。众所皆知,"小说"一词最早见于《庄子》,但此处意为"浅识小语",并不具有文类意义。而作为文类理解的则是东汉的桓谭和班固。桓谭因袭庄子的观点,认为小说家合从残小语,近取譬论,以作短书,治身理家,有可观之辞。班固在《汉书·艺文志》指明"小说"乃稗官收集的街头巷语,鲁迅认为这些"小说""大抵或托古人,或记古事,托人者似子而浅薄,记事者近史而悠谬者也"②,此种界定与现代叙事学意义的"小说"依然还是两个不同的概念。也就是说,中国古代小说历经杂史、杂传、志人小说、志怪小说、笔记小说、野史小说,直到唐传奇为止,才开始在小说中不加掩饰地加入想象和情感的成分。传奇的出现意味着文学意义上"小说"的开始,同时也意味着"小说"对"史统"依附关系的开始,如《云麓漫钞》(卷八)中有着一段经典论段讲述唐传奇"文备众体"具有"史才、诗笔、议论"③之艺术体制和功能,认为"'史才'是用史家写传记的笔法写小说,至于'议论',则是'史才'的一个组成部分,模拟《左传》的君子曰、《史记》的太史公曰,显示其继承的是史家传统"④。自

---

① 钱钟书.管锥编(第一册),北京:中华书局,1986:166.
② 鲁迅.中国小说史略[M].北京:中国书籍出版社,2015:4.
③ 赵彦卫.云麓漫抄[M].北京:中华书局,1996:135.
④ 程毅中.文备众体的唐代传奇[M].北京:中共中央党校出版社,1994:80.

此，以唐传奇为起点，在漫长的发展过程中，小说一方面与作为历史叙事的"史统"相联系，另一方面作为稗史，与"史统"相对立甚至互为补充。这种关系在一定程度上促进和指引着小说的发展，但与此同时也制约着小说的发展。"史贵于文"的历史叙事传统轻视杜撰，史料始终是主流，以虚构为主的小说自然无法与其抗衡，这导致小说长期在史实与虚构之间徘徊，在正史与文学的缝隙中求生存。对此，石昌渝曾形象指出"史传文学太发达，以至她的儿子在很长时期不能从她的荫庇下走出来，可怜巴巴地拉着她的衣襟，在历史的途程中踯躅而行"[①]。"史统"如此强大，小说如何发展才能求得生存？对此冯梦龙提出"史统散而小说兴"之说，石昌渝也提出小说只有"克服'史统'的强大阻力才能走上康庄大道"[②]。但如何使"史统"散？能否让"史统"散？这又是另一个复杂话题，在此且不展开，回溯中国长篇历史小说的发展历程，我们可窥不同"史统"观则深度影响着历史小说的叙述方式，尤其体现在文体设置上。

二、"史统"之"兴"与传统历史叙述之"平"

承上所述，中国古代小说一直生存在历史的强压之下，所以"历史小说"的命名也无从谈起。当然，没有命名并不代表不存在，当正史将以稗史面目出现的"小说"从其领域剔除出去时，市井艺人却以他们特有的形式创设了另一个历史空间，即从唐开始的"俗讲"到北宋的"说话"活动。艺人们将历史事件演绎为"小说"，使"古代历史小说"破茧而出成为可能，故从严格意义上说，中国古代历史小说起源于宋元话本。话本分为讲史与小说，前者讲述根据史书敷演而成的故事，后者讲述现实生活中发生的故事。讲史虽讲述正史但用的是文言记录的方式，平话虽通俗易懂但内容粗略，都不能很好地满足听众的需求，于是艺人们在讲史实践中逐渐吸取小说因素，将讲史和小说融合，促成了历史演义体长篇小说的出现，其中尤以《三国志通俗演义》最具代表性。由此以降，"文不甚深，言

---

① 石昌渝.中国小说源流论［M］.北京：三联书店，1994：1.
② 石昌渝.中国小说源流论［M］.北京：三联书店，1994：81.

不甚俗"的历史演义小说取代宋元评话，明清之际出现系列长篇历史演义，如以历史事实为主的《春秋列国志传》《东周列国传》《三国志后传》等，以传说虚构为主的《五代史演义》《东汉演义》《说唐演义全传》《隋唐演义》等。毫无疑问，历史演义首先是小说，然后才是历史演义，它以自己独有的优势登上中国古代小说的高峰，但"演义"的文体形式又先天决定其所书写的第一要义是"正史"之义，由此看来，正史是源，小说是流；正史是本，小说是末，历史演义小说显然处于历史的附庸地位。如此语境下作家进行历史小说创作必然自觉秉承"史统"精神：如集中关注重大题材，大都表现帝王将相、谋臣策士、英雄豪杰等的历史。如继承"史统"的"发愤"写作动机和写作目的，大多批判政治之压制，哀痛社会之污浊，痛恨婚姻不自由，在"以史鉴今"中实现"补正史之阙"的文学功能。评价时多以"史统"相类比，以至形成"千古文人谈小说，没有不宗《史记》的现象"[1]。

　　缘于梁启超等人发起的"小说界革命"，小说附庸于历史的现状到了近代有了根本性改变，再加上晚清经济的发展、印刷业技术和新闻事业的发达以及市民的文化需求等，长篇小说逐步发展成为和诗歌、散文、戏曲等同地位的文类。小说独立地位的确立自然促使各种题材类型小说的出现成为可能，现代历史题材小说也就应运而生。1902 年《新民丛报》第 14 号刊出"历史小说者，专以历史上事实为材料，而用演义体叙述之"，至此"历史小说"作为一个独立概念被提出，但这段时期历史小说数量并不多，代表作有《孽海花》《洪秀全演义》等。接下来的"五四"新文化运动使历史小说创作有了质的飞跃。现代历史小说的奠基者主要有鲁迅、郁达夫、郭沫若等，他们以独立的观点、求索的精神审视历史，采用借古讽今的手法寻找现实与历史的内在联系，用现代性的思维观照历史，实现了历史题材小说创作的一次革命性转变，但遗憾的是，这种具有现代性特质的历史讲述主要体现在短中篇小说创作中。接下来 20 年代后期至 40 年代，长篇历史小说开始进入繁荣期，但小说的主题与时代政治风云息息相关，在创作模式上

----

① 陈平原.中国散文小说史［M］.上海：上海人民出版社，2004：8.

也表现出对"史统"的尊崇。且随着西方文化思潮的涌入，黑格尔的"史诗"美学也逐渐为中国知识分子所熟悉并接受，黑格尔的"史诗"美学强调描述的整体性，崇尚西学的时代语境使人们笼统地将史统的宏大性和史诗的整体性等同，如李长之认为《史记》"发挥了史诗性的文艺本质"，指出其具有"全体性""发展性""造型性""客观性""抒情性"等史诗特质①，郭沫若甚至认为《史记》"不啻是我们中国古代的一部史诗"②，确实，史诗和"史统"具有相通之处，汉学家浦安迪从"史统"中发现了西方史诗的美学特质，他认为"《史记》既能笼万物于形内，有类似于史诗的包罗万象的宏观感，又醉心于经营一篇篇个人的列传，而令人油然想起史诗中一个个英雄的描绘。中国古代虽没有史诗，却有史诗的美学理想"③。此论表明二者相通但不等同。细读文本我们也可发现，史诗的整体性不仅包括"人类精神深处的宗教仪式"，也包括"具体的客观存在"④，更注重生活的整体性与全面性，而"史统"虽具宏大性，但更注重事件的重大和人物的重要，在一定程度上忽略了生活细节的质感。关于二者的历史书写，朱水涌曾做细致分析，认为"史统"借助"众多历史英雄人物的直接参与展示历史风貌"，叙述历史时"只给读者提供一个事变的视角，与主干情节无关的分支情节都会被作家特意舍弃"，而史诗"借人物个人的命运遭际来折射历史"，叙述历史时"总是在历史事变的底色上，多线索交叉主人公政治、军事、经济和情感生活的各个方面，由此展开不同的情节线索，构成一个多情节中心的叙事结构"⑤。但即便已意识到区别，现代作家依然将二者等同，以宏大性、整体性作为衡量长篇小说艺术品质的主要标准，其中《子夜》就以"广阔的历史内容""巨大的思想深度""重大的历史题材""史诗性创作特色"⑥等而成为现代长篇小说史诗性特征典范，对现代乃至当代长篇小说的创作产生重大影响。

---

① 李长之. 司马迁之人格与风格［M］. 北京：三联书店，2013：399-402.
② 郭沫若. 关于接受文学遗产［M］// 郭沫若古典文学论文集，上海：上海古籍出版社，1985：19.
③ ［美］浦安迪. 中国叙事学，陈珏整理，北京：北京大学出版社，1996：30.
④ ［德］黑格尔.《美学》（第三卷），朱光潜译，北京：商务印书馆，1982：107.
⑤ 朱水涌. 历史传奇：史传传统与史诗模式［J］. 文学评论，1990（3）.
⑥ 王瑶. 茅盾对中国现代文学的历史贡献［J］. 茅盾研究论文选集（上册），长沙：湖南人民出版社，1983：16-23.

时代语境决定作家的写作内容，十七年时期的历史书写则集中体现在对20世纪革命历史的关注上。时任文化部长的茅盾就强调"革命在全国取得胜利，革命胜利的代价不小，文艺工作者有责任分历史家半席，使伟大时代的英勇创造者再现于各种文艺作品中间而垂之久远"①。于是一系列如《红日》《红岩》《红旗谱》《创业史》《三家巷》《林海雪原》《暴风骤雨》等长篇革命历史小说问世，意欲"分历史家半席"的作家"在既定意识形态的规限内讲述既定的历史题材"②，在创作目的上"力求真实地再现历史生活的本来面目"③，在美学上追求恢宏的气势、典型的人物形象、宏大的结构等，在一定程度上体现出对"史诗性"的推崇，如冯雪峰评价《保卫延安》为"史诗"或"英雄史诗的一部初稿"④，罗荪称《红岩》是"黎明时刻的一首悲壮史诗"⑤。即便时隔半个世纪后，洪子诚也将十七年革命历史小说的特征定为"史诗性"，认为其在写作目标上"揭示历史本质"，在结构上具有"宏阔的时空跨度与规模"，在描写对象上重视"重大历史事实"，在表现手法上注重"艺术虚构的加入"⑥，从而塑造出英雄形象，营造出革命英雄主义基调。其实，从文本上看，十七年长篇历史叙述重整体，少细节；重宏大，少日常，在对待历史的态度、讲述历史的方法以及价值评判上，都倾向于对"史统"的尊崇，此处的"史诗性"等同于"史统"。

综上可知，以何种方式叙述历史不仅与作者"史统"观有关，也与作者所处的时代语境相关。十七年时期社会主义现实主义方法占据主导地位，作家们讲述历史时在写作目的、创作态度上基本接近"史统"，而在"文革"时期，政治意识形态完全僭越文学，如此语境下不管是"史统"还是史诗，统统遭到否定，一切不符合"新"党史要求的革命书写都被视为"毒草"，"史统"暂时得以中断。若说十七年以及"文革"时期的历史叙述都受到政治意识形态的规约，进入新时

① 茅盾．一致的要求和期望［N］．文艺报，1949-9-25.

② 黄子平．革命·历史·小说［J］．当代作家评论，2001（2）.

③ 金汉．中国当代小说艺术演变史［M］．杭州：浙江大学出版社，2000：131.

④ 冯雪峰．论《保卫延安》的成绩及其重要性［N］．文艺报，1954（14-15）.

⑤ 罗荪，晓立．黎明时刻的一首悲壮史诗——评《红岩》［J］．文学评论，1962（3）.

⑥ 洪子诚．中国当代文学史［M］．北京：北京大学出版社，1999：108.

期之后的历史书写则受到多元意识形态的渗透，其中既有对"史统"一如既往的尊崇，也有对"史统"的彻底颠覆。在尊崇"史统"的这股力量中，自 80 年代初至今有如《东方》《许茂和他的女儿们》《将军吟》《芙蓉镇》《冬天里的春天》《亮剑》《历史的天空》等依然表现出对革命历史题材的青睐，控诉"文革"给知识分子所带来的伤害，引导读者对正义革命历史的认同。还有部分作家如二月河、唐浩明、凌力、刘斯奋等秉承中国传统历史叙事，在古代历史书写中诠释人生，获取启迪，如《李自成》《金瓯缺》《少年天子》《张居正》《曾国藩》等，这些叙事以正史为对象，探究历史本身或超出历史的关于"人性""人生""命运"等哲学思考，作家在演绎文本时，以主流文化意识形态立场追求历史真实和艺术真实的巧妙融合，在现代化的语境中构建民族国家的史诗化图景。

　　从古代历史演义，到现当代的革命历史小说和古代历史小说，尽管时代语境不同，但"史统"的权威一直在场，传统历史叙述形成的既定模式深度影响着作品的文体表达。首先体现在结构体例上。石昌渝认为"编年体和纪传体的结构方式为后世长篇小说结构类型的形成奠定了基础"[①]。此言不虚，回溯历史，明清以来很多长篇采用编年体、纪传体或二者结合的网状体模式来结构小说，这种倾向直到当下依然普遍存在，只不过有的作家在原有基础上做了些微拓展。在此且以新时期部分历史小说为例，《白门柳》《浓雾中的火光》等作品多呈现为由一个主要故事线索而引发出多组人物情节的矛盾冲突，这使小说在意义内容上呈故事型结构。讲述故事时，作品较注重前因后果的线性发展，故从叙述逻辑来看，又多呈线型结构或单体式网状结构等。随着文体意识的增强，部分作家在叙述过程中开始对笨重、冗长的编年体叙述进行局部改良，意欲提高结构的艺术性以及其与表达内容的融合度。如《黄河东流去》采用锁链式结构来展现黄河泛灾区七户农民悲欢离合的命运，其结构是对《水浒传》的继承与发展，但不是递进式的环环相扣，而是有断有续，分合自如。对此拓展性表达，有文学史评价其采用"水浒传的链条式结构和古诗、民歌、谚语的开篇导入，适应了我国人民群众审美心理

---

① 石昌渝.中国小说源流论［M］.北京：三联书店，1994：78–79.

和审美习惯的民族化艺术形式"①。再如《李自成》的"单元共同体"设计也是对传统有机结构的拓展，作者根据行文所涉的几条矛盾线索，将相应章节定为一个单元，分单元集中描写各方矛盾，且各单元之间注意轻重搭配，上下之间巧妙衔接，或者不注意衔接突兀插入事件，这种"笔断意不断"的方式较之严密的线性表达显得虚实相间、波澜起伏。《芙蓉镇》也秉承传统结构手法，但追求"立人物小传的'链条式'结构"②，从正面构建历史，反思历史。当然，如此拓展改良在一定程度上丰富了历史叙述方法，但在结构体例上依然脱不了"史统"的编年体模式。

编年体结构自古至今在历史叙述中大量运用，而纪传体结构自古以来（尤其在当下）更受作家欢迎。古典长篇《水浒传》则是标准的纪传体，石昌渝认为"如果追寻思维逻辑模式的根源，显然又受史传文学纪传体结构的影响。《水浒传》以'传'为名，多少透露它与史传文学的深刻联系"③。韩少功也认为明清两代的古典长篇"除了《红楼梦》较为接近欧式的焦点结构，其它都多少有些信天游、十八扯、长藤结瓜，说到哪里算哪里，有一种散漫无拘的明显痕迹。④"确实，独立并列的故事，互相纠缠的人物，统一的人物视角，共同的叙事指向，这种结构特征在古典小说中已然出现，在现代小说中也能觅得痕迹，如师陀较早创作《果园城记》，这部集子创作历时十八年，包括十八个短篇，各篇之间在形式上并列，在内容上独立，叙事视角统一即第一人称"我"，叙事内核指向同一即描绘虚拟的果园城封闭自足、自然恬静的人生状态。此种结构方法使得系列小说形成一个相对严谨的整体，但在现代小说观中，此类结构并不能归为一部独立长篇。到了新时期初，有论者则将诸此结构的小说命名为组构体小说，认为"一部小说不仅由一个叙事整体组成，人物和情节组织成多个相对独立的构体，而不集中投射到一个线性发展叙事主线上"⑤。细致梳理则会发现，新时期以来的长篇

---

① 刘景荣.中国当代文学［M］.开封：河南大学出版社，1995：304.
② 陈其光.中国当代文学史（1976—1988）［M］.广州：广东高等教育出版社，1992：464.
③ 石昌渝.中国小说源流论［M］.北京：生活·读书·新知三联书店，1994：331.
④ 韩少功.大题小作［M］.北京：人民文学出版社，2008：278.
⑤ 林焱.论组构小说——小说体式论之四［J］.小说评论，1987（1）.

历史书写中出现诸多类似于纪传体的结构设置，且其表现形式绝不仅限于故事组构，有的还表现为人物组构、叙述者组构、情节组构等。如《无风之树》《万里无云》等则是叙述者并置，叙述者就是文中人物，包括不会说话的死者、哑巴和动物。如《李氏家族》《东八时区》《告别夹边沟》等则是故事并置。新时期以来蔚为大观的组构体历史叙述，表明当代作家对类似于纪传体开放式结构的模仿与青睐。

其次，体现在叙事视角和叙述方法上。与封闭式有机结构相呼应，"史统"采用第三人称上帝之眼和冷静客观的方法讲述历史，这种视角与方法自明清以来也一直为长篇小说所采用。在第三人称叙述中，叙述者多为游离于故事情节之外的零聚焦叙述者。在这些叙述者中，有的扮演权威叙述者，"既在人物之内又在人物之外，但又从不与其中的任何一个人物认同"①，故又称介入型叙述者，其权威性不仅体现在无所不知的视角上，还体现在通过叙述干预对作品主题的确定、人物的评价与价值立场的判断上。如《李自成》通过间接评价，认为李自成具有威武不能屈的英雄气概和果断的执行力。这些看似中立的评价直接表露叙述者的好恶评判，无形中诱使读者趋向隐含读者的阅读期待，将故事主旨指向一元，窄化了读者的接受视野。还有的扮演隐身人叙述者，叙述者不介入作品，客观呈现、叙说、报道、描述所发生事件场景，故又称非介入型叙述者，这种讲述方法使故事显得真实可信，在情感表达上冷静客观，少旁逸斜出的主观评议，最大限度隐匿了叙述者的情感，在传统历史小说中也较多见。零聚焦的叙述方法使人称视点固定，少有人称转换现象出现，对于读者来说，其有可能在思想道德上接受精神的洗礼，但在心理上很难与作者取得审美共鸣，读者像个白痴一样接受作者的一切安排，从而产生厌倦感、束缚感，真正意义的艺术审美因距离太近而未真正开启。

在自古至今的传统长篇历史叙述中，"史统"如同一面光辉的旗帜，在中国文人心头飘扬，虽然"文革"十年"史统"暂时中断，但沁入血液的"史统"意

---

① 徐岱.小说叙事学［M］.北京：中国社会科学出版社，1992：188.

识并没中断，这种历史意识与情结在一定程度上丰富了历史小说的数量发展，但也束缚了历史小说的文体发展，使文体探索陷入一种平面模式之中，鲜有大胆突破之作。虽自明清以来长篇小说的数量曾几次达到小高峰，从表象上已然成为时代中心文类，但从文体发展角度看，长篇历史小说的文体探索应是在"史统"的权威得以消解之后。

三、"史统"之"衰"与新历史叙述之"变"

长篇历史小说发展至 20 世纪 80 年代中后期，随着西方文化思潮的渗透以及社会语境的变迁，随之而来的是寻根小说转向对民族文化以及民间野史的挖掘、社会政治对历史的反思、新潮小说的形式实验以及对意义的消解等，诸多因素的合力使传统历史小说队伍中出现新历史小说，这些小说在写作理念上表现出对历史与文学关系的重新清算、对"史统"观念的颠覆与权威的质疑。

在传统历史叙述中，历史与文学虚实相见，真幻相补，历史中有文学，文学中有历史，但历史处于支配地位，文学处于被支配地位。而在新历史叙述中，历史和文学不再具有等级关系，历史具有文学文本的叙述性、虚构性、可阐释性，而文学也可参与历史的构成，转化为创作历史文化意义的力量，在历史与文学的相互转换中，文学是目的，历史是工具；文学是主导，历史是辅料。如此历史观必然导致叙述方法的变更，使得传统历史叙述模式被打破，在结构设置、叙述方式与话语表达上呈现出自问世以来最活跃的多元无序状态。

80 年代中后期出现的新历史叙述在书写对象、写作目的、历史态度以及叙述手法上表征出对"史统"的颠覆。一是书写对象有了变异。传统历史叙述关注国家民族"大"历史，而新历史叙述转向对诸如村落史、家族史、家庭史、心灵史等"小"的民间历史的演绎，甚至"大"历史化为"小"历史的背景，叙述时带上浓厚的个人印记。如《古船》描写从晚清至 20 世纪近百年的浩瀚历史，但作家没有按常规线索讲述，而是以一个家族的变迁为轴心，将"大"历史纳入到民间家族的宗法关系中进行审视。再如《故乡天下黄花》所描写的历史进程、时代背景开阔宏大，但作者却以故乡几个家族几代人之间因一个不足挂齿的村长职务而产生不共戴天的恩怨仇杀为切入口，呈现故乡家族的历史变迁，此处的历史叙述以正统历史为背景，在暗喻、反讽、戏仿中呈现暴力与权力、欲望等，消解了传统的阶级斗争书写模式，在一定程度上揭露了历史的本质与残酷。二是写作目的有了变异。传统历史叙述追求历史真实，力求"以史为鉴"，而新历史叙述之"新"恰恰体现在对这一切的质疑与反拨上，他们信奉克罗齐的"一切历史都是当代史"，他们"既没有改写历史、重铸历史的雄心，也没有恢复历史真相、确立历史之魂的意向"①，其写作目的更大层面上是以"历史"这块自留地为平台，尽情宣泄写作个体对普泛意义上人性、命运、人生、历史等的另一番诠释。三是历史态度有了变异。新历史叙述虽也以历史为演绎对象，但面对历史时，采取的却不是尊崇与敬畏的态度，具有极强的个体色彩。有论者认为"十七年的叙事主体是'阶级叙述者'，新时期则是'精英叙述者'，进入20世纪90年代则是'个人叙述者'"②。由于作家注重表现个人的独特体验，这种立场自然又影响作者对历史的言说方式和价值评判的姿态。作为历史的旁观者和反思者，他们对历史没有一致的评判立场。在此且以部分作家对"文革"的感受为例，如余华认为"八十年代中期，"文革"记忆带着文革时代的阴鸷与暴力，到了90年代，"文革"记忆变成一种纯粹的记忆，不再调动我在政治上的判断力，道德上的判断力。进入新世纪之后，"文革"就成了恐怖和欢乐并存的年代"③。余华对"文革"的记忆在变，苏童对"文革"的记忆找不到悲哀的影子，甚至还有轻松的基调，这可从《河岸》《黄雀记》中窥见一斑，而毕飞宇的文革记忆则是"伤害"，正如他自己所言："严格地说，我的书写对象至今没有脱离'文革'。④"他对"文革"的记忆和评判是仇恨、冷漠和伤害，在他眼中，"文革"是"一个没有玩具的时代，是一个人之恶易于膨胀的年代，还是一个最容易被恶所威胁的年代"⑤。这种情感倾

---

① 胡良桂.新历史小说的创造性变异［J］.求索，1997（3）.
② 程文超.新时期文学的叙事转型与文学思潮［M］.广州：中山大学出版社，2004：271.
③ 余华，王尧.一个人的记忆决定了他的写作方向［J］.当代作家评论》，2002（4）.
④ 毕飞宇，汪政.语言的宿命［J］.南方文坛，2002（4）.
⑤ 毕飞宇.沿途的秘密［M］.北京：昆仑出版社，2002：7.

向直接体现在他的作品《地球上的王家庄》《玉米》《平原》等上。四是叙述手法
有了变异。新历史叙述之"新"还体现在艺术手法之"新"上。传统历史叙述从
正面进攻历史，多以现实主义手法和史诗化风格来表现作品，最大限度追求艺术
的真实，而新历史叙述采用隐喻、寓言、荒诞、戏仿、戏谑、反讽等现代主义和
后现代主义艺术手法，使作品呈现出开放、跳跃、包容之态势，具有极强的解构
与建构意味。如《我的帝王生涯》以戏仿方式演绎古代历史，但作者不从正面描
写司空见惯的宫廷阴谋，而是虚拟一个新的历史环境来表现一个新的主题，即天
下独尊的皇帝渴望自由却无所皈依的悲哀。宏大的正史在这里被消解，正如作者
自己所言："《我的帝王生涯》或许是我的精神世界的一次尽情漫游。①"再如《人
面桃花》虽取材于秋瑾起义，但作家将这段语焉不详的历史陌生化，甚至还出现
"若没有爱情，这革命还有什么意义"的腔调，消解了宏大的历史意义。有的甚
至连历史背景也消弭于主题表达或技巧设置之中，使小说成了无关乎"历史"的
小说文本，如《敌人》书写重心不是描述家族的衰落史，而是要和读者一起寻找
导致家族衰败的"敌人"，小说一直笼罩在神秘、不可知的气氛之中，这显然已
颠覆历史小说的基本要义。有的虽正面进攻历史，但在新的历史表述中此"历
史"已非彼"历史"，如《花腔》让诸多叙述者从不同角度探讨主人公的生死之
谜，作者企图通过不同叙述者的质疑与回忆来还原历史现场，寻求历史真相，但
从追寻结果看，作者苦心追寻的"历史"真相已在追寻过程中被逐步还原的"历
史"真相所替代，且在叙述过程中过度的技术化分析将历史淹没在浩瀚的史料
中，历史已在"花腔"般的炫技中肢解得支离破碎。

　　新历史叙述在书写对象、目的、态度以及手法上对"史统"的背离必然导
致文体表达的相应变异。一是体现在结构体例上。新历史叙述中鲜见传统封闭的
编年体或纪传体结构体例，多开放式杂糅立体结构，如《花腔》的"花腔"体、
《苍河白日梦》的采访笔录体、《中国一九五七》的"大小事纪"体、《羽蛇》的
意象型结构、《柏慧》《无字》的心理型结构、《敌人》的迷宫结构、《心灵史》的

---

① 苏童.我的帝王生涯·序［M］.太原：北岳文艺出版社，2001：1.

散文化结构、《村庄秘史》的回溯体、《九月寓言》的寓言体、《马桥词典》的词典体、《尘埃落定》的意象并置体、《坚硬如水》的反讽结构、《繁花》话本体结构等。当然，开放的立体结构究其本质还能窥出大致的体例，在新历史叙述中还新出现追求极致形式主义的"反小说"结构，无典型人物、少中心事件、历史背景模糊，作品呈现出碎片化、情绪化、无序化的迷离状态，其中影响最大如《光线》等。二是体现在叙事视角和叙述方法上。虽然在新历史叙述中第三人称视角依然是作家的首选，但较之传统历史叙述，第三人称叙述者类型变得丰富起来。除了全知视角，第三人称视角里还出现限知人物视角叙述者，如《69届初中生》以主人公雯雯的视角来讲述主人公从孩提时代至成年后的命运沉浮，小说自始至终都是雯雯的限知视角，由于视角稳定，相当于第一人称视角，增强了故事的真实性。第三人称里也有同为限知叙述者，但通过"视角越界"使固定的视角具有全知视角和限知视角的双重功能，如《玫瑰门》采用人物眉眉的视角来有限度地展现以眉眉的婆婆和姑爸、妈妈和哥嫂、妹妹等为代表的三代女性的命运，作为故事的参与者，眉眉是限知者，在这种情况下小说不可避免出现向全知视角转移的倾向，如此变异视角提供的信息量很大，"既可表现为外在视角模式中透视某个人物的内心想法，也可表现为在内视角模式中，由聚焦人物透视其他人物的内心活动或者观察自己不在场的某个场景"①。正因借用"视角越界"，《玫瑰门》表层看似仅有眉眉的限知视角，深层运行的还有帮助作者完成叙述的隐含叙述者，作者在偶数章最后一节插入成年眉眉和幼年眉眉的对话，将关于人性、命运的命题升华，叙述人称由第三人称变成"你"和"我"，突显眉眉具备限知人物和叙述者的双重身份。还有将主观议论和潜入人物意识相进行糅杂的"介入型次知叙述者"，如《无字》《长恨歌》等。除此之外，新出现第一人称叙述视角。在第一人称叙事中，有主人公叙述者。如《血色黄昏》中的"我"是故事的主人公，在某种程度上，读者将"我"等同于作者，作品被称为"新新闻主义"小说也许缘于此种误会。这种通篇稳定的视角、细腻的内心描摹，无形中拉近了与读者的距

---

① 申丹.叙述学与小说文体学研究［M］.北京：北京大学出版社，1998：269.

离，增强了故事的感染力。还有人物叙述者。依据人物叙述者出现的多寡，可将其分为单一的人物叙述者和并置的人物叙述者，前者如《我的帝王生涯》中的顺治皇帝、《苍河白日梦》中的少年家仆、《尘埃落定》中的傻子少爷、《马桥词典》中的下乡知青等，后者如《光线》《无风之树》等。单一的人物叙述者中"我"是故事的参与者，作为作品中众多人物之一，视角是有限的，但有些作品如《尘埃落定》《苍河白日梦》等虽为第一人称限知视角，在实际上承担着第三人称全知视角的功能，借助不可靠叙述的功能来实现"视点转移"。单一的人物叙述者是限知叙述者，而多重并置的第一人称则能取得全知视角的叙述功能。除了主人公叙述者和人物叙述者，还新出现旁观叙述者如《疼痛与抚摸》。若说第三人称中的视角越界让人称赞，第一人称中的视角杂交让人称奇，新历史叙述中出现的多重视角交叉现象，如《羽蛇》叙述视角的诡异与凌乱令人瞠目结舌，而借鉴了元叙述手法的《上下都很平坦》则极度考验着读者的智力与耐心。总之，在叙述者功能开掘上，新历史叙述中多种人称视角在叙述干预、视角交叉、叙述者并置、不可靠叙述、视点转移、元叙述等手段的辅助下，偏向全知视角功能的开掘，打破了传统历史叙述的单调局面。

四、历史情结与长篇历史叙述的可能

从对"史统"的"尊崇"，再到尊崇基础上的"拓展"，以及尊崇之余的"颠覆"，作家的历史观在变，小说观也在发展。比较新旧历史叙述，学界皆扬旧抑新，如有论者虽肯定新历史叙述有重建历史的勇气与决心，但指出其"所暴露出来的种种问题，与其说是这些作家面对中国复杂历史状貌时的顾此失彼，更不如说是重建历史本身就是一个西西弗斯式的过程"①。而论及历史叙述的文体构建，有论者则批判新历史叙述所呈现出"碎片化""传奇化""去历史化"的弊端，认为新历史小说的出现"使历史的庄严表述早已在文学的千疮百孔中变得举步维

① 杨庆祥.历史重建及历史叙事的困境［J］.文艺研究，2013（8）.

艰"①。如此立场表明论者们倾向于传统历史叙述,颠覆"史统"的新历史叙述并没有获得大众认可。甚至还可推断,新历史叙述对正史的解构、对崇高的消解、对单调历史叙述方法的突围等,从另一层面表现出对历史叙事浓厚的兴趣,因为没有厚重的偶像崇拜,也就不会产生消解偶像和权威性的诉求。从此角度看,相对于传统历史叙述对"史统"的尊崇,新历史叙述以另一种方式表示出对"史统"的兴趣。

纵览中国作家对"史统"的态度变化,由此也折射出历史小说叙述方法的变迁,从正统的历史叙述,到革命历史叙述以及个体历史书写,历史小说在结构样态、叙事视角以及叙述方法上呈逐步开放、灵活多元的姿态。而一切形式皆承载着一定的文化意味,结构的碎片化、时间的空间化、叙事视角的多维化,一方面表达着新历史写作者意欲以自己的方式窥视历史真相的决心,另一方面也无形中表露出他们对历史叙述的不自信。正统的历史叙述皆是做足了案头工作,在尊重历史史实、熟悉历史资料的基础上动笔,但在部分当代作家那里,虽也以历史叙述作为成就不朽巨作的基本条件之一,但他们缺乏正面了解历史的耐心。虽然已有作家意识到这些,但他们并不会因此而放弃对历史的讲述,也不会重新捡回正面攻克历史的决心与耐心,而是顺势而为,在历史写作上寻求新的表达秩序,构建"新"的历史叙述。那么新历史叙述相对于传统历史叙述是不是就是最理想的叙述?要想回答这个问题我们必须弄清文学发展的内在规律。文学的发展变化如同一切事物的发展变化一样,都表现为一个连续性的历史过程。在这个历史过程中,变异性与承续性不仅以生动具体的历史形态出现,而且互为因果,互相联系。世界上不存在永恒的连续性变异,也不可能存在长久的变异性承续,在源远流长的中国文学发展史上,任何文学现象都不过是文学发展的历史链条中的一个具体环节。它既成于历史的变异性,又根源于历史的连续性,二者统一才构成文学发展的基本面貌。而"史统"作为一种文化思维与文学资源,历经历史的淘汰沉淀,且为多数作家遵循,经过连续性的变异而体现出一定的历史连续性,故传

---

① 徐刚.碎片传奇与历史的魅影——近年来长篇小说历史叙述的侧面 [J].创作与评论,2015(10).

统不是僵化的，是在不断的生长发育之中。尽管每一时代都会有作家背离传统中的某些成分，甚至还会增加一些新的内容，但传统中的基础部分依然千百年来固存。传统具有稳定性，但我们不能片面夸大这种稳定性，因为这种稳定性中暗含着缓慢的变异性。尤其在当下出现激烈的变异性，则是前期缓慢变异性的积累，这又说明传统具有一定的开放性，此特性在一定程度上消解了传统的稳定性。进而言之，文学要想发展，必须要在承续中进行变革，正如俞平伯所言，"文学的变迁，一面是踏着前人的脚迹，一面是新跨出一步两步，二者缺一，变迁就不可能存在"[1]。恪守常规的传统历史叙述和极具后现代特质的新历史叙述虽皆存掣肘，前者历史意味浓郁但形式单调，后者形式灵活但偏离历史本义，如此特质皆为历史小说发展过程中的必然表现，所以我们不能简单粗暴地扬旧抑新或扬新抑旧，且历史小说一直处在发展之中，"何为理想的历史叙述"也应是值得我们思考的重要命题之一。对此，钱中文先生曾说："最理想的历史小说应是作者史观和现代意识的结合，即在自我批判、自我反思的现代历史观指引下创作出极具深刻的思想性和历史意味的历史小说。"[2]确实，在继承"史统"基础上糅合现代意识，注重思想性与艺术性兼备的历史叙述才是打通当下历史写作的可能通道。

---

[1] 俞平伯.谈中国小说［J］.小说月报，1928（19）.

[2] 钱中文.历史题材创作、史识与史观［J］.文学评论，2004（3）.

附录三

∴

新世纪女性创作的文化心理
与文体自觉

勃兰兑斯曾言:"文学史,就其最深刻的意义来说,是一种心理学,研究人的灵魂,是灵魂的历史。[①]"此论强调了文学创作的个体心理性。

一、女性性别意识与文体形式的彰显

在女性写作中,对作家产生最大影响的首当其冲是性别意识,而性别意识主要体现在女性先天迥异于男性的心理差异。和男性相比,女性感觉灵敏,尤其对黑夜的感知超过男性;在时空安排上,女性缺乏宏大的时空感,倾向于逼仄、细腻的微观时空的描述;在语言上,女性偏于绵密、细长的叙述,这也是古有"咏絮之才",今有"外语之学"的根由;在思维上,女性偏重直觉,思维敏捷迅速,偏重主观性和想象性;在记忆上,女性擅长背诵与复述,古有"蔡文姬记诵四百篇一字不漏",今有"女生偏重文科"的实例便是明证;在情感表达与控制力上,女性多愁善感,心思细腻,情绪易波动,缺乏冷静与理性,这也是自古以来中

① [丹麦] 勃兰兑斯. 十九世纪文学主流 [M]. 张道真译, 北京: 人民文学出版社, 1980: 2.

外"鲜有女哲人"的原因所在。尽管在实际创作中不乏存有男性作家偏重感性、敏感、情绪化现象，也不乏存有女性作家偏重理性、沉稳和思考力的可能，但从整体上扫描新时期以来女性作家的作品，上述差异在一定程度上影响着她们的写作，其文体形式也相应彰显出女性特有的性别意识。

首先表现为"向内转"视角以及"内倾式"关注。女性作家虽对整个世界有着敏锐的感知，但相对于外部世界，她们更倾向于对内部世界的关注。正因这种视角，她们擅长从日常生活中取材，将琐碎的细节和纷繁的意绪融入创作，显示出女性独有的细腻与烦琐。为表达微观的日常体验和生命感知，她们在表达方式上多采用日记、随笔、自传等形式，使小说在外在结构上呈日记式、闲聊式、随笔式、散文化等样态。为酣畅地表达情感，在人称安排上多采用第一人称，即便不采用"我"，其中的人物叙述者肆意流露出作者叙述者的情感，依然摆脱不了"我"的内在倾诉动机。这种强烈的内倾式动机使得作品带有自叙传印记，易给读者造成自传体小说的印象。自传体小说多指作家把自我的生活经历和情感作为叙述对象的小说，"私人性、亲历性和自我体验性构成它的一般特征"[1]。很显然，女性书写与自传体小说存在一定区别，女性作家这种倾向于自传的文体表达除了缘于其固有的生理性别特质之外，还夹杂有女性对自身身份的觉醒以及对男权文化的反抗。有论者指出女性写作"常不敢表露自己或者是以第一人称写作，从用间接的'她'到用直接的'我'表述，对女性来说并不是一个容易的过程"[2]。确实，在男权文化语境中，女性真实的自我常常在男权的集体无意识中被淹没，不过这种状况随着20世纪60年代女权主义运动的兴起和女性意识的觉醒有了改变，女性不再愿意按照男性世界的价值观来丈量自我，开始正视自己不同于男性的经验和生活。为了实现自我的身份认同，女性作家需跳出男权世界既有的话语圈，构建一种不同于男性话语体系的话语方式，其中第一人称"我"便是很好的选择。因为这种叙述方式适合表达女性感性、琐屑、本真的个人经验，有利于女性确立主体地位，树立起女性文学的权威，但中国女性文学由公众性男性话语转

---

① 王又平.自传体和90年代女性写作［J］.华中师范大学学报（人文社会科学版），2000（5）.
② 陈顺馨.中国当代文学的叙事和性别［M］.北京：北京大学出版社，1995：67.

向女性话语，由第三人称"她"转向第一人称"我"或类似于"我"的人称设定经历了漫长的发展过程，在此过程中，女性作家的现代意识不断增强，自叙倾向越来越明显，部分作品鲜明存有自传式心理印记，典型作家如张洁。从《沉重的翅膀》到《无字》再到《知在》，其作品"没有曲折离奇甚至完整的故事情节，也不着重描绘人物的行动和笑语音容，只是倾注全力去刻画人物心灵深处的微妙活动"①，作者本人也强调其创作"不讲究情节，更重视着力描写人物的感情世界，渲染出一种特定的气氛，描述人物所处的处境，以期引起读者的共鸣"②。张洁这种注重内心情感和自由闲散的散文化倾向由来已久，究其原因与其先天气质相关。张洁生性敏感、倔强、叛逆，正如她自己所言，"由真诚到怀疑，里面有沉甸甸的教训。我从小就另类，喜欢猜测事物的真象和内幕。我不是一个让人喜欢的人，老是喜欢提出疑问。很多时候一弯腰，一抬手就过去了的事，我却过不去。可能和性格有关"③。这种气质在《无字》中得以充分展现。《无字》虽为第三人称，但叙述者的喜怒哀乐和价值评判毫不遮掩地融入人物身上，这使作品成了"榴莲书"。反对者反感它"结构紊乱，情节平庸，絮絮叨叨，冗长拖沓，通篇洋溢着不能自拔的自恋、自怜、自嗟、自怨情调"④；认为"小说回叙了三代人的感情生活和命运变迁，但不像《张居正》那样历史与人物水乳相融、历史事件与情节构造相交织而矛盾迭起"⑤。而欣赏者则认为它"交织着多重声音，结构上回环复沓，是一种交响乐式的小说，在人物的刻画上也极力表现人物性格内部的多重矛盾对立"⑥。

　　同部作品却受到迥然不同的评价，主要缘于评者不同的切入角度。客观评价《无字》，笔者认为这是一部集中体现女性性别心理与文化立场的作品。首先，从写作内容看，《无字》具有鲜明的自传体写作意味。张洁自小遭受丧父之痛，一

---

① 黄秋耘.关于张洁作品的断想［M］//中国现当代文学研究资料·张洁研究专集，贵阳：贵州人民出版社，1991：127.
② 何火任.张洁研究专集［M］.贵阳：贵州人民出版社，1991：101.
③ 张英.真诚的言说：张洁访谈录［J］.北京文学，1999（7）.
④ 崔志远.中国当代小说流变史［M］.北京：中国社会科学出版社，2009：326.
⑤ 毛克强.茅盾文学奖：新世纪的文学坐标——第六届茅盾文学奖获奖作品述评［J］.西南民族大学学报（人文社科版）2006（2）.
⑥ 周志雄.张洁与契诃夫［J］.文学评论，2011（1）.

直与母亲相依为命。成年后，在婚姻上经受和作品主人公相似的遭遇。这种亲情缺失的惨痛以及对爱情婚姻的绝望在人世间天天上演，本也平常，但先天阴郁、敏感的性格却使她对母亲产生过分的依赖，对男性产生刻骨的仇恨。故在天命之年，已为人母的她无法接受丧母之痛而濒临崩溃，这种对母亲的"固恋情结"深度影响着她的创作，为其母作的散文《世界上最疼我的那个人去了》因情深意痛而感动万千读者，之后这浓浓的情愫无处排遣，《无字》则成为其对母亲爱到深处、痛到极处的一种宣泄与总结。其次，这种自叙色彩深度影响着作品的叙述方式。作者在文中诉诸叙述者直接的评议，借助于人物的反思与议论，插入大量日记、书信、诗词等文体，立体展示男性世界的丑陋与不堪，极力抨击男权文化对女性的戕害，宣泄情感与诠释体悟成了小说写作的首要目标。为实现目标，作者以碎片化情节、拼接的故事、跳跃的画面，形成富有空间感的并置结构，此种叙述策略与中国传统小说的"散点透视"笔法却有着异曲同工之妙，故有论者指出《无字》的叙事触及中国叙事的一个基本原理，即"对立者可以共构，互殊者可以相通，在对立或互殊中存某种互相维系融合的东西，这就是中国所谓'致中和'的审美追求和哲学境界"①。

虽然张洁的作品具有鲜明的自传色彩，但她反感论者将其作品与其生活做索引式比照，其在文中采用第三人称讲故事，尽力避免自传体小说的嫌疑。相对于张洁的避嫌与内敛，20 世纪 90 年代以陈染、林白为代表的女性写作则高调地以自传体小说为崛起标志。她们以日记、书信、随笔等不同的方式表达着真实的自我，企图建构个人历史，以期不仅打破男权文化统治下的写作观，也打破传统书写中的女性角色模式，其中尤以陈染最具典型性。阅读陈染的日记、书信、回忆、随笔，我们不难发现其中穿插了大量作者真实的生活经历，且多以"我"的口吻展开叙述，以不加掩饰的声音讲述女性私密的生命体验，这种自传式叙述宣扬了作为女性的自主话语权，表达出对女性主体意识的确认，也使传统意义上难以进入大众视野的女性生命体验得以公开，从根本上颠覆了男权文化意识中女性

---

① 杨义.中国叙事学［M］.北京：人民出版社，1997：21.

被书写的第二性历史。如在《私人生活》中，作者在自叙和回忆中构建自己的成长史，其反复强调写作是疏导身心、实现真实自我的途径，她意识到"自己已成'这一个'，为了明确自己为何成为'这一个'，并从个人记忆中去追溯原因所在"①。对于这种半纪实、半虚构的自传思维，吉登斯在《现代性与自我认同》中称其有利于进行自我治疗，有益于逃避过去的束缚和敞开未来的机遇，这点在陈染的写作中得以鲜明体现。童年时代的创伤性经历给她的心灵带来永久性阴影，如果一味回避只会加重心灵的创伤，唯有正视与反思才能有效缓解内心的焦虑，拯救精神的自由。以此观之，以陈染为代表的女性作家选择自传式书写是对过往弱势人生经历的矫正性干预，同时，"作为唯一可行的文学方式可抵御男性自传的压抑"②，塑造出诸如黛二小姐这样在男性作家笔下不曾得以展现、具有当代女性气质的人物形象，最大限度实现女性表现自我和维护自我的认同。

其次表现在语言形态上。不可否认，在人类文明发展的历史长河中女人总处于被遮蔽位置，由男人记载的历史自然就变成"他"的历史，记载历史的语言自然也是男性的。故当女性作家获得话语权时，首先要做的则是尝试着用男性的语言来表达女性的感受与体验。但男女有别是不争的事实，如有论者认为男性语言通常是"理性的、逻辑的、等级的和直线的"，而女性语言则被认为是"不重理性的、反逻辑的、反等级的和回旋式的"③。铁凝也说"女性作家在表达女性的时候比男性作家表达男性的时候要来的率真，这是女性作家优点的同时也可能是她的一个劣势"④。基于此差异，女性作家若继续使用男性语言实际上是对男性价值观与思想意识的认可，这样的书写则是内化了男权意识的女性书写。所以女性写作从一开始就面临着如何建构一种女性特有表达方式的重任，对男性语言的颠覆成了女性作家义不容辞的责任。此种生理基础与文化心理投射在小说创作中，则表现为女性作家对语言的情感、节奏、色彩等的偏好，对日常化、细节化、私语化叙述方式的青睐。

① 王又平. 自传体和90年代女性写作 [J]. 华中师范大学学报》(人文社会科学版)，2000（5）.
② 王艳芳. 女性写作与自我认同 [M]. 北京：中国社会科学出版社，2002：254.
③ 鲍晓兰. 西方女性主义研究评介 [M]. 北京：三联出版社，1995：126.
④ 刘学斤. 对面、永远有多远和大浴女 [M] // 铁凝. 谁能让我害羞，杭州：新世界出版社，2002：383.

　　相对于逻辑清晰、字义明确的男性语言，女性语言一般多义而丰富，主要体现在语言的节奏、韵律、声调、颜色上，这使文本中流动的多是作者的情感，涌现着超于意义之外的非语义的本能冲动。典型作家如王安忆，在《长恨歌》《桃之夭夭》等作品中其语言呈现出细密、绵长、迂回等特点。有论者对王安忆的语言做了形象概括，认为其从小处落笔，东拉西扯，左右盘旋，有点类似于"女红式"操作。此处的"女红式"则指作者在讲述故事时有条不紊、慢条斯理、不温不火、无波无澜，细致中透着乏味，絮叨中溢着单调，如同操作一件女红制品。当然，此种语言表达只有在作家对生活熟稔详知的基础上才能完成，并且还需具有足够的耐心与细腻，故其多为女性作家所青睐，更为高明的是，王安忆并非一味沉溺于此种绵密、琐碎的平淡叙述之中，而是富有节奏地将横向的时代背景和纵向的历史变迁以缠绕的姿态逐步展示，体现出女性话语独有的韵味。

　　除了诸如王安忆的"女红式"叙述，还有一种很鲜明的私语化叙述倾向，最典型如《一个人的战争》《私人生活》。作者采用内心独白的方式，自话自说地表达个体真切的生命体验。这种全裸式、私密性的内心展露，带有浓烈的个人主观色彩。从叙事学角度看，这个"我"是一个自我意识明确的叙述者，其以十足的主观性介入叙事，并毫无顾忌地暴露自己的身份。在男性作家眼里，他们往往把这种私语化叙述当作一种写作技巧来处理，但在部分女性作家眼里，她们会把这个"我"视为一个发出自己声音的具体女人对男权文化的宣战，因为"十足的主观性是女性主义的政治目标，是斗争与干预包括写作的所有行为的先决条件"①。在"我"作为主人公敞开个体生命经验的同时，"我"还是往事的叙述主体，"我"因此"分裂成一个行动的自我和一个反应、判断、构造的自我"②，两个"我"在小说里交替出现，一个演绎往事，另一个反思往事，在自我宣泄与深度反思的双重奏中表达女性内心的迷乱与思绪，从而构成女性私语化表达特有的节奏与理性反思色彩。

　　再次表现在审美意识与文体追求上。审美意识是人类所有意识中居于较高

① 陈顺馨. 中国当代文学的叙事和性别［M］. 北京：北京大学出版社，1995：67.
② 王又平. 自传体和 90 年代女性写作［J］. 华中师范大学学报（人文社会科学版），2000（5）.

层次的一种心理活动，其发展程度直接昭示着人类文明进步的程度。女性曾长期被排斥在历史大门之外，同样也被排斥在艺术殿堂之外。进入 20 世纪后，女性逐步赢得社会的主体地位，也逐步拥有创造美、欣赏美的权利。基于女性独特的生理与心理差异，女性有着独特的感受力、想象力和创造力，这点也体现在文学创作上。与男性作家相比，女性作家有着纤细的感受力、多变的想象力和特有的义体表达趋向。典型作家如徐小斌，其作品《羽蛇》则以深度的隐喻、奇幻的想象、游离在先锋与传统之间的叙述手法突显出女性特有的文化心理特质。《羽蛇》人物众多，意象庞杂，故事时空跨度巨大，散逸着浓郁的诡异与神秘气息。此气息不仅体现在"羽蛇"这个人物所具有的特异功能上，也体现在家族成员之间不可逃脱的血缘感应上，还体现在作品颇为缠绕的叙述方式上。文中叙述者颇多，有第一人称人物叙述者，有隐含作者的叙述者，还有第三人称全知叙述者。在第一人称叙述者中，诸如羽蛇、金乌、玄溟、若木、亚丹、韵儿等人物叙述者在文中并置出现，作者将叙述者的叙述毫无规则地穿插在一起，如开篇由隐含作者"我"拉开叙述："因她属蛇，我才把羽蛇这两个字如此牵强地拼凑在一起"，接下来毫无铺垫地出现羽蛇的自述，文中诸如此类突兀的自述很多，而对于隐含作者"我"的身份，作者在文中设置了"我"和"我们"，"我"具有单一性，可以断定为隐含作者，"我们"则包含隐含作者与隐含读者，如"现在我们可以穿越时空，看见三十年前的陕北延安""美丽的女人几乎是薄命的，我们这个故事也未能免俗""现在我们的场景已切换到故事的开始""我们在前面讲过关于梅花的故事"等，"我们"在此承担着衔接行文的叙事功能，给隐含作者带来叙述方便的同时极大地强化了故事的真实性，而隐含作者"我"的叙述干预，虽补充了故事的相关信息，有时却起着解构文本的作用，如在讲述义和团故事时，隐含作者发表感慨，"我常常对于帝王的威严感到困惑，我常大逆不道地想""我真的无法感受古代和现代有什么不同"，接下来便是一段关于古今的议论，这种不分戏内戏外的叙述转换有了元叙述的意味，动摇了故事的权威，但作者的初衷显然不愿如现代派小说那样不计后果地解构自己，相反却在力证故事的真实性，如朋在幻境中看见羽蛇通神谕的经历："多年后朋对我讲起这段往事时，我的第一反应便是质疑。因为我看过一个情节相似的恐怖电影，但是查过相关资料之后，发现朋的经历远在那个电影之前，这使我感到双倍的恐怖"。频繁的叙述者转换和矛盾的叙述干预虽给读者制造了一定的阅读障碍，但从外在形式上呼应了小说的神秘气韵，挑战了读者的阅读经验，增强了小说的智性韵味，彰显出女性特有的艺术创造力。

在此只是略举一例，扫描新时期以来女性作家的创作，可以说从来不乏具有独特审美追求和一定文体意识的作家，如在 20 世纪 80 年代初，长篇写作并不活跃，更奢谈对文体的追求，但已有一些女性作家自主进行各种形式的文体探索，如戴厚英在《人啊，人！》中运用并置结构呼唤人道主义的回归；张洁在《沉重的翅膀》中承受多重审核保持自己的审美趋向，采用散文化手法结构长篇；徐小斌在《海火》中采用寓意结构探究人性，作品充满神秘浪漫色彩；铁凝在《玫瑰门》中运用多维空间构筑多重对话，表达女性独有的反省与审视；张抗抗在《隐形伴侣》中独辟蹊径，化历史为背景，采用寓意结构探究如影随形的双面人性；王安忆在《69 届初中生》中运用"视角越界"手法还原"文革"；霍达在《穆斯林的葬礼》中运用双线结构，在"月""玉"意象的穿插中呼唤民族的融合；残雪则在《突围表演》中采用论文体结构寻求个性化审美情趣的突围等。这些作品皆以女性为主要描写对象，侧重探讨女性微妙的内心世界，呼唤男权世界里理想的女性人格与审美情趣。进入 90 年代之后，王安忆、张洁、徐小斌、陈染、林白、海男、棉棉、毕淑敏、残雪、孙惠芬、迟子建、陈亚珍、乔叶等女性作家继续女性审美风格的文体探索，为文坛留下系列独具女性审美意识的文体佳构。

二、女性自主意识与文体样态的构建

关于自主意识，不同作家有着不同的理解，在创作中也会相应选择不同的表达方式，如铁凝、徐小斌等则在继承张爱玲等对男权文化进行反思的基础上考察女性悲剧命运的成因，典型作品如《玫瑰门》。如果说铁凝等女性作家以自己的理性反思表达出对男权文化的抗拒，人们对此并不感到惊异，但以陈染、林白为代表的女性作家则在理性反思的基础上，以封闭的内心与敞开的身体书写表达出对男权文化的蔑视，以异样的方式张扬着女性的主体意识，这不禁令人感到震惊，典型作品如《一个人的战争》《私人生活》。而在女性作家群中，还有一类如卫慧、棉棉等作家的写作也具有典型的女性意识，她们也以抗拒男权意识的姿态出现在文坛上，但她们在构建女性自主意识的路上走得太远，露骨的欲望书写以及肆意的性别消费不仅让男性无语，也让女性失语。这三种不同的张扬女性自主意识的方式作为一种文化心理也影响着她们的文体构建。

首先表现为理性自审意识与反思文体的构建。新时期以来的女性作家出于对自我生存方式、存在价值的反思，她们以前所未有的勇气对自身的灵魂进行深刻的审视，其中以铁凝尤为突出。《玫瑰门》是一部对女性灵魂和生命本体进行深层透视的典型之作。作品塑造了以司绮纹为代表的一代女性受到男权世界伤害，反过来又伤害女性同胞的典型女性形象。司绮纹的一生横贯整个20世纪，而20世纪正是女性意识觉醒并发展的时期，在这样的文化语境中，司绮纹虽遭受男权文化的伤害，但她却将所受的伤害转化为一种自觉行为，不断地伤害同为弱势的同类女性。年轻时，她用自己的身体成功报复虐待自己的丈夫和公公，这是一种主体意识的张扬，但成为婆婆后，却设计捉奸在床的闹剧，并以此要挟贫农罗大妈和寡居的儿媳，以获得一点微弱的主动权，此时男权文化压抑的外在力量已成功转化为内在自觉性，自主意识在建构中又被解构，冷峻透视出女性生存的本真状态。为揭示女性内在反思的深度，作者除采用惯用的内心独白，还设置反思对话的形式。学者王一川认为"内心反思与对话相互交融在一起，反思借助对话方式来体现，呈现为对话式反思；而同时对话总包含着反思题旨，指向对思想、情感和行为的反思"①，并把这种由内心的反思和对话占据主导地位的文体样式称为反思对话体。《玫瑰门》中的反思与对话从女性自我挑剔的角度出发，通过对女性灵魂深处两个共存思维主体之间的思索完成对灵魂的拷问。为完成拷问，作者在视角安排上也别有匠心。作者采用人物眉眉的视角来有限度地展现三代女性的

---

① 王一川.探访人的隐秘心灵——读铁凝的长篇小说《大浴女》［J］.文学评论，2000（6）.

命运，作为故事的参与者，眉眉是第三代人，无法知道上代人的情感与生活细节，故小说借助视角越界，表层看似仅有眉眉的限知视角，深层运行的还有帮助作者完成叙述的隐含叙述者，作者在偶数章末插入成年眉眉和幼年眉眉的对话，将关于人性、命运的命题升华，叙述人称直接由第三人称变成"你"和"我"，突显眉眉在作品中既是限知人物视角又是作者化身的叙述者身份。这种视角安排与叙述方式升华了对人物精神世界和内在灵魂的审视与抚慰。正如铁凝所说"我们必须有能力不断重新表达对世界的看法和对生命新的追问；必须有勇气反省内心以获得灵魂的提升"[1]。铁凝等作家对男性采取对立、俯视的姿态，以自我审视的方式对女性进行深层的自我解剖，认为除了男权文化根深蒂固的戕害，女性自身也要对其悲剧命运负起一定的责任，以自审的方式完成女性主体意识的构建，这种构建体现出女性由里而外真正的自信与独立，其不仅表达中国女性知识分子对现实男权文化境遇的清醒认知，也表明现代女性历经女性立场的困顿与反思之后而采取的不妥协、不逃避的理性态度，现代女性已学会在新的时代文化语境下自我成长。

其次表现为内心世界的自我封闭与完全敞开的"身体"书写。20世纪中期"身体"逐渐在女性文学中凸显出来，从自由主义的女性主义到激进的黑人女权主义，从存在主义的女性主义到后结构主义，大家都把"身体"视为性别政治的载体。关于"身体"的内涵西方学界存有不同观点。第一种观点针对历来的男权社会将女性物化或"他者"化的实际情况，在重写女性历史时要求女性成为与男性平等的人，此文化立场强调女性个体的独立自主，要求女性身体和男性一样是主体性的自我，身体的要义不在于生理意义，而在于所指涉的社会性与文化意义。第二种观点则颠覆了灵魂与肉体二元结构中的灵魂优先性，也讲求肉体的存在，此身体乃灵肉合一但无优劣之分，有个性差异但无等级之分，此观强调了灵魂与肉体并存的个体身体的存在。第三种观点则突破了灵肉二元对立模式，突出对肉体本身的重视，将性欲体验视为身体书写的首要。第一种身体观多指20世

---

① 铁凝.像剪纸一样美艳明净［M］.北京：人民文学出版社，2006：171.

纪 60 年代以前的女性身体政治观，后两种情况多存在于 20 世纪 60 年代以来英美和法国的女性写作，而法国的女性主义者提出的"描写身体"广受瞩目，以至于人们将"女性写作"等同于"身体写作"，在有意和无意中恢复女性自我并创作真正的女性，而英美的女性主义者则通过对身体的处理，期待从文学和历史中拯救被淹没和扭曲的女性。

在中国传统文学中，女性的身体不属于自己，文学史上关于女性的"身体"书写始终处于被欣赏和被界定的位置，即便在部分女性文学中，女性的身体也处于被遮蔽状态。这种状况到了 20 世纪中期有了改变，身体书写与作者的文化修养、政治立场、职业特性、精神信仰等存在关联，如十七年小说中的身体书写最重要的特征是脸谱化、政治化。无产阶级的身体总是健壮、黝黑的，资产阶级的身体总是苍白、瘦削的。在对待身体的态度上，共产党员对肉欲有着本能的抗拒，而国民党员对肉体总是充满欲望。在这里，"身体"成了龌龊、肮脏、原罪的代名词，肉身脱离了灵魂的依附而变味。进入新时期之后，身体写作已越来越多地被女性作为反抗性压抑、突破性禁忌、张扬女性意识的有效手段而采用，从实际创作来看，新时期以来女性作家根据自己对女性主体意识的不同理解，对"身体"的认识与西方的几种观点不谋而合。新时期初，带有理性反思色彩的部分作家如铁凝等打通内外世界，以自审的方式构建主体意识，她们也以对"身体"的关注来宣扬女性的自主意识。她们开始欣赏女性的身体，如《玫瑰门》从女性视角对竹西健康、美丽的身体发出赞叹，对姨娘充满肉欲性感身体流露出喜欢等，《羽蛇》也从女性视角由衷赞美金乌集健康、性感、美丽于一身的身体。这种欣赏和赞美都是在摒弃各种欲望的前提下进行，这是典型的灵与肉合一的身体观，"灵魂"作为首要地位依附女性身体，这种从女性视角发出的身体赞美直接体现出女性自我意识的确立。

与铁凝等女性主义者重视"灵魂"的身体观不同，以陈染、林白、海男等为代表的女性作家则退回内在世界，以毫无顾忌地敞开身体的方式来张扬女性主体意识。相对于铁凝等女性作家在构建自主意识上的理性与成熟，陈染、林白等被学界称为"新女性"。所谓的"新"主要体现在她们对待男性的态度以及对身体的认识上。铁凝等女性作家对男性的态度是敌意的，抗拒的，她们在文学中以女性的眼光审视男性的软弱与不堪，在理性剖析中表达她们要求男女平等的主张。而林白等以女性的视角回忆自我的经验，有意识地屏蔽男性的视角介入，其所关注的世界只限定为封闭的女性自我内心世界，所叙述的故事只为女性纯粹自我的生命经验。此种屏蔽男性、完全沉溺于女性世界的言说方式大家还是能接受的，而最为惊世骇俗的则是她们对待"身体"的态度。在林白、陈染等女性作家眼中，她们欣赏自己的身体，坦然展露女性身体的一切隐秘，流露出一种无法自控的身体欲望，她们用自己的躯体体验整个世界，但这种体验是私人化的，是不与男性共享的欲望体验。90 年代文坛称这种写作为身体写作。所谓身体写作至少可以包含这些含义，首先它是关于身体的写作，书写内容主要围绕身体展开，主要书写关于身体的隐秘、冲动、欲望等；其次还可以理解为用身体进行的写作，写作主体可以立足于自我的身体感受，以自传的形式来展现关于身体的各种隐秘与欲望。很显然，林白等女性作家的身体写作符合这两层含义，即用自己的身体书写关于身体的一切隐秘。从女性主义者视角看，这种"身体写作"是女性意识觉醒的典型标志。有论者认为"90 年代随着多元文化历史现实的到来，女作家对男权文化的抗争和反叛,亦是从女性躯体开始突破"[1]。他们认为"妇女必须通过她们的身体来写作，必须写妇女，就如同驱逐她们自己的身体那样"[2]，这使 90 年代女性作家对身体书写产生了新的理解。这种既注重生命个体的身体生理性，也注重身体的灵魂性，显然和前文中所提及的第二种身体观相吻合。这种自主意识影响下的身体观直接影响着女性作家的文学观和文体设置。如海男小说突出特点是"没有中心，缺乏整体感""大段大段的内心独白和感觉片段构成文本主体"[3]，林白小说的故事"在多大程度上契合作者的内心世界并不重要，重要的它

[1] 徐坤 . 双调夜行船 [M]. 太原：山西教育出版社，1999 : 74.

[2] [法] 埃莱娜·西苏 . 美杜莎的笑声 [M] // 张京媛 . 当代女性主义文学批评，北京：北京大学出版社，1992 : 188.

[3] 王凤莲 . 且看这回黄转绿——90 年代女性小说艺术空间的动态考察 [J]. 人大复印资料·中国现代、当代文学研究，1996（3）.

是真实的女性独白，是一次女性的自我迷恋"①，陈染小说最重要的特征"是一种独特的感伤的话语的编码""一种温和的回忆和对隐私的和生活领域的悠缓的叙述已成为写作的中心"②。

再次表现为消弭性别意识的"躯体"写作。如果说铁凝等作家的自审书写让人惊异，林白等作家的身体书写让人震惊，而接下来卫慧、棉棉等作家的"躯体"写作与时尚书写则令人瞠目结舌。同样是女性主体意识的构建与张扬，铁凝等作家主张打通外内世界，陈染等作家主张退回到内部世界，卫慧等作家则再一次跳出内部世界，但关注的对象是不带有社会意义的身体与各种物欲。身体作为承载人的精神文化的生物体，除了具有生物学意义，还具有社会学意义，我们一般称生物学意义上的身体为"躯体"，"在与医学的关系上，躯体是身体的理想极限。躯体实践的完成在保持生命的符号之下生产和再生产医学"③。而身体"既是社会层面被表述为个人层面最可靠的场所，也是政治将自身伪装为人性的最佳所在地"④。若说 20 世纪 80 年代女性作家对身体的写作还处于欲说还休的状态，90 年代陈染等作家的身体写作更多指向一种精神上的自省与怀疑，至此，身体的含义还有社会学意义倾向。而进入新世纪后，当身体书写再次出现在大众视野时，大家明显感觉"身体"的意味发生了变化，如有论者指出"2000 年，中国文坛出现几件并非偶然的事件，诗歌中的《下半身》杂志创刊，棉棉、卫慧的小说出版并赢得身体写作称号。我们的作家与学者正在用身体乃至下半身迎来新的千年"⑤。此时的"身体"更加倾向于生理学意义，在卫慧、棉棉的小说中，她们以高昂的姿态、以惊世骇俗的躯体写作挑战着传统身体伦理与节操观。在她们笔下，身体变成欲望的承载体，写作更多的是"一种对身体本能的迷恋和失控"⑥。很显然，此种身体观和前文所提及的第三种灵肉分离、突出肉欲的身体观相契

① 林白. 致命的飞翔［M］. 武汉：长江文艺出版社，1996：354.

② 张颐武. 话语的辩证中的"后浪漫"［J］. 人大复印资料·中国现代、当代文学研究，1993（9）.

③ 汪民安，陈永国. 编者前沿——身体转向［M］// 后身体：文化、权力和生命政治学，长春：吉林人民出版社，2003：11.

④［美］约翰·费斯克. 理解大众文化［M］. 王晓珏译，北京：中央编译出版社，2001：85.

⑤ 陶东风. 当代文学思潮前沿问题探讨：身体写作及其文化思考（笔谈）［J］. 求是学刊，2004（4）.

⑥ 于展绥. 从铁凝、陈染到卫慧：女人在路上——80 年代后期当代小说女性意识流变［J］. 小说评论，2002（1）.

合。对此，卫慧本人毫不避讳，她宣称"我以身体书写小说……我紧依着身体和本能书写……以身体构成文本"①。于是，在小说中飞舞着"自慰""阳痿""自渎""高潮"等只关乎"躯体"肉欲的身体词语和貌似时尚的酒吧语言，整个作品躯体化、时尚化，不是性欲就是标榜时尚的装酷。其中的人物"我"要么在幽闭的房间，要么在嘈杂的酒吧，过着放纵的生活。在她们眼中，身体是用来享乐的，不关乎任何意义。女性作家向来对男性世界秩序有种本能的抗拒和逃离冲动，但在这里变成了放纵和男女同欢，她们尽情地和具有"酒吧"特征的男性玩着"性"或"情"的游戏，如《上海宝贝》中倪可用肉欲引诱男性迸发原始情欲，在浮华的都市生活里放纵物欲与情欲，通过与不同男性的情感以及性体验，以满足虚空的身体欲望与精神诉求。

三、女性文化心理与文体表达的局限

文学无先进落后之分，形式也无高低优劣之别，但我们并不会因此而陷入对文体评判失语的尴尬，因为有一条标准不可更变，即与作家气质乃至作品意义完美融合的表达乃上乘文体。以此观照女性作家的文体设置，则不难判断其在艺术追求与叙事表达上所做的探索以及由这种探索所产生的艺术效果与思想张力。客观地说，女性特有的生理气质以及女性自主意识的觉醒，使女性作家倾向于选择向内转视角以及内倾式关注，在语言形态上倾向于日常化、细节化、私语化，在审美追求上勇于大胆表达女性特有的审美眼光与文学想象力，这些都是读者较欣赏的特质，是男性作家较难抵达的文学佳境，但"特点"即"局限"，从整体上讲，目前女性写作中缺少真正有思想厚度、艺术高度和视界开阔的大手笔作品问世。

女性写作的局限不仅在此，女性特有的文化心理使女性作家创作时既保持内心世界的自我封闭，又追逐完全敞开的身体书写，其构建主体意识的姿态使她们的创作在整体上注重各种隐秘的女性经验和裸露的心理感觉，小说的语言表达

① [法] 埃莱娜·西苏.美杜莎的笑声 [M] // 张京媛.当代女性主义文学批评，北京：北京大学出版社，1992：201.

即是小说的形式本身，这使小说缺少完整有序、明晰流畅的故事演进和环环相扣的情节线索，小说结构也成连缀式片段。她们在近乎自恋般的回忆中否定男性话语，在封闭式的内心独白中对既定女性的第二性历史进行重新编码，向男权世界展现真实的女性自我，这种赤裸裸的身体展露，在大胆张扬女性主体意识的同时，却在大众化的文化语境中再一次被男权文化覆盖，满足了男性窥视欲，无形中也将女性再次置于被看与被消遣的尴尬境地。正如戴锦华所言，"至少在90年代的文化现实中，一个十分引人瞩目的危险在于女性大胆的自传写作，被强有力的商业运作所包装、改写……于是一个男性窥视者的视野便覆盖了女性写作的天空与前景，女性重新失陷于男权文化的陷阱"[①]。对此现象，方方也表示"女性文学始终充满了对男权意识的反叛，但她们的反叛是男性可以认同的，陈染、林白的反叛对男性作家来说已经出格了"[②]。但是，如果把这种以身体为中心、完全停留在内部心理世界的私语化写作看做是对现实男权世界秩序的反抗，不免让人生疑，正如学者陈晓明所反诘，"是不是男性永远是外部理性秩序，女性永远是非理性的幻想之流"[③]。这种裸露的个体身体书写令女性不仅使女性再次陷入被男权文化观赏的陷阱，也使其文体表达陷入轻薄、无序的小格局中，少了文学性与艺术感，尤其是那些消弭性别意识的"躯体"书写更使作品缺乏意义的深度与结构的艺术感，这些作家的文本中常见日常化的陈述、没有人称的转换和任何艺术技巧的考量，结构松散随意，因此招致一片道德质疑与艺术批评，认为这种写作"爱情的意义已被彻底掏空，留下的只有性，一种带有原始状态的性技巧性操作的演示，性的娱乐职能被升华到前所未有的高度"，它"不仅消解了人类赖以支撑自我诗性生活的爱情理想，而且也违背了作为社会群体的人应有的伦理操守和羞耻之心"[④]。更有论者指责这种写作为"一流的教育，良好的出身，漂亮的外表却演绎着娼妓的生活"[⑤]。这群女性作家打着女性主义旗号，并借助女性的性别身

---

① 陈厚诚，王宁.西方当代文学批评在中国［M］.天津：百花文艺出版社，2000：453.
② 叶立文，方方.为自己的内心写作——方方访谈录［J］.小说评论，2002（1）.
③ 陈晓明.反抗与逃避：女性意识及对女性的意识［J］.文论月刊，1991（11）.
④ 洪治纲，凤群.欲望的舞蹈［M］//愚士.以笔为旗——世纪文化批判.长沙：湖南文艺出版社，1997：593.
⑤ 禹建湘.中国当代女性主义文学面临的困惑［J］.湖南社会科学，2002（4）.

份，试图构建一种超越于男性和女性之上的躯体话语，在张扬个体个性的同时解构了女性作家所追求的女性意识，与真正意义上的女性文学背道而驰，既不符合社会文化的发展规律，也不符合文学发展的本质规律，其最后遭受质疑与唾弃的下场自然是不可避免的。

质言之，女性文学不是"妇女"文学，"妇女"是男性中心话语对女性带有情感色彩的命名，而"女性"则是现代意识中女性相对于"男性"独立存在进行自我关注的结果与体现。而女性文学又不专属于"女性"，女性文学的终极目标应该是对"人"的深层表现与艺术构建，成功的女性文学不应仅仅陷入内心，而应艺术地再现女性的生存境遇并直面广阔的社会人生，做到幽闭的内在世界与外在世界的跨越打通。同时，女性文学也不是女人的"性"文学，诸如20世纪90年代那种拿"身体"来凸显女性存在，或拿"身体"作为征服男性世界的写作已偏离文学的本质。与之相对应的，女性文学又不是"无性"文学，完全摒弃"肉欲"的存在，这样的文学割裂了人的自然性与社会文化性的统一，也不是真正意义的文学。历经三十余年的发展演变，女性写作逐步成熟理性，从当下的写作概况来看，女性写作已进入一种平和、理性的状态。很显然，文化身份已得到认同的女性作家已有足够自信去面对世界，这使女性文学批评者一直担心很难做到的"双性和谐话语"得以实现，性别立场和文学立场也得以统一，女性文学开始回归文学的本原，女性意识与文体意识的双重自觉在文体表达上逐渐成为事实。

附录四

：

第九届茅奖文体新取向：传统姿态下的"先锋"叙事

第九届茅盾文学奖评比已尘埃落定。盘点历届获奖作品的文体取向，发现在很长时段内文体处于被悬置的状态，已有的文体也只是表征为对现代主义技巧的点缀运用。此取向在近两届茅奖评比中得以改变，可圈可点的文体现象逐渐增多。尤其在本届茅奖评比中，文体取向体现为对传统长篇叙事的基本恪守、对传统文学资源的自觉转向以及对现代主义小说观的自然渗透，作家在传统与现代、古典与先锋的交织中进行着"先锋"叙事。究其原因，此种转向不是偶然，而是茅奖以及文体自身发展的必然。

众所皆知，茅盾文学奖不仅代表了特定阶段长篇小说创作的最高成就，还折射出作家的艺术追求以及读者的审美接受，对长篇小说的发展起着一定的风向标作用。正因如此，每届茅奖评比都会引起社会的高度关注，质疑、赞扬、肯定或否定之声不绝于耳。在喧嚣声中，茅奖走过了三十多个春秋，也为当代文学史留下了一些经典之作。第九届茅奖名单公布时，虽也存有质疑之声，但从整体上来看肯定之声高过否定之声。而作为对文体一直比较关注的读者，笔者则发现本届最值得肯定的地方则是作品在文体追求上呈现出的"先锋"与"传统"特质，

"文体"首次和"思想"一起成为作品脱颖而出的重要砝码。

一、往届茅奖作品文体意识与美学取向

谈及文体，大家皆知其对于长篇小说的意义。相对于中短篇，长于写一个家族，一个国家甚至一个民族命运的长篇小说更讲究题材的宏大、主题的多元、人物的庞杂和意构的丰富，在它身上，文体大有用武之地。正如雷达先生所言，"文体就长篇小说而言，它与小说的结构方式、叙事组织、语言能力诸因素密切联系"[①]。学者谢有顺认为文体"不是寄生在作品上的附生物，应该是与作品内在的气质同构在一起"[②]。学者吴义勤也认为文体"是一个深邃、复杂、立体、多维的系统结构，它牵涉到小说的故事、情节、人物、结构、修辞、叙述、描写等几乎所有的方面"[③]。毋庸置疑，文体对于长篇小说有着非同寻常的意义。同理，文体对于茅奖也具有重大意义。依据茅盾先生的遗嘱，茅奖要求作品思想性和艺术性的统一。我们从历届获奖作品关于历史、文化、宗教、生态、改革等主题揭示可窥其厚重、多义与宏大的思想特点，这与长篇小说的"重"文体特点相适应。但若以历届获奖作品为参照物，则易陷入对艺术性即"怎么写"评判标准的混沌之中。对于小说，艺术的创新永远是其最高追求，茅奖作品能从众多的参评作品中脱颖而出，必然有其过人之处，这点表现在"思想性"上，自不必说，但在"艺术创新"上是否也是这样？鉴此，我们不妨回到文学现场以窥究竟。

一直以来，茅奖以现实主义手法为准尺，但随着西方现代主义文艺思潮的涌入，现代因子的吸纳而使其逐步变异成具有中国特色的现代现实主义手法，如魔幻现实主义、心理现实主义、荒诞现实主义等。在历届茅奖获奖作品中，运用现实现代主义手法的作品有《将军吟》《冬天里的春天》《芙蓉镇》《沉重的翅膀》《白鹿原》《尘埃落定》《无字》《暗算》《秦腔》《额尔古纳河右岸》《蛙》《推

① 雷达.长篇小说艺术论［M］.中国作家协会创作研究部编，北京：作家出版社，2012：31.
② 谢有顺.文体的边界［J］.当代作家评论，2001（5）.
③ 吴义勤.难度·长度·速度·限度——关于长篇小说文体问题的思考［J］.当代作家评论，2002（4）.

拿》《你在高原》《一句顶一万句》等，约占整个作品的 40%，这些作品散落在每一届茅奖中，大致体现出茅奖的文体取向。在第一届茅奖的五部获奖作品中，由于刚刚脱离极"左"革命现实主义手法的束缚，再加上西方现代主义思潮氛围的浸染，作家在运用传统现实主义手法的同时还热情高涨地尝试了现代主义技巧如《李自成》的"单元共同体"结构，《将军吟》的意识流，《冬天里的春天》中蒙太奇手法，《芙蓉镇》中"经纬编织"叙事结构。接下来几届，这种热情明显减弱。第二届三部获奖作品中只有《钟鼓楼》的"橘瓣式"结构和《沉重的翅膀》的心理型结构。第三届五部获奖作品中只有《少年天子》的诗化倾向以及《穆斯林的葬礼》的双线结构。第四届四部获奖作品中只有《白鹿原》的魔幻现实主义和新历史主义手法。第五届四部获奖作品中只有《尘埃落定》的新历史主义手法、诗化倾向以及傻子视角的运用，《长恨歌》的日常叙事和鸽子视点。第六届五部获奖作品中只有《无字》的组构体和心理型结构。之后，作品的文体意识开始增强。第七届四部获奖作品中出现《秦腔》的傻子视角和生活流式结构，《暗算》的"抽屉式"结构和并置叙述，《额尔古纳河右岸》中叙事时间和故事时间的巧妙安排。第八届四部获奖作品中有《你在高原》的散文化、抒情化结构，《蛙》的意象化叙事以及跨文体实验，《推拿》的封闭式心理结构和第二人称叙述视角，《一句顶一万句》的"连环套"叙事方式和寓意式话语表达。

虽然第一届诸多作品中出现了现代主义因子，但接下来二至六届作品文体意识淡至谷底，故从此时段来看茅奖文体取向，文体则始终处于被悬置的状态。接下来，在第七、八届评比中，文体逐步成为评委们的关注焦点，这种表征在第九届评比中表现得更为突出。有评者发现第九届茅奖评比发生着"从偏重宏大叙事到青睐日常叙事[①]"的转变。其实，这种倾向在第八届茅奖中已初见端倪，如《推拿》就是关于特殊群体聋哑人内心世界的小叙事、《一句顶一万句》是关于普通个体寻找"一句话"的日常叙事。只是较之以前，本届作品在文体革新上迈出的步伐更大，对文体的追逐意识更加自觉，且在这种转向背后还表现出对极致现

---

① 王春林.茅盾文学奖悄然"革命"[N].北京日报，2015-8-21.

代主义的摒弃，对传统现实主义的冷待，这可从部分落选入围作品窥见一斑。如向来追求文体革新的韩少功在《日夜书》中进行了现代主义文体实验，有评者认为"《日夜书》又一次出局实在让人遗憾。《日夜书》长篇结构部分的短篇化，随笔充斥……韩少功太迷恋自己的多文体模式让他名落孙山"[1]。再如陈亚珍的《羊哭了，猪笑了，蚂蚁病了》因文体实验获得雷达先生高度赞誉："读完小说，我不想掩饰我的震惊。我预感到，作者有可能或者已经创造了文学的奇迹。我惊异于她在艺术表现上的大胆与叛逆。[2]"不单此类追求技巧与形式的小说在茅奖评比中不占优势，而像历届那样四平八稳地书写历史或现实的传统现实主义作品也开始淡出茅奖视野，如阎真的《活着之上》、徐则臣的《耶路撒冷》等虽在评比中入围前十名，但最终还是难脱落选结局。而与"摒弃""冷待"相对应的则是对糅杂民族传统特色和现代主义特征的文体创新形式的青睐，这点集中体现在本届茅奖获奖作品的文体表征上，它们在形式上是传统的，但内核是现代的；底子是现实的，但精神是先锋的，其在传统与现代、古典与先锋的交织中，在对传统长篇叙事方式的基本恪守、传统文学资源的自觉转向以及对现代、后现代主义技巧的自然渗透中，鲜明彰显出茅奖评比的文体新取向。

二、第九届茅奖作品的传统叙事惯性

第九届茅奖作品在叙事背景、人物塑造、结构样态和话语方式等方面基本恪守传统小说的叙事习惯，表现出对传统文学资源的自觉转向。传统长篇多采用宏大叙事方式，所谓宏大叙事，主要体现为全景式时空描写、完整的故事交代、全知全能的上帝之眼等，这些合在一起形成了"史诗化"即"一种有全景式文学描写"[3]的作品形式。历届茅奖作品多采用宏大叙事方式，但有评者认为第九届茅奖作品中"《江南三部曲》与《生命册》属于宏大叙事，《这边风景》介乎宏大叙

① 萧夏林.第九届茅奖评选，中国作协搞闪电战目的何在.博客中国，2015-8-14.
② 雷达.亡灵叙事与深度文化反思［N］.文学报，2012-9-27.
③ 简明不列颠百科全书.北京：中国大百科全书出版社，1984（876）.

事与日常叙事之间,《繁花》与《黄雀记》属于典型的日常叙事"①。其所理解的日常叙事是指"平民生活日常生存的常态突出,'种族、环境、时代'均退居背景。人的基本生存,饮食起居,人际交往,爱情、婚姻、家庭的日常琐事,突现在人生屏幕之上"②。评者从内容层面指出日常叙事与宏大叙事的区别,其实从所选取背景以及时空安排、人物群像塑造等来看,本届作品并没有游离出宏大叙事的框架。首先从作品的叙事背景来看,它们皆有着巨型的时间视野,《江南三部曲》以"辛亥革命"前后、"十七年"以及 21 世纪之初的历史为大的写作背景;《繁花》截取从 20 世纪 60 年代到 20 世纪 90 年代这段历史来描述上海所发生的故事变迁;《生命册》作为作者"平原三部曲"中的最后一部曲,以"我"的经历为叙述背景,时间跨度从 20 世纪 50 年代跨至 21 世纪;《黄雀记》作为一部成长小说,其时间背景也从新时期跨到新世纪之交。其次从作品所展现的多维空间来看,皆营造了巨大的空间视野。《江南三部曲》的叙事空间一直在普济、花家舍孤岛、梅城、花家舍人民公社、招隐寺、梅城、北京、成都以及虚拟的 QQ 空间等之间流转;《生命册》则分为城市和乡村两个大空间,前者从省城、北京再转到深圳等城市,后者则在无梁这个村庄的各个小空间之间流转;《繁花》所涉的空间视野更是巨大,作品中的人物想到哪就到哪,饭局从一个城市转到另一个城市,如香港、上海、徐州、常熟、扬州、苏州、无锡、北京等。再次从人物群体像的塑造来看。《江南三部曲》重笔描绘了秀米、季元、谭功达、姚佩佩、谭端午、庞家玉等人物,小说围绕这些人物讲述历史,讽刺现实,以人物的悲剧结局和精神弱点深刻表达了"历史的虚无与永恒的失败"③;《生命册》中的人物塑造和故事情节有着同等重要的地位,其以"我"为核心串起一系列人物如骆驼、虫嫂、老姑父、梁五方、虫嫂、杜秋月、春才、梅村、范家福、夏小羽、小乔等,这些人物如同《红楼梦》的"金陵十二钗"一样,不同的身份和个性,但最终都难逃悲剧的命运;《繁花》围绕三个不同家庭背景出身的上海少年沪生、阿宝、

① 王春林.茅盾文学奖悄然"革命"[N].北京日报,2015-8-21.
② 郑波光.二十世纪中国小说叙事之流变[J].厦门大学学报,2003(4).
③ 程永新.格非《江南三部曲》:确有可能成为一部伟大的小说——格非《江南三部曲》学术研讨会发言纪要[J].作家,2012(20).

小毛来回顾从"十七年"至90年代上海这座城市所经历的政治、历史、文化、情感以及日常生活等各色"风景"。实际上小说中由这三个人物牵扯出的大小人物近百名，犹如进入了《红楼梦》中的大观园，这些人物没有主次轻重之分，他们想见就见，想散就散，插科打诨，打情骂俏，绘就了一幅幅上海城市在不同历史时期的生活百态图。

　　传统长篇讲究故事性，第九届茅奖作品也注重这一传统。《江南三部曲》虽截取历史片段，但每个片段都保持自足的故事性。《人面桃花》中秀米参加辛亥革命最终失败，小说围绕这根主线重点描述了与秀米相联结的家庭关系、青春期性意识的萌动、张季元与母女二人的暧昧关系、秀米对于"小东西"的情感等故事。《山河入梦》中谭功达作为一县之长，在农业合作化运动和新农村建设中因乌托邦理想而陷入困境，其贾宝玉式性格决定了他与姚佩佩之间爱情的失败与人生悲剧的必然。《春尽江南》中谭端午在21世纪之初沦落为边缘诗人，他放弃所有乌托邦幻想，游离于生活主流之外，与妻子庞家玉的恩爱情恨最终也以悲剧收尾。《生命册》的故事主线明晰，讲述了乡村孤儿"我"从出生至天命之年行走于乡村和城市之间所经历的各种人事。《黄雀记》讲述了香椿街少年保润、柳生和仙女在人生成长过程中的恩怨情仇，最终相生相克，报应难逃。《繁花》更是与众不同，通篇没有主脑故事，几乎是一部"无事"的小说，但小说又无处不在讲故事，生活就是故事，故事就是生活，具有极强的可读性和趣味性。

　　第九届茅奖作品在结构样态和话语方式等方面也体现出回归传统文学资源的自觉。结构是长篇小说文体核心要素之一。莫言认为"我们之所以在那些长篇经典作家之后，还可以写作长篇，从某种意义上说，就在于我们还可以在长篇的结构方面展示方华"[①]，何谓小说结构，有论者认为"从叙事学的角度看，叙述从动态、过程看是叙述方式，从静态、结果看就是叙述结构"[②]。学者张志忠认为长篇小说的结构"不仅是情节、人物的设置和延展，是作品材料的安排组织，而且是

---

① 莫言.四十一炮［M］.上海：上海文艺出版社，2008：6.
② 张彦哲.小说的叙述结构及其功能［J］.齐齐哈尔师范学院学报，1990（3）.

作家的激情、思索与作品的人物、题材、主题等的汇合点"①。格非认为"作家在安排长篇小说结构时还涉及作家对长篇小说艺术长期以来所形成的某种固有的信念、哲学观、传统的文化形态的影响"②。这些说法都指出小说结构的综合性与复杂性，切入角度不同，划分出的类型也不同。从叙述表达与整体构造角度来看，长篇小说的结构可分为外部结构和内部结构。外部结构表现为作品所含诸文体之间因融合程度不同而呈现出诸如文备众体、文体互渗、跨文体等结构形态。内部结构指因作品内容以及叙述方式不同而呈现出诸如意义表达、逻辑等结构样态。

传统长篇在外部结构样态上多呈现为"文备众体"型结构。最早提及"文备众体"是南宋的赵彦卫，曰："唐之举人，先借当世显人以姓名达之主司，然后以所业投献。逾数日又投，谓之温卷。如《幽怪录》《传奇》等皆是也。盖此等文备众体，可以见史才、诗笔、议论。③"可见"文备众体"最初意指作者在温卷过程中，插入各类文体以展示自己在史才、诗笔、议论等方面的才华，后来这一展示才华的行为慢慢演变为长篇创作的基本手法。到了明清时期，长篇中插入诗词歌赋曲已然成为作者叙事、审美、立意的主要手段。以此观照本届茅奖作品，则发现几位作家都不同程度地表现出对"文备众体"结构样态的喜好。《人面桃花》中张季元日记的插入，不仅有助于读者了解当时革命党人革命的真正动机，还交代出张季元与秀米之间的情感纠葛。正是日记激活了秀米心中朦胧的爱情，也正是这份爱情促成了秀米后来的一系列怪异行为，如冷漠对待自己的婚姻，冷静对待凶神恶煞的黑社会，狂热追逐张季元提倡的大同理想世界，自始至终日记的插入起着重要的叙事和立意功能。《山河入梦》中最突出的插入文体是姚佩佩在逃亡途中写给谭功达的信，没有这些信件，读者是无法知道男女主人公之间的感情进展，整个小说也就失去了起码的情节动机和寓意升华。《春尽江南》中大量的诗歌以及大段的 QQ 聊天记录，不仅起到叙事、立意功能，还能浓郁小说的意境，具有审美功能。《繁花》中也"繁花似锦"地插入大量要么大俗如"文革"

---

① 张志忠.论长篇小说的结构艺术［J］.小说评论，1988（6）.
② 格非.长篇小说的文体和结构［J］.当代作家评论，1996（3）.
③（南宋）赵彦卫.云麓漫钞（卷八）［M］.傅根清点校，北京：中华书局，1996.

时期的标语、革命歌曲、民间俚曲、抄家物件清单、信件等文体，要么大雅如宋词、苏曲、现代诗歌等文体，这些插入成分原生态地展示了生活，也营造了特定的情绪或意境，正如作者自己所言："引用 40 年代《苏州河边》的歌词会产生意想不到的效果，比一大段感情抒发更有意味。引了穆旦的诗，产生一种意义，不需解释，意味深长。它也和其他的引用一样，有一种'装饰性'。"①而传统长篇在意义结构上多呈现为情节型结构，在逻辑结构上大多按照线性因果顺序来进行。以此观照本届茅奖作品，则发现其皆为情节型结构，尤其是《繁花》，通篇的对话与动作，满章的故事与生活片段，几乎找不到一处关于人物内心活动的描写。在叙述故事时，这几部作品基本上遵循线性时间顺序，尤其是《黄雀记》，以三个少年成长为序，表现为典型的单体式线状结构。

中国传统长篇最初形式是平话，是对"说话"中"讲史"一类题材的记录和整理，这使其如同话本小说一样，保留着"说话给听众听"的鲜明胎记。而在本届茅奖作品中，《繁花》在话语方式上走了回归传统的老路。作品通篇采用不分行的对话体，形成了"话本小说"的叙述方式，并取得了意想不到的"说话"效果。作品开篇就是"说书人"陶陶拉住"听书人"沪生说书的架势，但正如小说家张大春所言："失去书场传统及其语境的小说家，倘若试图再造或重现一个由章回说部所建构出来的叙述，恐怕会有山高水远、道阻且长之叹，他的读者已失去观赏走马灯的兴致。"②的确，在当代语境中长篇小说欲采取"说书"的方式，信马由缰地向读者讲述一个个琐碎的故事，本身是种冒险行为。但作者在这里做了一些改良，作品不再是由一个说书人在固定的场所按照章回的方式讲述故事，而是采用接力棒的方式，在任何一个场合，都有说书人和听书人在场，陶陶说给沪生听、梅瑞说给康经理听、李李说给阿宝听、小琴说给陶陶听等，说的过程中，不需要任何铺垫，极其自然地转换或续接话题，这使得整个小说处于开放状态，故事在自由地流淌，人物在自由的行动与对话，且在讲述过程中，每个说书人皆为故事的主角，情感真实，毫不造作，极具感染力，故有评者认为"《繁花》

① 金宇澄，木叶.《繁花》对谈［J］.文景，2013（6）.

② 张大春.小说稗类［M］.桂林：广西师范大学出版社，2010：212-213.

的志向，是还原无数个由听书人和说书人共同组成的、活色生香的书场"①。

三、现实主义外壳下的"先锋"叙事

虽然从历史背景、故事情节、人物形象、结构样态和话语方式等来看，本届茅奖作品都不失为现实主义作品，但在现实主义外壳下，高扬的则是现代的先锋叙事方式，主要体现在进入历史的方式、叙事结构的安排、叙述方式的选择以及现代主义技巧的运用等方面。

首先表现为新历史主义手法的运用。茅奖的评奖标准使历届作品在选材上都倾向于宏大历史题材，这种传统在本届获奖作品中依然保持。本届茅奖作品从时空安排以及人物群的塑造等方面保持着宏大叙事的特征，但仔细研读不难发现它们在宏大叙事背景下真正进行的则是对历史的解构。如《江南三部曲》中作者根本就没有从正面演绎 20 世纪历史的野心，在历史叙事启动之后，作者"真正关心的，是个人的隐秘欲望，是个人在历史之河的沉浮，是可以在梅雨般阴郁的表情里叙述的故事"②。《人面桃花》中对辛亥革命未做任何正面交代，参加革命的动机也是令人怀疑的。尤其当张季元在日记中写到"没有你，革命又有何用"，直接消解了革命的严肃性与神圣性。而秀米之所以义无反顾地走上革命道路也全是因为自己的个人情感遭遇所致。而读者若想在《山河入梦》中了解"十七年"时期的历史真相，那也是枉然，因为作者为读者呈现的是虚构的新农村建设场面，真正的历史被消解。而《繁花》作为一部新历史小说，其对"文革"以及 20 世纪 90 年代这段历史的处理又不同于《江南三部曲》的解构与虚构，它采用的是"消融"，即让历史消失、融化在密密匝匝的日常生活中，尤其在进行"文革"叙事时，生活就是历史，历史就是常态的吃饭、穿衣、生炉子。而其笔下的人物，没了传统"文革"叙事的狂热，少了对历史的反思，他们关注的永远是生活本身。

① 张定浩. 拥抱在用言语所能照明的世界——读金宇澄《繁花》[J]. 上海文化，2013（1）.
② 王侃. 诗人小说家与中国文学的大传统——略论格非及其《江南三部曲》[J]. 东吴学术，2012（5）.

其次表现为线性结构样态中蕴含的现代性特质。《江南三部曲》的宏大历史背景决定了小说不可避免的宏大叙事外壳。对此，学者张新颖曾担心宏大的历史叙事会使小说陷入历史的线性框架中而失去文学性。但他读格非的三部曲却有一个非常大的惊喜，认为"作品是有文学结构的"①。但这文学结构是什么？从外在形式看，作者确实在按照历史的线性发展进程来讲述故事，但透过重大的历史背景，作者巧妙地消解了重大历史本身，抽身回到远离历史的日常生活中来，重笔描绘的是与人物个体的内在情感、精神追求和灵魂的困顿，呈现出寓意型结构样态。在叙述逻辑上，虽然小说基本上按照线性时序发展，但作者经常采取插叙、回忆的方式植入往事，如《春尽江南》开篇描绘了谭端午和秀蓉第一次相遇的场景，在接下来的叙述中，在不交代家玉就是秀蓉的情况下，直接进入当下现状生活。尔后，再根据叙事需要不间断地插入这段往事，使得小说节奏缓慢，具有一定的跳跃性。《生命册》在结构设置上更加体现出作者超越传统的姿态。作者对作品的内在逻辑结构命名为"树状结构"，但有评者认为实际上是"一本乡村'人物志'，他们的故事或单独成'册'或相互纠缠，但都和'我'的生命相扭结，所以他们确实是'我'生命之书中一张又一张的'册页'"②。还有评者认为"作者运用复调叙事手法交叉展开两个不同时代的画卷和话语空间，巧妙地避免了叙事的繁复和似乎理所应当的宏大叙事"③。王春林教授则形象地提出了"坐标系"式结构，认为"轴心是小说的叙述者"我"。"我"离开乡村进入城市之后的生存历程是坐标系的纵向轴，"我"回顾自己离开之前的故乡无梁村构成了坐标系的横向轴"④。确实，小说一共十二章，涉及的人物众多，若按传统的线性结构来安排不仅费劲还乏味。但作者采取单数章讲述城市故事，偶数章讲述乡村故事的方式，两者交替，打破了传统封闭式结构，在看似有规律其实很自由闲散的节奏中形成了开放式空间结构。所以，若说《生命册》最大的艺术特色，首先应

① 程永新.格非《江南三部曲》：确有可能成为一部伟大的小说——格非《江南三部曲》学术研讨会发言纪要[J].作家，2012（20）.

② 黄轶.批判下的抟塑——李佩甫的平原三部曲[J].当代作家评论，2012（5）.

③ 王海涛，张纪娥.多维批判视野下的生命册[J].小说评论，2013（2）.

④ 王春林.坐标轴上那些沉重异常的灵魂——评李佩甫长篇小说《生命册》[J].文艺评论，2014（1）.

该体现在其如"册"、如"树"、如"两地书"①的结构形态上。因话语方式独特而崛起文坛的《繁花》在结构上也呈现出先锋姿态。从内在逻辑看,《繁花》和《生命册》一样,也是双体式。《繁花》共三十一章,前有引子,后有尾声,前二十八章中,奇数章写六七十年代,偶数章写八九十年代。虽然都是奇偶数章节分开写,但在叙述者安排上,《繁花》与《生命册》有着区别。《生命册》始终由轴心人物"我"来讲述,所讲述的内容也始终围绕同一个主题即"我"在城市与乡村生活中的精神成长,而《繁花》的叙述者则是众声喧哗的沪生、阿宝、小毛、陶陶、汪小姐、李李等人物,大家看似都是主角,实质上又都不是。每个人在话语中出场,又在话语中谢幕。在叙述方式上,《生命册》的单章叙事基本上是线性顺序,《繁花》则随意地跟随说话人的话头或听话人的思绪,自由地穿插回忆或联想,完全打乱了线性时间秩序,呈现出典型的片段式、碎片化的后现代特征。但这碎片化叙事又不同于后现代作品《城与市》完全肢解式的后现代叙事,因为《繁花》流动的是碎片化故事,而《城与市》散落的是碎片化的语言与思想。以寓意象征见长的《黄雀记》在意义结构上,既是情节型结构,又是寓意型结构,在叙述逻辑上更讲究结构的精巧与内在自足。小说采用"人物与季节"即"保润的春天、柳生的秋天、白小姐的夏天"来结构小说,因为行文始终围绕三个人的成长交织展开,这种结构既有叙事上突出人物特写的意味,又是作者寓意的一种暗示与对应。苏童自己说:"通过三个不同当事人的视角,组成三段体的结构,写他们后来的成长和不停地碰撞,或者说这三个受侮辱与被损害人的命运,背后是时代的变迁。主题涉及罪与罚,自我救赎,绝望和希望。②"有评者认为"尽管这部小说的历史内涵还可再加拓掘,然小说艺术却是值得赞赏,它把艺术形式与小说的寓言哲理建立起一种投射关系,建立起一个不断内在化的紧密的叙述结构,小说叙述的结构与故事中的人物关系、故事的内涵竟然可以相互映衬,形式与内涵做得如此相互纠缠"③。

---

① 程德培.李佩甫的两地书[J].当代作家评论,2012(5).
② 苏童.我写黄雀记[J].鸭绿江(上半月版),2014(4).
③ 陈晓明.大时代呼唤大作品——试评第九届茅盾文学奖获奖作品.腾讯文化,2015-8-22.

　　再次表现为现代主义技巧的运用。苏童以精于技巧、善于讲故事而蜚声文坛，但当我们谈论宏大叙事、进入历史的方式等问题时，很难找出合适的词语来面对《黄雀记》。因为其故事简单，人物关系单纯，和另外几部作品相比，谈宏大、谈历史，确实勉为其难。曾有评者认为"《黄雀记》就是一部拉长的中篇小说，非长篇。江南才子们以中短篇见长，长篇之才之气天然匮乏，缺少驾驭长篇小说的结构能力，与北方的莫言天差地别"①。言语虽过激，但不无道理。当然，我们不能因此而否定《黄雀记》作为一部长篇的文体追求。苏童作为曾经的先锋作家，虽然他一再声称不在"先锋的江湖"②上，但其追逐寓意、意象、道具、暗示、象征等现代主义技巧的偏好在《黄雀记》中依然有集中体现。若对《黄雀记》作现代主义技巧分析，我们会发现其最鲜明的特色是无处不在的象征和寓意。如小说取名为"黄雀记"，虽通篇未见"黄雀"，但读者皆能悟出"螳螂捕蝉，黄雀在后"的寓意。小说中这种繁复的隐喻及象征意象很多，如精神病医院里长生不老的祖父、祖父的"丢魂"和"找魂"、保润擅长的各式捆绑绳结、那座见证人事变迁的水塔、保润渴望的小拉舞、仙女生下的红脸婴儿以及水、蛇、马、兔子等，这些无疑都承继了作者以往的先锋叙事风格。对此，王安忆曾总结道"苏童的小说里面总是有'道具'的……这个道具是他所熟悉的，能够给它隐喻的，同时隐喻也不是勉强的"③。格非也是先锋小说家出身，在构思时自然难以割舍擅长的迷宫叙事和神秘氛围的营造，小说中设置的每一处对话、细节都寄寓着作者极深的喻义，如《山河入梦》中瞎子唱秀米一生的歌谣，其实就是谭功达一生的预言。姚佩佩那句多次出现的"你怎么知道我没犯过法"则暗示着她最终因杀人而丧命。她喜欢的紫云英其实是花家舍和普济的象征。在逃亡的过程中，她绕了一大圈，最终还是回到普济，始终难逃宿命的安排。《春尽江南》中庞家玉遭受女医生的咒语最终身遭恶病并自杀。整个三部曲始终浸润在一种神秘、恐惧的氛围中。《繁花》虽通篇在事无巨细地呈现物件，但依然不忘运用一些暗藏

---

① 萧夏林.茅奖，格非违法入围，苏童长篇中篇拉长.博客中国，2015-8-14.

② 苏童，傅小平.我坚信可以把整个世界搬到香椿树街上［J］.黄河文学，2013（10）.

③ 张定浩.假想的煎熬：对苏童《黄雀记》的一种解释［J］.上海文化，2013（7）.

玄机的象征笔法和与整个小说格调几乎不搭的魔幻手法来推进故事的发展。如阿宝与蓓蒂"换邮票"的细节，作者写蓓蒂换的邮票中的皇后"因为克夫，最终推上断头台，机器一响，头滚到箩筐里，阿宝深感不祥。蓓蒂说，优雅吧，就算去死，皇后也美丽"①。这里则暗示了蓓蒂在"文革"中死去的命运。但作者却采用魔幻手法处理了蓓蒂与阿婆的"死"，让她们变为金鱼永远地消失。这不乏为一种诗意的处理方式，寄寓着作者的某种温暖情结。这种手法还用在对汪小姐的结局处理上。汪小姐在作品中赤裸裸地暴露着种种欲望，为了欲望她费尽心机，毫无底线。这类形象其实就是20世纪90年代欲望化城市的真实写照，作者最后让她怀上怪胎也正是其价值评判的一种暗示。《生命册》中最突出的艺术技巧是悬念与魔幻手法的运用。如盆景汗血石榴下埋藏的老姑父的人头，莫名出现的信笺，还有闲笔中感官化、色彩化等通感手法的运用等。

四、第九届茅奖作品文体转向原因及意义昭示

客观地说，从作品本身来看，除却《这边风景》的事出有因②，第九届茅奖是历届评奖争议声音最小，也是文体转向最鲜明的一届。究其原因，首先应与茅奖评奖标准与时俱进的调整有关。尽管在前六届评比中，文体始终处于被搁置的状态，但由于西方文艺思潮在国内的盛行以及作家们对中国传统文学资源的青睐，恰恰这时段是中国长篇文体革新的高潮期。屈指数来，此阶段注重思想性和艺术性较好结合的优秀入围作品并不少，如《古船》和《活动变人形》的高度寓

---

① 金宇澄.繁花［M］.上海：上海文艺出版社，2013：64.

② 本届获奖作品《这边风景》的存在让人陷入失语的尴尬。评者余开伟曾指出"王蒙为了紧跟当时形势，配合当时的政治宣传，以伊犁塔城边民外逃事件和农村四清'运动'为背景，创作了《这边风景》。这部小说是一个悲剧性的人生败笔，文学败笔。"评者陈柏中指出其"有'十七年'以至'文革'文学的某些特征，特别注重人物与细节描写的中规中矩的现实主义创作方法等"。这些评价不失公允，尽管有评者出于尊重而强调作品的文学史意义，认为这对于研究"十七年"模式化创作具有原生态的标本作用。一部作品的问世，竟然是作为一种落后的写作标本而存在，不知是表扬还是讽刺。而《这边风景》的获奖理由是"……展开了一幅饱满的西域独特风土人情的画卷"。其实，作为文学标本也罢，作为风土人情博览也罢，对于作者本人来说，这也绝不是他心目中的好作品。但对于这么一位具有卓越文学才华，因各种原因与茅奖擦肩而过，且年届耄耋的老作家，以二流作品代替其终身成就而获奖，也是大众能接受的。

意性、《金牧场》的复调结构、《城市白皮书》的日记体与不可靠视角、《务虚笔记》的笔记体、《马桥词典》的词典体、《日光流年》的索源体、《檀香刑》的戏剧体、《暗示》的随笔体、《西去的射手》的诗意体、《受活》的絮言体、《生死疲劳》的六道轮回与动物视角、《把绵羊和山羊分开》大俗大俚的语体等，名单还可继续开下去，限于篇幅，只列出上述。这些入围作品与获奖作品相比，足显茅奖的文体取向是谨慎保守的。对此，读者们的反对声音较高，评论家孙郁曾说过"茅盾文学奖的艺术评价体系，更深地纠缠着社会学等非文学因素；入选的作品缺少创新性与高智性。整个评奖是一个妥协的过程，具有新风格和争议性的《檀香刑》的落选似乎证明了这两点"①。针对如此现象，有论者直接表达对茅奖的失望，其在分析了《子夜》创作模式与当今文学的距离后，认为"今天《子夜》和茅盾文学奖还成为长篇小说家追求的最高目标，不能不说是中国文学的悲哀"②。确实，如果茅奖继续在作品的艺术革新上采取保守求稳的姿态，一方面任由部分优秀作品遗珠于茅奖之外却成为读者心中的主流，一方面任由部分平庸之作占据茅奖之尊却难入读者视野，茅奖则真的变成了"悲哀"的茅奖。但从第七、八届获奖作品的文体表征来看，评奖标准明显在规定范围内有了调整，尤其像《蛙》这样以现实主义为底子，又带有现代跨文体实验性质的作品的获奖，就表明评委们文体观的转变。所以当第九届作品在传统姿态下集体进行先锋叙事时，应该说，这种局面的出现绝不是偶然，而是茅奖评比文体取向转变的必然。

其次，与长篇小说文体自身的发展有关。在历经了新时期以来至90年代高蹈的文体实验之后，尤其进入新世纪以来，长篇小说文体发展日趋进入自足、成熟的探索阶段，曾经流行的"文体本体论"逐渐被平和的"内容与形式相融合"的文体观所取代。在这种文体观的指导下，大家对"先锋"的理解也趋理性，明晓那种极致追求形式的"先锋"本身就是一种悖论的存在，因为任何一种新的形式的产生就意味着"反先锋"的存在，纯粹追求形式的先锋如同西西弗斯的神话一样将永远处于徒劳之中。于是，抛开诸种形式实验，要么转向传统文学资源，

---

① 孙郁.茅盾文学奖：在期待与遗憾之间［J］.当代作家评论，2005（4）.
② 孔庆东.脚镣与舞姿［J］.文艺理论与批评，2005（1）.

要么插入西方文学资源，进行为己所需的文体探索成为诸多有文体意识作家的首选，正如学者谢有顺所言："技术的先锋是有限的，一个有自由精神的作家，他所要追求的是成为存在的先锋。[①]"很显然，在当下的创作中，作家要想赢得关注，仅凭形式上的剑走偏锋是不够的，关键是要在思想上有着先锋的姿态。而这种倾向在本届茅奖的几位作家身上有着集中体现，其中最典型的则是金宇澄。从外在形式上，《繁花》走了回归传统的路，用上海方言，用古代话本小说的方式，来讲述一些鸡零狗碎的日常故事，但其骨子里又是现代的，作品中出现了反中心人物、反中心情节、反中心故事、反鲜明主题、反传统描写话语方式等系列的"去中心化"的后现代特征，有评者认为其是"先锋的皮囊下，一颗回归传统的心"[②]，而笔者恰恰认为其是"传统的皮囊下，一颗追逐先锋的心"。由此可见，《繁花》的脱颖而出，依据的不仅仅是形式上的出新，关键是其具有先锋意味的小说观。这点在格非、李佩甫、苏童的身上也有体现。他们都打通了传统与西方文学资源的流脉，将各种技巧与作品的内容有机融合，进而形成艺术与思想浑然天成的佳作。本来"中国古典文学的真正传统就是先锋精神"[③]，而此类将追求形式的技术革新和不断求新的思想意识相结合更加践行了"先锋"的精神内核。

有评者曾指出今后要想在茅奖中获奖，要"慎重进行文体实验"，理由是"20 世纪 80 年代现代主义作家中，只有莫言、格非、苏童获奖，且他们的获奖作品不同程度地放弃了早期的实验色彩"[④]。这种说法不无道理，因为"文体实验"和"文体创新"具有质的区别。前者重于颠覆中国传统小说美学经验，建立起纯粹的新形式，其结果自然是远离了读者大众，背离了茅奖评奖标准。更何况，当代长篇小说文体发展成熟，无论进行哪方面的形式探索都不足为奇，相对于主题的开拓性与多义性，形式的探索反而易于陷入模式化，走进死胡同。而后者则不同，其在追求小说基本要素的基础上，讲究小说表达内容与外在形式的巧妙融合，文体的设置本身也成了小说表达的一部分，其最终结果会让作品在讲究思想

① 谢有顺. 文学的路标——1985 年后中国小说的一种读法 [M]. 广州：广东人民出版社，2009：213.
② 刘汀.《繁花》：先锋皮囊下的传统之心 [J]. 洞见，（187）.
③ 高晖. 中国古典文学的真正传统是先锋精神 [J]. 当代作家评论，2012（2）.
④ 唐山. 茅奖已成为中老年体制内作家的游戏 [J]. 凤凰文化，2015–8–18.

性的同时，更加具有艺术美和形式感，如此佳作自然会成为读者和评委的期待之作。所以说今后要想在茅奖中获奖，要积极进行"文体创新"而非"文体实验"。

质言之，第九届茅奖作品在保持传统的基础上，以先锋的姿态集体亮相，体现出茅奖评比的文体新取向，这种转变不是偶然，而是茅奖评比标准以及文体自身发展的必然。相信，在茅奖这种文体取向的导引下，在将来的长篇创作中，追求思想和形式、传统和现代叙事的有机融合的"文体创新"会成为更多作家的自觉追求，而保持长久的"先锋"精神，也是任何一个优秀作家必备的姿态。

附录五

:

《茅盾文学奖获奖作品一览表》
（1–11届）

第一届（1982）			
序号	获奖作品	获奖作家	出版社	出版时间
1	《东方》	魏 巍	人民文学出版社	1978 年
2	《李自成》	姚雪垠	中国青年出版社	1977 年
3	《将军吟》	莫应丰	人民文学出版社	1983 年
4	《冬天里的春天》	李国文	人民文学出版社	1981 年
5	《芙蓉镇》	古 华	人民文学出版社	1981 年
第二届（1985）			
序号	获奖作品	获奖作家	出版社	出版时间
1	《黄河东流去》	李 准	北京十月文艺出版社	1984 年
2	《沉重的翅膀》	张 洁	人民文学出版社	1981 年
3	《钟鼓楼》	刘心武	人民文学出版社	1985 年
第三届（1988）			
序号	获奖作品	获奖作家	出版社	出版时间
1	《少年天子》	凌 力	北京十月文艺出版社	1987 年
2	《平凡的世界》	路 遥	陕西旅游出版社	1986 年

（续）

3	《都市风流》	孙　力　余小惠	浙江文艺出版社	1988 年
4	《第二个太阳》	刘白羽	人民文学出版社	1987 年
5	《穆斯林的葬礼》	霍　达	北京十月文艺出版社	1988 年
6	《浴血罗霄》	萧　克	解放军文艺出版社	1988 年

第四届（1994）				
序号	获奖作品	获奖作家	出版社	出版时间
1	《白鹿原》	陈忠实	人民文学出版社	1993 年
2	《战争和人》	王　火	人民文学出版社	1993 年
3	《白门柳》	刘斯奋	人民文学出版社	1984 年
4	《骚动之秋》	刘玉民	人民文学出版社	1990 年

第五届（2000）				
序号	获奖作品	获奖作家	出版社	出版时间
1	《抉择》	张　平	人民文学出版社	1997 年
2	《尘埃落定》	阿　来	人民文学出版社	1998 年
3	《长恨歌》	王安忆	作家出版社	1996 年
4	《茶人三部曲》	王旭烽	浙江文艺出版社	1998 年

第六届（2005）				
序号	获奖作品	获奖作家	出版社	出版时间
1	《张居正》	熊召政	长江文艺出版社	2002 年
2	《无字》	张　洁	北京十月文艺出版社	2002 年
3	《历史的天空》	徐贵祥	人民文学出版社	2000 年
4	《英雄时代》	柳建伟	人民文学出版社	2001 年
5	《东藏记》	宗　璞	人民文学出版社	2001 年

第七届（2008）				
序号	获奖作品	获奖作家	出版社	出版时间
1	《暗算》	麦　家	世界知识出版社	2003 年
2	《秦腔》	贾平凹	作家出版社	2005 年
3	《额尔古纳河右岸》	迟子建	北京十月文艺出版社	2005 年
4	《湖光山色》	周大新	作家出版社	2008 年

第八届（2011）				
序号	获奖作品	获奖作家	出版社	出版时间
1	《你在高原》	张　炜	漓江出版社	2002 年

（续）

2	《天行者》	刘醒龙	人民文学出版社	2003 年
3	《蛙》	莫 言	上海文艺出版社	2009 年
4	《一句顶一万句》	刘震云	长江文艺出版社	2009 年
5	《推拿》	毕飞宇	人民文学出版社	2008 年
第九届（2015）				
序号	获奖作品	获奖作家	出版社	出版时间
1	《江南三部曲》	格 非	上海文艺出版社	2011 年
2	《这边风景》	王 蒙	花城出版社	2013 年
3	《繁花》	金宇澄	上海文艺出版社	2013 年
4	《生命册》	李佩甫	作家出版社	2012 年
5	《黄雀记》	苏 童	作家出版社	2013 年
第十届（2019）				
序号	获奖作品	获奖作家	出版社	出版时间
1	《主角》	陈 彦	作家出版社	2018 年
2	《应物兄》	李 洱	人民文学出版社	2018 年
3	《人世间》	梁晓声	中国青年出版社	2017 年
4	《牵风记》	徐怀中	人民文学出版社	2018 年
5	《北上》	徐则臣	北京十月文艺出版社	2018 年
第十一届（2023）				
序号	获奖作品	获奖作家	出版社	出版时间
1	《雪山大地》	杨志军	作家出版社	2022 年
2	《宝水》	乔 叶	北京十月文艺出版社	2022 年
3	《本巴》	刘亮程	译林出版社	2022 年
4	《千里江山图》	孙甘露	上海文艺出版社	2022 年
5	《回响》	东 西	人民文学出版社	2021 年

附录六

：

《鲁迅文学奖获奖作品（小说类）一览表》（1-8届）

第一届（1995—1996）					
类型	序号	获奖作品	获奖作家	刊登期刊／出版社	出版时间
短篇小说	1	《老屋小记》	史铁生	《东海》	1996 年第 11 期
	2	《雾月牛栏》	迟子建	《收获》	1996 年第 5 期
	3	《赵一曼女士》	阿 成	《人民文学》	1995 年第 5 期
	4	《镇长之死》	陈世旭	《人民文学》	1996 年第 2 期
	5	《哺乳期的女人》	毕飞宇	《作家》	1996 年第 8 期
	6	《心比身先老》	池 莉	《百花洲》	1995 年第 1 期
类型	序号	获奖作品	获奖作家	刊登期刊／出版社	出版时间
中篇小说	1	《父亲是个兵》	邓一光	《上海文学》	1995 年第 8 期
	2	《小的儿》	林 希	《小说》	1996 年第 6 期
	3	《挑担茶叶上北京》	刘醒龙	《青年文学》	1996 年第 3 期
	4	《年前年后》	何 申	《人民文学》	1995 年第 6 期
	5	《涅槃》	李国文	中国华侨出版社	1996 年 2 月
	6	《天知地知》	刘 恒	《北京文学》	1996 年第 9 期
	7	《没有语言的生活》	东 西	《收获》	1996 年第 1 期

（续）

类型	序号	获奖作品	获奖作家	刊登期刊 / 出版社	出版时间
中篇小说	8	《黄金洞》	阎连科	《收获》	1996 年第 2 期
	9	《天缺一角》	李贯通	《大家》	1996 年第 1 期
	10	《双鱼星座》	徐小斌	《大家》	1995 年第 2 期

第二届（1997—2000）

类型	序号	获奖作品	获奖作家	刊登期刊 / 出版社	出版时间
短篇小说	1	《鞋》	刘庆邦	《北京文学》	1997 年第 1 期
	2	《清水里的刀子》	石舒清	《人民文学》	1998 年第 5 期
	3	《吹牛》	红 柯	《时代文学》	1999 年第 1 期
	4	《厨房》	徐 坤	《作家》	1998 年第 5 期
	5	《清水洗尘》	迟子建	《青年文学》	1998 年第 8 期

类型	序号	获奖作品	获奖作家	刊登期刊 / 出版社	出版时间
中篇小说	1	《梦也何曾到谢桥》	叶广芩	《十月》	1999 年第 5 期
	2	《被雨淋湿的河》	鬼 子	《人民文学》	1997 年第 5 期
	3	《永远有多远》	铁 凝	《十月》	1999 年第 1 期
	4	《吹满风的山谷》	衣向东	《橄榄绿》	2000 年第 3 期
	5	《年月日》	阎连科	《收获》	1997 年第 1 期

第三届（2001—2003）

类型	序号	获奖作品	获奖作家	刊登期刊 / 出版社	出版时间
短篇小说	1	《上边》	王祥夫	《花城》	2002 年第 4 期
	2	《驮水的日子》	温亚军	《天涯》	2002 年第 3 期
	3	《大老郑的女人》	魏 微	《人民文学》	2003 年第 4 期
	4	《发廊情话》	王安忆	《上海文学》	2003 年第 7 期

类型	序号	获奖作品	获奖作家	刊登期刊 / 出版社	出版时间
中篇小说	1	《玉米》	毕飞宇	《人民文学》	2001 年第 4 期
	2	《松鸦为什么鸣叫》	陈应松	《钟山》	2002 年第 2 期
	3	《好大一对羊》	夏天敏	《当代》	2001 年第 5 期
	4	《歇马山庄的两个女人》	孙惠芬	《人民文学》	2002 年第 1 期

第四届（2004—2006）

类型	序号	获奖作品	获奖作家	刊登期刊 / 出版社	出版时间
短篇小说	1	《城乡简史》	范小青	《山花》	2006 年第 1 期
	2	《吉祥如意》	郭文斌	《人民文学》	2006 年第 10 期
	3	《白水青菜》	潘向黎	《作家》	2004 年第 2 期
	4	《将军的部队》	李 浩	《朔方》	2004 年第 10 期
	5	《明惠的圣诞》	邵 丽	《十月》	2004 年第 6 期

（续）

类型	序号	获奖作品	获奖作家	刊登期刊／出版社	出版时间
中篇小说	1	《心爱的树》	蒋 韵	《北京文学》	2006 年第 5 期
	2	《一个人张灯结彩》	田 耳	《人民文学》	2006 年第 12 期
	3	《喊山》	葛水平	《人民文学》	2004 年第 11 期
	4	《世界上所有的夜晚》	迟子建	《钟山》	2005 年第 3 期
	5	《师兄的透镜》	晓 航	《人民文学》	2004 年第 3 期

第五届（2007—2009）					
类型	序号	获奖作品	获奖作家	刊登期刊／出版社	出版时间
短篇小说	1	《伴宴》	鲁 敏	《中国作家·文学》	2009 年第 1 期
	2	《老弟的盛宴》	盛 琼	《十月》	2007 年第 2 期
	3	《放生羊》	次仁罗布	《芳草》	2009 年第 4 期
	4	《茨菰》	苏 童	《钟山》	2007 年第 4 期
	5	《海军往事》	陆颖墨	《解放军文艺》	2009 年第 5 期

类型	序号	获奖作品	获奖作家	刊登期刊／出版社	出版时间
中篇小说	1	《最慢的是活着》	乔 叶	《收获》	2008 年第 3 期
	2	《国家订单》	王十月	《人民文学》	2008 年第 4 期
	3	《手铐上的蓝花花》	吴克敬	《延安文学》	2007 年第 6 期
	4	《前面就是麦季》	李骏虎	《芳草》	2008 年第 2 期
	5	《琴断口》	方 方	《十月》	2009 年第 3 期

第六届（2010—2013）					
类型	序号	获奖作品	获奖作家	刊登期刊／出版社	出版时间
短篇小说	1	《俄罗斯陆军腰带》	马晓丽	西南军事文学	2012 年第 2 期
	2	《我的帐篷里有平安》	叶 舟	《天涯》	2013 年第 1 期
	3	《香炉山》	叶 弥	《收获》	2010 年第 2 期
	4	《良宵》	张 楚	《天涯》	2011 年第 2 期
	5	《如果大雪封门》	徐则臣	《收获》	2012 年第 5 期

类型	序号	获奖作品	获奖作家	刊登期刊／出版社	出版时间
中篇小说	1	《隐身衣》	格 非	《收获》	2012 年 5 月
	2	《美丽的日子》	滕肖澜	《人民文学》	2010 年第 5 期
	3	《白杨木的春天》	吕 新	《十月》	2010 年第 6 期
	4	《从正午开始的黄昏》	胡学文	《钟山》	2011 年第 2 期
	5	《漫水》	王跃文	《文学界·湖南文学》	2012 年第 1 期

（续）

第七届（2014—2017）				
类型	序号	获奖作品	获奖作家	刊登期刊 / 出版社	出版时间
短篇小说	1	《父亲的后视镜》	黄咏梅	《钟山》	2014 年第 1 期
	2	《1987 年的浆水和酸菜》	马金莲	《长江文艺》	2014 年第 8 期
	3	《俗世奇人》（足本）	冯骥才	人民文学出版社	2016 年 1 月
	4	《出警》	弋 舟	《人民文学》	2016 年第 7 期
	5	《七层宝塔》	朱 辉	《钟山》	2017 年第 4 期
类型	序号	获奖作品	获奖作家	刊登期刊 / 出版社	出版时间
中篇小说	1	《世间已无陈金芳》	石一枫	《十月》	2014 年第 5 期
	2	《蘑菇圈》	阿 来	《收获》	2015 年第 3 期
	3	《李海叔叔》	尹学芸	《收获》	2016 年第 1 期
	4	《封锁》	小 白	《上海文学》	2016 年第 8 期
	5	《傩面》	肖江虹	《人民文学》	2016 年第 9 期
第八届（2018—2021）				
类型	序号	获奖作品	获奖作家	刊登期刊 / 出版社	出版时间
短篇小说	1	《无法完成的画像》	刘建东	《十月》	2021 年第 6 期
	2	《山前该有一棵树》	张 者	《收获》	2021 年第 3 期
	3	《地上的天空》	钟求是	《收获》	2021 年第 5 期
	4	《在阿吾斯奇》	董夏青青	《人民文学》	2019 年第 8 期
	5	《月光下》	蔡 东	《青年文学》	2021 年第 12 期
类型	序号	获奖作品	获奖作家	刊登期刊 / 出版社	出版时间
中篇小说	1	《红骆驼》	王 松	《四川文学》	2019 年第 8 期
	2	《荒野步枪手》	王 凯	《人民文学》	2021 年第 8 期
	3	《过往》	艾 伟	《钟山》	2021 年第 1 期
	4	《荒原上》	索南才让	《收获》	2020 年第 5 期
	5	《飞发》	葛 亮	《十月》	2020 年第 5 期

附录七

：

《全国优秀短篇小说奖获奖作品一览表》（1-9届）

第一届（1978）			
序号	获奖作品	获奖作家	刊登期刊	刊登时间
1	《班主任》	刘心武	《人民文学》	1977 年第 11 期
2	《神圣的使命》	王亚平	《人民文学》	1978 年第 9 期
3	《窗口》	莫 伸	《人民文学》	1978 年第 1 期
4	《我们的军长》	邓友梅	《上海文艺》	1978 年第 7 期
5	《湘江一夜》	周立波	《人民文学》	1978 年第 7 期
6	《足迹》	王愿坚	《人民文学》	1977 年第 7 期
7	《顶凌下种》	成 一	《汾水》	1978 年第 1 期
8	《愿你听到这支歌》	李 陀	《人民文学》	1978 年第 12 期
9	《弦上的梦》	宗 璞	《人民文学》	1978 年第 12 期
10	《伤痕》	卢新华	《文汇报》	1978 年 8 月 11 日
11	《从森林里来的孩子》	张 洁	《北京文艺》	1978 年第 7 期
12	《骑手为什么歌唱母亲》	张承志	《人民文学》	1978 年第 10 期
13	《辣椒》	张有德	《人民文学》	1978 年第 4 期

（续）

14	《取经》	贾大山	《河北文艺》	1977 年第 4 期
15	《满月儿》	贾平凹	《上海文艺》	1978 年第 3 期
16	《最宝贵的》	王 蒙	《作品》	1978 年第 7 期
17	《献身》	陆文夫	《人民文学》	1978 年第 4 期
18	《墓场与鲜花》	萧 平	《上海文艺》	1978 年第 11 期
19	《眼镜》	刘富道	《人民文学》	1978 年第 2 期
20	《姻缘》	孔捷生	《作品》	1978 年第 8 期
21	《抱玉岩》	祝兴义	《安徽文艺》	1978 年第 7 期
22	《"不称心"的姐夫》	关庚寅	《鸭绿江》	1978 年第 7 期
23	《看守日记》	齐 平	《解放军文艺》	1978 年第 12 期
24	《芙瑞达》	于 土	《广东文艺》	1978 年第 1 期
25	《珊瑚岛上的死光》	童恩正	《人民文艺》	1978 年第 8 期
第二届（1979）				
序号	获奖作品	获奖作家	刊登期刊	刊登时间
1	《乔厂长上任记》	蒋子龙	《人民文学》	1979 年第 7 期
2	《小镇上的将军》	陈世旭	《十月》	1979 年第 3 期
3	《剪辑错了的故事》	茹志鹃	《人民文学》	1979 年第 2 期
4	《彩云归》	李 栋 王云高	《人民文学》	1979 年第 5 期
5	《我们家的炊事员》	母国政	《北京文艺》	1979 年第 6 期
6	《冈扎与哈利》	樊天胜	《人民文学》	1979 年第 4 期
7	《记忆》	张 弦	《人民文学》	1979 年第 3 期
8	《悠悠寸草心》	王 蒙	《上海文学》	1979 年第 9 期
9	《谁生活得更美好》	张 洁	《工人日报》	1979 年 7 月 15 日
10	《战士通过雷区》	张天民	《人民文学》	1979 年第 7 期
11	《信任》	陈忠实	《陕西日报》	1979 年 6 月 3 日
12	《蓝蓝的木兰溪》	叶蔚林	《人民文学》	1979 年第 6 期
13	《话说陶然亭》	邓友梅	《北京文艺》	1979 年第 2 期
14	《内奸》	方 之	《北京文艺》	1979 年第 3 期
15	《李顺大造屋》	高晓声	《雨花》	1979 年第 7 期

（续）

16	《因为有了她》	孔捷生	《人民文学》	1979 年第 10 期
17	《我爱每一片绿叶》	刘心武	《人民文学》	1979 年第 6 期
18	《我应该怎么办？》	陈国凯	《作品》	1979 年第 2 期
19	《重返》	金 河	《上海文学》	1979 年第 4 期
20	《罗浮山血泪祭》	申杰英	《十月》	1979 年第 2 期
21	《办婚事的年轻人》	包 川	《人民文学》	1979 年第 7 期
22	《空谷兰》	张 长	《解放军文艺》	1979 年第 12 期
23	《雕花烟斗》	冯骥才	《当代》	1979 年第 2 期
24	《独特的旋律》	周嘉俊	《上海文学》	1979 年第 2 期
25	《努尔曼老汉和猎狗巴力斯》	艾克拜尔·米吉提	《新疆文艺》	1979 年第 3 期
	第三届（1980）			
序号	获奖作品	获奖作家	刊登期刊	刊登时间
1	《西线轶事》	徐怀中	《人民文学》	1980 年第 1 期
2	《乡场上》	何士光	《人民文学》	1980 年第 8 期
3	《月食》	李国文	《人民文学》	1980 年第 3 期
4	《三千万》	柯云路	《人民文学》	1980 年第 11 期
5	《笨人王老大》	锦 云 王 毅	《北京文学》	1980 年第 7 期
6	《一个工厂秘书的日记》	蒋子龙	《新港》	1980 年第 5 期
7	《陈奂生上城》	高晓声	《人民文学》	1980 年第 2 期
8	《灵与肉》	张贤亮	《朔方》	1980 年第 9 期
9	《夏》	张抗抗	《人民文学》	1980 年第 5 期
10	《西望茅草地》	韩少功	《人民文学》	1980 年第 10 期
11	《被爱情遗忘的角落》	张 弦	《上海文学》	1980 年第 1 期
12	《活佛的故事》	玛拉沁夫	《人民日报》	1980 年 7 月 12 日
13	《镢柄韩宝山》	张石山	《汾水》	1980 年第 8 期
14	《心香》	叶文玲	《当代》	1980 年第 2 期
15	《勿忘草》	周克芹	《四川文学》	1980 年第 4 期
16	《南湖月》	刘富道	《人民文学》	1980 年第 7 期
17	《天山深处的"大兵"》	李赋奎	《解放军文艺》	1980 年第 9 期

（续）

18	《你是共产党员吗？》	张　林	《当代》	1980 年第 3 期
19	《空巢》	冰　心	《北方文学》	1980 年第 3 期
20	《春之声》	王　蒙	《人民文学》	1980 年第 5 期
21	《结婚现场会》	马　烽	《人民文学》	1980 年第 1 期
22	《丹凤眼》	陈建功	《北京文学》	1980 年第 8 期
23	《红线记》	罗　旋	《人民文学》	1980 年第 8 期
24	《小贩世家》	陆文夫	《雨花》	1980 年第 1 期
25	《最后一个军礼》	方南江　李荃	《解放军文艺》	1980 年第 11 期
26	《手杖》	京　夫	《延河》	1980 年第 1 期
27	《彩色的夜》	王群生	《红岩》	1980 年第 2 期
28	《美与丑》	益希卓玛	《人民文学》	1980 年第 6 期
29	《海风轻轻吹》	吕　雷	《作品》	1980 年第 12 期
30	《卖蟹》	王润滋	《山东文学》	1980 年第 10 期

第四届（1981）			
序号	获奖作品	获奖作家	刊登期刊	刊登时间
1	《内当家》	王润滋	《人民文学》	1981 年第 3 期
2	《卖驴》	赵本夫	《钟山》	1981 年第 2 期
3	《一个猎人的恳求》	乌热尔图	《民族文学》	1981 年第 5 期
4	《飘逝的花头巾》	陈建功	《北京文学》	1981 年第 6 期
5	《女炊事班长》	简　嘉	《青春》	1981 年第 8 期
6	《路障》	达　理	《海燕》	1981 年第 10 期
7	《黑箭》	刘厚明	《人民文学》	1981 年第 5 期
8	《普通老百姓》	迟松年	《鸭绿江》	1981 年第 2 期
9	《山月不知心里事》	周克芹	《四川文学》	1981 年第 8 期
10	《少年 chen 女》	舒　群	《人民文学》	1981 年第 4 期
11	《大淖记事》	汪曾祺	《北京文学》	1981 年第 4 期
12	《头像》	林斤澜	《北京文学》	1981 年第 1 期
13	《蛾眉》	刘绍棠	《上海文学》	1981 年第 7 期
14	《黑娃照相》	张一弓	《上海文学》	1981 年第 7 期
15	《爬满青藤的木屋》	古　华	《十月》	1981 年第 2 期

（续）

16	《飞过蓝天》	韩少功	《中国青年》	1981 年第 13 期
17	《本次列车终点》	王安忆	《上海文学》	1981 年第 10 期
18	《金鹿儿》	航鹰	《新港》	1981 年第 4 期
19	《拜年》	鲁南	《山东文学》	1981 年第 8 期
20	《最后一篓春茶》	王振武	《芳草》	1981 年第 3 期
第五届（1982）				
序号	获奖作品	获奖作家	刊登期刊	刊登时间
1	《拜年》	蒋子龙	《人民文学》	1982 年第 3 期
2	《这是一片神奇的土地》	梁晓声	《北方文学》	1982 年第 8 期
3	《八百米深处》	孙少山	《北方文学》	1982 年第 2 期
4	《明姑娘》	航鹰	《青年文学》	1982 年第 1 期
5	《哦，香雪》	铁凝	《青年文学》	1982 年第 5 期
6	《不仅仅是留恋》	金河	《人民文学》	1982 年第 11 期
7	《种包谷的老人》	何士光	《人民文学》	1982 年第 6 期
8	《敬礼！妈妈》	宋学武	《海燕》	1982 年第 9 期
9	《女大学生宿舍》	喻杉	《芳草》	1982 年第 2 期
10	《三角梅》	王中才	《解放军文艺》	1982 年第 6 期
11	《赔你一只金凤凰》	李叔德	《长江文艺》	1982 年第 1 期
12	《火红的云霞》	吕雷	《人民文学》	1982 年第 1 期
13	《七岔犄角的公鹿》	乌热尔图	《民族文学》	1982 年第 5 期
14	《第九个售货亭》	姜天民	《青春》	1982 年第 8 期
15	《漆黑的羽毛》	石言	《雨花》	1982 年第 9 期
16	《芨芨草》	鲍昌	《新港》	1982 年第 8 期
17	《声音》	张炜	《山东文学》	1982 年第 5 期
18	《母亲与遗像》	海波	《人民文学》	1982 年第 4 期
19	《老霜的苦闷》	矫健	《文汇月刊》	1982 年第 1 期
20	《近代的伐木声》	蔡测海	《民族文学》	1982 年第 10 期
第六届（1983）				
序号	获奖作品	获奖作家	刊登期刊	刊登时间
1	《围墙》	陆文夫	《人民文学》	1983 年第 2 期

（续）

2	《我的遥远的清平湾》	史铁生	《青年文学》	1983 年第 1 期
3	《抢劫即将发生……》	楚 良	《星火》	1983 年第 8 期
4	《阵痛》	邓 刚	《鸭绿江》	1983 年第 4 期
5	《秋雷湖之恋》	石 言	《人民文学》	1983 年第 10 期
6	《兵车行》	唐 栋	《人民文学》	1983 年第 5 期
7	《琥珀色的篝火》	乌热尔图	《民族文学》	1983 年第 10 期
8	《那山、那人、那狗》	彭见明	《萌芽》	1983 年第 5 期
9	《亲戚之间》	林元春　清玉译	《民族文学》	1983 年第 9 期
10	《公路从门前过》	石 定	《山花》	1983 年第 7 期
11	《条件尚未成熟》	张 洁	《北京文学》	1983 年第 9 期
12	《树上的鸟儿》	王 戈	《飞天》	1983 年第 9 期
13	《沙灶遗风》	李杭育	《北京文学》	1983 年第 5 期
14	《肖尔布拉克》	张贤亮	《文汇》	1983 年第 2 期
15	《雪国热闹镇》	刘兆林	《解放军文艺》	1983 年第 7 期
16	《遭遇之乐》	陶 正	《北京文学》	1983 年第 4 期
17	《除夕夜》	达 理	《人民文学》	1983 年第 5 期
18	《旋转的世界》	陈继光	《人民文学》	1983 年第 11 期
19	《四个四十岁的女人》	胡 辛	《百花洲》	1983 年第 6 期
20	《船过清浪滩》	刘舰平	《萌芽》	1983 年第 7 期

第七届（1984）

序号	获奖作品	获奖作家	刊登期刊	刊登时间
1	《干草》	宋学武	《青年文学》	1984 年第 2 期
2	《小厂来了个大学生》	陈 冲	《人民文学》	1984 年第 6 期
3	《麦客》	邵振国	《当代》	1984 年第 3 期
4	《蓝幽幽的峡谷》	白雪林	《草原》	1984 年第 12 期
5	《打鱼的和钓鱼的》	金 河	《现代作家》	1984 年第 1 期
6	《奶奶的星星》	史铁生	《作家》	1984 年第 4 期
7	《六月的话题》	铁 凝	《花溪》	1984 年第 2 期
8	《哦，小公马》	邹志安	《北京文学》	1984 年第 11 期
9	《最后的堑壕》	王中才	《鸭绿江》	1984 年第 11 期

（续）

10	《同船过渡》	映 泉	《青年文学》	1984 年第 3 期
11	《姐姐》	张 平	《青春》	1984 年第 6 期
12	《野狼出没的山谷》	王凤麟	《人民文学》	1984 年第 9 期
13	《危楼记事》	李国文	《人民文学》	1984 年第 6 期
14	《生死之间》	苏叔阳	《芳草》	1984 年第 8 期
15	《一潭清水》	张 炜	《人民文学》	1984 年第 6 期
16	《父亲》	梁晓声	《人民文学》	1984 年第 11 期
17	《白色鸟》	何立伟	《人民文学》	1984 年第 10 期
18	《惊涛》	陈世旭	《人民文学》	1984 年第 3 期
第八届（1985—1986）				
序号	获奖作品	获奖作家	刊登期刊	刊登时间
1	《五月》	田中禾	《山西文学》	1985 年第 5 期
2	《系在皮绳扣上的魂》	扎西达娃	《西藏文学》	1985 年第 1 期
3	《满票》	乔典运	《奔流》	1985 年第 3 期
4	《今夜月色好》	彭荆风	《人民文学》	1985 年第 5 期
5	《窑谷》	谢友鄞	《上海文学》	1986 年第 4 期
6	《远行》	何士光	《人民文学》	1985 年第 8 期
7	《你不可改变我》	刘西鸿	《人民文学》	1986 年第 9 期
8	《支书下台唱大戏》	邹志安	《北京文学》	1986 年第 6 期
9	《甜苣儿》	张石山	《青年文学》	1986 年第 6 期
10	《合坟》	李 锐	《上海文学》	1986 年第 11 期
11	《减去十岁》	谌 容	《人民文学》	1986 年第 2 期
12	《洞天》	李贯通	《山东文学》	1986 年第 4 期
13	《夫妻粉》	庞泽云	《海燕》	1985 年第 11 期
14	《继续操练》	李 晓	《上海文学》	1986 年第 7 期
15	《狗日的粮食》	刘 恒	《中国》	1986 年第 9 期
16	《汉家女》	周大新	《解放军文艺》	1986 年第 8 期
17	《焦大轮子》	于德才	《上海文学》	1986 年第 2 期
18	《他在拂晓前死去》	张廷竹	《解放军文艺》	1985 年第 11 期
19	《这一片大海滩》	杨显惠	《长城》	1986 年第 6 期

（续）

第九届（1987—1988）			
序号	获奖作品	获奖作家	刊登期刊	刊登时间
1	《甜的血腥的铁》	杨永鸣	《上海文学》	1987 年第 3 期
2	《牛贩子山道》	雁 宁	《人民文学》	1987 年第 3 期
3	《葫芦沟今昔》	马 烽	《人民文学》	1987 年第 4 期
4	《小诊所》	周大新	《河北文学》	1987 年第 4 期
5	《清高》	陆文夫	《人民文学》	1987 年第 5 期
6	《马嘶·秋诉》	谢友鄞	《上海文学》	1987 年第 5 期
7	《陪乐》	朱春雨	《中国作家》	1987 年第 3 期
8	《塔铺》	刘震云	《人民文学》	1987 年第 7 期
9	《马车》	陈世旭	《十月》	1987 年第 4 期
10	《喊会》	柏 原	《青年文学》	1988 年第 12 期
11	《年关六赋》	阿 成	《北京文学》	1988 年第 12 期

附录八

：

《全国优秀中篇小说奖获奖作品一览表》
（1–5届）

第一届（1977—1980）			
序号	获奖作品	获奖作家	刊登期刊	刊登时间
1	《人到中年》	谌 容	《收获》	1980 年第 1 期
2	《天云山传奇》	鲁彦周	《清明》	1979 年第 1 期
3	《蝴蝶》	王 蒙	《十月》	1980 年第 4 期
4	《追赶队伍的女兵们》	邓友梅	《十月》	1979 年第 1 期
5	《大墙下的红玉兰》	从维熙	《收获》	1979 年第 2 期
6	《淡淡的晨雾》	张抗抗	《收获》	1980 年第 3 期
7	《三生石》	宗 璞	《十月》	1980 年第 3 期
8	《惊心动魄的一幕》	路 遥	《当代》	1980 年第 3 期
9	《在没有航标的河流上》	叶蔚林	《芙蓉》	1980 年第 3 期
10	《犯人李铜钟的故事》	张一弓	《收获》	1980 年第 1 期
11	《土壤》	汪浙成 温小钰	《收获》	1980 年第 6 期
12	《啊！》	冯骥才	《收获》	1979 年第 6 期
13	《薄柳人家》	刘绍棠	《十月》	1980 年第 3 期

（续）

14	《开拓者》	蒋子龙	《十月》	1980 年第 6 期
15	《甜甜的刺莓》	孙建忠	《芙蓉》	1980 年第 1 期

第二届（1981—1982）				
序号	获奖作品	获奖作家	刊登期刊	刊登时间
1	《高山下的花环》	李存葆	《十月》	1982 年第 6 期
2	《洗礼》	韦君宜	《当代》	1982 年第 1 期
3	《黑骏马》	张承志	《十月》	1982 年第 6 期
4	《相见时难》	王 蒙	《十月》	1982 年第 2 期
5	《太子村的秘密》	谌 容	《当代》	1982 年第 4 期
6	《苦夏》	汪浙成 温小钰	《小说界》	1982 年第 1 期
7	《流逝》	王安忆	《钟山》	1982 年第 6 期
8	《张铁匠的罗曼史》	张一弓	《十月》	1982 年第 2 期
9	《沙海的绿茵》	朱春雨	《十月》	1981 年第 3 期
10	《你在想什么》	顾笑言	《华城》	1981 年第 2 期
11	《赤橙黄绿青蓝紫》	蒋子龙	《当代》	1981 年第 4 期
12	《人生》	路 遥	《收获》	1982 年第 3 期
13	《祸起萧墙》	水运宪	《收获》	1981 年第 1 期
14	《那五》	邓友梅	《北京文学》	1982 年第 4 期
15	《燕儿窝之夜》	魏继新	《青年文学》	1982 年第 5 期
16	《射天狼》	朱苏进	《昆仑》	1982 年第 1 期
17	《普通女工》	孔捷生	《小说界》	1982 年第 3 期
18	《驼峰上的爱》	冯苓植	《收获》	1982 年第 2 期
19	《远去的白帆》	从维熙	《收获》	1982 年第 1 期
20	《山道弯弯》	谭 谈	《芙蓉》	1981 年第 1 期

第三届（1983—1984）				
序号	获奖作品	获奖作家	刊登期刊	刊登时间
1	《山中，那十九座坟茔》	李存葆	《昆仑》	1984 年第 6 期
2	《迷人的海》	邓 刚	《上海文学》	1983 年第 5 期
3	《棋王》	阿 城	《上海文学》	1984 年第 7 期
4	《远村》	郑 义	《当代》	1983 年第 4 期
5	《烟壶》	邓友梅	《收获》	1984 年第 1 期

（续）

6	《祖母绿》	张 洁	《花城》	1984 年第 3 期
7	《燕赵悲歌》	蒋子龙	《人民文学》	1984 年第 7 期
8	《春妞儿和她的小嘎斯》	张一弓	《钟山》	1984 年第 5 期
9	《神鞭》	冯骥才	《小说家》	1984 年第 3 期
10	《腊月·正月》	贾平凹	《十月》	1984 年第 5 期
11	《今夜有暴风雪》	梁晓声	《青春》	1983 年第 1 期
12	《美食家》	陆文夫	《收获》	1983 年第 1 期
13	《没有纽扣的红衬衫》	铁 凝	《十月》	1983 年第 2 期
14	《拂晓前的葬礼》	王兆军	《钟山》	1984 年第 5 期
15	《北方的河》	张承志	《十月》	1984 年第 1 期
16	《市场角落的"皇帝"》	韩静霆	《丑小鸭》	1983 年第 8 期
17	《绿化树》	张贤亮	《十月》	1984 年第 2 期
18	《凝眸》	朱苏进	《昆仑》	1984 年第 5 期
19	《啊，索伦河谷的枪声》	刘兆林	《解放军文艺》	1983 年第 4 期
20	《老人仓》	矫 健	《文汇月刊》	1984 年第 5 期
第四届（1985—1986）				
序号	获奖作品	获奖作家	刊登期刊	刊登时间
1	《桑树坪纪事》	朱晓平	《钟山》	1985 年第 4 期
2	《一路风尘》	王小鹰	《收获》	1986 年第 2 期
3	《红高粱》	莫 言	《人民文学》	1986 年第 3 期
4	《灵旗》	乔 良	《解放军文艺》	1986 年第 10 期
5	《镶神小传》	宋清海	《小说家》	1986 年第 4 期
6	《红尘》	霍 达	《花城》	1986 年第 3 期
7	《军歌》	周梅森	《钟山》	1986 年第 6 期
8	《小鲍庄》	王安忆	《中国作家》	1985 年第 2 期
9	《爸爸，我一定回来》	达 理	《芙蓉》	1985 年第 1 期
10	《你别无选择》	刘索拉	《人民文学》	1985 年第 3 期
11	《风泪眼》	从维熙	《十月》	1986 年第 2 期
12	《前市委书记的白昼与夜晚》	张笑天	《花城》	1985 年第 3 期

（续）

第五届（1987—1988）			
序号	获奖作品	获奖作家	刊登期刊	刊登时间
1	《白马》	王星泉	《十月》	1987 年第 1 期
2	《风景》	方　方	《当代作家》	1987 年第 5 期
3	《冬天夏天的区别》	苗长水	《解放军文艺》	1988 年第 4 期
4	《天桥》	李　晓	《青年文学》	1988 年第 8 期
5	《烦恼人生》	池　莉	《上海文学》	1987 年第 8 期
6	《去意彷徨》	刘　琦	《昆仑》	1987 年第 6 期
7	《懒得离婚》	谌　容	《解放军文艺》	1988 年第 6 期
8	《追月楼》	叶兆言	《钟山》	1988 年第 5 期